Llyfrgelloedd Caerdydd
Llyfrgelloedd
Cardiff Libraries
www.cardiff.gov.uk/libraries

CAERDYDD
CARDIFF

D0232303

I Geraint, Maria a Jorge

Gareth Thomas

Cyfieithwyd gan Shân Mererid

y Lolfa

Argraffiad cyntaf: 2017
© Hawlfraint Gareth Thomas a'r Lolfa Cyf., 2017

Cynllun y clawr: Tanwen Haf
Llun y clawr: Robert Cruickshanks,
trwy ganiatâd Llyfrgell Genedlaethol Cymru

Rhif Llyfr Rhyngwladol: 978 1 78461 484 3

Dymuna'r cyhoeddwyr gydnabod cymorth ariannol
Cyngor Llyfrau Cymru

Cyhoeddwyd ac argraffwyd yng Nghymru
ar bapur o goedwigoedd cynaliadwy gan
Y Lolfa Cyf., Talybont, Ceredigion SY24 5HE
e-bost ylolfa@ylolfa.com
gwefan www.ylolfa.com
ffôn 01970 832 304
ffacs 01970 832 782

Nodyn

Darlun creadigol yn cyflwyno bywyd Iolo Morganwg yw'r gyfrol hon, o gyfnod ei lencyndod hyd at Orsedd Glynogwr 1798. Mae'r digwyddiadau yn y stori'n wir a minnau wedi casglu gwybodaeth o'i lythyron ac o ffrwyth ymchwil ysgolheigion eraill.

Er hynny, nid llyfr hanes mo hwn, na chofiant academaidd. Er mwyn sefydlu hanes darllenadwy, mae trefn rhai o'r digwyddiadau wedi'u newid, cyflwynwyd nifer o gymeriadau dychmygol ac yn ogystal defnyddiwyd y dychymyg wrth ymdrin â bywydau cymeriadau hanesyddol. Mae'r geiriau a manylion y golygfeydd yn rhannol ddychmygol er bod llythyron Iolo wedi rhoi cyfle i mi ddefnyddio'i iaith ef ei hunan ar sawl achlysur.

Os yw'r llyfr yma wedi ennyn eich diddordeb yn y gŵr unigryw hwn, rwy'n eich cymell i archwilio'r cyfoeth o wybodaeth sy'n cael ei gynnig gan yr haneswyr proffesiynol a gaiff eu rhestru yn y llyfryddiaeth.

GT

Gorsedd Glynogwr
1798

'BETH BYNNAG MAEN nhw am wneud, peidiwch â dial. Dim trais o unrhyw fath. Dyna beth fydden nhw wrth eu bodd yn ei weld yn digwydd. Cadwch y ffydd.'

Rhois fy llaw ar ysgwydd Ifor Fardd Glas. Bardd ifanc, abl, nwydwyllt yw e ac ar y funud, mae tueddiad ynddo i fod yn wyllt. Rwy'n ailadrodd fy nghyngor.

'Os bydd un ohonon ni'n cyflawni gweithred dreisgar, neu'n ymddangos fel pe baem am gyflawni gweithred o drais, hyd yn oed drwy symud bys neu dafod, bydd hynny'n ddigon o esgus iddyn nhw ein harestio neu ein carcharu.'

Gwnaf iddo fy wynebu.

'Ifor, wyt ti'n deall?'

Er bod Ifor yn amlwg yn anfodlon, mae'n mwmian ei gytundeb. Wn i ddim a alla i ymddiried ynddo oherwydd ei natur wyllt. Heddiw caiff y fraint o fod yn fardd yn y seremoni. Rwy'n ei siarsio i ganolbwyntio ar ddarllen ei farddoniaeth ac anwybyddu'r swyddogion o'i amgylch.

Caf gipolwg dros ei ysgwydd ar y llecyn lle mae pawb wedi ymgynnull, ar ochr y mynydd i'r dde o'r afon, lle paratois gylch yr Orsedd. Mae ugain ohonon ni yn barod i ddringo'r tir garw fel rhan o'r seremoni agoriadol. Ond yn amgylchynu'r llecyn mae criw o Gwnstabliaid Arbennig wedi'u gwisgo'n bwrpasol a phob un â phastwn yn ei law. Wrth eu hymyl mae criw enfawr o'r Cowbridge Volunteers yn eu gwisgoedd milwrol yn cario drylliau a gwaywffyn ac o 'mlaen mae pobol bwysig yn eu hetiau uchel, sef yr ynadon. Rwy'n adnabod rhyw naw neu ddeg ohonyn nhw ac efallai mwy na hynny hyd yn oed. Mae'r pwysigion hyn yn llawer mwy niferus na ni, bron deirgwaith yn fwy ac yn sefyll rhyngon ni a'r meini i ddangos eu gwrthwynebiad i'n cynllun ni o symud at y cylch. Gan fod y lle'n anghysbell, pe bai un o'r rhain yn penderfynu ein hanafu neu hyd yn oed yn ein llofruddio, pwy yn y byd fyddai'n credu ein fersiwn ni o'r stori? Ceithiog sy'n cario'r cledd symbolaidd ac rwy'n gofyn iddo'i weini cyn dechrau symud.

Trof i edrych ar Gwilym Glynogwr – hen ŵr hŷn na fi, un bach, bregus, ei siaced wedi'i gwisgo at yr edau a rhuban bach glas yn chwifio'n braf ar ei fraich. Ydi hi'n deg disgwyl iddo fe wneud hyn? Ydw i'n hunanol yn gofyn iddo? Ond cyn bod mwy o amheuon yn codi ynof, rwy'n rhoi'r gorchymyn i ni symud.

Wrth i ni gyfeirio at y mynydd mae dau swyddog yn cerdded i lawr aton ni i'n cyfarfod. Rwy'n adnabod un, Walter Lloyd, ffermwr lleol, hunanbwysig. Trwy godi'i law mae'n arwyddo arnon ni i stopio'n stond. Rhaid cyfaddef bod Walter a fi wedi cael sawl dadl cyn hyn.

'Edward Williams, fel Ynad Heddwch, rwyf yma i sicrhau bod cyfraith y wlad yn cael ei pharchu ac i'ch atgoffa bod dyletswydd ar bawb, fel deiliaid teyrngar i'w Fawrhydi, anrhydeddu Deddf Cyfarfodydd Terfysgol 1795.'

Rown i'n barod am y cwestiwn a chafodd ateb yn y fan a'r lle.

'Mae'r ddeddf yn hysbys i fi a gallaf eich sicrhau ein bod yn parchu'r ddeddf. Mae'r gyfraith yn ein cyfyngu i hanner cant neu lai o bobol. Fel y gwelwch chi does dim hanner cant ohonon ni fan hyn o gwbl. Os oes rhywun yn torri'r gyfraith – wel edrychwch yn fanwl ar y nifer o swyddogion sydd gennych chi. Maent yn llawer mwy niferus na'r hyn a gaiff ei ganiatáu gan y gyfraith.'

Edrycha arnaf fi'n hollol ddirmygus fel petawn yn rhywbeth drewllyd o dan wadnau ei esgidiau.

'Does dim trwydded gyda chi. Mae trwydded yn angenrheidiol ac mae ar gael gan yr ynadon.'

Pe bai hunanfalchder yn ennill rhyfeloedd, yna fe fyddai hwn yn ymerawdwr. Ond unwaith eto, mae fy ateb yn gadarn a diemosiwn,

'Oes, wrth gwrs, mae angen trwydded ar gyfer cyfarfodydd mewn neuaddau lle bydd tâl mynediad, neu lle bydd trafod polisïau. Ar ochr y bryn y mae'n cyfarfod ni. Does dim eisie i neb dalu a gall pawb ein gweld a'n clywed yn glir. Rydym yma i weddïo, i ganmol Duw, i urddo aelodau newydd a hefyd i ddarllen barddoniaeth. Does dim eisie unrhyw fath o drwydded i gyflawni'r dyletswyddau hyn.'

'Mae 'da fi reswm i amau'ch arferion enllibus.'

'Felly, rhaid i chi gyflwyno'ch tystiolaeth. Mae 'na ddynion llawer gwell na chi, Mr Lloyd, gan gynnwys y Prif Weinidog ei hunan, wedi ceisio fy nghroesholi ar y pwnc. Os ydych yn credu bod gennych chi dystiolaeth gadarn, arestiwch fi, neu sefwch naill ochor a gadael i ni barhau â'n seremoni'n heddychlon.'

Petruso wnaeth Walter Lloyd a fy rhegi o dan ei wynt. Safodd naill ochor gan weiddi,

'Ry'n ni'n eich nabod chi'n rhy dda, Edward Williams. Mab i fasnachwr gonest a'ch mam o deulu da. Sut gythrel ydych chi, o bawb, yn llwyfannu'r fath … bantomeim â hyn?'

Er iddi fod yn ddiwrnod digon diflas, wrth i ni ddringo'r mynydd daeth yr haul i'r golwg o'r tu ôl i'r cymylau. Mae'r ynad wedi gofyn cwestiwn da.

Rhan Un:
1760 i 1773

1

Un da am drin geiriau

Rwy'n cusanu Peggy Roberts ar yr hewl fach wrth yr eglwys. Mae hi'n cusanu'n llawn teimlad ac yn wir yn llawer gwell na Gwen Rees. Er bod Gwen hefyd yn gadael i fi ei chusanu, eto i gyd mae hi'n dala'i chorff yn stiff fel polyn. Ond mae 'na angerdd yng nghusanau Peggy wrth iddi ymateb yn eiddgar. Rwy'n gwasgu ei bron a'i thynnu yn fy erbyn ac mae hithau'n rhoi ei breichiau am fy ngwddwg. Ond er 'mod i'n gwbod ei bod hi'n mwynhau, caf fy ngwthio bant.

'Paid, Ned, efalle bydd pobol yn ein gweld ni.'

Ceisiaf fy ngorau i'w pherswadio hi drwy ddweud ein bod yng nghysgod yr ywen ac na fydd neb yn ein gweld, ond heb ddim lwc.

'Mae Mam a Dat draw fan 'na yn siarad â'r ficer. Beth pe bydden nhw'n dod lawr y rhiw ffordd hyn?'

'Pam dylien nhw ddod?'

'I chwilio amdana i, dyna pam.'

Gafaelaf ynddi'n dynn unwaith eto a hithau'n esgus tynnu'n ôl. Rydyn ni'n cusanu hyd yn oed yn fwy awchus cyn iddi ryddhau ei hunan unwaith eto gan chwerthin yn bleserus.

'Ned, gwranda. Mae Mam yn bendant dy fod ti'n un gwyllt fel ma hi.'

'Pam? Beth ma hi'n weud amdana i?'

Edrych arna i gan esgus bod yn ddiniwed mae Peggy.

'Dy fod ti'n rhy lawn o eiriau ac yn rhy barod i dwyllo merched â'r fath gyfaredd; dy fod ti'n fath o berson fydde'n cymryd mantes ar ferch ddiniwed fel fi. Addo'r byd ond wedyn diengyd yn hytrach na derbyn unrhyw gyfrifoldeb.'

'Wyt ti'n credu'r fath beth?'

Cawn saib a hithau'n esgus meddwl,

'Dwi ddim yn siŵr hyd yn hyn,' meddai'n ddiniwed ac yn bryfoclyd yr un pryd. 'Dyw Mam ddim yn rhy hoff o'r farddoniaeth rwyt ti'n 'i sgrifennu i fi.'

'Dwyt ti ddim wedi'u dangos nhw i dy fam!'

'Wrth gwrs 'mod i. Rwy'n gweud popeth wrth Mam fel y dyle pob merch dda. Wel, bron popeth,' meddai a'i llygaid yn fflachio yn llawn drygioni.

'Beth o'dd o'i le ar fy marddoniaeth i, yn ôl dy fam?'

'Wel, fe geson ni broblem fach wrth chwilio pwy oedd Aphrodite.'

'Duwies prydferthwch Groeg.'

'Rwy'n gw'bod 'ny nawr. Fe wedodd Felicity wrtho i. Wedyn roedd y llinell *'Agorid y wawr ar ei grudd.'* Beth yn y byd mae'n 'i feddwl? Ydi e'n awgrymu bod 'y moche i'n goch fel boche morwyn ffarm gryf?'

Ceisiaf ei chusanu unwaith yn rhagor, ond bant â hi gan frasgamu lawr y rhiw a finnau fel rhyw gi ar wres yn brasgamu ar ei hôl hi.

'Yn ôl Mam, nid poeni am gynnwys y gân o'dd hi, ond yn hytrach nad yw'n bosibl ymddiried mewn bachgen sy'n ysgrifennu barddoniaeth fel 'na i ferched. Dyna pam ma hi'n rhybuddio merched rhag bechgyn haerllug sy'n meddwl am ddim byd ond am serch a rhyw.'

'Nes i ddim 'i sgrifennu fe i dy fam!'

'Naddo, gobitho!'

Meddyliodd am eiliad cyn holi'n bryfoclyd,

'I bwy sgrifennest ti'r gân yn wreiddiol 'te?'

Caf ofon am funud wrth feddwl ei bod hi'n bwysig cofio bod merched yn clebran â'i gilydd. Mae fy ateb yn llawn dicter ffug.

'Peggy, paid â bod mor greulon.'

'Beth am Gwen Rees? Bydde hi'n arfer cario un o dy ganeuon di am oes Adda a bydde'n rhaid i ni wrando arni hi'n 'i darllen i ni dro ar ôl tro'n dragwyddol.'

'O, dim ond rhigwm bach o'dd hwnnw, dim byd tebyg i'r un a sgrifennes i ti.'

Mae'n aros, rhoi ei breichiau am fy ysgwyddau gan edrych yn syth i mewn i'm llygaid.

'Wel, sa i'n gwbod a ydw i'n neud camgymeriad mawr wrth ddala i wrando ar dy eirie mowr di, Edward Williams.'

Rwy'n sibrwd yn ei chlust,

'Pam lai? Rwy'n un gwerth 'i fachu. Cofia 'mod i'n grefftwr da a...

Doubt thou the stars are fire,

Doubt that the sun doth move,

Doubt truth to be a liar,

But never doubt I love.'

Mae'n amlwg bod hynny wedi gwneud argraff arni hi.

'Ti sgrifennodd hwnna?'

'Na, Shakespeare 'na'th – Hamlet.'

Mae'n ysgwyd ei phen mewn anghrediniaeth.

'Do's neb yn siŵr ai ti wyt ti, neu a wyt ti'n rhywun arall hanner yr amser. Pwy wyt ti nawr? Wyt ti'n gwbod dy hunan?'

'Efalle ddim!'

2

Naddwr y llythrennau

A RCHWILIAF YN OFALUS y 'B' rwy i newydd ei naddu ar y garreg fedd o 'mlaen i. Mae'r 'B' yn llythyren anodd, ond mae hon wedi'i naddu bron cystal ag y byddai fy nhad yn arfer gwneud. Cydiaf yn y cŷn yn barod am y llythyren nesaf, sef 'O'. Rwy'n hoffi naddu'r llythyren yma gan fod rhywbeth rhyfeddol a pherffaith yn ei symlrwydd. Does dim lle i gamgymeriadau.

Rwy'n ymwybodol hefyd bod sŵn traed fy nhad rywle y tu ôl i fi. Unwaith, byddai hyn wedi codi ofon ynddo i, gan ei fod e'n galler colli ei dymer mor rhwydd. Os na fyddai fy ngwaith i, neu waith fy mrodyr yn ei blesio, byddai'n gwyllti a byddai'i ddyrnau'n disgyn arnon ni mewn storom o regfeydd. Dim erbyn hyn, rwy'n ddwy ar bymtheg oed ac yn galler naddu cystal ag e bellach, a fy llythyren 'O' hyd yn oed yn well, yn fy marn fach i. Dw i ddim wedi galler deall sut y gwnaeth masnachwr fel fe fynd yn saer maen cystel, achos dyw hi ddim yn swydd i rywun diamynedd am ei fod yn waith mor araf. Rhaid i'r morthwyl daro'r cŷn yn y lle cywir bob tro a gall diffyg amynedd a gofal ddinistrio diwrnod o waith mewn eiliadau.

Mae e'n sefyll y tu ôl i fi, fel delw mewn tawelwch, felly mae'n amlwg bod fy ngwaith ar y garreg fedd yn foddhaol. Fel bachgen ifanc byddwn yn edrych yn fanwl dros ei ysgwydd ac yn rhyfeddu at ei waith llaw cywrain. Nawr, mae e'n edrych dros fy ysgwydd i ac yn ymhyfrydu yn y ffordd rwy'n ffurfio llythrennau. Fy nhad ddysgodd bob un ohonon ni, John, Miles, Thomas a finnau sut i ddatblygu'r sgiliau sydd mor angenrheidiol. Yn ddyddiol byddwn yn ymweld â thai bonedd y Fro i adnewyddu meini sydd wedi'u malurio – gan wneud gwaith plastro a gwaith calch hefyd. Bydd y tâl am y gwaith yn rhoi bwyd ar y bwrdd. Fi oedd yr unig un o'r bechgyn wnaeth ddatblygu sgiliau cain y saer maen. Rwy'n galler cymryd sgwâr o galch a naddu'r corneli a'r ochrau'n gelfydd. I fi dyna yw pinacl y gwaith. Mae'n waith pwysig ac yn talu'n dda gan taw dim ond y bobol gyfoethog sydd â'r arian i dalu am waith o'r fath i'w roi ar garreg fedd.

Pan oeddwn yn ifanc, byddai gwallgofrwydd fy nhad yn ffrwydro pan âi'r llythrennau cain ar gyfeiliorn – felly fyddai neb yn awyddus i fentro ar y dasg. Ond gan taw fi yw'r bachgen hynaf, doedd 'da fi ddim dewis ond mentro. Deuai'r gwaith â statws neu gosb a buodd yn rhaid i 'mrodyr anfodlon dderbyn hynny.

Rwy'n newid uchder fy stôl er mwyn naddu enw a dyddiadau George Bowen Esq o Eglwys Powys a fu farw yn 55 oed. Does dim syniad 'da fi pwy oedd y dyn yma, ond roedd yn amlwg yn gyfoethog neu fyddai e ddim wedi cael y garreg galch orau yn y sir er cof amdano. Drwy gael carreg fedd fel hyn, caiff George Bowen ei gofio am byth, ond cael eu cofio trwy gof a chadw trigolion yr ardal gaiff ei gyfoedion, heb y modd i sicrhau yr un garreg fedd. Felly y rhai a gyflawnodd weithredoedd caredig i eraill fydd yn aros yn hir yn y cof. Ydi George Bowen yn haeddu cael ei gofio am gyfnod hirach na chof y boblogaeth gyffredin leol? Os ydi e, pam? Mae'n anodd derbyn bod enw ar oerni carreg fedd yn gwneud dyn yn arwr yn dilyn ei farwolaeth. Ond i ennill anfarwoldeb, mae'n angenrheidiol cerflunio ei weithgareddau ar wyneb y byd.

'Gwaith da,' meddai llais y tu ôl i fi. Clod gan fy nhad o'r diwedd.

'Pwy o'dd e?' rwy'n holi.

'Sdim ots am 'ny, ond meddylia amdano fel rhywun sy'n werth tair gini o garreg.'

'Beth wnath e?'

'Disgyn oddi ar 'i geffyl wrth hela a thorri 'i wddwg. Wedi meddwi, mwy na thebyg, cyn iddo ga'l 'i godi ar gefen ei geffyl.'

'Beth wnath e i haeddu carreg fel hyn?'

Cymerai Thomas a Miles fantais o unrhyw gyfle i wastraffu amser drwy astudio fy ngwaith yn fanwl.

'Gwaith cain iawn, Ned,' cytunai Thomas drwy lygadu'r llythrennau a'r dail, wedi'u cerfio'n gelfydd o amgylch yr enw a'r dyddiadau yn fanwl.

'Pam nad o's adnod ar y garreg, tybed?' holodd Miles. 'Fel arfer bydd y crach am ga'l ambell bwt o linell i orffen y gwaith yn foddhaol.'

'Ddywedodd y teulu ddim gair am bennill,' meddai Nhad yn sych.

'Ma digon o le i sgrifennu un pe bai angen,' awgrymaf.

'Dere, Ned,' meddai Thomas gan chwerthin, 'meddylia am rywbeth.'

Maent wrth eu bodd pan fydda i'n eu diddori wrth adrodd rhigymau. Rwy'n gwbod 'mod i'n boblogaidd gyda'r llanciau wrth greu caneuon brwnt a di-chwaeth, caneuon hollol amharchus. Rwy'n clirio fy llais cyn dechrau:

'There was in heaven but little remorse
When George the fat fell off his horse.'
Chwardda 'mrodyr gan ddisgwyl pennill arall.
'Immortalised in stone the name
Of one unworthy of such fame.'

Roedd fy nhad yn gwegian yn anghyfforddus wrth glywed geiriau mor amharchus ac yn awgrymu ei fod wedi clywed digon. Bydda i'n mwynhau cael cynulleidfa a gan fod y peiriant creu geiriau yn fy mhen yn dal i droi, anwybyddaf ymateb fy nhad.

'With stone we mark this hallowed spot
Where a tub of lard was placed to rot.'

''Na hen ddigon,' meddai Nhad yn ddig a dim arlliw o chwerthin yn ei lais. 'Ryw ddwrnod neith dy dafod ddod â ti i drwbwl. Pwy wyt ti i wawdio fel hyn y bobol sy'n rhoi bwyd ar ein bord ni'n ddyddiol? Pobol sydd wedi talu arian da i Edward Willams godi cofeb er cof am eu hanwyliaid. Pe bai pobol yr ardal yn clywed dy eirie di-chwaeth a dwl di, dyna fydde ein diwedd ni, felly ca' dy ben!'

Allwn i ddim dweud gair er taw Nhad fentrodd ddweud bod George yn rhy feddw i farchogaeth. Dim ond jôc fach rhwng brodyr oedd y cwbwl, ond does dim lle i reswm pan fydd Nhad wedi colli ei natur yn ynfyd.

Wrth ailystyried rwy'n casáu fy hunan am ildio i ddefnyddio triciau di-chwaeth er mwyn ennill cymeradwyaeth. Beth ddywedai Mam a hithau wedi fy nhrwytho yn ffurfiau'r awen, yng ngweithiau'r beirdd mawr yn Gymraeg ac yn Saesneg, ac wedi plannu ynof y cariad at wau geiriau drwy greu cerddi a sonedau celfydd? Ond beth a wna i â'r ddawn hon? Ai disgyn i lefelau baledwyr ffair a rhoi iddynt unrhyw sothach fydd yn ennill cymeradwyaeth cynulleidfa?

3

Ann Mathews

'BETTER TO REIGN in Hell, than to serve in Heaven.'
Satan ydw i, yr angel mwyaf arbennig, fy mreichiau
ar led wrth herio awdurdod y nefoedd. Drwy fflamau'r tân, mae
fy nghysgod yn weladwy ar furiau'r bwthyn. Mae barddoniaeth
Milton yn creu fflachiadau yn y grât wrth i'r gwynt ruo'n wyllt a'r
lamp olew gynnau'n oleuach. Clywaf y gwaed yn gwasgu ei ffordd
drwy 'ngwythiennau, a'r frest yn chwyddo'n orfoleddus wrth i fi
arwain mintai o angylion gwrthryfelgar a darostyngedig.

'Na ddigon. Mae 'mreichiau yn cwympo a symudaf i eistedd
ar y stôl wrth ymyl Mam. Tra bod John a Miles yn cymeradwyo'n
eiddgar wrth edmygu a chlodfori eu brawd hynaf clyfar, nid
felly Thomas. Er taw e yw'r agosaf ataf o ran oedran, dengys ei
anniddigrwydd tuag ataf wrth ddweud, 'Ma Ned yn dangos 'i
hunan unweth 'to.' Casáu'r ffaith taw fi yw ffefryn Mam ma fe.

Mynnai Nhad fod dyfodiad Satan yn y gerdd yn rhybudd
i bobol fod yn ofalus rhag gwneud delw o falchder. Diystyra'r
ffaith taw gan Satan mae'r geiriau a'r llinellau gorau a bod llid
yr angylion drwg yn fwy pleserus na phurdeb nefolaidd, er bod
hyn yn bechadurus. Rwy'n siŵr nad yw Nhad yn hapus gyda
darlleniadau fel hyn, ond gan taw Mam sydd wedi'u dewis,
dyw e ddim yn dweud gair. I Mam mae'r diolch ein bod ni i
gyd yn galler darllen yn rhugl, er taw fi oedd y cyntaf i fanteisio
ar yr addysg, a fi yw'r gorau am gerfio llythrennau. Fy ffefryn
ar nosweithiau tywyll y gaeaf yw gwrthryfel Satan yn y llyfr
Paradise Lost.

Mae Mam o waed bonheddig, ac fel merch wedi'i thrwytho mewn sgiliau priodol i ferch o'i thras, gall ddarllen ac ysgrifennu. Gwerthfawrogaf y ffaith ei bod yn fy nghlodfori â'i gwên. Gan edrych i mewn i fflamau'r tân, dw i'n ei hedmygu wrth iddi siarad, ei gwddf yn gain a thenau a'i chroen mor olau. Yng ngolau'r fflamau, mae ei haeliau yn disgleirio'n oren a phob symudiad yn goeth a chelfydd.

Mae'n dawel bellach. Does dim llawer y galla i ei ddweud na fyddai'n digio Thomas. Wrth gael ein cloi yn y tŷ yn oerni'r gaeaf mae'r cwmni clos yn amal yn creu anniddigrwydd a hyd yn oed anghydfod. Caiff John a Miles lond bola wrth gael eu carcharu ac o ganlyniad, i ladd amser, maen nhw wedi llwyddo i greu gêm drwy ddefnyddio cerrig bach. Pendwmpian yn ei gadair y bydd Nhad tra bydd Mam yn troi tudalennu ei llyfr. Ysaf am gael ei holi am farddoniaeth, am ei magwraeth ac o ble y cefais i fy enw. Rwyf am iddi siarad am ei chartref, ei phlentyndod, y ffarm lle magwyd hi, y ceffylau a thai'r teulu yn Llandaf a Radyr. Hoffwn wybod mwy am linach odidog y Mathews sy'n treiddio yn ôl i oes aur y tywysogion. Alla i mo'i hannog i siarad ymhellach gan ein bod ein dau'n synhwyro bod ein hagosatrwydd yn wrthun i Nhad a hefyd i Thomas. Nid yw Nhad yn fodlon cael ei atgoffa mor lwcus oedd e i briodi merch mor fonheddig a thalentog â Mam. Nid yw chwaith yn deall nac yn barod i gydnabod bod yna'r fath agosatrwydd rhwng ei wraig a'i fab hynaf oherwydd eu cariad at lenyddiaeth. Gwenu'n gyfrinachol arnaf i wna Mam. Nid oes lle i unrhyw un arall yn ein byd bach clos ni. Bydd rhaid aros am dymhorau mwy gwresog cyn cael mwy o wybodaeth.

Ymneilltuo'i hunan oddi wrth ei deulu drwy naddu darn o bren â'i gyllell boced wnaiff Thomas. Mae wedi creu pob math o gychod a rhai o fyd hud a lledrith hyd yn oed. Erbyn y gwanwyn bydd ganddo armada go dda.

* * *

Ar drothwy tymor newydd mae'r nosweithiau yn ymestyn, y gwres yn gynhesach a'r tir yn barod i flaguro. Mae'n bleser gadael y bwthyn cyfyng a chael anturiaethau mewn cae, ar yr hewlydd ac yn y cloddiau yn ardal Trefflemin. Rwy'n siŵr fy mod i'n adnabod pob modfedd sgwâr o'r wlad o 'nghwmpas.

Serch hynny, yn amal gadawaf i'r gweddill fynd ar eu pen eu hunain er mwyn cael cwmni Mam i fi fy hunan am sbel. Bydd y rhain yn achlysuron arbennig i'r ddau ohonon ni. Caiff hithau'r cyfle i glebran yn ddiddiwedd am ei theulu, storïau lliwgar na fydda i byth yn blino eu clywed. Trin a thrafod marwolaeth fy mam-gu o'r ddarfodedigaeth, a hithau fy mam yn ddim ond merch ifanc naw mlwydd oed. O ganlyniad i golli ei mam effeithiodd hynny'n emosiynol ar ei thad, methodd ymgodymu â bywyd ac o ganlyniad dioddefodd yn ariannol. Dywed fel y cafodd hi ei hachub gan ei modryb ar ôl colli ei hannwyl fam, a symud i'r maenordy ym Mhlasty Trebefered lle magwyd hi fel boneddiges. Cafodd ddysgu'r sgiliau angenrheidiol i ferch o dras bonheddig a bydd yn sôn am gariad ei thaid at farddoniaeth a'i nawdd ef i'r beirdd crwydrol a alwai yno'n achlysurol yn y maenordy. Byddai croeso i feirdd aros a gwledda yn Nhy'n Caeau yn Llangrallo, a chaent dderbyn clod yn yr hen ddull Cymreig gan berchennog y tŷ. Byddai'r beirdd hyn wedi'u trwytho yn yr hen grefft, ond nid drwy astudio llyfrau y dysgent y grefft ond trwy wrando ar y beirdd crwydrol yn adrodd barddoniaeth. Mae'n bendant y byddaf innau hefyd yn siŵr o ymuno â grŵp uchelgeisiol fel hyn i ddysgu fy nghrefft.

Heddiw mae Mam yn peswch unwaith eto rhwng ei gwibdeithiau i'r gorffennol. Mae'r peswch cas yn siglo'i chorff bregus fel petai rhyw ddiafol dieflig oddi mewn iddi. Heddiw mae ei chorff tenau yn rhy eiddil i wynebu treialon y byd a gwnaf fy ngorau i'w helpu i gryfhau. Gyda'n gilydd rydyn ni'n pori drwy lyfrau meddyginiaeth fel *Prescriptions of the Physicians of Myddfai* a *The Vanities of Philosophy and Physick*. O ganlyniad mae wedi cyfyngu ei bwyd i afalau wedi pobi a llaeth yr afr. Casglaf berlysiau a chael hyfforddiant ganddi ar sut i'w berwi mewn dŵr. Nawr, ar ôl gweld bod y llysiau wedi blaguro'n llawn, mae'n gofyn i fi gasglu isop a ffenigl coch sydd yn dda i'r ysgyfaint a pharatoi hen foddion yn nhraddodiad Meddygon Myddfai. Eisteddaf ac edrych arni'n yfed yn ofalus a defodol fel petai'n derbyn y cymun. Weithiau, rhof diwn ar fy ffliwt i dawelu ei phoen, ffliwt arbennig a gefais yn anrheg ganddi a hi hefyd a'm dysgodd i'w chwarae.

Os bydd digon ar gael, caf lwnc o'r hyn sydd yn sbâr. Rwyf wedi mabwysiadu nid yn unig ei theimladrwydd ond hefyd yr elfen fregus yn fy mam. Ar foreau llaith, pan fydd y niwl yn gorwedd fel mantell dros y fro, mae'r fogfa yn gwneud i'm hanadlu swnio'n wichlyd ac yn anghyfforddus. Nid yw fy mrodyr yn dioddef o'r fath anhwyldeb, ac o ganlyniad mae'n anodd iddynt gydymdeimlo â'm sefyllfa. Mae'r ddau yn fy llygadu gyda pheth casineb wrth i fi ferwi ysgellyn neu ddanadl poethion a pherlysiau. Byddant yn syllu arna i'n gwasgu gwraidd y bwmpen yn bowdr, ond rhyw ffwdanu'n ddiangen yw hyn iddynt hwy.

4

Mabsant

Rwy'n crymu fel milgi ar ddechrau ras, wrth i bedwar ohonon ni aros ar ganol llawr stafell gyhoeddus Tafarn y Bush a phob gewyn ar dân. Wrth fy ochr mae Dafydd Tŷ Canol, Gwilym y ffarm a hefyd y curad ifanc – aros ry'n ni i Tom Lewis ddechrau crafu ei fwa dros linynnau'i ffidil cyn i'r dawnsio ddechrau. Ni yw stepwyr crefftus cynta'r noswaith, yn barod i arddangos ein sgiliau cain drwy ddangos taw ni yw'r dawnswyr â'r traed cloia, y mwya heini a'r gorau o holl ddawnswyr y pentre a'r ardal.

O amgylch y stafell mae pentrefwyr Sant Hilari yn edrych trwy'r lled dywyllwch. Daw grwpiau o bobol eraill i mewn gan chwilio am seddi a rhaid aros i ragor o ganhwyllau gael eu goleuo. Rwy'n ysu am gael dechrau ond does dim brys ar Tom Lewis wrth iddo blygu dros y telynor William Morgan, a'r ddau'n cytuno'n dawel â'i gilydd. Rhaid aros eto i'r trefnydd ddod â chwrw i'r chwaraewyr. Mae William yn codi'i dancard i ddiolch cyn ei roi i lawr ar y fainc gyfagos a rhoi'r nòd i Tom Lewis o'r diwedd.

Chwaraea Tom y cyflwyniad byr cyn i'r ddau ymgolli yn y jig sy'n arwydd i'n traed ninnau ddechrau symud mor gloi â phosibl. Does dim amser i edrych o'm hamgylch gan fod rhaid canolbwyntio bod fy nhraed yn dilyn y rhythm. Ond o gornel fy llygad caf gipolwg ar Gwilym yn neidio'n uchel nes bod ei freichiau hir yn cwrdd â'r nenfwd. Mae'r curad ifanc yn gwneud yn well byth drwy glapio'i ddwylo y tu ôl i'w goesau yn gelfydd, gan ennyn cymeradwyaeth y gynulleidfa. Nawr mae'n bryd i fi ddangos fy nghampe. Gwelais y gamp hon yng Ngŵyl Mabsant y llynedd, sef gostwng fy hunan bron i'r llawr a dawnsio a chicio fy nghoesau'r un pryd. Drwy weiddi a chlapio caf anogaeth gan y gynulleidfa hapus; yna rwyf ar fy nhraed unwaith eto ac wedi mwynhau fel arfer y gwerthfawrogiad a gefais. Erbyn hyn mae pob cerddor yn chwarae mor gloi â phosibl a rhaid i'n coesau symud fel gwynt y diafol yn ddi-stop.

Llenwa sŵn y clocsiau y stafell ac mae'r gwaed yn curo'n boenus yn fy arlais. Ni allaf dawelu fy nhraed er bod fy ysgyfaint bron â ffrwydro. Yng nghornel fy meddwl clywaf y gynulleidfa'n clapio, ond aiff popeth bron yn dywyll yn fy mhen. Mae tannau'r offerynnau'n danbaid bellach oherwydd eu bod yn cyflymu bob tro wrth ailadrodd. Bydd yn amhosibl i'r gerddoriaeth gyflymu mwy na hyn. Daw sŵn y gweiddi, y curo dwylo a'r bloeddio o bob cyfeiriad ac mae'r cynnwrf yn treiddio trwy fy nghorff, ond diolch byth daw'r cyfan i ben a minnau fel rhyw farch ifanc wedi chwysu'n drabŵd. Daw Thomas draw i'm codi ar fy nhraed ac wrth fy llongyfarch mae'n rhoi peint arall yn fy llaw chwyslyd. 'Roedd hwnna'n wych tu hwnt, Ned.' Rwy'n ei gofleidio'n ddiolchgar. Nid yn amal y bydda i'n teimlo mor agos at fy mrodyr heblaw pan fyddwn ni gyda'n gilydd ar nosweth fel hon. Mae'r tyndra rhyngddon ni'n lleddfu wrth i ni ddawnsio. Ychydig iawn o weithgareddau diddorol sydd ar gael yn Nhrefflemin bellach na chânt eu galw'n annuwiol neu yn llygredig.

Ar dop y rhestr o weithgareddau fel hyn mae'r rasys ceffylau ar Fryn Owain neu'r brwydro ceiliogod yn y talwrn yn Sant Dunwyd neu'r ymladd teirw yn Llantrisant. Nid yw Mam yn ystyried bod lladd yn adloniant er mor boblogaidd ydyw i'r cyhoedd yn gyffredinol. Chaiff deis na chwarae cardiau mo'i ganiatáu ar yr aelwyd er eu bod yn ein cymell, hyd yn oed, i chwarae Bando. Roedd Nhad yn feistr ar y gêm pan oedd yn llanc. Un math arall o adloniant a gaiff ei ganiatáu, yn wir ei annog gan fy rhieni, yw dawnsio. Mae dawnsio'n weithgaredd pleserus i bawb heblaw am y Calfiniaid yn yr ardal. Yn wir, mae'n gyffrous ac yn rhad, a fi yw'r pencampwr.

Derbyniaf glod a chaiff sgiliau celfydd yr offerynwyr sy'n llifo'n ddi-baid ei werthfawrogi. 'Y ffidliwr gorau ym Morgannwg heb os nac oni bai,' meddai'r curad ifanc. Cytuno wna un o'r dawnswyr eraill. 'Fel y gwela i, nid cynnwys na meithder ei restr o ddarnau y gall ei chwarae sy'n cyfri, ond y modd y gall Tom Lewis dreiddio i mewn i enaid y ddawns gan newid y cywair yn ôl gofynion yr alaw a denu'r gorau ym mhob un ohonon ni'r dawnswyr.'

Daw'r rîl nesaf, dawns i bedwar pâr. Dena eu sgiliau llachar gymeradwyaeth galonnog a dim ond y dechrau yw hyn. Mae'r parau'n briod, ac er yn llawen eu mynegiant, maent yn ddiffygiol mewn rhyw ffodd o'i gymharu â'r hyn sydd i ddod, sef 'dawnsfeydd y wlad' a chyfle i gryts ifanc a chrotesi gydio yn ei gilydd wrth ddawnsio'n glos mewn parau, heb deimlo unrhyw swildod.

Daw ambell furmur o gyfeiriad y drws wrth i'r merched ifanc ymddangos. Mae Peggy'n edrych yn siapus yn ei ffrog newydd sydd wedi cael ei chadw o dan glo drwy gyfnod ei gwneuthuriad – ffrog gotwm las gyda blodau gwyn a thameidiau o les arni. Mae ei gwallt cyrliog mewn rhubanau. Wrth ei hochr mae Millicent a sawl merch ifanc arall o'r ardal y tu ôl iddi. Tybed pa mor hir maent wedi bod yn sefyllian yng nghyffiniau'r fynwent i aros eu tro cyn ymddangos?

Nawr maent yn ceisio edrych fel pe baent yn hollol ddigyffro, er bod pob pâr o lygaid yn y stafell wedi troi i gyfeiriad y drws. Dyna Tom yn eu cyflwyno gyda thrawiad ar ei offeryn a chawn gydnabyddiaeth gan Peggy, ond mae dwy ohonynt yn ymateb drwy chwerthin, sy'n torri ar hud y foment. Yna, mae'r bechgyn a'r merched ifanc yn wynebu ei gilydd ac yn barod i ddangos eu sgiliau – sgiliau roeddent wedi'u dysgu yn ystod eu plentyndod.

Dilynwn y patrymau sy'n caniatáu i'r merched chwyldroi'n ddigon pell o'n gafael, ac ynghanol yr holl gymhlethdod mae'r lle'n fôr o chwerthin a gweiddi.

Yng ngwres yr ystafell mae'r gerddoriaeth yn cyflymu, y gwres yn codi a'r gweiddi a'r sgrechen yn cynyddu wrth i'r cwrw lifo i gyfeiriad y cerddorion. Rhaid cyfaddef 'mod i'n dawnsio fel rhywbeth gwyllt ond trwy'r cyfan caf gipolwg ar Peggy'n troi'n urddasol yr ochor arall i'r stafell. Ynghanol un ddawns mae'r miwsig uchel yn tawelu ac wedi cryn berswâd yr unig beth a glywir yw bysedd dawnus William yn rhedeg yn gelfydd dros dannau ei delyn. Mae'r bechgyn yn cyfarch y merched a hwythau'n ymgrymu'n swil ac eto'n bryfoclyd eu gwedd.

'Na drueni na fuasai noson fel hon yn parhau am byth.

5

Hendre Ifan Goch

R WY'N CERDDED, AC nid yw hynny'n rhyfedd, gan y bydd fy mrodyr a minnau'n cerdded cryn bellter yn ddyddiol fel rhan o waith y saer maen. Yn wahanol i'r melinydd neu'r gof (a all weithio o fewn milltir sgwâr weddol gyfyng) bydd yn rhaid i'r saer maen deithio cryn bellter. Heblaw am y seiri sy'n byw mewn trefi mawr fel Brystc ncu Lundain, lle mae digon o dai mawr i'w cael, fydd dim angen iddyn nhw deithio ymhell. Mae Robert Jones o Ffwl-y-mwn a theulu'r Edwins o Lan Mihangel yn deuluoedd sydd ar y funud yn gwneud newidiadau sylweddol i'w tai gwledig, a dyw 'run o'r tai hyn yn agos i Trefflemin. Ers sawl blwyddyn bellach mae Robert Jones wedi ceisio gwella'i dŷ drwy ailgodi'r muriau i ymddangos fel muriau castell a gosod tŵr gwylio ffug arno. Caiff gwaith llaw Nhad ei amlygu'n odidog yma. Byddwn yn cadw dau ferlyn bach, nid i'w marchogaeth, ond er mwyn eu defnyddio i gario cerrig neu ambell faen ysgafn i'n gwaith.

Er nad yw cerdded ymhell yn boen i ni fel teulu, fi sy'n cerdded bellaf a chaf bleser mawr wrth wneud. Byddaf yn teimlo'n effro a bywiog ac yn un â'm cynefin. Yn ddyddiol byddaf yn amal yn cerdded rhyw ddeng milltir ar hugain heb deimlo unrhyw fath o flinder. Bore 'ma rwyf wedi cerdded deng milltir ond nid i gyfeiriad Ffwl-y-mwn fel y gwnaf fel arfer, ond yn hytrach af i ochr ogleddol y Bont-faen drwy Bont-y-clun i'r Blaenau, sef ucheldir Morgannwg. Maent yn ardaloedd garw ac anffrwythlon ond mae godidowgrwydd yn eu llymder. Wrth ddringo teimlaf y llethrau'n newid, a chân bur y ffrwd yn trawsnewid yn genllif o ddŵr byrlymus. Rhydd cerdded wir egni i fi. Ar awgrym fy mam, rwyf ar drywydd barddonol.

Mae fy mam yn flin wrtha i am 'mod i wedi cael geiriau croes gyda Nhad unwaith eto, er nad yw'n ymwneud â'n hagosatrwydd ni fel teulu. Cododd y cweryl am 'mod i'n mwynhau ysgrifennu barddoniaeth ddi-chwaeth ac mae Mam yn credu 'mod i'n gwastraffu fy nhalent. Hi sydd yn iawn wrth gwrs gan fod y ddawn sydd gennyf yn haeddu parch.

Rwy'n troedio i gyfeiriad Llandyfodwg i gael hyfforddiant gan ei chyfaill, Lewis Hopkin. Wrth agosáu at y bwthyn bach gwyngalchog, caf gip ar Lewis yn mwynhau'r haul ar stepen y drws. Mae ei gorff mawr yn llenwi'r drws â gwên, ei ddwy foch goch yn fy nghroesawu'n wresog. 'Dere miwn 'ngwas i, a chroeso i ti.'

Caf fy arwain at gadair wrth y bwrdd derw o'i waith ei hunan a sylwaf fod pob darn o ddodrefn yn arddangos ei waith llaw celfydd. Ef a adeiladodd ei dŷ, rhoi gwydr yn y ffenestri, creu to gwellt, ac mae ganddo lond silffoedd o lyfrau sy'n eiddo iddo fe'i hunan. Mae'n amlwg ei fod yn feistr ar sawl crefft. Nawr mae'n arllwys y te mewn steil â pheth balchder.

Gosodaf fy marddoniaeth ar y bwrdd o'i flaen ac mae Lewis yn eu darllen yn uchel gan bwysleisio taw sain y geiriau sydd yn hollbwysig. Mae'n defnyddio'i feistrolaeth farddol er mwyn dangos y grefft o greu cynghanedd gan roddi sylw i ddefnyddio curiadau a chyseiniau'n gelfydd a chywir yn y ffordd draddodiadol. Wedi darllen fy ngwaith cwyd a symud at ei lyfrgell eang a'i lawysgrifau niferus. Dewisa un o'i hoff ddarnau o farddoniaeth i'w ddarllen ac i'w ddadansoddi, sef copi o gywydd gan Dafydd ap Gwilym, y meistr ar y mesur.

'Cofia 'machgen i, mae barddoni'n grefft arbennig; a chrefft yw hi. Paid â chredu'r ysgrifenwyr newydd 'ma sy'n brygowthan am ysbrydoliaeth. Barddoniaeth greadigol gaeth gadarn yw barddas a rhaid ei dysgu'n drwyadl fel unrhyw grefft. Pan fyddi di'n naddu'r llythrennau ar gerrig, fyddi di'n eu naddu nhw'n reddfol neu a oes angen ysbrydoliaeth i wneud? Wnest ti godi ryw fore a dechrau naddu am fod yr haul yn disgleirio, neu ai copïo dy dad wnest ti nes dod yn feistr ar y grefft? Dim ond ar ôl meistroli crefft mae'r hawl gen ti adael i dy deimladau ddylanwadu ar dy waith a rhoi arweiniad iddo.' Caiff disgled arall o de ei harllwys, un gryfach y tro hyn.

'Mae dy fam yn dod o deulu da ac mae'n deall yn iawn nad cyfoeth a bywyd o ddiogi sy'n gwneud pobol yn fonheddwyr. Y seiri main sy'n gwneud y gwaith o adeiladu ei dŷ mawr, nid y tirfeddiannwr. Nid y perchennog sy'n llenwi'r tŷ â chelfi ond y seiri coed. Nid yr esgobion sy'n achub eneidiau ond yr Arglwydd a anfonodd ei fab i fod yn saer ac yn grefftwr. Rhaid dysgu crefft yn drwyadl a'i throsglwyddo o genhedlaeth i genhedlaeth yn hytrach na thrwy lyfr. Mae'n rhaid uno personau'n feddyliol, braint y ces brofiad ohono heddiw.'

Esbonia Lewis nad yw ei fab wedi meistroli'r grefft o farddoni, er ei fod yn weithgar. Dywed y gallwn etifeddu'r grefft pe gwnawn i ymdrechu hyd eithaf fy ngallu. 'Dere i 'ngweld i mor amal ag rwyt ti isie 'ngwas i. Rwy'n hen erbyn hyn a do's 'da fi fawr o amser ar ôl. Po fwya y galla i dy hyfforddi di i farddoni, bydd fy nghwsg tragwyddol i'n un llawer tawelach.'

Cerddaf gartre yn ddyn breintiedig. Yn fy mag mae hen lawysgrifau amhrisiadwy, a gefais fel anrhegion, gyda'r anogaeth i'w hastudio, eu dadansoddi a chopïo'r dechneg. Maent yn enghreifftiau o hen draddodiad barddol y genedl y gallem eu colli am byth am eu bod wedi'u gwasgaru mewn bythynnod ac yng nghasgliadau preifat y bonheddwyr a'r gwŷr dysgedig yng Nghymru. Bydd rhaid i fi eu copïo ddwywaith, ac os bydd dau gopi ar gael yna bydd gwell cyfle i'r llawysgrif oroesi. Felly gwnaeth Lewis lawer mwy na cheisio gwella fy sgiliau drwy ddangos mor bwysig yw'r llawysgrifau hyn. Rwy'n cofio gweld y peiriant mawr du gyda'i roleri a'i olwynion yn y gweithdy argraffu newydd sydd yn y Bont-faen. Trwy argraffu degau neu hyd yn oed gannoedd o gopïau o'r gweithiau hyn a sicrhau bod gan niferoedd o bobol gasgliadau ohonynt yn eu cartrefi, byddant wedyn yn ddiogel.

Mor dda yw cerdded er mwyn rhoi trefn ar feddyliau. Dechreuaf feddwl am atgasedd Lewis tuag at esgobion boliog Seisnig yr Eglwys. Mae ei syniad y daw golud, nid o gyfoeth ariannol, ond drwy ddawn y crefftwyr yn apelio ataf. Gwelaf fod gan fy mam y gallu i fynegi syniadau sy'n ei chodi uwchlaw ei bywyd caled a sylweddolaf fod y traddodiad barddol yn rhywbeth amgenach nag ysgrifennu barddoniaeth. Mae'n deillio o werthoedd hŷn, doeth a chyfiawn y genedl Gymreig. Mae 'ngwaed yn berwi a 'mhen i'n troi wrth gerdded.

6

Gweledigaeth angylaidd las

MAE'R BONT-FAEN YN lle difyr a chyffrous, ac yn y tafarnau ceir cwrw da a chymdeithasu hwyliog. Weithiau, o ffenestr y Bear gwyliaf goets fawr y Post yn dod â llythyron o Fryste, Caerdydd a Llundain gan newid eu ceffylau cyn teithio tua'r Gorllewin a'r Gogledd. Rwy'n dechrau gweld bod byd arall diddorol yn bodoli ymhell y tu hwnt i gyffiniau'r Fro.

Y Bont-faen yw fy ffenestr ar y byd. Bydda i wrth fy modd yn crwydro'r dre ar ddiwrnod ffair neu farchnad er mwyn cael cipolwg ar fyd ehangach. Bob dydd Mawrth cynhelir marchnad gyffredin, lle bydd cwsmeriaid siopau'r dre'n cystadlu yn erbyn masnachwyr a ffermwyr ym marchnad yr anifeiliaid. Ryw ddwywaith neu deirgwaith y flwyddyn bydd y ffair yn denu pobl o'r tu fas i'r Fro. Yma heddiw yn y Bont-faen rwy i a Thomas yn ffair mis Mawrth, ffair fwyaf y flwyddyn. Mae'r strydoedd rhwng Eastgate a Westgate yn llawn o ffermwyr yn gwerthu a phrynu anifeiliaid, gwragedd yn gwerthu wyau, caws, menyn, cig moch, a sanau wedi'u gweu o wlân defaid Morgannwg. Yno hefyd mae dynion yn creu adloniant, sef y dyn hyrdi-gyrdi ac ambell jwgler crefftus. Daw pob math o fasnachwyr yma ac mae'r pregethwyr yn amlwg iawn wrthi'n gweiddi eu hatgasedd moesol yn erbyn yfed, puteindra, ymladd ceiliogod, rasys ceffylau a dawnsio. Yn ystod yr wythnos byddan nhw i gyd i'w gweld yma ryw ben.

Cawn drafferth cario pentwr o ffyn Bando. Bydd ffair fel hyn yn fendigedig pan fydd ceiniog neu ddwy yn y boced. Ein bwriad yw gwerthu'r rhain cyn gynted â phosibl er mwyn hala'r elw mewn ffyrdd mwy diddorol yn ystod y dydd a'r nos pan fydd Peggy a Millicent wedi dod i ymuno â ni. Bydd dawnsio yn stafell ymgynnull y Spread Eagle, a byddwn yno os bydd digon o arian yn y boced i gael mynd i mewn. Cawsom broblem cael lle da i werthu'r ffyn gan fod y lleoedd gorau wedi'u hawlio. Yn y diwedd llwyddon ni i gael lle rhwng gwerthwyr les o ansawdd gwael a rhyw ddyn yn gwerthu rhyw foddion gwyrthiol gyda'r addewid y gall sicrhau y bydd gwallt y dyn moel yn aildyfu. Haera hefyd y gall y moddion weddnewid perfformiad rhywiol y dyn. Beth bynnag yw'r angen, dyma'r moddion!

Er bod Bando'n boblogaidd bu'n rhaid i ni weithio'n galed i gael ein clywed ynghanol bwrlwm swnllyd y gwerthwyr eraill. Yn y diwedd rwy'n sefyll ar focs gan weiddi, 'Ffyn Bando gorau'r Fro – wedi'u gwneud gan grefftwyr o'r pren onnen gorau'. Does neb yn gwrando a rhaid cael ffordd arall o ddenu cwsmeriaid. Wn i! Rwy wrth fy modd yn derbyn cymeradwyaeth cynulleidfa, felly yr ateb amlwg yw adrodd barddoniaeth ddi-chwaeth, drwy ddefnyddio'r llais, y corff a digon o hiwmor wrth wneud.

Af ati i gyfansoddi cwpledi yn clodfori'r ffyn gan addo y bydd rhyw fath o hud arbennig gan bawb fydd yn eu defnyddio. Fel ficer yn ei bulpud, rwy'n llygadu'r wynebau di-ri sy'n edrych i fyny tuag ataf – wynebau sy'n dangos cymeriadau digon anwadal. Mae fel petai eu sylw yn eu rhoi'n gyffyrddus o dan fy hud. Gan fy mod yn adnabod ambell wyneb gallaf gyfansoddi rhigymau yn eu clodfori er mwyn eu denu i archebu ffyn. Troi ei gefen wnaeth un dyn o glywed rhigwm amharchus a gwnaeth hyn i'r gweddill chwerthin yn uwch. Yn y pellter gallaf weld Peggy a Millicent yn edrych yn fendigedig yn eu ffrogiau gorau. Gofyn am fwy a mwy o benillion amheus mae'r gynulleidfa. Sylwaf fod William Richards, perchennog boliog yr Horse and Groom, yn gwrando ar stepen y drws ac wrth gwrs mae ei bryd a'i wedd yn dargedau da i'w dychanu:

There's Richard of the Horse and Groom
(Remember what I tell ye),
You'll hardly in his house find room
So monstrous is his belly.

Chwerthin mae'r gynulleidfa sydd wedi chwyddo erbyn hyn a Richard yn bloeddio 'Da chi, prynwch un o'i ffyn e; efalle cawn ni dipyn bach o lonydd 'ma wedyn!'

'Pryna di un gynta,' meddai llais o'r pellter.

'Pam lai? Dw i ddim yn chwarae erbyn hyn ond fe fydd ffon yn handi i reoli rhai o'r yfwyr gwyllt 'ma cyn nos.'

Caiff Thomas hwyl dda o'u gwerthu ac o'r diwedd gwerthon ni'r ffon olaf. Dw i ar fin neidio oddi ar y bocs pan ymddangosodd o'm blaen weledigaeth angylaidd las – y ferch odidocaf a welswn erioed. Ond ei hwyneb sy'n fy swyno; y llygaid yn berlau yn ei hwyneb fel cerflun Groegaidd, yn amlwg wyneb sy'n eiddo i ferch sensitif, brydferth a galluog. Caiff yr angel mewn glas ei dilyn gan ddyn cyfoethog, canol oed, ei thad efallai, ac mae rhyw bregethwr neu ficer gyda nhw.

'Thomas, pwy yw hi sy wrth ddrws y dafarn?'

Cyfri'r arian mae e cyn edrych tuag atyn nhw.

'Mathew Deere yw'r dyn, rwy'n meddwl. Dyn busnes sy'n berchen sawl tafarn ac ambell siop.'

Mwy na thebyg taw ei ferch yw'r angel. Erbyn hyn mae'r dyrfa'n symud er mwyn chwilio am adloniant gwahanol. Daw Peggy a Millicent i'n cyfeiriad ond sibrydaf wrth fy mrawd, 'Cadw dy lygad ar y ddwy 'ma am funed, rhaid i fi weld pwy yw'r ferch 'na gyda Deere.' Af draw at yr Horse and Groom sy'n lle cyfarfod i bwysigion a boneddigion yr ardal lle mae cyfle i drafod busnes mewn stafell dawel ar wahân. Dywed Richard

Tew wrthyf taw 'Kitty Deere yw 'i henw, nith Mathew Deere a channwyll 'i lygaid. Fe yw Uchel Siryf Morgannwg. Dim ond rhywun cyfoethog o dras uchel gaiff honna i'r gwely, Ned. Felly anghofia amdani hi a bagla hi o 'ma os nad wyt ti am brynu peint.'

Os taw bwriad Richard oedd fy rhybuddio i gadw draw oddi wrth fy angel las, effaith wahanol a gafodd. Rhuthraf i lawr y stryd gan chwilio am yr angel a'i hewythr, a chael cipolwg ymhob ffenestr siop ar fy nhaith, ond doedd dim golwg ohonynt. Ni fyddent byth yn mynychu tafarnau israddol fel y White Hart na'r Three Tuns felly maent yn amlwg ar y ffordd i ryw adloniant arall. Yr unig dafarn parchus ar y ffordd yw'r Bear. Tybed...? Gwibiaf i lawr y stryd a gweu rhwng y pedleriaid a'r masnachwyr ac ambell anifail. O'r diwedd dyma hi, Kitty Deere yn dringo'n osgeiddig i mewn i gyntedd un o'r maenordai ar ochr ddeheuol y stryd. Mae'r ewythr a'i ffrind yn ei dilyn gan gau'r drws yn glep ar fy ngobeithion.

Safwn, wedi colli pob gobaith o flaen drws caeedig Caecady House, pan ddaeth Thomas, Peggy a Millicent i chwilio amdanaf. Llusga Peggy fi bant gan holi o'wn i'n dost. Chaiff hi ddim ateb ac mae dicter Thomas yn amlwg ar ei wep. Mae e'n amlwg eisiau treulio gweddill y noswaith gyda Millicent heb gael Peggy fel rhyw gi bach yn eu dilyn. Crwydraf y ffair gyda nhw ac wedyn awn i'r ddawns yn yr ystafell ymgynnull er bod fy nghalon wrth ddrws Caecady House. Ni lwydda ffidlo Tom Lewis hyd yn oed i godi fy nghalon heno.

Mae Thomas yn wyllt wrtha i ar y ffordd gartref. 'Y ffŵl styfnig! Y twpsyn, yn meddwl y gallet ti gael dy gyflwyno i rywun fel nith Mathew Deere. Ti ddim yn gall, y diawl dwl, yn llwyddo i chwalu 'y nosweth i a allase wedi bod yn un lawn sbort a rhamant.' Mae'n dweud y gwir, wrth gwrs.

Mae'i gasineb tuag ata i'n llanw'r gweithdy y bore canlynol. Dweud dim yw'r peth gore gan y bydde un gair croes arall yn ddigon i bryfocio tymer Thomas. Ond all Thomas ddim cau ei ben a rhaid oedd ceisio ymateb yn gall drwy resymu gan osgoi defnyddio geiriau rhy uchel ael rhag ei wneud yn fwy crac. Mae'i wyneb yn goch.

'Paid trial bod yn glefer 'da fi. Dw i ddim yn dwpsyn, y diawl dwl. Dyw'r ffaith taw ti yw'r hyna ddim yn dy wneud ti'n frenin. Iesu, ti'n siarad drwy dwll dy din, weithie!'

Chwerthin wnes i. 'Nid fy mai i yw dy fod ti mor anwybodus. Taset ti'n hala mwy o dy amser yn dy lyfre, yn lle gwastraffu dy amser yn cwrso merched sy'n dy gasáu di. Rwyt ti wedi bod ar ôl Millicent ers misoedd – wyt ti wedi cael cusan 'da hi 'to?'

Dywedais lawer gormod. Cododd Thomas ar ei draed a'i ddyrnau wedi cloi yn barod wrth ei ochr.

'Paid â mentro codi dy ddwrn. Dim ond dangos fyddi di mor wan ydi dy ddadl di.'

'Brawd mawr yn dangos ei hunan yn glefer 'to. Dyw'r ffaith taw ti yw'r hyna ddim yn golygu taw ti yw'r un clyfra.'

'Wel fi yw'r clyfra, a dyna ni.'

'Ffefryn blydi Mam wyt ti a hithe wedi dy sbwylo di'n rhacs. Ti sy'n ca'l y pethe gore bob tro ac yn ein trin ni, dy frodyr, fel sen ni'n neb, y diawl bach. Wel, rwy i wedi ca'l llond bola ar hyn.'

Mae'n anelu ei ddwrn ata i ond rwy i'n rhy gloi iddo fe. Rwy'n cydio yn ei fraich ac mae'r ddau ohonon ni'n cwmpo nes ein bod ni'n un cwlwm tyn ar y llawr. Mae dyrnu ein gilydd wedi cymryd lle'r geirie ac mae'r ddau frawd ieuengaf yn gweiddi a sgrechen. Pe bydden nhw'n cymryd ochor bydden nhw'n siŵr o fod wedi ochri gyda Thomas. Daw Nhad mas o'r tŷ i roi trefen arnon ni.

Ond, mae'r niwed wedi'i wneud.

Anelu'n Uchel

Rwy'n eistedd ar yr un fainc â 'mrodyr yn Eglwys y Plwyf, ond mae fy synhwyrau ynghyd â'r holl atgasedd sydd rhyngon ni'n fy nghario i fyd arall. O 'mlaen mae arch fy annwyl, brydferth fam ond nid wyf yn derbyn taw yr un oedd parch ac edmygedd fy mrodyr a fi tuag ati. Daethom o'r un groth, o'r un cnawd ond roedd fy nheimladau i tuag ati uwchlaw pob deall corfforol.

Fy mam ysbrydolodd fi i godi fy ngolygon yn uwch na'r anifeiliaid ac ymlusgiaid dyddiol y ddaear. Aeth â fi i ardd fendigedig yn llawn syniadau uchel-ael, llenyddiaeth dda, geiriau coeth a gobeithion uchelgeisiol. Heddiw mae ei marwolaeth sydyn wedi fy ngadael yn llwm ac yn hollol ddigysur. Hi a'm diddyfnodd rhag chwantau syml pob llanc cyffredin a chynnig byd esthetig a chain. Fi oedd ei disgybl disglair sydd nawr yn amddifad a hynny wedi digwydd mor sydyn, mor greulon. Rwy'n ochneidio wrth edrych ar yr arch ffiaidd. Pan oedd Mam yn fyw gallwn fyw'r bywyd teimladwy gan fod 'da fi rywun arall i gyfathrebu ag ef drwy ysgrifennu, darllen a chydfyfyrio. Hi a'm dysgodd i ddarllen, ysgrifennu a meddwl. Mae fel petawn wedi dysgu iaith glasurol a neb ar ôl i drafod ynddi neu orfoleddu yn ei syniadau – geiriau llawn ysblander a meddyliau gogoneddus sydd ynghlwm yn yr iaith honno. Cymaint yw fy ngholled a'm hunigrwydd.

Bu farw o'r ddarfodedigaeth. I fi roedd Mam yn rhy sensitif erioed, yn rhy eiddil ac yn wir yn rhy bur i fyw yn y byd lle trigai. Bu'n rhaid i fi wylio golau'r enaid yn pylu. Eisteddais wrth erchwyn ei gwely am ddyddiau; ofnwn gysgu rhag ofon iddi wanhau, wrth golli fy anogaeth plentynnaidd gan arwain at ein gwahanu. Bu eraill yn ceisio fy mherswadio i adael y stafell ond heb lwyddiant. Doedd neb yn deall na chydnabod maint fy ngholled. Credent fy mod yn gorymateb a taw ffug oedd fy ngalar.

Pe na bawn wrth ei hochr byddwn i'n dal yn effro. Atseiniai'r pŵer a'r wybodaeth a drosglwyddodd i fi, ei mab hynaf, yn fy mhen. Sut gallwn i gefnu arni yn ystod yr eiliadau oedd ar ôl i ni'n dau. Wrth ei gwely darllenaf ei hoff lyfrau Cymraeg iddi: *Y Beibl* a Dafydd ap Gwilym. Yn Saesneg, darllenaf *Hamlet* gan Shakespeare, darnau o waith Pope ond yn bennaf ei hoff gyfrol, *Paradise Lost* gan John Milton. Ar ein noswaith olaf gofynnodd i fi ddarllen *Paradise Regained* a themtasiwn Satan i Dduw yn yr anialwch. Hyd yn oed nawr mae geiriau'r bregeth yn atseinio yn fy meddwl.

All thy heart is set on high designs,
High actions, But wherewith to be achieved?
Great acts require great means of enterprise.

Fy nod nawr yw ei chlodfori a byw y math o fywyd y byddai hi'n falch ohono, sef bywyd uchel-ael llenyddol. Ond sut?

Yn y pwlpud mae'r Parch John Walters yn edrych i lawr ar ein trallod. Mae'i wyneb caredig a'i lais dwfn yn gysur, ond i fi mae ei lais yn anghlywadwy. Rwy'n ei gofio wrth erchwyn ei gwely sawl gwaith yn ystod ei chystudd. Gwnaf fy ngorau i geisio cysuro Nhad a'm brodyr. Doeddwn i ddim eisiau cysur – doedd dim angen neb arall arnaf i leddfu dwyster fy ngholled. Pan geisiodd y rheithor fy nghysuro roedd fy ngwaedd, yn wir fy sgrech, yn ddigon i ddychryn yr adar yn y coed cyfagos.

Y Parchedig John Walters

R WYF WEDI DERBYN nodyn byr gan y Parchedig John Walters.
'Byddwn yn falch pe buaset yn dod i'r ficerdy i'm gweld
er mwyn trafod dyfodol dy addysg.' Beth yw hyn? Dangosaf y
nodyn i Nhad sy'n cyfaddef iddo fe drefnu'r ymweliad. Mae'n
esbonio sut y treuliodd y ficer oriau yn ceisio'i gysuro ar ôl
marwolaeth ei wraig, fy mam ac iddynt ymddiddan yn eang ar
wahanol faterion.

'Pan siarades â John Walters, dangoses 'mod i'n poeni
amdanat ti, fy mab hyna. Roeddet ti a dy fam yn glos iawn a hi
ddysgodd ti i ddarllen, ysgrifennu a barddoni. Fe gynigiodd gael
gair 'da ti er mwyn cynnig arweiniad a thithe wedi colli rhywun
mor agos atat.'

Mae cynnig Nhad yn un caredig, yn enwedig o gofio taw
gwastraff ar amser, yn ei farn e, oedd derbyn addysg gan nad
ystyriai hwnnw o unrhyw werth i ennill bywoliaeth nac i dalu
am fwyd. Diolchaf iddo ond mae'r gwahoddiad yn aros heb ei
ateb ers dyddiau. Nid wyf eisiau dim i gymylu'r cof am Mam a
rhaid neilltuo cyfnod parchus o alaru amdani, er y byddaf yn
galaru am byth. Rown yn meddwl am eiriau Milton pan welais y
fflam yn gwywo yn ei llygaid,

All thy heart is set on high designs,
High actions, But wherewith to be achieved?

Sut yn wir y caent eu gwireddu? Byddai Mam am i fi gydio mewn unrhyw siawns a ddeuai i fi. Efallai taw dyma'r un…

*   *   *

'Do come in. Edward isn't it?'

Rwy'n nodio ar y wraig dal o'm blaen. Rwy'n ei chofio ers diwrnod yr angladd, ei llais llariaidd yn addfwyn ac eto'n naturiol awdurdodol. Mae ei ffrog lwyd yn barchus a gwregys fetel o amgylch ei chanol yn dal sawl offeryn fel siswrn a chyllell fach ac offer eraill sy'n rhan annatod o weini tŷ.

'The Reverend Walters is expecting you,' meddai gan agor y drws yn llydan, a cherddaf i mewn o'r golau i'r llymder oddi mewn.

'As I said, he is expecting you but I'm afraid he had an unexpected call from one of his churchwardens – about the readers for next Sunday. I hope you won't mind waiting a few minutes. Come into the kitchen and you can meet the boys. This way.'

Rwy'n ei dilyn i gegin enfawr. Buasai'n bwthyn bach ni'n ffitio'n gyfan gwbl yn helaethrwydd y cyntedd gyda pheth lle i'w sbario. Mae yna gypyrddau di-ri a sosbenni o bob math a maint yn hongian ar fachau yn y nenfwd. Ar un pen i'r bwrdd hir mae dynes yn paratoi toes. Ar y pen arall mae pum bachgen yn edrych i 'nghyfeiriad i.

'This is Mrs Owens who helps me in the kitchen. And these are my boys. Stand up to greet a visitor!'

Mae hi'n cyfeirio atynt fesul un,

'John, Daniel, William, Lewis and little Henry.'

Maent yn sefyll mewn rhes, o'r talaf ar un pen i'r un bach ar y pen arall fel petaent yn adlewyrchu trefn effeithiol y tŷ.

'We've all just eaten I'm afraid, but I'm sure we can offer you something. Mrs Owens, have we any of the soup available?'

Rwy'n ymuno â'r bechgyn o amgylch y bwrdd, yn mwynhau ac yn canmol Mrs Owens am bryd o fwyd blasus. Mae'r bechgyn yn amlwg wedi hen arfer cael pobol ddierth yn y tŷ. Nid oeddwn yn siŵr beth oedd oedran y plant, er fy mod yn credu bod John, y talaf, tua deg oed. Maent yn clebran yn rhwydd am yr ysgol ac am y ddau ferlyn, ond maent yn amlwg eisiau gwybod fy hanes i.

'Do you play Bando?' gofynnodd Lewis.

'Sometimes.'

'We're not allowed – Mother thinks it's too dangerous.'

'She's probably right.'

'What else do you do? medd Daniel yn uniongyrchol.

'I'm a stone mason.'

'Is that why you're here? Are you going to mend the Rectory stone?'

'No.'

'Are you clever? medd Lewis eto.

'Yes,' atebais. 'Are you?'

'Yes, but not as clever as Daniel. What can you do that's clever? Can you read Latin?'

'No, but I can write poetry in Welsh and English.'

'Can you?' gwaeddodd dau neu dri o'r bechgyn mewn unsain, 'Recite one for us.'

'Please!' meddai Mrs Owens o ben draw'r bwrdd.

'Recite one for us – please!' meddent gyda'i gilydd.

'But in English, we don't speak much Welsh.'

'I'll do better than that,' atebais, 'I'll compose a poem just for you.'

Rwy'n meddwl am rigymau a limrigau da fyddai'n ymwneud â'u henwau. Mae Lewis yn un anodd, felly rwy'n defnyddio eu cyfenw, Walters. Mae Walters yn odli gyda sawl gair call fel 'acres', 'cobblers', 'dodgers' ac yn y blaen. Amlygaf y perfformiwr ynof a chyn bo hir mae Mrs Owen a'r bechgyn yn eu dyblau.

Daw'r chwerthin byrlymus â Mrs Walters yn ôl i'r gegin i weld beth sy'n digwydd. 'If my boys are prepared to leave you alone, Mr Williams, the Rector will see you now in the study.' Mynega'r bechgyn eu siom, ond mae John yr hynaf yn diolch yn galonnog ac yn barchus i fi gan fy ngwahodd i'w cartref eto'n fuan.

Rwy'n siglo llaw â phob un gan ddiolch am eu cwmni difyr, a diolch i Mrs Owen am ei chawl blasus. Fel rwy'n dilyn Mrs Walters i'm sialens nesa dywed wrthyf, 'I hope the boys weren't too troublesome to you. You are a novelty, you see, younger by far than the rather aged canons, vicars and churchwardens they normally have to suffer.'

Mae'r drws yn agor a'r Rheithor yn sefyll yno i fy nghyfarch a'm tywys tuag at gadair. Mae'n amlwg bod yr ymwelydd cynt wedi cael disgled gan fod y forwyn wrthi'n clirio'r llestri drud. Rwy'n dal ei llygaid gan achosi iddi bron â gollwng y cyfan wrth iddi fy adnabod. Rwy'n gwybod pwy yw hon – Gwen o Howe's Mill. Ysgrifennais gerdd iddi unwaith a chefais gusan am fy ymdrech. Diflanna'n sydyn a'r hambwrdd yn crynu yn ei dwylo.

Er yn foesgar, daw'r cwestiynau ataf yn ddi-dor yn y Gymraeg. Pam Cymraeg gan taw Saesneg yw iaith yr aelwyd hon? Ydi e'n amau fy ngallu i gyfathrebu yn Saesneg efallai? Mae'n holi pam nad ydw i erioed wedi mynychu'r ysgol.

'Rown i'n hanfodol i waith fy nhad gan fy mod o gymorth iddo fel saer maen.'

'Beth ddysgaist gan dy fam?'

'Darllen ac ysgrifennu yn y ddwy iaith a gwerthfawrogi dysg a barddoniaeth.'

Beth rwyt ti wedi'i ddarllen?

'Dafydd ap Gwilym, Shakespeare, Milton, Pope ac ambell gopi o'r Tatler a'r Spectator. Hefyd llyfr Bacon *Advancement of Learning* a'r *Mechanical Fabrick of the Universe* gan Purshall.'

'Dim Lladin?'

'Naddo, syr.'

'Ffrangeg?'

'Na Ffrangeg chwaith, syr.'

'Rwyt wedi cael gwersi gan Thomas Richards, curad Llangrallo, fel rwy'n deall.'

'Do, syr, fel ffafr i Mam. Fe'm dysgodd i ehangu fy ngeirfa a defnyddio gramadeg cywir, yn enwedig yn y Gymraeg.'

'Mae'n canu dy glodydd fel disgybl deallus a dyfal gyda diddordeb mewn geiriaduraeth yn yr iaith Gymraeg.'

'Diolch syr. Bu'n ddigon caredig wrthyf, gan adael i fi dreulio amser yn ei lyfrgell a buom yn trin a thrafod tarddiad geiriau Cymraeg.'

Cwyd yn araf gan droedio at ei silff lyfrau, a dewis cyfrol a'i gosod ar y bwrdd o'm blaen. Mae'n edrych arnaf fel petai'n ceisio darllen fy meddwl cyn symud i silff arall a rhoi'r ail gyfrol wrth ochr y llall. Cawn seibiant cyn iddo ddarganfod y geiriau addas.

'I fod yn glir, Edward. Rwy'n ddigon parod i ehangu dy addysg cyn belled â dy fod tithau'n dangos y dyfalbarhad a'r ddisgyblaeth i ddysgu.'

Dw i am fynnu dweud wrtho nad oes neb wedi amau fy ymroddiad at waith o'r blaen ond mae'n amlwg nad ydw i fod i dorri ar draws llif geiriau'r offeiriad.

'Rwyt yn amlwg wedi darllen yn eang, ond bydd diffyg Lladin yn anfantais i ti. Fe alla i dy helpu gyda hynny. Cymer hwn.'

Llyfr gweddol garpiog oedd, a'r llythrennau aur ar y clawr wedi hen ddiflannu; llyfr a gawsai'n amlwg ei ddefnyddio'n amal – *An introduction to Latin Syntax*.

'Edrycha drwy'r bennod gynta. Bydd yn rhaid i fi drefnu pryd y gallwn gwrdd er mwyn taclo tipyn ar Ovid.'

Cwyd y gyfrol gyntaf oddi ar y bwrdd – llyfr newydd sbon, mae'n ei ddal yn ei law gyda gofal.

'Os wyt ti am dalu am yr addysg yma, dyma'r petha gorau alli di wneud i'm helpu. Mae Thomas Richards yn meddwl byddai'r gwaith yma'n dy siwtio di i'r dim. Mae angen help arna i mewn tasg mor enfawr fel nad ydw i'n hyderus y byddaf fyw i'w chwblhau a chan ei bod yn amlwg dy fod yn hyddysg yn y Gymraeg, a'th gariad at yr iaith wedi'i amlygu...'

Mae'n gosod yr ail gyfrol yn fy llaw.

'Rwyt nawr yn dal y gyfrol gyntaf o'm Geiriadur Saesneg – Cymraeg sy'n cynnwys cofnod o 'A' i lawr i'r gair 'BRAICH.' Mae 'da fi 13 o gyfrolau eraill ar waith. I gyflawni'r gwaith anferth yma bydd yn rhaid casglu pentwr o eiriau Cymraeg, dangos eu hystyron, paratoi amrywiad i bob gair a'u trefnu. Felly rwyf angen dy gymorth di yma.'

Dyw'r Rheithor ddim yn aros am ateb ond yn hytrach crwydra'r stafell fel petai'n pendroni dros ryw ddamcaniaeth gymhleth. Wedyn mae'n siarad fel petai'n pregethu. 'Edward, mae'r gwaith yn hanfodol. Mae'r iaith Gymraeg yn hen iaith ac yn iaith odidog – un o'r ieithoedd harddaf yn y byd, ond fel pobol, rydym yn amddifad o brifysgol, llyfrgell fawr a does yr un academi yng Nghymru i arddangos ei mawredd. Rhaid amddiffyn ei bodolaeth a'i dyfodol fel iaith hynafol.'

Mae'n troi i edrych drwy'r ffenest, naill ai i chwilio am ysbrydoliaeth neu osgoi edrych arnaf i. 'Rwyf wedi gorfod dadlau ei hachos o flaen dynion dysgedig sy'n credu bod yr iaith Gymraeg yn israddol i'r Saesneg neu i'r Ffrangeg, gan ei bod, yn eu barn hwy, yn iaith heb lawer o eiriau na chyfoeth mynegiant. Mae'n fy mhoeni nad ydw i wedi llwyddo i'w profi'n anghywir.'

Yna mae'n troi ataf.

'Gwaeth fyth, does dim un ffordd rwydd o ganfod ystyr geiriau Cymraeg heb eiriadur. Mae digonedd ohonynt o wahanol ansawdd wedi'u hargraffu yn Saesneg ers 1600. Mae geiriadur newydd Samuel Johnson wedi rhoi sefydlogrwydd i'r iaith Saesneg ac wedi rhoi tipyn o drefn ar ei geirfa sydd yn newid bob blwyddyn. Rhaid cael yr un peth yn y Gymraeg.'

Eistedda gyferbyn â fi fel petai'n ymbil arnaf.

'Edward, mae'n well 'da fi'r iaith rydym ni'n ei siarad yn awr, y Gymraeg, nag unrhyw un o'r hen ieithoedd, nag yn wir yr ieithoedd modern rwyf wedi dod i gysylltiad â hwy. O waelod fy nghalon, hoffwn wrthbrofi haeriadau'r rhai hynny sydd yn dilorni'r Gymraeg, gwneud iddyn nhw gywilyddio am eu gwaseidd-dra.'

Wrth iddo gymryd saib, teimlaf ei fod am i fi ymateb.

'Beth ry'ch chi am i fi neud?'

'Diolch, Edward. Gwaith digon syml sydd wrth wraidd y peth, sef casglu nifer o eiriau o hen lawysgrifau, hen gerddi neu eiriau a geir mewn sgyrsiau o ddydd i ddydd. Bydd yn rhwydd i ti wneud hyn a dy waith yn dy arwain ledled Morgannwg.'

'Ac yn bellach, syr.'

'Casgla eiriau a'r amrywiaeth o ystyron sydd iddynt. Os clywi di air Saesneg nad oes gair Cymraeg gyda'r un ystyr iddo, yna gofyn, neu adeilada air newydd os bydd rhaid. Bydd peth gwybodaeth o Ladin o gymorth i ti ac os bydd gen ti'r iaith Roeg hefyd, yna gwell byth.'

'Creu gair newydd?'

'Adeiladu gair ddywedais i o eiriau sy'n bodoli'n barod.'

Mae'n rhestru nifer o enghreifftiau Cymraeg a Saesneg sydd wedi tarddu o'r Lladin, Groeg neu Ffrangeg. 'Dyma sut y bydd iaith yn tyfu. Mae'n bosibl cyplysu dau air i wneud un arall. Rwy'n ffyddiog fod gan y Gymraeg olud arbennig a fyddai'n caniatáu i ni wneud hyn fel na fydd ond lleiafrif o fenthyciadau gennym ni. Wyt ti'n deall?'

Rwy'n nodio'n gyffrous.

'Dyma dy dasg gynta di, felly. Wyt ti'n gyfarwydd â Rousseau? Mae ei athroniaeth yn llawn o'r syniad a elwir yn 'humanité'. Mae'r gair Saesneg wedi tarddu o'r Ffrangeg a does dim gair

Cymraeg am 'humanité.' Mae angen un arnon ni. Erbyn yr wythnos nesa rwy'n disgwyl i ti gael gair cyffelyb yn y Gymraeg sy'n ceisio mynegi'r syniad ein bod i gyd yn blant i Dduw. Sialens i ti. Wyt ti'n ei derbyn?'

'Wrth gwrs, syr.'

Gwena yn ei sedd a'i gorff, erbyn hyn, yn amlwg wedi ymlacio. Teimlaf hi'n anodd dygymod â'r sefyllfa, gan fy mod o fewn ugain munud wedi tyfu o fod yn ddisgybl diniwed i fod yn brentis mewn menter bwysig. Rwyf wrth fy modd yn llawn emosiwn, cyffro a gobaith. Yn sydyn, fel petai'r Rheithor am newid y sgwrs i un fwy ffurfiol, mae ei lais yn caledu ac yn oeri.

'Un gair bach, Edward. Rwy wedi clywed llawer am dy allu barddonol di. Rwyf hefyd wedi clywed dy fod yn galler gwerthu barddoniaeth ddi-chwaeth am beint o gwrw mewn tafarnau gwyllt a throi pennau llancesi diniwed i bwrpas anfoesol. Callia! Os wyt ti am weithio i fi, ni fydd ymddygiad fel yna'n dderbyniol. Gobeithio bod hyn yn glir i ti.'

Dw i ddim yn gwybod sut i'w ateb. Yn gyntaf mae'n fy nhrin fel partner a'r funud nesa fel rhyw ferchetwr gwyllt. Teimlaf ei fod am fy mychanu er mwyn dangos pwysigrwydd ei gynnig i fi. Rwy'n ddig wrth ystyried y cyhuddiad, gan taw digon diniwed oedd y farddoniaeth ddi-chwaeth. Nid plentyn ydw i, ond, gwna ei gynnig i fi gadw'n dawel. Rwy i wedi dysgu cryn dipyn heddiw ond yr her i fod yn angel ufudd yn hytrach nag un gwrthryfelgar fydd y dasg anoddaf i fi ei hwynebu hyd yn hyn.

Kitty Deere

M AE DYSGU LLADIN yn dipyn o sialens. Rwy'n galler ymgolli
am oriau mewn creu brawddegau da a defnyddio'r eirfa'n
fanwl gywir. Teimlaf i'r byw fy ngholled ond eto mae hyn yn ffordd
o dalu teyrnged i Mam gan wybod y byddai hyn wedi'i phlesio'n
fawr. Ysgrifennaf fwyfwy i leddfu'r ing, llawer o'r gwaith mewn
Cymraeg ffurfiol a'r ffurfiau o ysgrifennu a ddysgais gan Lewis
Hopkins ac eraill. Pan nad wyf yn ysgrifennu rwy'n astudio'r
llyfrau niferus a gefais gan y Parchedig John Walters.

Rwy'n ofalus 'mod i'n gwneud fy siâr gartref a byddaf yn
cyflawni gofynion fy Nhad wrth weithio gyda'm brodyr ar
furiau Ffwl-y-mwn. Heb reolaeth Mam arnom, mae'r cweryla'n
ddiddiwedd, gan eu bod yn dal yn teimlo'n eiddigeddus ohonof
gan taw fi oedd eilun fy mam. Ceisiaf weithio'n dawel heb roi
esgus i'r un ohonynt golli ei dymer. Bydd arnaf ofn iddynt gael
esgus i ddinistrio fy mhapurau a'm llyfrau yn eu tymer, felly
ceisiaf weithio cyn belled ag y gallaf oddi wrthynt, ymhell o olwg
y tŷ. Yn yr haul godidog rwy'n hoffi gweithio ar fy llyfrau o dan
goeden neu, pan fydd yn wlyb, yn un o'r adeiladau bach yn yr
ardd. Bydd y fainc yn yr eglwys hefyd yn fy nenu ar adegau.

Rwy'n dal i hoffi cerdded ac erbyn hyn gyda llyfr yn fy llaw a
chwdyn dros fy ysgwydd. Pleser pur. Mae'n gysur i'r enaid cael
cerdded milltiroedd ar hyd hewlydd culion Morgannwg. Dyma
fy nghynefin, perffaith i astudio a darllen. Ers marwolaeth
Mam rwyf wedi llwyddo i allu astudio ac edrych ar bethau
mewn ffyrdd gwahanol. Caiff yr haf ei weddnewid yn hydref

ffrwythlon a thrist. Ceisiaf ddal gafael ar y teimlad hwn yn fy ngwaith; teimladau megis aeddfedrwydd, pydredd a marwolaeth ac mewn gwrthgyferbyniad teimlad o obaith ac aileni. Mae'r gân o gariad a ysgrifennais i Mam yn gân drist.

Weithiau manteisiaf ar y cyfle i ddiflannu o 'nghartre a rhag casineb fy mrodyr, i chwilio am waith y tu fas i'r ardal am gyfnodau, ond mae fy sesiynau gyda'r Parchedig John Walters yn rhy werthfawr i'w colli. Mae'n ymddangos fel petai e'n bles â'r gwaith a wnaf iddo. Mae fy meistrolaeth ar Ladin wedi gwella mas draw ac mae hynny'n ei blesio'n fawr. Yn ôl ei gais, fi ydyw prif gasglwr y geiriau Cymraeg iddo, a'u cyfystyron tafodieithol, ac rwyf wedi cynnig geiriau newydd iddo i'w cofnodi. Ei sialens o greu gair Cymraeg am 'humanité' oedd ei dasg gyntaf i fi – a chynigiais 'dynoliaeth' iddo, gair coeth ac arwyddocaol. Fe wnaeth nodyn o'r gair newydd ond nid wyf yn hyderus hyd yn hyn ei fod wedi'i gynnwys yn ei lyfr.

Fe wnes un camgymeriad drwy adrodd fy marddoniaeth wreiddiol iddo gan feddwl y byddai ganddo ddiddordeb ynddi. Mae'n cyfaddef nad yw erioed wedi cael yr amser i ddatblygu'r grefft o ysgrifennu cywyddau. Ni allaf ddeall sut y gall dyn â chymaint o gariad at iaith ddangos cyn lleied o ddiddordeb yng nghynnyrch mwyaf gogoneddus yr iaith.

Ceisiaf osgoi Peggy. Fel merch sy'n hoffi mwynhau bywyd hyd yr eithaf, caiff lond bola wrth fod gyda rhywun mewnblyg fel fi. Ar ôl marwolaeth Mam byddaf yn cerdded y waun am oriau a does dim angen ei chwmni hi arnaf yno mewn gwirionedd, ond gwnaiff ei gorau i geisio codi fy nghalon. Yn waeth byth, ceisia fy nghofleidio a'm cusanu er mwyn lleddfu'r boen. Dydw i ddim yn ymateb a dyw hynny ddim yn ei phlesio. Alla i ddim. Pan fydd yn cynnig ei gwefusau i'w cusanu, ei bronnau ifanc a'i chorff deniadol i'w hanwesu fel y gallaf anghofio poen fy ngholled, gwarth ac nid pleser a deimlaf. Yn hytrach na fy atal, ceisia fy nenu drwy agor ambell fotwm yn ei blows a rhwbio ei chorff yn fy erbyn i'm hannog, fel rhyw butain frwnt. Ni wnaiff fy ymateb negyddol ei phlesio. Gwnaiff ei gorau i fy annog i feddwl yn chwantus amdani, ond teimlaf fod gwneud hyn, yn sarhad ar burdeb benywaidd, ac ar goffadwriaeth Mam. Cerddaf oddi yno a'i gadael yn llefen, er mawr ofid i fi. Y peth gorau i ni ein dau felly yw osgoi ei gweld yn rhy amal.

Eto i gyd, mae cysur yn bwysig. I fi rhaid i'r ffurf fenywaidd fod yn bur a pharchus ac yn gartref naturiol i urddas meddyliol. Heblaw fy mam, dim ond un arall sy'n cyflawni'r gofynion hyn, sef y ferch a welais ar Stryd Fawr y Bont-faen ar ddiwrnod y ffair sef yr aruchel a'r unigryw Kitty Deere, fy eilun. Mae ei phrydferthwch yn adlewyrchiad o fy mam. Nid wyf wedi torri gair â hi erioed ond bydd llais hyfryd ganddi, ei cherddediad yn ysgafn, rwy'n sicr o hynny, a'i haraith yn wych. Yn naturiol, nid wyf wedi'i chusanu erioed, ond bydd ei chusanau yn fendigedig ac mor driw ag adduned sanctaidd. Hi fyddai fy nghymar ymhob ffordd posibl pe cawn y cyfle i'w chyfarfod.

Anfonais sawl llythyr ati gan gynnwys barddoniaeth i glodfori'i phrydferthwch, ac i ofyn am gyfle i'w chyfarfod. Byddaf yn cario'r rhain yn bersonol i'w chartref, yn Ash Hall yn Ystradowen.

*   *   *

Byddai cerdded i fyny'r hewl at ddrws Ash Hall yn ddigon i hala arswyd ar y rhan fwyaf o bobol, ond rwy'n ymlwybro dros y graean swnllyd i ganu'r gloch. O berfeddion y tŷ clywaf dincial y gloch sydd wedi dihuno'r ofalwraig. Daw clamp o wraig dew i'r drws gan ddatgan yn swta, 'Gwerthwyr nwyddau i'r drws cefen, plis.'

Ceisiaf esbonio fy neges iddi. 'Rwy'n galw i weld Miss Kitty Deere.'

'Ydi hi'n eich disgwyl?'

'Na… ond…'

'Wel, dyw hi ddim gartre, felly, a phe bydde hi 'ma, go brin y bydde hi isie gweld rhywun fel chi. Cerwch o 'ma, mae 'da fi waith i'w neud.'

'Wnewch chi roi hwn iddi, os gwelwch yn dda?'

Mae'n astudio'r pecyn bach fel petai'n heintus, cyn dweud, 'Fe wna i'n siŵr ei bod yn ei dderbyn. Bant â chi nawr!'

Rwy'n amau'n fawr a fydd Kitty yn derbyn y pecyn. Bydd ei thad yn debygol o gael gafael ynddo'n gyntaf neu fe fydd yr ofalwraig yn ei guddio neu'n ei luchio i fflamau'r tân. Ta beth, fe anfona i ragor o lythyron a barddoniaeth ati. Gwnaf gopïau o bob un nes 'mod wedi plastro Ash Hall â fy negeseuon.

Drwy dalu swllt, rwy'n perswadio'r garddwr ifanc i gario a derbyn negeseuon rhwng Kitty a fi i'w rhoi iddi pan fydd yn cerdded yn yr ardd. Ar ôl wythnos o boeni, mae fy ymdrechion yn dwyn ffrwyth. Dywed wrthyf fod Kitty Deere wedi eistedd yng nghysgod yr ywen i ddarllen fy marddoniaeth serchus ati a hefyd fy llythyr. Rwyf wrth fy modd.

'Haul yr awen a seren fy serch,' oedd fy nghyfarchiad. Mae'r garddwr yn dweud iddi ei ddarllen a bod gwên o lawenydd yn llenwi ei hwyneb. Plyga'r llythyr yn ofalus a'i gadw, ond mynna'r garddwr gael dau swllt am gario'r neges nesaf. Cribddeiliaeth, ond does dim ateb arall. Rhaid ei dalu.

Yr unig ffordd bendant o'i gweld yw yn yr eglwys, gan fod ei hewythr yn warden yn eglwys Sant Owain, Ystradowen. Ef sydd wedi cyfrannu arian at gadw a gwella'r adeilad ac mae ganddo farn gref ynglŷn â'r holwyddoreg. Bydd y teulu yno'n gyson bob bore Sul yn eistedd ar eu meinciau mewn lle blaenllaw. Byddaf innau yn eistedd y tu ôl iddynt, gan geisio dilyn pob symudiad a wna ei het sidan a'r bluen estrys osgeiddig sydd arni.

Po fwyaf y caiff fy nghyswllt â'r ferch arbennig hon ei atal, mwyaf yn y byd o lewyrch fydd ar fy marddoniaeth yn disgrifio ei harddwch. Bydd serch yn siŵr o ddarganfod ffordd.

Gweithdy Argraffu

M AE'R BONT-FAEN WEDI colli peth o'i hud i fi a does dim awydd arna i bellach i ddawnsio nac i ymweld â'r marchnadoedd. Byddaf yn mynychu'r Bear ar yr adegau pan fydd y cwmni'n un diddorol. Yno byddaf yn difyrru fy hunan drwy adrodd barddoniaeth o safon pur isel i gynulleidfa ddichwaeth.

Rhaid cyfaddef bod yna un sefydliad sy'n ennyn fy niddordeb. Yn 70 Eastgate mae gweithdy argraffu Rhys Thomas. Yn amal bellach byddaf yn sefyll y tu fas gan edmygu gwychder y wasg enfawr a'r dechnoleg newydd sy'n gysylltiedig â hi; y roleri, yr haearn bwrw mawr, a'r hambyrddau yn llawn o argraffiadau. Mae 'na ramant a gobaith am ddyfodol mewn gwybodaeth, am oleuni a llwyddiant masnachol. Heddiw rwy'n mentro i mewn i'r lle. Does dim busnes 'da fi yma ar wahân i gasglu geiriau i eiriadur mawr Saesneg – Cymraeg John Walters. Mae hyn yn unig, rwy'n teimlo, yn fy nghymhwyso i fod yn aelod o'r frawdoliaeth sydd am weld y dyfodol yn lle mwy llenyddol i fyw.

Ymddengys Rhys Thomas yn berchennog dadleugar ei natur, sy'n galler bod yn ddigon hawddgar un diwrnod ond fel rhyw gi dychrynllyd y diwrnod wedyn. Rwy'n amau taw ar y poteli brandi, sydd wedi'u cuddio yn yr argraffdy, y mae'r bai, a'u bod yno i ddiwallu anghenion y perchennog yn hytrach nag i iro'r peiriannau.

Ar fy ymweliad cyntaf mae Rhys yn groesawgar, yn falch o weld fy chwilfrydedd ac mae'n dangos i fi sut mae'r peiriannau'n gweithio yn llawn brwdfrydedd. Caf fy swyno gyda'r broses o osod y teip a'r modd y caiff miloedd o flociau bach plwm eu defnyddio i ffurfio tudalen o eiriau. Rwy'n dwli wrth weld Rhys yn perfformio'r wyrth o droi metal y plât yn dudalen o brint hardd, drwy weithio'r peiriannau. Mae'n gadael i fi droi'r carn i argraffu tudalen sengl ac arno hysbyseb i werthwr grawn lleol.

Mae 'da fi reswm dros fod yma, heblaw am gael y wefr o fod mewn cysylltiad â thechnoleg a fydd yn sicr o newid ein byd. Rwy'n mentro gofyn sut y gall rhywun weld ei waith mewn print.

'Pa fath o waith?'

'Barddoniaeth'

O 'mhoced rwy'n tynnu taflen o bapur a'i gynnig i Rhys.

'Dw i ddim isie'i ddarllen. Edrych, rwy'n fodlon argraffu unrhyw beth os ca i 'nhalu, ond dim byd cableddus wrth gwrs. Ond ma rhaid i rywun dalu am fy amser, y papur a'r inc y bydda i'n eu defnyddio at y gwaith. Wedyn bydd angen rhwymo'r tudalenne, eu cywasgu, eu gwnïo, a'u trimio a sicrhau bod y gorffeniad yn briodol. Mae'n waith drud ac yn cymryd amser. Do's dim llawer o ots 'da fi am ansawdd y gwaith barddonol o fewn y gyfrol, dyfnder pocedi'r person sy'n gofyn i fi 'i argraffu iddo sy'n bwysig i fi. Wyt ti'n fachgen ifanc cyfoethog?'

'Nac ydw.'

'Felly, o's noddwr 'da ti?'

'Beth?'

'Rhywun ag arian sy'n fodlon talu'r coste.'

'Nac o's.'

'Os yw'r gwaith yn y Gymraeg, byddi di'n lwcus ca'l unrhyw fath o noddwr ymysg y boneddigion. Fyddan nhw ddim yn dangos llawer o ddiddordeb mewn deunydd sy'n ymwneud â'r Gymraeg.'

Caf fy atgoffa ganddo taw i'r haen isel mewn cymdeithas rwyf yn perthyn. Dwyf i ddim yn ymateb ond gadawaf y lle â fy mhen yn ddigon isel. Geilw Rhys fi'n ôl yn ymwybodol, siŵr o fod, o'i ddiffyg diddordeb yn fy ngwaith. Aiff ati i glebran am faterion byd eang gan gerdded o gwmpas ei weithdy fel arglwydd ar ei deyrnas. Hawlia sylw ac roedd rhyw swagr yn ei gerddediad fel pe bai yn ŵr bonheddig. Ymhen peth amser dywed, 'Ma 'na ffordd.'

Rwy'n edrych arno'n obeithiol.

'Tanysgrifwyr. Dyna sut bydd llawer o lyfre'n cael eu cyhoeddi heddiw. Yn y bôn, rhaid gwerthu'r llyfr cyn 'i argraffu.'

Nid wyf yn deall a daw hyn yn amlwg i Rhys, felly gwna ymdrech arall i esbonio.

'Rhaid creu rhestr o enwe pobol sydd â gini neu fwy i'w sbario, yn enwedig os ydyn nhw'n hoffi dy farddoniaeth di. Pan gei di'r arian parod 'da nhw bydd yn rhaid i ti addo copi o dy lyfr iddynt. Bydd yn rhaid i ti hefyd addo printio rhestr o'u henwe yn y gyfrol er mwyn iddyn nhw deimlo'n bwysig. Felly, pan gei ryw hanner cant o danysgrifwyr a phob un wedi rhoi rhyw swm arbennig i'r achos, dere â dy ddeg punt 'ma ac fe argraffa i 60 copi i ti. Rhwydd. Dyna'r ffordd mae Mr. Walters yn ariannu'i eiriadur, gyda llaw.'

Perswadia geiriau Rhys fi fod y cynllun yn un syml. Felly rwy'n cytuno ag ef ac yn gofyn iddo, 'Sut galla i ddod o hyd i'r bobol hyn?'

'A, wel dyna'r anfantes. Os wyt ti'n adnabyddus, do's dim problem achos mae 'da ti ddarllenwyr parod wrth gwrs sy'n ysu am ddarllen rhagor o dy waith. Ond os nad o's neb yn gyfarwydd â dy farddoniaeth, fel yn dy achos di, y peth gore fydde ehangu dy apêl trwy gynnwys yn y gyfrol enwe a gwaith barddonol pobol sy'n gyfarwydd iddyn nhw.'

'Shwt?'

'Rhywun pwysig, a gore i gyd os yw e wedi marw. All rhywun marw ddim dy erlyn di am ddwyn 'i eirie.'

Dechreuaf feddwl. Beth am y llawysgrifau a gefais o'r Blaenau?

Alla i ddod o hyd i lawysgrifau eraill. Ond wedyn, chaiff fy ngwaith personol i mo'i ddarllen.

'Rwy'n siŵr y gelli di roi adran yn y llyfr i dy waith di dy hunan 'fyd. Ta beth, dyna'r gore y galla i gynnig i ti.'

Yna, mae'n ymddangos bod Rhys wedi colli pob diddordeb yn ein sgwrs wrth iddo droi i drin peiriant argraffu swnllyd. Mae'r sgwrs yn amlwg ar ben ac felly rwy'n gadael yr argraffdy yn dawel ond gan ystyried ei eiriau.

11

Ar y ffordd

E RBYN HYN BYDDA i'n treulio llai a llai o amser yn gweithio gyda 'mrodyr a Nhad wrth i fi deithio erwau Morgannwg, siroedd y gorllewin a gogledd Cymru, a hyd yn oed gorllewin Lloegr. Caf bleser o ddarganfod bod seiri meini crwydrol yn galler ennill cyflog boddhaol er ei fod yn gyflog ansefydlog ar adegau. Y cwbl rwy'n ei gario yw morthwyl a chŷn, llyfr nodiadau a thamaid o gaws a bara pan fydda i'n ddigon lwcus i'w cael. Rwy'n mwynhau'r bywyd o gwrdd â phobol wahanol yn annisgwyl ar y ffordd, wrth deithio rhwng y maenordai yn chwilio am waith. Mae'r llwyddiant yn dibynnu ar ofynion y gwaith ac, wrth gwrs, gallu'r perchnogion i dalu.

Mae fy nheithiau wedi agor fy llygaid i fyd ehangach, byd rwy'n ysu am ei ddarganfod. Ond eto rwy'n mwynhau'r teithio ar fy mhen fy hunan a gweld y tirluniau yn newid o dymor i dymor. Bydd y teithio hefyd yn rhoi cyfle i fi ymddiddori fy hunan mewn ffyrdd eraill. Parhaf i gasglu geiriau i'r Parchedig John Walters. Byddaf yn ymweld â'r plastai wrth weithio ac os bydd llyfrgelloedd yno, holaf am gael gweld y casgliadau enfawr o lyfrau a llawysgrifau. Byddaf yn copïo cymaint ag y galla i yn fy llyfr nodiadau. Weithiau bydd ambell ŵr bonheddig yn fodlon i fi gymeryd ambell ddarn o bapur gan ddweud fod 'papurau llychlyd fel hyn yn ddiwerth'. Lwc fydd hynny, oherwydd fel arfer gwrthodant roddi caniatâd i fi ymweld â'u llyfrgelloedd gwerthfawr, gan ddrwgdybio fy amcanion.

Byddaf hefyd yn dilyn cyngor Rhys Thomas trwy gasglu

tanysgrifiadau i fy nghyfrol gyntaf. Bydd *Diddanwch y Cymry* yn gasgliad o farddoniaeth hen a newydd o Forgannwg. Rwy'n falch o ddweud fy mod wedi darganfod deg person sydd wedi tanysgrifio pedwar swllt yr un. Felly mae 'da fi lond poced o arian yn tincian.

Wrth deithio fel hyn caf gyfle i gwrdd ag ysgolheigion a beirdd mewn ardaloedd eraill o Gymru. Ar ôl tri diwrnod o waith ar gatiau enfawr rhyw dŷ ym Machynlleth ces y cyfle i fynd i gyfeiriad Tywyn a chyfarfod â Ieuan Fardd am y tro cyntaf. Gan nad oeddwn am ymweld ag ef yn ddirybudd anfonais lythyr ato cyn mynd yno. Mae Ieuan Fardd yn arwr i fi oherwydd dyfnder ei wybodaeth a'i waith ysgrifenedig. Cyhoeddodd yn barod, *Some specimens of the poetry of the Ancient Welsh Bards, translated into English with explanatory terms on the historical passages, and a short account of men and places mentioned by the Bards.* Mae'r llyfr hynod yma'n delio â barddoniaeth Gymraeg gan gwmpasu yr Oesoedd Cynnar ac Oes y Tywysogion. Rwyf wedi edmygu a'i ddarllen sawl gwaith, a'm breuddwyd yw adeiladu ar waith y dyn mawr hwn.

Gwelaf Ieuan Fardd fel cawr deallus, ond mae'n gawr hefyd yn gorfforol – chwe throedfedd o ddyn, ei gorff tenau'n ymestyn i'r uchelderau. Rhaid iddo grymu yn ei dŷ ei hunan, a bydd ei ben yn brwsio yn erbyn y gwyngalch ar y nenfwd sy'n esbonio pam fod blawd gwyn ar ei ysgwyddau. Mae wedi paratoi bwyd i'r ddau ohonom, sef grual gwan gydag ambell asgwrn a chrwyn llysiau wedi'u berwi. Sylweddolaf fod y bwyd a'r golwg ar ei ddillad yn awgrymu tlodi gwaeth nag a welir ymhlith gweision ffermydd. Dim ond hunan-barch sydd yn ei gynnal a hyn sy'n rhoi urddas iddo.

Mae'n rhannu ei brofiadau ynglŷn â darganfod a chasglu hen lawysgrifau. Caf fy nghynghori beth i wneud nesaf, ble i chwilio, pa dai a llyfrgelloedd i ymweld â hwy yn ogystal â fy annog i archwilio mwy o hen lawysgrifau a dogfennau.

Darllena ran o'i opws enfawr sydd ar fin cael ei gyhoeddi, *The Love of our Country*, cerdd hir sy'n ymwneud ag arwyr yn hanes Cymru. Wrth iddo draethu, clywaf ddewrder y tywysogion, doethineb Hywel Dda a chyfriniaeth y derwyddon yn atsain drwy ei lais main o fewn muriau llwm y tŷ. Caiff fy ngwladgarwch ei amlygu, wrth i finnau sefyll wrth y bwrdd i'w gymeradwyo.

Rydym yn sgwrsio tan yr oriau mân. Wrth wrando arno, rhyfeddaf fod gŵr sydd wedi cyflawni cymaint ym myd llenyddiaeth ei genedl yn cael ei drin gan ei gyfoedion a'i gymdeithas fel rhywun nad ydyw'n werth ei gydnabod. Astudiodd Ddiwinyddiaeth yn Rhydychen a bu'n gurad mewn pump neu chwech o eglwysi yng Nghymru a Lloegr cyn symud yma i Dywyn lle deil i fod, er ei gymwysterau, yn gurad gwylaidd. Nid oes gan esgobion Lloegr, sy'n gweinyddu'r eglwysi yng Nghymru, ddealltwriaeth o'r Gymraeg ac maent yn fyddar i orchestion yr athrylith hwn. Torrir ar ein sgwrs gan ei besychiadau di-baid a'r rheiny yn ysgwyd ei gorff eiddil a bregus. Rwy'n bodio'r sylltau yng ngwaelod fy mhoced ac yn ysu am y cyfle i'w gosod ar y bwrdd o'i flaen, er mwyn estyn cymorth i'r ysgolhaig. Eto, rwy'n ymwybodol iawn y byddai'n gwrthod – nid am nad oes arno eu hangen ond oherwydd bod ganddo ormod o hunan-barch.

Drwy bori drwy rai o'r llawysgrifau hynaf sydd yn ei feddiant, mae'r cyffro ynof yn gwneud i fi sylweddoli pwysigrwydd ac arwyddocâd y papurau hyn. Fyddai Ieuan yn fodlon i fi dreulio rhagor o amser yfory yn copïo'r rhain?

Wrth gwrs, mae'n hollol fodlon. Efallai y dof o hyd i bapurau eraill a fydd o gymorth i fi yn fy ngwaith.

'Alla i ddim jyst mynd â nhw oddi yma. Gadewch i fi dalu amdanynt.'

Dywedaf wrtho i fi gael fy nhalu'n hael am chwe diwrnod o waith yn y Bermo. Celwydd noeth, wrth gwrs, ond mae'n derbyn yr arian priodol am lawysgrifau mor werthfawr. Yna caf ganddo bapurau ychwanegol am ddim.

Wrth adael dywed wrthyf ei fod yn falch ac mor hapus o gwrdd â rhywun fydd yn fodlon parhau â'i waith wedi'i farwolaeth. Mae hefyd yn diolch i fi am yr un swllt ar hugain, a fydd yn cael eu gwario, rwy'n siŵr, ar fara, caws a chwrw.

Gwnes ffrind da arall, un o ysgolheigion mwyaf y dydd, cymar y gallwn ymddiried ynddo i gasglu a threfnu gweithiau'r beirdd mawr. Rwy'n gadael gyda'm cwdyn yn orlawn o lawysgrifau gwerthfawr ac yn addo iddo y byddaf yn cadw'r papurau hyn yn saff am byth. Gadawaf, serch hynny, heb arian fy nhanysgrifwyr roeddwn wedi bwriadu eu rhoi i Rhys Thomas i argraffu fy nghyfrol.

1 2

Kitty Deere Unwaith Eto

WEDI MISOEDD o hala llythyron serchus i'm colomen annwyl, heb dderbyn nac ateb na chydnabyddiaeth, o'r diwedd caf fy synnu. Fy mhostmon dibynadwy, y garddwr ifanc ddaw ag ef. Mae'n wên o glust i glust wrth roi paced felwm yn dynn yn fy llaw, gan ddweud,

'Cer, agora fe. Rwy bron â marw eisie gwbod beth yw 'i hymateb hi.'

Rwy'n gwrthod rhannu fy munud o orfoledd gyda fe, na neb arall. Rwy'n ei dalu ac af â'r amlen ddrudfawr i ben Bryn Owain, lle perffaith i edmygu'r olygfa a lle heddychlon a phreifat i ddarllen yr epistol. Wrth ei bwyso yn fy llaw sylweddolaf nad nodyn dibwys mo hwn. Mae ei bwysau sylweddol yn awgrymu bod sawl taflen o bapur oddi mewn ac mae agor y sêl yn teimlo fel gweithred dyngedfennol.

Oddi mewn, mae nodyn mewn llawysgrifen gron plentyn ysgol. Mae'n diolch i fi am fy marddoniaeth ac yn gofyn a fyddai diddordeb gennyf mewn darllen ei gwaith hi, os bydd amser sbâr 'da fi. Mae'n gofyn i fi roi fy marn ar ei gwaith. Yn y llythyr, rhy fyr yn fy marn i, mae dwsin neu fwy o gerddi ar daflenni sengl a phob un yn gân o barch neu werthfawrogiad i ryw anifail neu bryfyn neu foment unigryw. Mae yma 'On observing a butterfly', 'On regarding a cat asleep' ac 'On being startled by a slug'. Mae dwy soned yma sef 'On choosing a bonnet' ac 'On a beautiful morning'. Rwy'n chwilio, heb obaith, am ymateb i'm negeseuon o gariad, a'm cynnig i ddatblygu perthynas rhyngom ein dau. Mae fy siom yn chwerw wrth sylweddoli nad oes ymateb, ond rhaid cydnabod bod rhyw fath o ddeialog wedi'i hagor wrth i fi dderbyn y pecyn yma. Gan ein bod ni ein dau yn bersonau teimladwy, priodas rhwng dau enaid cytûn fyddai hi.

Caiff Kitty lythyr hir yn ateb, mewn cyferbyniad llwyr i'r un byr a dderbyniais ganddi hi. Clodforaf deimladrwydd ei cherddi a thynerwch ei sylwadau a'i chanfyddiadau clir. Cyfaddefaf wrthi fy mod yn caru purdeb ei meddyliau ysbrydoledig a bod eu heffaith ar fy marddoniaeth i. Rwyf hefyd yn cynnwys cân serch a gymerodd ryw wythnos i'w chyfansoddi ac yn cloi'r llythyr drwy ei hannog i'm cyfarfod fel y gallwn drafod ei gwaith a chael cyfle i farddoni gyda'n gilydd.

O fewn diwrnod mae'r garddwr yn derbyn pecyn arall gennyf cyn iddo adael ar frys er mwyn ei gyflwyno iddi hi ar ei hoff fainc yn yr ardd yng nghysgod godidog Ash Hall.

Yn ddyddiol byddaf yn holi'r garddwr am ymateb ganddi gan obeithio y bydd yn nodi dyddiad ac amser ein cyfarfod. Cefais ymateb, ond ni ddaeth o Ash Hall. Daw llythyr gan y cyfreithiwr, John Charles, yn fy rhybuddio bod fy ngohebiaeth â'r Feistres Deere yn annerbyniol. Rhybuddiodd fi rhag ceisio gwneud unrhyw fath o gysylltiad â Meistres Deere byth eto, gan fygwth y byddai llaw gref y gyfraith yn disgyn arnaf am ei henllibio ac am fod yn boen iddi.

Fy annog i weithredu ymhellach wna'r llythyr sarhaus hwn. Felly rwy'n ysgrifennu llythyr hir arall ati drwy ein cymharu â sefyllfa'r Ferch o Gefn Ydfa – y ferch o gefndir breintiedig a gafodd ei gwahardd rhag priodi ei chariad am ei fod o statws cymdeithasol israddol. Rwy'n erfyn arni i ddianc gyda fi fel y gallwn briodi. Wrth wneud hyn bydd yn rhydd rhag cael ei charcharu gan gonfensiynau cymdeithasol a chaiff rannu gyda fi ein gobeithion am werthoedd barddonol uwch. Chwiliaf am y garddwr i drosglwyddo'r llythyr ond dyw e ddim ar gael yn unman. Clywaf wedyn iddo gael ei gyhuddo o fradychu ymddiriedaeth ei feistr ac o ganlyniad, iddo gael ei ddiswyddo.

Caiff fy nghynddaredd ei gorddi gan hyn. Rwy'n ymateb mewn geiriau llawn angerdd. Testun dychan mewn un o'm cerddi yw John Charles a chaiff ei ddarlunio fel dyn diegwyddor. Ar y llaw arall un truenus diniwed ydwyf i'n dioddef o dan law un heb gydwybod. Mae 'ngherddi'n creu hwyl a sbri yn stafell tap y Bear yn y Bont-faen, a hefyd yn ystafell gyhoeddus yr Old Globe yng Nghaerdydd.

Daw'r ymateb nesaf ar ffurf gwŷs llys ffurfiol am enllib. Caiff ei roi yn fy llaw yn fy nghartref yn Nhrefflemin. Gwnaiff hyn y mater yn llawer mwy difrifol. Pan glyw fy nhad am yr holl fusnes, mae'n bygwth fy niarddel am fy mod yn chwalu enw da'r teulu yn ogystal â'i fusnes ef, wrth ddwyn gwarth ar yr enw Williams drwy Forgannwg gyfan.

Ysgrifennaf unwaith eto at Kitty gan esbonio fy sefyllfa druenus, ac ymbil arni i eiriol ar fy rhan i. Dywedaf wrthi am roi pwysau ar ei thad gan ddadlau y bydd hi'n dioddef o ddiffyg cwsg, yn torri'i chalon a hyd yn oed yn marw yn y diwedd, fel y ferch druan o Gefn Ydfa. Rwy'n ei chynghori i wylltio, colli ei thymer a chrio. Mae'r amlen yn barod ond does dim postman 'da fi nawr – ac yn sicr byddai unrhyw lythyr a laniai oddi wrthyf fi ar lawr y cyntedd yn cael ei roi gan y brif forwyn yn fflamau'r tân ar unwaith. Felly bydd yn rhaid i fi fynd â'r llythyr pwysig yma fy hunan, drwy ddringo'r wal i mewn i ardd Ash Hall, ac aros yno wrth y goeden am Kitty, mor hir ag y byddai angen.

Felly ben bore dringaf y wal, yn hyderus y byddai'r ardd yn wag, yn y gobaith y byddai Kitty yn mynd am dro cynnar. Rwy'n crafu fy nghoesau ar y wal cyn disgyn yn dawel i'r pridd a'r blodau o dan y wal. Mae'r ardd yn dawel. Symudaf yn ddistaw gan roi'r cyfle i fi gwato y tu ôl i'r goeden. Arhosaf yno mewn tawelwch am oriau a chaf gyfle i astudio'r symudiadau drwy drws mawr y tu blaen i'r tŷ. Ond does neb yn mentro i'r ardd er bod yr haul yn disgleirio, a'r blodau'n gwynto'n fendigedig. Rwy'n drifftio i ffwrdd ac yn breuddwydio am fyd lle mae Kitty a finnau'n chwerthin a barddoni wrth gerdded yr hewlydd a'r caeau ymysg y blodau gwyllt.

Mae chwyrnad cras yn fy neffro. Pan agoraf fy llygaid, uwchben mae dau gi anferth rhyngof a'r golau, eu cegau'n glafoerio a'u chwyrnu'n ffyrnig. Y tu ôl i'r ddau anghenfil saif dau ddyn garw eu golwg, dau feiliff mae'n debyg. Daliant y ddau anghenfil yn ôl drwy gydio'n gadarn yn eu coleri llydan. Mae'r edrychiad ar eu hwynebau'n awgrymu y caent bleser mawr wrth eu gollwng yn rhydd. Cydiant ynof a'm tynnu o'm cuddfan cyn fy llusgo ar hyd y llawr â'r ddau gi gwyllt yn brathu fy nghoesau. Down i'r groesffordd rhwng y llwybr a'r rhodfa. Cwyd y dynion fi ar fy nhraed a 'ngosod i wynebu'r mynediad sy'n gadael yr ardd.

Gwaeddodd un ohonyn nhw mewn llais cras: 'Ma 'da ti hanner muned i'w baglu hi drwy'r iet na cyn i fi adel y cŵn 'ma'n rhydd. Ac os wyt ti'n ame, eu hoff gig nhw yw cig amrwd!'

Go brin 'mod i'n fwy poblogaidd mewn lleoedd eraill. Mae'r Parchedig John Walters wedi clywed am fy yfed a'r rhialtwch yn y Globe a'r Bear. Sut, medd ef, gall rhywun fel fe gysylltu ei enw â disgybl sy'n cadw cwmni drwg, yn pechu yn erbyn y gwŷr bonheddig, sy'n mynd i ddyled, sy'n gwneud addewidion heb eu gwireddu ac sy'n destun gwawd i'r llys? Gwnaf fy ngorau i'w dawelu drwy ddangos iddo fy llyfr nodiadau yn llawn o eiriau a gesglais ar fy nheithiau i'r Gogledd. Ond yn anffodus difethaf hyn wrth gyfeirio at fy nghyfarfod â Ieuan Fardd. Ym marn y Rheithor, dyn academaidd diwerth ydyw ac ansefydlog ei gymeriad. 'Mae rheswm pam na chawsai swydd well na churad, am ei fod yn breuddwydio ac yn yfed gormod.'

Yn y Bont-faen mae Rhys Thomas, yr argraffydd, yn gwrthod

gosod y teip i *Diddanwch y Cymry* cyn derbyn deg punt. Esboniaf fy mod wedi buddsoddi'r arian mewn llawysgrifau prin a fydd o fudd i'r ddau ohonon ni ymhen amser. Wnaiff hyn ddim unrhyw argraff ar Rhys nac ar y buddsoddwyr wrth iddynt glywed nad oes unrhyw sicrwydd y bydd y llyfr maent wedi talu amdano yn ymddangos.

Dywed Rhys wrthyf am chwilio am fuddsoddwyr eraill neu ni chaiff y llyfr ei argraffu.

'Ble?' gofynnaf.

'Yn Llundain efallai?' meddai Rhys. 'Ma 'na ddigon o Gymry yn Llunden sydd wedi gwneud arian mawr a gallan nhw fforddio rhoi rhywbeth yn ôl i'r hen wlad. Wrth fyw yn Llunden teimla llawer o'r Cymry hyn yn ddigon teimladwy a hael wrth ystyried materion Cymreig a Chymraeg.'

Mae'r syniad o fynd i Lundain yn apelio'n fawr ataf, ond ni allaf ei ystyried oherwydd taw denu Kitty Deere sydd bwysicaf i fi, a'i rhyddhau o grafangau'i theulu. Esboniaf i Rhys taw hyn yw'r achos pwysicaf yn fy mywyd. Mae ein cariad at ein gilydd yn soled, er gwaethaf dirmyg ei theulu oeraidd eu calonnau. Chwerthin wna Rhys a hynny'n ddigon sbeitlyd.

13

Priodas

CAIFF DYWEDDÏAD RHWNG Miss Kitty Deere, nith Mr Mathew Deere o Ash Hall, a'r Parchedig William Church, Rheithor Trefflemin, Llanmihangel, Llanilid ei gyhoeddi yn y *Glamorgan Gazette*. Bydd y briodas ymhen mis yn Eglwys Sant Owain, Ystradowen. Mae dathliadau mawr ar y gweill a bydd digon o gwrw yn llifo'n rhad ac am ddim diolch i haelioni Mr Deere.

Wedi i fi ystyried a meddwl am hyn argyhoeddaf fy hunan na all ddigwydd; bod y briodas wedi'i threfnu heb ganiatâd Kitty; bod y ferch druan yn cael ei gorfodi i ddioddef priodas lle nad oes cariad, fel yn stori'r Ferch o Gefn Ydfa. Dyna fe, hanes yn ailadrodd ei hunan. Os yw hyn mor amlwg i fi, pam nad yw yr un mor amlwg i eraill? Wrth glywed hyn chwerthin wna Rhys, yr argraffydd, gan chwalu fy ngobeithion gwan am byth.

'Maen nhw wedi bod yn caru ers blynyddoedd bellach. Mae gan ei fodryb dŷ ar y stryd fawr yn y Bont-faen a bydd Kitty Deere a'i thad yn mynd yno'n amal. Pan wela i nhw yn y dre mae'n ymddangos fel petai'n briodferch hapus iawn i fi.'

Cofiaf am y tro cyntaf y gwelais hi'n diflannu i mewn i'r union dŷ hwnnw. Cofiaf hefyd weld y ficer ifanc gyda nhw a meddyliais ei fod yn rhan o barti swyddogol ei hewythr – nid ystyriais ei fod yn gystadleuydd i fi. Caiff fy mrodyr sbri a chaf fy mhryfocio'n ddidrugaredd gan fy nghydyfwyr, gan boblogaeth Trefflemin gyfan ac mewn gwirionedd gan y rhan fwyaf o bobol Morgannwg. Yr unig un sy'n dangos tipyn o garedigrwydd tuag ataf fi yn fy mhoen yw Peggy; yr union un sydd â'r hawl i fod yn sbeitlyd wrtha i wedi i fi ei thrin mor wael. Dyma'i geiriau:

'Rwyt ti wedi neud ffŵl ohonot ti dy hunan oherwydd dy gariad, ond nid ti fydd yr ola i neud 'ny.'

Dywedaf wrthi fy mod am adael i fynd i Lundain mewn ychydig ddyddiau cyn gynted ag y gallaf setlo fy mhroblemau gan fod busnes newydd 'da fi i'w drafod yn Llundain.

'Crand iawn, Mr Edward Williams, ond fe gymerith fwy na diwrnod neu ddou i ddatrys y cawl rwyt ti ynddo fe. Dianc rwyt ti mewn gwirionedd.'

Mae'n dweud y gwir, wrth gwrs. Mae'n fy adnabod i'n rhy dda a does dim unrhyw bwrpas i fi geisio ei thwyllo, felly ni ddywedaf air.

'Cofia fod 'na rai sy'n fodlon madde i ti, ac yn meddwl amdanat ti, felly rho air ar bapur pan gei di amser. Wyt ti'n addo?'

Rwy'n addo'n hapus. Mae Peggy'n rhoi cusan ysgafn ar fy moch, gwasgu fy llaw a diflannu'n sydyn.

Rhan Dau:
Llundain
1773 i 1776

1

Westminster Bridge

R WY'N CHWYTHU'R DWST oddi ar y garreg a rhedeg fy llaw i lawr ei hochr, yn hapus ei bod yn berffaith grwn ac yn llyfn – fy nghreadigaeth i. Rwy'n edrych ar y fforman. Mae'r dyn mawr, bochgoch yn nodio'i ben a chyfaddef, gyda pheth anfodlonrwydd, bod fy ngwaith yn raenus.

'Very good. All right you can cut a true edge, I'll give you that. If you want to work here, you can use the bench over there. You'll be paid ten pence for every block you finish, or fined five pence for every block you spoil.'

Mae'r fforman yn edrych yn llawn edmygedd ar fy narn prawf.

'We get lots of country masons coming along, but the biggest part of them just don't have the skills. They'd be all right patching up a barn but not up to the standard I need on the bridge.'

Edrychaf y tu ôl i'r fforman, y tu draw i'r drws cynfas dros dro sy'n siglo ac yn rhyfeddu at wychder mawreddog Westminster Bridge. Mae iddi 14 bwa cymesur sy'n ymestyn ar draws rhan lydan yr afon i gyfeiriad Lambeth ac at balas yr Archesgob.

'It's very beautiful,' rwy'n mentro dweud.

Mae'r fforman yn ymateb yn ddigon dirmygus,

'That's as maybe but it would have been a sight better if they'd built it twice as strong and half as pretty.'

'What's wrong with it?'

'Won't stand up,' atebodd y fforman, fel petai'n adrodd llinell y bu'n ei hymarfer ers achau. Mae'n mwynhau adrodd hanes y bont, stori gyfarwydd iddo a adroddodd sawl gwaith cynt.

'They built it on mud. Got in some architect from Switzerland where rivers, we are told, have stone beds. If we'd only employed an English mason anyone could have told him that the Thames is different. But did he ask? Did he listen? No, he plonked the whole blessed thing on London mud. So, bit by bit it keeps sinking. Mind you, it provides steady employment for the likes of you and me. I've rebuilt two of the piers already and I'll probably have to work my way through the other twelve before it's safe. Just as long as the masters keep paying, I'll keep repairing. Mind you, I half expect to turn up here one morning to find it's collapsed overnight. Now can you credit it?'

Dydi e ddim yn aros i weld a wyf yn credu ei stori ai peidio.

'Right, enough gabbling. Do you want the work or no?'

'Yes, please. Yes, I do'

'What's your name?'

Rwy'n meddwl am funud cyn ateb.

'Iorwerth.'

Rown i wedi penderfynu ar y daith hir i Lundain taw'r peth gorau fyddai cael gwared ar fy enw plentynnaidd. Gobeithiaf greu enw da i fi fy hunan mewn cylchoedd llenyddol ac felly rhaid cael enw ac iddo fwy o gymeriad ac aeddfedrwydd na 'Ned'. Rwy'n hoff o'r enw 'Iorwerth' sy'n llifo o'r geg ac wedi'r cyfan Iorwerth yw'r enw Cymraeg am Edward. Mae dod i Lundain yn rhoi cyfle gwych i mi ailddechrau a dianc rhag twpdra plentynnaidd fy ieuenctid a rhag y bobol hynny sydd wrth eu boddau yn fy atgoffa o'r twpdra hwnnw. Mae enw newydd fel tudalen newydd. Wrth gwrs rhaid ystyried y ffaith bod y gyfraith yn dal i'm herlid. Efallai na fydd y wŷs yn fy nilyn o'r Bont-faen wrth i fi gael enw gwahanol i gwato y tu ôl iddo. Ydw wir, rwyf wedi meddwl yn ddwys am y pethau hyn ond dim ond nawr rwy'n ystyried sut bydd fy enw newydd yn cael ei dderbyn gan feistr y seiri meini sy'n gweithio ar lannau Tafwys.

'Luv us an' all – Welsh! I'm not going to start getting my tongue round your impossible bloody language. I'll do myself a mischief. Taffy you'll be. I've no other Taffs in the workshop so that will do me fine.'

Dydw i ddim yn hoff o'r gair 'Taffy'. Mae iddo arwyddocâd sarhaus. 'Taffy was a thief' ac yn y blaen ond dweud dim yw'r peth synhwyrol o dan yr amgylchiadau. Yn gyntaf, mae angen gwaith arnaf. Rwyf wedi trefnu lle i aros ond nawr mae angen yr arian i dalu amdano. Yn ail, mae'r fforman yn defnyddio 'Taffy' mewn ffordd ysgafn a chwareus. Efallai 'mod i wedi gorymateb iddo. Y peth gorau fyddai anghofio'r cyfan.

Mae'n llawer mwy anodd maddau i'r seiri sy'n gweithio gyda fi. Mae rhai ohonynt yn gweithio yn y gweithdai dros dro er mwyn cynhyrchu a pharatoi tywodfeini i'r union fesurau er mwyn ailosod darnau o'r colofnau. Roedd fy nhad wedi fy nysgu bod cyfathrach glos rhwng y seiri crwydrol yn hanfodol er mwyn i ni fod yn gefen i'n gilydd pan fyddai angen. Roedd hyn yn wir yng Nghymru ac yng Nghaerloyw, ond yn Llundain diflannodd y gyfathrach glos honno i ddyfroedd tywyll afon Tafwys. Mae'r seiri Seisnig yma wedi digio oherwydd y ffaith bod Cymro wedi cymeryd swydd Sais. Maent yn trafod hyn yn ddigon agored a mileinig yn fy nghlyw, sy'n creu awyrgylch digon gwenwynig a gormesol rhyngom. Pan fydd unrhyw declyn yn diflannu, y fi fydd yn cael y bai.

'It's probably that thieving Taff.'

Wrth i fi wadu'r cyhuddiad, maent yn fy ngwawdio. Pan fyddaf yn troi 'nghefen atynt maent yn gweiddi 'toasted cheese'[1] a chwerthin fel petaent wedi adrodd y jôc orau a glywyd erioed.

Ceisiaf anwybyddu eu sarhad sbeitlyd. Er mawr sioc i fi daliaf ati am wythnos neu ddwy gan obeithio y gwellith y sefyllfa. Dyw e ddim. Byddaf yn amal yn gadael fy nghwdyn heb gadw llygad arno, a darganfod bod rhywbeth ffiaidd wedi cael ei ddodi y tu mewn iddo. Y tro cyntaf, llygoden fawr wedi pydru. Yr eildro, pentwr o gachu drewllyd. Rwy'n wyllt a dywedaf wrthynt eu bod yn ffyliaid anwaraidd ac anniwylliedig sy'n dod â gwarth ar enw da'r saer maen. Chwerthin wnân nhw a mwynhau bod yn boen i fi. Gwaeddaf yn uwch, ond dal i wawdio a gwatwar maen nhw. Mae un yn dechrau canu:

'Taffy was a Welshman
Taffy was a thief.'

Mae eraill yn ymuno.

'Taffy came to my house
And stole a piece of beef.'

Yn y diwedd rwyf wedi cael hen ddigon ac af â fy nghwyn at y fforman. Mae ei wyneb coch yn edrych arnaf, ei ên yn hongian a'i lygaid yn dangos cydymdeimlad. Nodia mewn dealltwriaeth ac yntau wedi llawn ddeall y sefyllfa.

'They've been a right bunch of little shits to you. I'm sorry. Really, I am.'

Wrth edrych ar ei wyneb yn ofalus rwy'n falch o weld ymateb mor ddiffuant. Dywed:

'I've put in a word for you with John Bacon at Hyde Park Corner. He's a friend of mine. Runs a statuary workshop there – all classy stuff. Told him you're a cut above the usual and he's happy to give you a trial. I can't guarantee his workmen will be any more civilized than this shower but at least you'll enjoy the work rather more. Listen to John. You'll learn something. He's one of the best. Worked in Italy.'

Rydym yn ysgwyd dwylo cyn i fi ddiflannu i dywyllwch y nos yn Llundain.

2

Strydoedd Llundain

M AE 'DA FI lety mewn tŷ ymysg dryswch o gartrefi, gweithdai, ffatrïoedd a sawl warws yng ngogledd High Holborn. Mae'n gymysgedd o hewlydd culion a llwybrau brwnt. Mae fy stafell yn fach ac yn llaith ac yn drewi o biso cath a bresych wedi'u gorferwi; ond mae'r stafell yn rhad. Gwerthwr rhaffau yw'r perchennog a chanddo siop yn y stryd nesaf. Ond menyw druenus ei golwg yw'r un sy'n gofalu am y tŷ. Mae'n byw ar y llawr isaf ac yn amlwg hi sy'n gyfrifol am y bresych a'r piso cath sy'n creu'r drewdod arbennig yn yr adeilad.

O'r tŷ hwn rwy'n crwydro Llundain. Yn ystod y saith niwrnod cyntaf rwy'n cerdded i bob twll a chornel o Grosvenor Square i'r llyn hwyaid yn Mile End Road. Rwy'n anadlu pob gwynt, sŵn a golygfa yn sgwariau coeth y brifddinas, yn y parciau gwyrdd cain a budreddi'r strydoedd cefen. Rwy'n crwydro fel petawn yn anweledig, heb deimlo'r un cymhelliad i dorri sgwrs â'r boblach yma, yn hytrach rwy'n mwynhau bod yn anhysbys, yn un bach yng nghanol y miloedd. Mewn dinas lle mae'r merched yn gwisgo dillad lliwgar, sidanaidd a dynion mewn dillad brocêd ysblennydd, byddai gofyn am rywun allblyg iawn i ennyn sylw. Mae fy nillad anniben, di-liw a gwledig yn sicrhau fy mod i'n ddigon anhysbys.

Yn St James Park rwy'n rhyfeddu at ysblander y coetsis lliwgar a'r merched urddasol oddi mewn, eu gwallt fel cychod gwenyn yn dal hetiau drudfawr. Yn y coetsis hyn, yn amal bydd gweision mewn coch y tu cefen ac weithiau bydd un yn marchogaeth ar gefen y ceffyl blaen. Eu nod yn amal yw arddangos eu cyfoeth, a wnaed wrth fasnachu yn yr India, drwy ddefnyddio gweision du eu crwyn yn gwisgo twrban â gemwaith ar eu gwisgoedd. Bydd deiliaid y coetsis hyn yn plygu eu pennau i gydnabod cyfarchion eu cyfoedion. Gwyliaf barau'n cerdded yn ofalus fel peunod a'u bryd ar ddangos eu golud i'r byd. Mae ffrogiau'r merched yn anferth o'r canol i lawr. Beth yn y byd sydd oddi tanynt, alla i ddim ond damcaniaethu. Mae top eu ffrogiau o liwiau amryliw: melyn llachar, aur, coch tywyll a glas moethus a'r cyfan wedi'u haddurno â rhesi o les a ryfflau. Bydd rhai o'r merched yn cario cŵn bach sydd wedi'u haddurno mor ofalus â'u perchnogion.

Mwy na thebyg bod y coetsis hyn yn perthyn o bell i Goets Fawr Bear Inn. Ar y llaw arall mae'r cadeiriau sedán yn newydd, yn wir yn gampwaith o ffolineb. Caiff y bocsys addurnedig eu cario gan fwy fyth o weision sy'n rhuthro'n wyllt ar hyd y llwybrau. Byddant yn bloeddio 'By your leave,' wrth wibio rhwng y cerddwyr a'r rheiny'n gorfod neidio o'u ffordd neu ddioddef anffawd. Rwy'n symud i'r naill ochr yn gloi.

Gyda llygad craff saer maen rwy'n archwilio, ac yn wir, yn edmygu rhesi o dai teras hardd a pherffeithrwydd cymesurol Cavendish Square. Mae Sgwâr Soho gyda'i gerfddelw o Siarl II yn ffefryn 'da fi. Rwy'n sefyll mewn rhyfeddod o dan gromen St Paul ac wedi dwli wrth ryfeddu at grefft anhygoel y rhai a'i hadeiladodd.

Rwyf am weld theatrau Llundain. Wrth sefyll y tu fas i'r Theatre Royal, Drury Lane syllaf ar yr actorion enwog yn mynd a dod, ac yn cydnabod canmoliaeth eu hedmygwyr. Darllenaf restr o ddramâu'r Haymarket ble mae *The Nabob* yn gwneud busnes da ar y funud. Dywed y porthor wrthyf taw gwneud hwyl am ben y crach a'u gwawdio y mae'r ddrama, a'r rheiny newydd ddychwelyd nôl o'r India gydag ego llawer rhy fawr a mwy fyth o arian yn y banc. Bendigedig. Tybed oes lle i'm barddoniaeth ddychanol i yn y ddinas yma? Fy unig siom yw fy anallu i dalu am weld y ddrama fy hunan.

Yma, yn yr Haymarket mae fy nghyffredinedd yn methu fy achub rhag realiti bywyd. Rwy'n teimlo crafangau llaw gref yn gwasgu 'mraich a llais benywaidd cras yn fy nghlust. 'From the country are we, my fine man? Wager they didn't have as fine ladies as me where you come from. Got enough money for a good time, dearie?'

Edrychaf arni a gwelaf, er syndod, barodi o'r gwychder a welais yn St James – putain yn gwisgo dillad tebyg iddynt, ffrog lawn, ond o ddefnydd sgleiniog rhad. Mae hollt ei bronnau'n cilwenu arna i fel petaent am fy mwyta'n fyw. Fodfeddi oddi wrthyf mae wyneb sy'n ddwfn mewn powdwr a phaent ac yn awgrymu iddi fod unwaith yn ferch bert. Rwy'n agor ei bysedd sy'n gafael yn dynn yn fy mraich a hithau'n gryfach nag roeddwn yn feddwl – fel petawn yn tynnu gelen bant. Mae 'na fenywod yn y Bont-faen sy'n barod i werthu eu hunain i'r ffermwyr cyfoethog ar ôl diwrnod da o brynu a gwerthu yn y farchnad. Ond does yr un butain yn y Bont-faen yn yr un gynghrair â'r Jezebeliaid lliwgar yma.

'No need to hurt, young sir,' mae'n protestio gan rwbio'i garddwrn lle gafaelais ynddi. O'n i wedi'i brifo? Nid dyna oedd fy mwriad. Edrycha i mewn i'm llygaid fel rhywun yn ymbil am ffafr. Mae'i llais yn meddalu peth wrth erfyn.

'Strong young man new in town could do with a girl who knows her way about. Just to help him find his way. Would you like that, mister?'

Rwy'n rhyfeddu sut y gall merch newid ei phryd a'i gwedd mor gloi ac mor fedrus. Rwy'n drysu – pa mor hen yw hi? Ni allaf gredu ei bod yn llawer hŷn na fi, ond eto i gyd mae'n llawer, llawer mwy bydol. Mae'r wên yn fy nenu a rhaid ysgwyd fy hunan i ddianc rhag y fath swyn. Wrth adael i fi gael fy swyno gan butain, teimlaf yn siomedig ac er fy mod yn fodlon derbyn fy mod yn mwynhau'i chwrteisi, rwy'n berwi wrth sylweddoli ei bod wedi llwyddo i chwarae â'm teimladau mor rhwydd. Rwy'n camu yn ôl gan ofyn,

'Why do you do this?'

Mae'i chwerthiniad yn dangos pydredd ei dannedd.

'Why? You could lead an honest life.'

'Oh, could I now?'

Mae'i hymddygiad yn newid unwaith eto gan ddangos bod ei natur mor salw a gwatwarus ag unrhyw ferch odro frwnt.

'Tell you what. Why don't you marry me? Take me away and make an honest woman of me. That what you want? Mind you, you'll have to have a big country estate with lots of servants and a carriage. That you, mister?' Gyda'i chwerthiniad gwawdlyd. Mae 'na un ffordd o gael gwared arni.

'I've no money, only a few pennies.'

Rown i'n disgwyl llond ceg o regfeydd a'i gweld yn diflannu ond mae'n ailddechrau gan ddefnyddio llais llariaidd, nawddoglyd.

'Pity! Never mind, you save up your shillings and come back when you think you can afford a proper woman. I promise to make it an experience you'll never forget. Cheers.'

Mae'n wincio'i llygad a diflannu i ganol y dorf i geisio denu a dal sylw dyn arall â'i habwyd.

Wedyn sylwaf ar y gwerthwyr llyfrau – mae pob siop yn drysorfa o ddoethineb. Mae rhyw hanner dwsin o siopau fel hyn yn y Strand ac rwy'n crwydro o'r naill i'r llall fel rhyw bererin. Sylwaf fod rhai o'r siopau'n grand a moethus, a'r llyfrau'n ddrud hefyd, yn ôl y cloriau lledr sydd yn y ffenest; llyfrau na fyddai mas o le mewn llyfrgell ambell faenordy. Ond mae hefyd ambell siop lyfrau fach sy'n siwtio fy mhoced i'n llawer gwell, fel siop Alexander Donaldson yn y Strand. Mae'n ddyn sy'n caru ei lyfrau ac yn gwybod cryn dipyn am eu cynnwys. Rwy'n gwrando arno'n cymeradwyo ei lyfrau i gwsmeriaid, ac rwy'n aros fy nghyfle i ofyn cwestiynau iddo. Oes ganddo gopi o lyfr Hume, *A Treatise of Human Nature*? Mae'n codi'r llyfr o'r silff gan wenu, a'i ddodi ar y bwrdd o'm blaen yn fuddugoliaethus.

'Our very own reprint,' mae'n datgan, 'complete and unabridged for only a shilling.'

Wedi gofyn iddo'r rheswm pam fod ei argraffiad yn rhatach nag yn unman arall, rwy'n cael ateb Meseianaidd ganddo, bod angen i lyfrau fel hyn fod o fewn cyrraedd pawb. Cyfyngedig i'r cyfoethog sydd â llyfrgelloedd eang preifat yw'r byd o syniadau wedi bod. Mae ef a'i frawd am ddefnyddio techneg newydd, papur rhatach ac argraffwasg sy'n anelu i gyflwyno gwybodaeth yn fwy hygyrch i bawb. Rwy'n archebu'r gyfrol gan Hume a llyfr Rousseau *Julie, ou la Nouvelle Heloise*. Rwy'n cael mwynhad a phleser o'r cyfrolau hyn yn fy ystafell oer, fechan. Ond mae'r syniadau bod addysgu ein hemosiynau ac ymddiried yn ein teimladau dynol tuag at ein gilydd yn allwedd i greu gwell byd yn cynhesu fy enaid.

Treuliaf dipyn o amser yn troedio strydoedd culion dyran St Giles Cripplegate, cynefin ysgrifenwyr tlawd, newyddiadurwyr a phobol sy'n gwerthu baledi yn y siopau llyfrau rhad. Mae tu blaen yr adeiladau hyn yn goleddfu cymaint i'r stryd fel ei bod yn bosibl, mewn rhai mannau, i bobol ysgwyd llaw â'i gilydd ar draws y stryd. O ganlyniad mae'r strydoedd yn ddrewllyd a thywyll. Dof o hyd i strydoedd culion yn arwain at sgwâr lle mae caffi, siop lyfrau a phuteindai ochr yn ochr â'i gilydd. Caf fy nghythryblu gan y sgwariau drewllyd, lle nad oes awyr iach yn bodoli ond caf fy nenu yno gan y gymuned dlawd a gwybodus. Rwyf am allu cymysgu ymysg y rhain lle mae gwybodaeth a phendefigaeth y meddwl yn codi uwchlaw'r tlodi a'r llygredd.

Caf sgwrsio â gwerthwyr llyfrau, gan werthfawrogi eu gwybodaeth eang. Eisteddaf mewn tai coffi'n darllen papur newydd a gwrando ar drafodaethau'r brodorion am y rhyfel yn America. Cafodd fy mhwrs ei ddwyn ddwywaith er ei fod bron yn wag o geiniogau. Rhyfeddaf wrth weld y cewri llenyddol yn mynd heibio yn dilyn eu busnes. Ddwywaith rwyf wedi adnabod Dr Samuel Johnson, unwaith mewn tŷ coffi'n pregethu yn erbyn safiad Rousseau ar anghyfartaledd dynoliaeth, a'r eilwaith mewn siop lyfrau. Rwy'n teimlo'n lletchwith wrth fod ym mhresenoldeb gŵr mor enwog. Dyma'r union ddyn roedd y Parchedig John Walters yn ei ganmol i'r entrychion ac felly rhaid chwilio am esgus i godi sgwrs gyda fe, sgwrs naturiol rhwng dau lyfrgarwr brwd. Gofynnaf i'r dyn mawr ddewis pa un o dri llyfr gramadeg Saesneg fyddai'r gorau i fi.

Mae'r dyn mawr di-siâp yn troi i edrych arnaf ond ni ddywed air. Rwy'n ailadrodd fy nghwestiwn yn betrusgar gan wthio'r tri llyfr i'w gyfeiriad. Mae'n codi ei aeliau a dweud, 'Any one of them will do for you, young man,' cyn troi i ddarllen.

Pam mae'n troi ei gefn arnaf fel hyn? Ai tlodi fy nillad yw'r rheswm neu ai ar fy null o siarad mae'r bai? Nage, doedd dim byd yn bod ar fy nghwestiwn a dyw cyflwr fy nillad ddim gwaeth na llawer un arall yn y siop. Rhaid taw ar fy acen mae'r bai. Galla i ddioddef cellwair gwrth-Gymreig gan yr anwybodus ar Westminster Bridge, ond mae'n wrthun ei dderbyn gan academydd o fri. Teimlaf fy nicter yn berwi wrth feddwl am ymateb iddo. Codaf y tair cyfrol uwch fy mhen ac mewn llais uchel cyhoeddaf,

'Then, sir, to make sure of having the best I will buy them all.'

Nid yw'r dyn mawr yn cydnabod fy ngeiriau, felly gadael y siop fyddai orau, gyda fy hunan-barch yn ddianaf ond y pwrs yn fy mhoced yn wacach nag erioed.

Dal i fy mhoeni mae'r sgwrs gyda Dr Johnson. Rwyf wedi cael llond bola ar fod yn sylwedydd yn adardy Llundain. Rhaid i fi agor fy adenydd. Rwyf am hedfan.

3

Y Niwl

RWY'N DOD MAS o'r llety y bore 'ma i ddarganfod na allaf weld dim o gwbwl i unrhyw gyfeiriad. Beth yw hyn? Rwy'n edrych ar flanced dew sydd wedi'i lapio amdanaf i, arnaf i, y tu ôl i fi ac o'm blaen. Prin y gallaf weld unrhyw beth heblaw am lwydni brwnt, meddal. Daliaf fy llaw ryw wyth modfedd o'm llygaid ond nid yw hi ond cwmwl di-siâp. Gwelaf lusernau'n hedfan yn yr awyr. Mae rhywun yn eu cario. Mae cyrff yn galw 'By your leave' fel rhybudd bod rhywun ar y ffordd. Rwyf wedi fy ngwreiddio i'r fan a'r lle ac yn ansicr a ddylwn i fentro ymhellach neu ddychwelyd i'r llety a chau'r drws.

Penderfynaf ddal i gerdded gan ddefnyddio goleddf y pafin i'm cadw'n glir rhag mynd i'r gwter sy'n cario carthion gwaetha'r ddinas. Cymerodd oesoedd i fi, rhyw ugain munud siŵr o fod, i symud canllath a hynny drwy ymbalfalu ar hyd welydd yr adeiladau fel dyn dall. Dyma gornel. Pen draw'r stryd gul mwy na thebyg. Symudaf gam wrth gam nes cyrraedd cornel arall. Pa gornel yw hwn? Ddyliai dim cornel fod yma. Y ffordd fawr ddylai fod yma, ond y cyfan sydd o'm blaen yw'r llwydni didrugaredd, ac ambell olau'n symud yn y pellter. Neu ydi e'n agos ataf? Aneglur ac ansicr yw pob sŵn. Rwy'n teimlo fy ffordd ar hyd y stryd ac mae'r niwl yn fy mygu a finnau'n ymladd am anadl. Mae rhywbeth meddal a blewog yn cyffwrdd yn fy nghoes: rhywbeth ffiaidd sy'n symud yn llechwraidd yn y llwydni hwn. Paid â phoeni, dim ond cath neu lygoden fawr, meddwn wrth ddala i gerdded gan ddechrau teimlo fy mod i wir ar goll. Nid ychydig yn ansicr o'r ffordd ond yn gyfan gwbl ar goll. Argyhoeddaf fy hunan fod yn rhaid i fi ymdawelu a dechrau ymresymu na alla i fod ymhell iawn o'r llety; ond does 'da fi ddim clem i ba gyfeiriad i droi er mwyn mynd yn ôl yno'n ddiogel. Rwy'n sefyll yn llonydd ar fy mhen fy hunan wrth i'r niwl dewhau. Nawr, nid yn unig mae'n fy amgylchynu ond gallaf ei deimlo'n mynd i mewn i fy ngheg, fy nhrwyn ac yn meddiannu fy ysgyfaint. Rwy'n rhewi mewn ofon.

Gan fod yr awyr yn dew mewn budreddi, mae anadlu'n anodd. Rwy'n dioddef o'r fogfa unwaith eto, o ganlyniad i'r dwst, y lleithder a mwg y glo. Bob dydd gwelaf goedwig o simneiau yn arllwys eu budreddi i awyr Llundain gan ddisodli'r awyr lân a phur. Nid wyf wedi dioddef y fogfa mor wael â hyn ers dyddiau fy mhlentyndod, a rhaid ymladd am anadl, peswch mwcws a rhaid poeri. Yn hollol flinedig does dim amdani ond pwyso yn erbyn y wal. Ni allaf symud yr un goes. Teimlaf fy hunan yn suddo i lawr y wal nes fy mod ar fy eistedd, fy nghoesau o 'mlaen i a'r rheiny'n diflannu i'r llwydni… ac aros. Aros am beth? I'r gwynt newid cyfeiriad a chodi'n ddigon nerthol i glirio'r awyr? Rhaid aros, gan na alla i wneud dim byd arall. Rwy'n cau fy llygaid a meddwl am y niwl ysgafn a ddisgyn dros Fro Morgannwg o dro i dro yn y bore, niwl sydd fel mantell ysgafn a niwl na fydd yn cuddio'r tirlun. Niwl ydyw sy'n anwesu yn hytrach nag yn tagu. Mae'n rhy oer i ryw led gysgu. Rhaid aros yn llawn anobaith ynglŷn â gadael y fan hyn. Fydda i farw yma? Gwelais sawl corff mewn gwteri yn Llundain a'r rheiny'n cael eu hanwybyddu gan eraill, fel petai'r corff dynol yn ddim pwysicach na llygoden farw. Pan glirith y niwl yma, tybed pwy wnaiff ddarganfod fy nghorff i yma?

'Mr Williams, what are you doing here?'

Rwy'n cymryd yn ganiataol taw breuddwydio ydw i, ond wedi edrych yn fanylach gwelaf hen fenyw, fy lletywraig, yn edrych arnaf yn chwilfrydig. Am y tro cyntaf gwelaf hi fel person yn hytrach na fel sached o esgyrn llawn pryder. Mae'n plygu lawr wrth iddi synhwyro fy sefyllfa, ei llais ysgafn yn llawn cydymdeimlad.

'Folk 'ow ain't used to it can get lost in these'ere fogs, easy as anythink. But when you've lived here as long as I 'av you get to know your way about whatever it's like. We needs to get you back 'ome and no mistake. Can you get back on your pegs?'

Mae'n fy helpu i godi a dywed wrthyf am roi fy mraich dros ei hysgwydd. Mae arnaf ofn rhoi pwysau ar ei chorff eiddil. Er ei bod yn edrych yn wantan, sylweddolaf fod ganddi gyhyrau fel dur wrth iddi fy hanner llusgo ac arwain fy nghorff gwantan dros y coblau yn ôl i'r hofel mae hi'n ei alw'n gartref. Cymer hynny gryn amser achos bod rhaid i fi aros bob hyn a hyn i beswch a chael gwared ar y fflem ac i ymladd am fy anadl. Mae'n aros yn amyneddgar bob tro gan fy annog gyda gwên siriol.

'Ain't much further now, young sir'

Rydym yn cyrraedd y llety. Mae'r hen wreigan yn fy helpu i'm hystafell a'm gadael ar fatras o wellt brwnt.

'You rightly need some physic,' dywed yn famol. 'What d'ya take when it strikes you like this?' Rwy'n ceisio cofio'r rysáit o ysgallen a dail malws. Mae'n gwenu arnaf fel mam yn trin ei phlentyn.

'I think I can do better than that. Got thrupence and I'll have you cured in a tick? Drop of laudanum should do the trick.'

Dydi hi ddim yn aros am ateb ond yn hytrach yn chwilio yn fy mhocedi am dair ceiniog yn fy mhwrs arian. Ceisiaf ei hatal wrth feddwl bod rhywun yn ceisio dwyn fy arian, ond bob tro rwy'n symud mae fy nghorff yn wayw o boen. Does dim dewis 'da fi ond gorwedd yno ac aros i'r hen fenyw ddod yn ôl... os daw hi byth.

Ymhen hir a hwyr rwy'n yfed o ryw botel sy'n llawn hylif

tywyll, a hwnnw'n dew a melys. Mae'r gwres yn llifo drwy 'nghorff a'm peswch yn tawelu. Mae fy anadl yn well bellach a'm calon yn arafu. Rwy'n disgyn i drwmgwsg.

Gallaf deimlo a gwynto'r glaswellt lle gorweddaf a theimlo llaw Peggy yn anwesu fy ngwallt. Clywaf gân yr adar yn y pellter wrth i fi godi a nofio ar yr awyr uwch y ddaear. Mae nofio felly heb bwysau'n rhwydd. Rhaid peidio â meddwl. Os gwnaf feddwl efallai y byddaf yn cwympo. Mae Peggy yn dal fy mraich dan chwerthin. Mae ofn arni. Dywedaf wrthi y bydd hi'n hollol ddiogel gyda fi ac y gwnaf edrych ar ein holau ni ein dau. Wrth edrych i lawr gallaf weld y Fro gyfan yng ngoleuni harddwch y bore. Mae llyfr yn codi i'm llaw, er nad ydwyf i'n gwbod o ble y daeth. Rwyf yn ei agor ac mae'n canu cywyddau hyfryd gan yr hen feistri crefftus. Wrth i'r llyfr ganu heidia gloynnod byw euraidd o amgylch y dudalen gan wledda ar ei felyster. Ceisiaf eu dangos i Peggy ond mae Peggy wedi diflannu. Clywaf lais dynol. Ar y ddaear, mae Dr Johnson yn bloeddio arnaf, ond rwyf yn rhy uchel ac yn rhy bell i glywed beth sydd ganddo i'w ddweud. Cwyd ei ffon yn ei dymer. Chwifiaf fy llaw mewn cyfeillgarwch a chyfarch y bobol sydd yn croesi Westminster Bridge.

Rwyf yn hedfan i St Pauls ac yn eistedd ar silff gul yn y bwa lle na fydd neb yn fy ngweld. Mae Christopher Wren yn eistedd wrth fy ochr. Rydym yn trafod gwaith y seiri meini ar yr eglwys gadeiriol. Mae Kitty Deere yn fy ngalw. Rhaid i fi fynd ati. Mae'n gwisgo ffrog sidan, felyn ac arni les ac addurniadau eraill. Mae'i gwallt wedi'i glymu'n uchel ar ei phen ac mae'n gwisgo llawer gormod o bowdwr. Er mwyn derbyn fy nghymeradwyaeth, mae'n chwyldroi i ddangos ei ffrog i mi. Rwyf yn creu cerdd iddi sy'n clodfori ei phrydferthwch ond mae'n chwerthin ar fy mhen. Gorweddaf ar y glaswellt nawr a'm mam, fy mam brydferth yn fy anwesu…

Rwy'n dihuno Mae'r hen fenyw yn eistedd wrth fy ochr ac yn edrych ar fy ôl fel petawn yn blentyn iddi. Mae'n sychu fy nhalcen â darn o glwtyn.

'You'll be better now. Does the job and no mistake.'

Yn llawn tristwch, edrychaf arni'n ddiolchgar gan sylwi ar ei chroen di-liw, ei gwallt tenau a'i dannedd pydredig. Gwelaf hefyd bâr o lygaid craff a llais tyner a allasai fod wedi perthyn i blentyn deallus. Tybed pa mor hen yw hi? Llawer iau na'i golwg rwy'n sicr. Beth sydd wedi'i heneiddio felly? Oes angen gofyn? Tlodi, cael ei cham-drin, heintiau a phuteindra fydd hanes ei bywyd llwm tan ddiwedd ei dyddiau. Dywed wrthyf iddi fod yn brydferth flynyddoedd yn ôl. Byddai'n perfformio gyda chriw o ddawnswyr, yn dawnsio rhan colomen mewn drama yn y Palas Brenhinol. Nid yw'r fath bethau'n parhau am byth.

Rwy'n gwybod i fi gael cwsg yn llawn breuddwydion, er na chofiaf ddim amdanynt. Am ryw reswm mae rhywbeth yn fy nghymell i ysgrifennu llythyr hir a chariadus at Peggy.

4

Cornel Hyde Park

CAF WAITH YNG ngweithdy cerfluniau Mr John Bacon, diolch i eirda fy fforman blaenorol. Mae'n waith llawer mwy diddorol na pharatoi blociau diddiwedd o dywodfeini, a'r rheiny yr un siâp. Mae Mr John Bacon yn grefftwr penigamp, yn caru cerrig da ac yn ymhyfrydu yn ansawdd y cerrig fydd yn gadael ei weithdy. Mae corff y dyn fel boncyff llydan a'i gryfder yn ddiarhebol. Gall godi cerrig enfawr y buasai dau ddyn cryf arall yn cael trafferth i'w trafod. Dysgu ei hunan a wnaeth ond mae wedi ennill cymaint o barch am ei waith fel ei fod yn aelod erbyn hyn o'r Academi Frenhinol. Bydd pob un o'i weithwyr a'i brentisiaid i gyd yn dangos parch ac edmygedd at ei waith. Gall Mr Bacon gynhyrchu cofgolofnau a gwaith meini addurnedig o safon uchel, gan ddefnyddio cerrig da wedi cael eu mewnforio – marmor Carrara, maen iaspis du a gwenithfaen gloyw. Mae ei weithdy yn un o glwstwr o amgylch Hyde Park Corner, pob un wedi'i leoli mewn adeilad pren hir gyda iard o amgylch pob gweithdy wedi'i amgylchynu â ffens. Bydd gwahanol siopau'n cystadlu am gwsmeriaid, ond mae eu hagosatrwydd hefyd yn creu cyfeillgarwch rhwng y gweithwyr. Gyda chynllun anodd, bydd John Bacon yn amal yn trafod gyda'i weithwyr pa dechnegau yw'r gorau i drin y meini, neu sut i gael wyneb perffaith ar ochr wrn addurniadol.

Teimlaf agosatrwydd at y dyn garw ei lefaredd, un sydd wedi codi o fagwraeth dlawd, drwy waith caled, i fod yn feistr ar ei sgiliau. Roeddwn yn hapus tu hwnt pan ges ganddo fy mhrosiect cyntaf, sef ei gynorthwyo i naddu paneli marmor du i greu beddrod. Gwerthfawrogaf ei sgiliau, ond yn fwy na hynny, hyd yn oed, rwy'n gwerthfawrogi ei barodrwydd i rannu cyfrinachau a sgiliau coeth gyda seiri eraill iau nag ef, fel y bydd ei grefft yn cael ei throsglwyddo wedi'i ddyddiau e.

Os taw fy meistr yw gwraidd pob ysbrydoliaeth, nid felly ei brentisiaid na'i weithwyr. Mae ymateb y gweithwyr hyn ataf mor filain â'r criw anwaraidd a weithiais gyda nhw gynt yn Westminster, ond gan fod y gweithdy'n llai, mae llygaid barcud John Bacon yn rheoli unrhyw ddrygioni rhwng ei weithwyr. Nid felly y bydd hi ar ddiwedd diwrnod o waith. Bydd y gweithwyr, a hwythau wedi cael eu rheoli drwy gydol y dydd, yn heidio i'r ystafelloedd molchi i olchi'r chwys a'r dwst cyn mwynhau cwrw Llundain. Bu'n rhaid i fi baratoi fy hunan at y digwyddiad yma, gan wneud fy ngorau i gydymffurfio ac osgoi cael fy nhrin fel dieithryn. Mae'n rhaid ymddangos fel petawn yn mwynhau eu hwyl a'u sbri, eu tynnu coes a'u hiwmor aflan. Fel yn nhafarnau'r Bont-faen a Chaerdydd rwy'n perfformio. Mae fy storïau yn ennyn ymateb a chymeradwyaeth. Mae'r ffliwt yn boblogaidd, ond fy maledi di-chwaeth sy'n ennill lle i fi yn y gyfeillach hon. Rwy'n neidio ar y bwrdd, yn tynnu ystumiau a goractio drwy ganu fy 'Stonecutters Song.'

> A young stonecutter once did in Westminster dwell
> Who for mirth and good humour did many excel.
> No lad more expert wielded chisel and mallet
> He could sing a good song and make a new ballad.

Yn y cytgan 'Hi do di Hi do di Hi do di ay yee' bydd y cwmni'n cydganu, yn curo'r bwrdd i rythm y miwsig. Ychwanegaf benillion gan gyfeirio at ambell saer unigol sydd yno neu at eu meistri, ac os nad ydynt yn bresennol chaiff dim niwed ei wneud.

The day was quite cold and our toil very hard
But purse-cramming masters pay little regard,
(gweiddi 'The skinflint')
Yet night is our own, it gives freedom and rest,
Come, ruby-faced landlord, a pint of your best.
(clapio a galwadau am fwy o gwrw)

Yn well byth, bydd y cwmni'n hoffi unrhyw gyfeiriad at eu gwaith, neu unrhyw gyfeiriad brwnt at ferched yn gyffredinol. Rwy'n ceisio cyfuno'r ddau drwy gyflwyno fy arwr mewn torri meini i'r ferch brydferth Celia. Mae gan Celia, meddwn, fel petawn yn rhannu cyfrinach yn dawel,

Skin like Carrara, so white and so sleek,
(gwaedd o gymeradwyaeth)
The blush of the Jasper enamelled her cheeks
(gweiddi trachwantus)
Eyes glossier than agate more black than Vamure.
(a'r seiri'n cwympo mewn ffugbleser rhywiol).

Ar ôl dechrau adeiladu darlun o Celia fel perffeithrwydd rhamantus pob saer, rwy'n adrodd mewn cwpledi, stori ddi-chwaeth, sut yr hudwyd hi a sut y collodd ei morwyndod. Caiff pob rhan o'r stori'n ymateb anweddus fel rhoi hwb i'r pelfis, neu wneud arwydd awgrymog â'r fraich neu wingo'u tinau. Trwy gydol hyn, fel saer maen hyfforddedig, mae fy hudwr yn defnyddio 'a well tempered tool' (a cheir gwaedd arall o werthfawrogiad).

Felly dros dro o leiaf, rwy'n 'a real geezer' i'm cydweithwyr.

5

Y Gwyneddigion

E R GWAETHAF Y ffarwél anodd rhwng y Parchedig John
Walters a minnau, roedd wedi bod yn ddigon cymwynasgar
i ysgrifennu llythyr ar fy rhan at ffigyrau dylanwadol ymhlith
Cymry Llundain, gan awgrymu y gallwn wneud cyfraniad
gwerthfawr yn eu nosweithiau llenyddol.

Felly yn Ebrill 1773 mynychaf gyfarfod yn y Bull's Head
– tafarn fawr a llewyrchus yng nghalon y ddinas yn Walbrook.
Yma, mewn stafell yn y llofft, sy'n llawn o ddodrefn da, lle mae
dau was a sawl gweinyddes at ein gwasanaeth, mae Cymdeithas
y Gwyneddigion yn cyfarfod ar nos Lun gyntaf bob mis. Rwy'n
cyrraedd yn gynnar, yn rhannol oherwydd fy ofnusrwydd ac yn
rhannol yn y gobaith o gael fy nghyflwyno i Owain Jones, llywydd
y gymdeithas, sef un o'r enwau y cysylltodd John Walters ag ef.

Mae Owain Jones yn fy nghyfarch yn frwdfrydig, yn siglo
fy llaw yn gadarn a'i wyneb crwn yn dangos gwên gyfeillgar.
Mae ei lygaid tywyll, brwdfrydig yn creu hyder ynof. Tua'r deg
ar hugain oed yw Owain Jones, rwy'n credu, ond mae ei gorff
soled, llawn a'i awdurdod yn gwneud iddo ymddangos dipyn yn
hŷn na hynny.

'You're very welcome. I'm Owain Jones, but in the society I'm
Owain Myfyr.'

Mae'n fy arwain i fyny'r grisiau gweddol dywyll i'r ystafell
gyfarfod – ystafell hardd gyda thanllwyth o dân yn y gràt. Mae
dresel yn llawn o fwyd ar y naill ochr, a darlun mawr wedi'i
beintio ar y wal o ryw le sylweddol yn cynnwys sawl bwa ar y llall.

Mae un bwrdd derw anferth yn llenwi'r ystafell. Ar ôl croesi'r trothwy mae Owain yn datgan,

'Nawr te. Rheol gyntaf y Gymdeithas. Yr eiliad yr wyt yn croesi stepen y drws, bydd popeth yn y Gymraeg.'

Esbonia'r rheswm am hyn. Sylweddolodd Owain a rhai o'i gyfoedion, a ddechreuodd Gymdeithas y Gwyneddigion ryw dair blynedd yn ôl, bod rhai cymdeithasau Cymraeg eraill yn tueddu i droi at y Saesneg yn ystod eu cyfarfodydd. Yn ei farn ef, mae hyn yn dangos eu bod wedi colli prif bwrpas cynnal cymdeithas Gymraeg, sef gwarchod y diwylliant a'r iaith Gymraeg, Yn anffodus, nid yw rhai o'r cymdeithasau hyn yn llawer gwell na lle i yfed cwrw. Caf gipolwg ar y tancardiau niferus sydd yn cael eu paratoi gan y gwas gogyfer â'r noswaith ac wrth i Owain sylweddoli i fi sylwi ar y tancardiau a darllen fy meddwl, gwena.

'Ysbryd yr oes yn anffodus. Diod a rhyw ymhobman. Ond o leiaf fi fydd yn cadw rheolaeth yn ystod y cyfarfodydd.'

Ac felly y bu. Wedi dyfodiad y bancwyr, y masnachwyr, y gwneuthurwyr wigiau, y clercod a'r cyfreithwyr, mae Owain yn eu galw i drefen. Caiff fy nhancard ei lenwi gan ferch ifanc sy'n fy nghyfarch yn y Gymraeg. Dyma bleser. Rydym yn codi'n tancardiau fel un ac mae'r cwmni'n sefyll er mwyn cynnig llwncdestun,

'Hir oes i'r iaith Gymraeg.'

Owain sy'n croesawu'r cwmni ac yn fy nghyflwyno fel aelod newydd. Mae'r busnes yn dechau a chawn gyhoeddiadau am gyfrolau newydd. Bydd pob aelod yn talu pris blynyddol o 10/6d i ariannu argraffu cyfrolau eraill. Mae'n cofnodi fod Ieuan Fardd wedi derbyn comisiwn i gasglu ac i olygu casgliad o hen ddiarhebion a thrioedd. Rwyf wrth fy modd gyda'r newyddion hyn, bod ysgolhaig mor llewyrchus yn cael cefnogaeth gan gymdeithas ymhell o'i gynefin – dyn tlawd ond un rwy'n ei edmygu gymaint. Mae Owain Myfyr yn datgan ei fwriad i gomisiynu casgliad tebyg o farddoniaeth gan Llywarch Hen.

Rwy'n gweld gwerth mewn nawddogaeth. Dyma'n gywir beth wnaeth Rhys Thomas, yr argraffydd, addo y gwelwn wedi i fi gyrraedd strydoedd Llundain. I ddilyn, mae cyfres o adroddiadau anniddorol gan aelodau yn sôn am eu cysylltiadau â Chymru. Nid yw namyn hysbyseb da i rai tafarnau rhagorol yno.

Yna caiff y prif siaradwr ei gyflwyno. Mae Sion Ceiriog yn diolch i'r cadeirydd am ei arweinyddiaeth ddylanwadol, ond hefyd am y pleser a roddodd i'w gyfeillion drwy ei adysgrifau o waith Dafydd ap Gwilym a luniodd o'r casgliadau a oedd yn Nhŵr Llundain. Ei fwriad yw darllen darnau o'r gyfrol. Mae nifer o gwmpas y bwrdd yn pwysleisio pa mor rhagorol yw'r gwaith a'r rhai eraill, sydd heb ei ddarllen, yn mynegi eu gobaith o gael y cyfle i wneud yn fuan.

Mae'n dewis 'Trafferth mewn Tafarn', hanes doniol am fethiant y bardd i hudo'r ferch a oedd yn gweini mewn tafarn. Wrth geisio yn dawel bach ymuno â'r ferch yn ei gwely, tarodd ei ben yn erbyn bwrdd ac arno gawg a phadell bres sy'n cwympo gan ddihuno pawb yn y tŷ. Yna disgrifia'r modd y llwyddodd y bardd i ddianc rhag crafangau'r tri Sais a gweision y dafarn.

Mae Sion yn darllen y darn yn ddeallus gan egluro'r darnau aneglur. Mae'n clodfori a dadansoddi'r fydryddiaeth gymhleth ac yn esbonio fel roedd arddull y bardd, wrth ddefnyddio'r person cyntaf, mor chwyldroadol bedwar can mlynedd yn ôl. Er ei bod yn ddarlith academaidd nid oedd yn ddarlith sych. Mae'r darlithydd yn diddanu'i gynulleidfa drwy grybwyll ystranciau doniol Dafydd, aflendid y bedwaredd ganrif ar ddeg, a'u cymharu, gyda pheth cyfiawnhad, ag ambell brofiad a fyddai wedi bod yn gyfarwydd, efallai, i'w wrandawyr heddiw.

Fesul tipyn mae naws y cyfarfod yn gwaethygu wrth i'r cwmni drafod nosweithiau di-chwaeth, yr un math o drafod a gaf ymysg y seiri ar ôl peint o gwrw. Mae Sion yn ymddiheuro i'r cadeirydd am wneud y fath gymhariaeth angenrheidiol, ond mae'n gorffen drwy ddarllen rhan o waith Dafydd ap Gwilym

'Y Gal' sy'n ymdrin â rhybuddio pobl am natur afreolus y pidyn dynol. 'Trosol wyd a bair traserch,' meddai Dafydd am ei bidyn, sy'n ei gael i drafferthion yn ddiddiwedd.

Alla i ddim disgrifio'r fath gynnwrf. Rwy'n siŵr nawr fy mod i wedi dod o hyd i gwmni lle gallwn ddisgleirio. Rwy'n feistr ar farddoniaeth fel hyn ac yn wybodus yn y maes hefyd, felly arhosaf am fy nghyfle i wneud argraff arbennig ar y cwmni. Ar ôl i Sion orffen, mae'r gwrandawyr yn curo'r bwrdd ac yn cymeradwyo'n swnllyd. Codaf i, yr aelod newydd, Iorwerth Morgannwg ar fy nhraed. Rwy'n adrodd ambell linell yn yr un mesur ag a ddefnyddia Dafydd ap Gwilym, yn diolch i'r cadeirydd am ei wybodaeth a'i ffraethineb, gan gydnabod ei fedrusrwydd fel anturiwr rhywiol:

Bwch ydyw i'w ryw a'i rin,
Diawlig am ledu deulin,
Marchaidd ymhlith y merched.

Edrych yn ansicr wrth glywed geiriau Iorwerth y mae Sion. Ydyn nhw'n ei glodfori neu yn ei wawdio? Ond mae'r cwmni yn gweiddi'n uchel gan ei holi am faint ei bidyn. Mae'r chwerthin uchel yn rhagori hyd yn oed ar yr hyn a gafwyd cynt. Gan fod y cwmni'n amlwg yn aros am fwy, unwaith eto teimlaf y pŵer sydd o gael cynulleidfa o dan fy hud. Rwyf wedi fy amgylchynu gan gwmni gwerthfawrogol ac adroddaf ragor o gerddi. 'Na drueni na ddes i â'm ffliwt gyda fi. Mae Iorwerth Morgannwg wedi dechrau gadael ei farc ar Lundain.

6

Cwmni da

MAE NIFER O'R Gwyneddigion yn gwmni da, ond nid pawb ohonynt. Mae ambell un, fel Owain Myfyr a William Owen, wedi creu cryn argraff arna i, pobl weithgar sydd yn gwneud llawer o waith ymchwil academaidd. Maent wedi caniatáu i fi weld dogfennau pwysig, rhai rwyf wedi bod yn chwilio amdanynt ers blynyddoedd. Nid oes yr un yn fwy gwerthfawr na phrydyddiaeth Dafydd ap Gwilym. Mae Owain yn cyfaddef taw ei uchelgais fyddai cyhoeddi cyfrol o gerddi o waith y bardd pwysicaf yn hanes Cymru. Ni alla i ddychmygu prosiect mwy diddorol, ac rwy'n ei sicrhau y gwnaf ei gynorthwyo i gyflawni'r gwaith mawr yma. Rwy'n rhoi fy ngair iddo fod 'da fi'r ddawn o ddod o hyd i ysgrifau coll lle bynnag y maent.

Caf gais gan Owain i ysgrifennu a chyflwyno fy ngwaith i'r Gwyneddigion sawl gwaith. Rwyf i wedi gwneud ond nid mor llwyddiannus â'r tro cyntaf. Bob tro teimlaf fod yr awyrgylch croesawgar yn pylu ychydig. Mae'r rhain, sy'n galw'u hunain yn ddysgedig, yn beirniadu fy marddoniaeth, nid yn unig fy nhechneg ond hefyd fy ngeirfa. Maent yn ystyried bod geirfa Bro Morgannwg yn addas i'w defnyddio mewn sgwrs gan y werin ddi-ddysg ond nid i greu barddoniaeth safonol. Wrth i fi gyflwyno fy ngwaith diweddaraf edrychant ar ei gilydd yn ddirmygus. Gwelaf nodiadau yn cael eu trosglwyddo o'r naill i'r llall, sibrwd, a mân chwerthin gwawdlyd. Daeth sefyll o flaen y bwrdd mawr yn boen i fi – gwell fyddai gennyf gropian oddi tano. Rwy'n colli hyder tua'r diwedd ac yn dileu rhai llinellau da er mwyn gorffen yn gynt, gan fy mod yn gwybod yn iawn eu bod yn beirniadu ac yn bychanu fy ngwaith. Mae'r ffaith na alla i weld yr hyn a ysgrifennwyd ar eu papurau yn gwneud y sefyllfa'n waeth. Yr ofon mwya sydd 'da fi yw eu bod yn condemnio fy magwraeth ddinod.

Ceisia William Owen fy argyhoeddi bod fy nghasgliadau i'n anghywir, a taw fy nychymyg sydd ar fai. Nid wyf yn ei gredu. I lawer o'r Gwyneddigion, gwlad fach ddiwerth sydd y tu hwnt i ffiniau Gwynedd. Os ydynt yn ymwybodol o Gymru y tu draw i fynyddoedd Eryri, ystyriant hi yn gefn gwlad ddinod, un sydd yn destun gwawd.

Serch hyn, rwy'n gweld bod sawl un o'r cwmni'n gyfeillgar a chanddynt agwedd ffres at fywyd. Bydd y meddyg llongau, David Samwell, yn adrodd storïau annhebygol am ei anturiaethau ar y Southern Seas, ac yn rhoi cyflenwad da o lodnwm i fi a wnaed o'i rysáit ei hunan. Mae Richard Glyn yn gweithio yn nhŷ cyfri Hoare's yn y Ddinas. Mae'n orhyderus. Beth sy'n apelio ataf fi yw ei gred fod popeth yn bosibl gyda digon o ymdrech. Caf fy ngwahodd i giniawa gyda fe yn y Bull, er mwyn cael sgwrsio am Gymru. Mae'n wladgarwr heb ei ail ac yn ymhyfrydu y byddai'n fodlon cyfrannu deg neu hyd yn oed ugain gini, pe bai hynny o gymorth i achub hen farddoniaeth ein cyndadau. Beth yw deg gini i bartner tŷ cyfri Hoare's? Fel mae'r port yn llifo mae'n esbonio'i gariad at Gymru, sŵn yr iaith, y cysylltiad ysbrydol rhwng pobl a thirwedd, bod barddoniaeth Gymraeg yn atseinio yn ei ben, a'i fod yn clywed chwerthin y plant ac yn gweld gwên hudolus y merched yng Nghymru.

Ar ôl hanner potelaid o bort, mae'r iaith yn troi i'r Saesneg ond mae'r nwyd yn dyblu. Roedd yn wreiddiol o Ddyffryn Clwyd, y dyffryn mwyaf ffrwythlon a phrydferth yng Nghymru. Pam yn y byd y gadawodd y lle? Pa mor amal bydd e'n dychwelyd yno? Anodd, medd ef, pan fo gwaith yn ei gadw'n brysur, ond fe aiff nôl yno cyn bo hir, efallai. Fel sawl ffigwr arall yn y gymdeithas yn Llundain, nid yw cariad Richard at Gymru yn seiliedig ar ei gysylltiadau personol nac ar ei gariad at ei filltir sgwâr. Caru'r syniad o Gymru mae e, cariad a all ei fodloni heb iddo drafferthu gorfod gadael Llundain. Daw'r ail botelaid o bort ond nid wyf yn yfed llawer. Does 'da fi ddim pen da at bort, ac wrth i fi ei sipian, mae e'n llyncu'r stwff. Dydw i ddim yn ystyried y gall fy nghyfaill yfed dau wydriad arall o bort heb gwympo ar ei din, ond nid wyf wedi amcangyfrif yn iawn faint y gall ei lyncu heb gwympo'n shwps ar lawr.

Mae'n neidio ar ei draed ac yn cyhoeddi ei bod hi'n hen bryd iddo helpu'i ffrind barddol i flasu hyfrydwch y ddinas. Er ei fod yn caru Cymru, meddai, does dim i'w gymharu â hyfrydwch Covent Garden. Rwy'n ei ddilyn, dw i ddim yn gwbod i ble. Alla i ddim gwrthsefyll pobl fel Richard sy'n mentro ac yn anturio gan ddenu pob math o brofiadau difyr ar hyd ei deithiau. Sut yn y byd y gallwn i wrthod y fath wahoddiad i fyd sy'n anhysbys i fi?

Rydym yn cymryd cerbyd o'r ddinas i sgwâr Covent Garden, o flaen eglwys St Paul's, ble, yn ôl Richard, mae pregeth Gymraeg bron bob yn ail ddydd Sul. Drwy gydol y siwrnai mae Richard wedi bod yn edrych yn feddylgar yn ei nodlyfr fel petai'n dewis pryd o fwyd o fwydlen. Nawr mae'n cydio yn fy llaw a'm tynnu o'r cerbyd gan redeg yn gyffrous o dan y portico hir, nes cyrraedd drws gwyrdd hardd. Mae'n cnocio, canu'r gloch a gweiddi,

'It's me: Richard. Let me in, my sweet.'

O'r diwedd caiff y drws ei agor gan fachgen o'r India a thwrban ar ei ben, yn gwisgo gwisg sidan melyn a gwyrdd. Mae'n sibrwd rhywbeth wrth Richard am 'ein gwestai arbennig' a bod yn rhaid ymddwyn yn rhesymol yn y tŷ. Nodio'i ben yn gynllwyngar wna Richard. Cawn ein harwain gan y bachgen i ystafell fechan, oludog wedi'i haddurno mor lliwgar, nes gorlethu fy synhwyrau; dodrefn Ffrengig wedi'u cerfio'n goeth, a seddi brocêd, wal o sidan, arwynebedd marmor, a charpedi dwyreiniol trwchus dros lawr marmor wedi'i siapio'n geometrig. Mae'r awyr yn drwm oherwydd yr aroglau cyfoethog a sylwaf fod pum drws yn arwain oddi yma i ystafelloedd eraill. Ond be sy'n rhoi sioc i fi yw gweld tair menyw fronnog yn gorweddian ar soffa yr un yn eu dillad sidan. Maent yn gwenu ar Richard, sy'n amlwg yn ymwelydd cyson. Rwy'n melltithio fy niniweidrwydd wrth i fi sylweddoli 'mod i wedi cael fy nenu i buteindy lle mae fy nghyfaill yn amlwg yn barod i dalu am gael mwynhad gydag un o'r merched hyn. Gwyddwn fod Richard a'i ffrindiau'n hoffi ymhyfrydu yn eu hanturiaethau rhywiol, ond nid dweud celwydd roedden nhw felly. Rwyf nawr mewn panig. Ydw i wir eisiau cael rhyw gyda phutain? Beth petawn yn cael y frech? Sut gallwn wynebu Peggy neu Kitty wedyn? Mae bod yn y fath le'n bradychu'r cof am fy mam. Fyddwn i'n galler perfformio'n ddigon da? Nid codiad rwy'n ei deimlo ond ofon. Cofiaf taw dim ond ambell geiniog sydd 'da fi. Beth fyddai'n digwydd pe na allwn dalu? Erbyn hyn mae Richard yn sibrwd yn dawel wrth y merched. Mae un ohonynt yn rhoi ei llaw ar fy ysgwydd a symud ei hwyneb yn anghyfforddus o agos ataf. Am funud, mae'n fy atgoffa o'r hwren a geisiodd fy nhemtio yn yr Haymarket, ond yr unig debygrwydd yw'r powdwr a'r paent. Mae'r powdwr wedi'i roi ar wyneb hon yn fwy celfydd, a'i dillad yn llawer mwy moethus, er yn dangos llawer mwy. Rwy'n ceisio defnyddio'r un esgus ag yn yr Haymarket.

'I've no money.' Dydi hi'n poeni dim.

'Don't worry, my love. Richard will look after that side of things. Hoare's Bank has enough money for all of us. You're his guest. So aren't you a lucky boy? By the way, I'm Polly and I'm going to give you the time of your life.'

Rwy'n ciledrych heibio Polly i gyfeiriad Richard sy'n codi ei law'n sydyn cyn diflannu gyda hwren o'i ddewis e drwy ddrws i ran arall yr adeilad. Mae Polly'n dal fy llaw gan fy nhynnu i ystafell breifet. Rwy'n ystyried ceisio dianc ond mae'r drws mawr o'n blaen yn fy llyncu i a sylweddolaf 'mod i wedi dod yn rhy bell i droi'n ôl. Mae boudoir Polly wedi'i beintio'n goch tywyll gyda dodrefn drud o liw aur a lluniau o ferched hanner noeth yn gorweddian ar soffa ar y muriau. Mae hyn i gyd yn ddibwys o'i gymharu â'r gwely mawr plu sy'n dominyddu'r stafell ac sy'n datgan ei bwrpas amlwg.

'I take it you're another of Richard's Welsh friends. My, you're a wild bunch and no mistake!'

Mae Polly'n dechrau agor botymau fy siaced yn syth.

'We've a Welsh girl here, you know. Proper Welsh. Speaks Welsh and all.'

Nawr mae'n tynnu fy ngwasgod a'm gwregys.

'Not that she's as good as me, of course. Take your shoes off, there's a luv.'

Rwy'n sefyll yn fy nghrys pan glywaf sŵn erchyll yn dod o'r ochr arall i'r wal. Rwy'n cael ofon wrth glywed sŵn chwip ac ochenaid. Un arall… a rhagor o ochneidio.

'Sorry about the noise. That's our 'special' guest so we have to put up with his little… peculiarities. Normally Madam doesn't offer that sort of thing, but you can't say no to the special guest, can you?'

Mae sŵn y chwip yn parhau a sŵn y griddfan yn codi'n uwch ac yn uwch. Wedyn cawn un sgrech hir yn dilyn y chwipio.

'Now how can a girl concentrate on her work with all that going on in the next room?' Mae hi'n amlwg yn colli'i hamynedd.

Rwy'n cydymdeimlo.

'No matter. I'll just have to keep your mind off the distractions.'

Gyda hyn mae Polly'n diosg ei gŵn sidan sy'n cwympo i'r llawr gan ei gadael yn sefyll yn hollol noeth o'm blaen.

'All right luv? Like what you see? Come on then. Let's get on with it.'

Ond, daeth cnoc uchel ar y drws.

'What the fuck!' gwaedda Polly. 'Go away.'

Ond ar hyn fe ffrwydrodd rhyw fenyw fawr fochgoch drwy'r drws gan ddweud,

'Polly, come with me. You're needed next door with His Highness.'

'But…' meddai gan bwyntio ataf i.

'Our special guest has suffered an injury. That silly girl Sarah has whipped him too hard and drawn blood. He wants you, and *only* you, to bathe his wounds. Bring a clean rag and that camphor liniment.'

Mae Polly'n cipio'i gŵn a chodi'i breichiau'n anobeithiol.

'It'll fucking cost him.'

Mae'n chwilio mewn drâr am yr eli, cyn troi ataf.

'Sorry about this, luv. You just wait there and I'll be back as soon as I can. If you're in a hurry, Madam will fix you up with one of the other girls.'

Mae sŵn griddfan i'w glywed yr ochr arall i'r wal.

'Coming, your Highness, coming.' Mae Polly'n gweiddi cyn hedfan o'r ystafell. Rwy'n sefyll fel ffŵl yn fy nghrys ond eto'n teimlo'n chwilfrydig.

'Who's the special guest?' rwy'n holi.

Mae Madam yn edrych arnaf yn anghredadwy.

'You really don't know? Where have you been living?' Mae'n meddwl am eiliad.

'Best stay quiet about this, I suggest. Don't want any scandals about the Royals, do we now? Good customers but dangerous people to upset, if you get my meaning!'

Wedi iddi adael yr ystafell, gwelaf fy nghyfle i ddianc. Rwy'n gwisgo'n gloi a cheisio gadael fy hunan mas o'r tŷ heb i ncb fy ngweld. Byddwn wedi llwyddo oni bai am y bowlen fawr bres yn y cyntedd y bwres yn ei herbyn. Mae'r sŵn yn dihuno'r bachgen bach o India ac mae llawer pen arall yn ymddangos hefyd yn y drysau. Dwi ddim yn aros i esbonio gan fy mod yn falch o ddianc i ddüwch y nos.

7

Cweryl

R WYF FEL FFŴL dwl yn Covent Garden yn dal wrthi'n ceisio cau botymau fy ngwasgod. Mae hi'n noswaith oer a rhaid tynnu fy siaced yn dynn amdanaf. Rwy'n hynod falch o gael dihangfa. Wedi crwydro'n ddifeddwl i lawr Stryd Southampton, ar draws y Strand ac i lawr at afon Tafwys, rwy'n sefyll yno am eiliad i feddwl. Nid yw pobl fel Richard yn meddwl yr un fath â fi. Mae mor rhwydd dod i'r casgliad ein bod yn debyg i'n gilydd am ein bod ein dau yn siarad Cymraeg. Cynnyrch Llundain yw Richard yn bennaf erbyn hyn ac iddo fe, hobi yw Cymreictod, rhywbeth i ladd amser. Rwy'n crynu yn yr oerni. Rhaid i fi wneud fy ffordd yn ôl i Holborn. Mae'r niwl yn disgyn eto gan led guddio'r llusernau sydd ar y cerbydau, a llenwi fy ysgyfaint â gwenwyn llwyd y ddinas frwnt yma. Crwydraf i gyfeiriad Drury Lane ac o'r fan honno rwy'n gwybod fy ffordd 'nôl i Holborn yn ddigon hwylus. Am ryw reswm, rwyf wedi cerdded yn rhy bell i'r dwyrain i le o'r enw Fetter Lane, wedyn Dean Street sy'n hollol ddierth i fi, wedyn i Shoe Lane. Unwaith eto rhaid cyfaddef 'mod i ar goll. Y tro yma, ni fydd Ann yn dod i fy achub o'm cell lwydaidd. Gwnaiff yr awyr wenwynig hi'n anodd anadlu, mae fy nghorff yn boenus oherwydd y lleithder ac mae 'da fi ben tost, er gallaf ddal i glywed persawr y puteindy sydd yn neud i fi eisie hwdu. Efallai nad yw Ann ar gael, ond mae 'da fi botel arbennig o lodnwm David Samwell yn fy mhoced. Rwy'n ei chario ar bob achlysur, rhag ofon… Wedi gwasgu i mewn i ryw ddrws tawel ac yfed yr hylif, mewn munudau mae'r lodnwm wedi gwneud ei waith wrth i'r gwres dreiddio drwy fy nghorff. Mae Llundain yn pylu ac rwy'n hedfan mewn awyr las dros Fro Morgannwg.

Pan wy'n edrych lawr gwelaf Peggy, fy mrodyr a Nhad. Maent i gyd yn pwyntio ataf wrth i fi hedfan uwchben. Adroddaf fy marddoniaeth orau a sylwaf fod yr anifeiliaid i gyd yn edrych ac yn gwrando arnaf. Mae'r Gwyneddigion yma hefyd, rhai ohonynt yn cymeradwyo ond mae eraill yn gweiddi arnaf nad ydwyf yn defnyddio Cymraeg digon grymus – Cymraeg y Gogledd, wrth gwrs. Codaf fy llais ac mae pob anifail yn ymuno â fi, hefyd fy mrodyr a Peggy nes ein bod yn boddi lleisiau'r anwybodus ogleddwyr. Rwyf yn rasio nawr, rasio ar draws y caeau i gyfeiriad Peggy. O Peggy! Rwy'n ceisio'i chyrraedd ond rwyf wedi rhwydo fy hunan mewn stafell sy'n llawn o ferched lliwgar â'u gwalltiau'n ffug. Maent yn dal eu gafael arna i tra bod Mam yn erfyn arnaf i ddianc o'r fath dŷ ond alla i ddim. Maent yn dal fy mreichiau a'm coesau ac yn araf yn agosáu ataf. Rwyf yn gwynto'u chwys a'u persawr rhad, ond wrth geisio dianc rwyf mewn cyntedd sy'n llawn o glychau'n canu a photiau metel swnllyd. Mae'r sŵn yn fy myddaru. Yn hytrach na thawelu, cynyddu mae'r sŵn. Mae Peggy'n cydio yn fy llaw ac yn fy nhynnu oddi yno. Rydym yn rhedeg dros gaeau gwyrddion a gwelaf eglwys Trefflemin a Kitty yn priodi oddi mewn; priodi rhywun arall? Mae'r Gwyneddigion yn y gynulleidfa. Wrth fy ngweld maent yn pwyntio ataf a chwerthin yn acen y Gogledd. Nawr, mae Mam yn y pwlpud yn darllen, a fi yw'r unig berson sydd yn yr eglwys. Mae'n darllen darn o 'Paradise Regained'. Rwy'n ddigon agos i glywed y geiriau, 'Great acts require great means of enterprise.' O, ie, Mam. Rhowch amser i ni. Erbyn hyn rwy'n dilyn llwybr bach gwyrdd rywle yn y Fro. Nid ydwyf ar fy mhen fy hunan; mae dyn mawr cryf yn cerdded gyda fi yn gwisgo dillad rhyfedd ac yn drewi o gwrw a garlleg. Mae'n darllen 'Trafferth mewn Tafarn'. Dafydd yw ef, Dafydd ap Gwilym ei hunan wedi dod i ddweud wrthyf ble i ddarganfod ei farddoniaeth sydd ar goll. Mae'n sibrwd ambell linell wrtha i – llinellau godidog. Mae angen i fi eu hysgrifennu ar bapur ond does gen i ddim llyfr; rhaid ceisio'u cofio. Bydd Owain mor hapus os gallaf eu cofio.

Tywyllwch.

8

Digon

NID YW LLUNDAIN yn lle cyfforddus i fyw, er ei gyffro a'i atyniadau. Mae'r mochyndra, y niwloedd a drewdod yr anfoesoldeb yn gwneud i fi ysu am lendid a phobol onest. O leia dw i'n weddol hapus yn fy ngwaith. Dyw fy ymdrechion i ddod yn 'un o'r bois' ymhlith y seiri meini ddim wedi arwain at gyfeillgarwch ond mae 'na gadoediad rhyngom ac maent yn fy nerbyn fel un i godi hwyl, fel tipyn o glown. Caf fy ystyried yn ddieithryn, nid am fy mod yn Gymro, ond am fod gagendor rhyngom o ran gwerthoedd a deall. Rwy'n ofni y daw'r tensiynau i'r brig unwaith eto.

Weithiau caiff gweithwyr John Bacon y dasg o gario cofgolofnau o'r gweithdy i leoliad terfynol y tu fas i'r ddinas. Caiff hyn ei gydnabod fel 'a good number'. Caiff y gweithwyr ddianc rhag sŵn y gweithdy llychlyd a chael teithio mewn cart a cheffyl drwy hewlydd braf Bloomsbury ac Edmonton. Weithiau bydd 'na 'hwyl' ychwanegol wrth gael bwyd a rhywbeth i'w yfed yn y lleoliad ar ddiwedd y daith. Nid wyf wedi cael fy newis erioed ar gyfer y fath siwrne gan fod y seiri hŷn am gadw'u breintiau a dydw i ddim yn achwyn.

Mae'n fore bendigedig o wanwyn pan mae'r meistr yn gofyn i fi fynd â phostyn iet newydd i'w osod yn ei le yn nhŷ gwerthwr gwin tra phwysig. Rwyf wedi cerfio siâp y bêl i'r mesuriadau cywir. Mae'n rhaid iddo fod yn gywir yr un peth â'r bêl a'r sgwaryn sydd ar y postyn arall.

Daw dau ddyn gyda fi i gyflawni'r gwaith ac mae'r meini priodol yn barod yn y cart gyda thywod, sment, rhaffau a'r taclau codi angenrheidiol. Synhwyraf ar ddechrau'r siwrne nad ydyw'r hynaf, Harry, a'r un sydd wedi gweithio yno'r hiraf, eisiau fy nghwmni ar y daith hon. Bydd fel arfer yn gweithio gyda dim ond un person arall yn unig, ac nid yw'n gweld bod angen cael trydydd person. Ond mae John Bacon yn mynnu gan ei fod yn waith cywrain ac anodd. Fe fyddai'n well gan John pe buasai wedi cael newid y ddwy belen ar yr un pryd ond doedd hi ddim yn bosibl perswadio'r perchennog. Er mwyn gwneud y newidiadau terfynol, pe bai angen, mae'r meistr am i'r torrwr meini fod yn bresennol.

Mae'n daith hyfryd yn haul y gwanwyn a'r cart yn symud yn araf gan fod y ceffyl druan yn cael trafferth tynnu pwysau'r llwyth. Does dim pwrpas i ni annog y creadur i symud yn gyflymach oherwydd rydym yn mwynhau awyr iach hyfryd y wlad o amgylch Islington. Rydym yn aros ym Mharc Finsbury er mwyn i'r ceffyl gael bwyd a diod. Mae Harry'n dod ataf yn weddol ansicr.

'Look, cock. I've been doing these installations for many years and, well, there are ways we do things. Get me?'

Does 'da fi'r un syniad beth mae'n ceisio'i ddweud, ac rwy'n edrych arno'n dwp.

'Just let me do the talking and the arranging. Right? You just take care of the stonework. Agreed?'

Rwy'n cytuno. Am dair awr buom wrthi yn y maenordy yn paratoi'r golofn a chymysgu'r sment. Mae'r meini nawr yn eu lleoliad priodol a finne'n hapus gyda'r gwaith. Er yn newydd mae'n cymharu'n dda iawn gyda'r golofn wreiddiol a bydd amser a'r tywydd yn eu gwneud yn efeilliaid perffaith.

Ceisiaf gau fy nghlustiau wrth i stiward y tŷ a Harry gytuno ar y pris terfynol ac yntau'n dadlau bod angen ychwanegu ychydig 'am newidiadau anrhagweladwy' er nad oedd dim. Rwy'n sefyll yn fud wrth i'r bwyd gael ei gynnig i ni – bara, caws a chwrw. Mae Harry'n cymryd sawl potelaid o win drud a darn mawr o gig o'r gegin. Nid wy'n dweud gair pan fo gweddillion y sment, y tywod a'r rhaffau'n cael eu gadael mewn 'lle cyfleus' i Harry yn Islington. Er fy mod yn gwybod yn iawn taw cadw'n dawel fydd orau, eto rwy'n gwingo mewn dicter wrth weld sut mae'r dynion yma'n dwyn gwarth ar eu galwedigaeth.

Ar ddiwedd y daith mae Harry'n dod ataf yn llawn gweniaith a cheisio stwffio gini i'm poced gan ddweud,

'That's your cut, Taff, OK? Not a word now.'

Rwy'n gwrthod yn reddfol, gan gadw fy llaw dros fy mhoced. Rwy'n gobeithio y bydd yn dangos ei anfodlonrwydd drwy fy ngalw'n ffŵl ac yn barod i wthio fy siâr i'w boced ei hunan. Mae'n ymateb drwy regi a'i wyneb yn caledu fel petai eisiau stwffio'r gini lawr corn fy ngwddwg.

'You stuck-up little prick. Think you're so fucking superior, don't you? Too good, too shogging clever for the likes of us.'

Wrth iddo gerdded bant, mae'n crymu ei ysgwyddau i ddangos ei gasineb tuag ataf, yn llawn dirmyg aṭ fy agwedd. Pam ei fod am i fi gael cyfran o'r arian a gawsai ei ddwyn? Oherwydd ei fod am fy nghlymu i fod yn rhan o'r drosedd wrth gwrs. Gan eu bod nhw i gyd yn troseddu, yna nid yw trosedd yn drosedd, dim ond 'y ffordd o wneud pethau'. Mae 'na frawdoliaeth nad ydw i'n perthyn iddi, diolch byth.

Gofalu amdano fe ei hunan sy'n bwysig i Harry. Nid yw'n galler fy anwybyddu rhag i fi ei gyhuddo fe a'r lleill. Rhag ofon i fi gael gair yng nghlust John Bacon, mae Harry'n ymosod gyntaf, drwy siarad â John gan fy meio i, y Taffy, o 'afreoleidd-dra.' Mae'n esbonio taw ei ddyletswydd e yw adrodd yn ôl fel pob gweithiwr gonest, ond dydi John Bacon ddim yn cael ei dwyllo a chaf innau mo fy niswyddo. Ond o'r eiliad honno, mae'r awyrgylch yn y gweithdy mor wenwynig â niwl trwchus Llundain. Yn gywir fel ag yn Westminster Bridge, chaf i ddim munud heb i un ohonynt wneud fy mywyd yn uffern. Ni fydd fy maledi yn werth dim y tro hwn i leddfu'r sefyllfa.

Rwyf wedi cael digon. Ar ôl llai na blwyddyn yn Llundain rwy'n ofni y bydd aflendid yr aer yn achosi niwed i'm hysgyfaint gwanllyd ac yn wir yn llygru fy moesoldeb. Mae'r ddinas yma'n bydew cachlyd o anfoesoldeb a llygredd. Rwy'n cymryd y cyfle i ysgrifennu at Peggy a dweud wrthi fy mwriad i ddianc o 'the silly city's malignant sneer, the coxcomb's hissing cry.' Alla i byth â byw bellach ymysg dynion diawledig a llygredig, ond alla i ddim chwaith ddychwelyd i Forgannwg gan fod John Charles yno yn fy erlid yn y llysoedd. Mae'r boen o gael fy mradychu gan Kitty'n dal yn fyw yn fy meddwl. Felly af i gefn gwlad Lloegr, er bod hyn yn mynd â fi'n bellach o Gymru.

Dywedaf wrth Ann fy mod am adael. Mae'n edrych yn wir drist ac mae dagrau yn ei llygaid. Rhaid gofyn iddi gadw rhai o'm llyfrau'n ddiogel nes i fi alw amdanynt. Mae'n cytuno'n syth fel petaent yn bentwr o lythyron caru. Rwy'n ei holi a ydi hi'n galler darllen. Na yw'r ateb, ond mae'n addo dysgu. Addawaf innau ei dysgu, rhyw ddydd. Rwy'n gadael ar unwaith a mynd i Gaint.

9

Caint

DOES 'DA FI ddim cariad at Gaint na'r trefi ar ei harfordir. Rwyf yma am un rheswm sef na allaf fod yn y llefydd rwy'n eu caru. Wrth droedio'r tirlun gwastad ysaf am weld dyffrynnoedd a mynyddoedd Morgannwg, ysaf hefyd am lwyddiant llenyddol gan wybod na all unlle arall, heblaw Llundain ei gynnig i fi. All Caint ddim cynnig hyn, ond gall gynnig dihangfa, gwaith ac awyr iach.

Wrth eistedd ar y wal yn noc Sandwich gwyliaf y badau'n pasio'n ôl a blaen. Teimlaf fel ffoadur llwyddiannus, am y tro beth bynnag, wedi dianc rhag ei erlidwyr. Dihengais hefyd oddi wrth fy nyledwyr yn ne Cymru a beirniadaeth giaidd rhai o'r Gwyneddigion. Teimlaf na all y byd ddod o hyd i fi yng Nghaint. Yma caf fy adnabod yn syml fel saer maen yn unig ac mae 'da fi hyder yn fy ngallu wrth ddilyn y grefft honno. Nid ysgrifennais fawr ddim o werth ers amser bellach ac o ganlyniad mwynhaf y teimlad o ryddid a thawelwch. Weithiau daw syniadau a rhigymau gan fy sbarduno i ysgrifennu yn y Gymraeg a'r Saesneg, ond ni allaf ddangos fy marddoniaeth i neb yma. Alla i bellach ddim goddef rhagor o ddirmyg na beirniadaeth.

Yn ofnus, rwy'n hala tri darn o farddoniaeth sef 'Cywydd y Daran' i Owain Myfyr. Cafodd y rhain eu hysgrifennu yn null ac arddull Dafydd ap Gwilym ac rwy'n datgelu hyn iddo. Fe gymerodd sawl mis i fi berswadio fy hunan eu bod yn ddigon safonol, er byddaf bob amser yn gwneud llawer o fân newidiadau cyn cyrraedd y fersiwn olaf, ac ni fydd yr un fersiwn byth yn teimlo'n derfynol. Mae arnaf ofn beirniadaeth lem, a cheisiaf amddiffyn fy hunan rhag derbyn sarhad drwy awgrymu i Owain taw tipyn o sbri yn unig yw'r gwaith, felly rwy'n ei rybuddio am y gwallau y bydd yn siŵr o ddod o hyd iddynt. Gan fod y gwaith yn cynnwys geirfa Morgannwg, gallaf ddychmygu'r dirmyg a gaiff ei fynegi gan y Gwyneddigion. Pam yn y byd yr anfonais nhw o gwbl? Rwy'n casáu cael fy meirniadu ond hefyd mae arnaf angen sicrwydd fod y gwaith yn safonol ac yn crefu am glod ac anrhydedd gymaint ag awyr iach.

O'm lloches yng Nghaint rwy'n ysgrifennu llythyron. Rwyf wedi mwynhau ysgrifennu llythyron erioed ond yng Nghaint mae hyn wedi tyfu'n arferiad dyddiol. Daeth bwrdd yng nghornel y Ship Inn yn Faversham yn ddesg ysgrifennu i fi. Ysgrifennaf lythyr i Owain yn Llundain, i Peggy yn Llanfair, i John Walters yn y Bont-faen, i Ieuan Fardd yn Nhywyn a hyd yn oed un i Nhad yn Nhrefflemin. Mae'r llythyron yn dra gwahanol gan fy mod ym mhob llythyr yn ceisio dangos agweddau gwahanol ar fy mhersonoliaeth. Wrth ysgrifennu at Nhad, ysgrifennaf fel masnachwr a soniaf am y datblygiad yn fy sgiliau newydd. At John Walters rwy'n fyfyriwr dygn sy'n barod i ddysgu. At Ieuan Fardd, hynafgwr sydd â gwybodaeth eang o'n hynafiaeth. At Owain Myfyr ysgrifennaf fel bardd ond gan geisio cuddio pob uchelgais a phwysleisio 'mod i'n ysgrifennu er mwyn diddanu fy hunan. Wrth Rhys Thomas rwy'n fardd anlwcus a thlawd ac yn cael fy ngormesu gan Philistiaid anwybodus. Wrth Peggy, rhamantydd ydwyf sy'n hoff o natur ac yn gweld llaw Duw ym mhob blodeuyn. Pa un o'r rhain yw'r gwir Iorwerth? Weithiau, prin 'mod i'n adnabod yr un ohonynt. Maent i gyd yn ymddangos fel masgiau y penderfynaf eu gwisgo ond y tu ôl iddynt, truan unig ydwyf mewn cwch heb rwyf na llyw. Ni fyddwn am wynebu'r byd heb fwgwd, mwy nag y byddwn am gerdded yn noeth ar hyd y stryd fawr. Byddaf yn gwisgo masg i guddio rhag fi fy hunan. Mae fy meddyliau'n troi'n dristwch llwyr, hunandosturiol. Efallai y gallaf ddianc rhag fy erlidwyr yma yng Nghaint, ond ni allaf ddianc rhag fy ellyllon fy hunan.

Mae tirwedd gwastad gogledd Caint yn gefndir da i iselder ysbryd, ond mae hefyd yn cynnig digon o gyfleoedd i saer maen gael gwaith yn y porthladdoedd a'r trefi. Caf waith yn Margate, Deal a Dover cyn cael swydd fwy parhaol yn Sandwich. Mae'r dref fechan hon yn llewyrchus ac yn llawn o fasnachwyr sydd eisiau gwella eu tai a godwyd o fframiau pren, drwy osod cynteddau clasurol ar y tu blaen. Caiff fy sgiliau eu cydnabod a'u hedmygu yma ac rwyf wedi cael cynnig swydd, nid fel saer yn unig, ond fel fforman ar griw o seiri meini. Dyw hwn ddim yn brofiad hapus am fod y seiri rwy'n eu harwain yn dwp ac yn anwybodus. Gan fod eu sgiliau'n wael ac nad ydynt yn derbyn cael eu dysgu, collaf fy amynedd ac o ganlyniad mae llawer ohonynt yn gwrthod dilyn fy ngorchmynion. Maent yn cwyno wrth y meistr taw fi sydd yn anghymwys a bod hynny'n esbonio paham y caiff cymaint o gamgymeriadau eu gwneud. Caiff fy Nghymreictod ei edliw ac ni allaf ddioddef hynny. Gadawaf y swydd ac er mwyn tawelu fy nhymer rwy'n ysgrifennu cerdd sy'n lladd ar y Saeson.

Ni feidr y Sais brwysglais brwnt
Na gwawd y tafawd na'r tant.

Rwy'n poeni braidd nawr. Sut y gallaf wneud bywoliaeth sefydlog? Rwyf wedi gwylio Owain Myfyr yn sefydlu'i hunan fel masnachwr cyfoethog, yn prynu a gwerthu ffwr drud, er taw fel prentis o grwynwr llwm yn Wrecsam y dechreuodd. Sylweddolaf erbyn hyn taw trwy werthu a phrynu mae gwneud arian mawr ac nid fel gweithiwr cyffredin. Sut yn y byd y galla i ennill digon o arian fel labrwr? Rwy'n astudio'r cwmnïau llongau, gwestai a hyd yn oed y ffatri bowdwr gwn enwog yn

Faversham, er mwyn ceisio deall y camau i'w dilyn er mwyn tyfu'n gyfoethog, os nad hynny, wel, ennill digon o arian i fyw. Fe fyddai'n dda sefydlu busnes o ryw fath yn arbennig busnes lle nad oes dwst cerrig.

Ond, pam ddylwn i? Rwy'n grefftwr medrus, yn aelod o fasnach urddasol ac rydyn ni'n haeddu gwell. Pan mae'r ysgolheigion yn edmygu gwareiddiad Groeg neu Rhufain, maen nhw'n hongian ar eu muriau ddelweddau o waith seiri meini; creadigaethau mewn marmor neu wenithfaen sy'n arddangos ysblander gwareiddiad clasurol ar ei orau. Oes unrhyw un yn gwybod enw un o'r llafurwyr fu'n defnyddio'i gŷn yno? Na, cânt eu hanghofio tra bydd eraill, sydd yn gyfoethog ac yn annheilwng, yn naddu eu henwau ar fwa neu gyntedd a bydd yno am byth. Mae'r anghyfiawnder yn artaith i fi.

Er bod y fogfa'n llawer gwell bellach, mae problemau iechyd eraill yn effeithio arnaf. Pan oeddwn yn adeiladu simnai yn Sandwich teimlais fod fy mraich fel petai wedi'i pharlysu a bu fel hynny am dridiau, heb fawr o deimlad ynddi.

Wrth i'r misoedd a'r blynyddoedd fynd heibio, rwy'n bendant fy mod yn gwastraffu fy ieuenctid drwy grwydro'n ddiamcan. Rwy'n hiraethu am fy nghartref ac yn ysgrifennu barddoniaeth i glodfori *Hen Gambria*, yn ogystal â phrydferthwch a gwyrddni'r Fro. Yn fy unigrwydd, rwy'n ysu am gwmni benywaidd. Rwyf wedi gwahardd fy hunan rhag meddwl am Kitty, ac at Peggy yr anfonaf fy llythyron erbyn hyn. Rwy'n ei pheledu â barddoniaeth ac yn ei galw'n Euron – Yr Un Aur. Ychydig iawn o lythyron rwy'n ei dderbyn oddi wrthi, ond digon i sylweddoli bod fy llythyron wedi'u darllen a'u trysori.

Mae 'da fi ormod o amser i feddwl. Mae angen cyfeiriad arnaf. Beth yn y byd rwy i am wneud â'm bywyd? Allwn i fod yn ŵr busnes? Allwn i greu enw da i fi fy hunan trwy fod yn fardd? Tybed allwn i wneud enw i fi fy hunan fel gŵr academaidd hunanddysgedig a chael comisiynau gan Owain Myfyr ac eraill? Beth ydw i'n dymuno ei wneud mewn gwirionedd?

At Peggy rwy'n ysgrifennu a dweud wrthi, 'Fydd dim yn fwy poenus i fi na gadael y byd heb 'mod i wedi llwyddo gwneud cyfraniad i ddynoliaeth.'

Ai dyma fy ngwir lais, neu ydw i'n gwisgo mwgwd y bydd Peggy, gobeithio, yn ei edmygu?

Rhan Tri:
Bro Morgannwg
1777 i 1786

1

Avebury, Bryste a Minehead

Rwy'n sefyll yng nghanol cylch mewnol y meini. O'm hamgylch mae cylch o feini hynafol Avebury yn ymestyn dau gan llath neu fwy i bob cyfeiriad. Mae'n hwyr y prynhawn bellach a phelydrau'r haul yn creu cysgodion dramatig ar y cylch. Rhof fy llaw ar flocyn garw o wenithfaen sydd ddeuddeng troedfedd uwch fy mhen. Gwnaf hynny'n dawel, barchus, fel bachgen bach yn cyffwrdd â phen-glin cawr. Edrychaf i fyny yn y gobaith o gael fy nerbyn a hefyd fy nghofleidio. Rwy'n adnabod carreg. Gwelaf ei graen a'i ffurf. Rwy'n edmygu crefft y rhai a fu'n hollti, cario a chodi'r fath feini arbennig. Does dim angen dychymyg i ryfeddu ac i deimlo'n wylaidd yng nghysgod mawredd corfforol yr adeiladwaith hynafol hwn. Ond, i fi, mae'n dasg enfawr ceisio dyfalu beth oedd y defnydd a wnaed o'r lle a phwrpas y rhai a'i hadeiladodd. Nid y lle yma'n unig ond hefyd Silbury Hill a Chôr y Cewri yr ymwelais â nhw wrth ymlwybro tua 'nghartref.

Beth yw arwyddocâd y lle yma? Mae'n amlwg yn lle defodol a seremonïol. Cafodd llawer ei ysgrifennu am yr hen dderwyddon – a'r rhan fwyaf yn sothach wedi'i ysgrifennu o safbwynt y Saeson yn hytrach nag o safbwynt yr hen Frythoniaid. Mae'r rhai sy'n ymwybodol o hen wreiddiau derwyddiaeth, hyd yn oed, wedi mynegi rhai syniadau rhyfedd. Mae Owain a'r Gwyneddigion yn rhoi pwyslais mawr ar y ffaith a fynegir yn gyffredin taw yn Sir

Fôn roedd hen noddfa'r derwyddon. Ond sut gall hynny fod gan fod y meini enfawr yma'n llawer mwy grymus nag unrhyw feini y daethpwyd o hyd iddynt ar yr ynys? Unwaith eto, enghraifft o ogleddwyr Cymru'n ceisio perswadio gweddill y wlad fod pob dim pwysig wedi digwydd yng Ngwynedd.

Eisteddaf ar un o'r cerrig yn y cylch mewnol wrth geisio ail-lunio gwychder hynafol y lle yn fy meddwl; fel y gallasai fod wedi edrych pan oedd yn ei ogoniant. Clywaf leisiau eneidiau'r hen dderwyddon yn llafarganu wrth iddynt ymdeithio'n araf drwy eu defodau. Gallaf deimlo'r garreg wrth i fi ei chyffwrdd yn crynu i gyfeiliant y llafarganu; cyfaredd blaenweddïau rhyw ddau gant o offeiriaid yn creu patrymau wrth symud o amgylch y cylch a'r maen canolog. Cafodd y patrymau hyn, a'r swynion eu trosglwyddo o genhedlaeth i genhedlaeth ers dechrau amser. Maent yn datgan cyfrinachau'r Ddaear, y sêr, tân a dŵr, goleuni a thywyllwch, bywyd a marwolaeth. Mae'r geiriau'n aneglur. Nid wy'n galler dehongli ystyr y geiriau, ond maent yn llafarganu yn heniaith fy nghyndadau – yr iaith a ddefnyddiaf o ddydd i ddydd: iaith y Brythoniaid yn y cyfnod cyn goresgyniad y Sacsoniaid, yr Eingl, y Normaniaid a'r Rhufeiniaid; cyn Arthur a Gwrtheyrn. Mae rhythm y geiriau'n dawnsio yn fy nghlustiau fel y gwnaent ar wefusau fy nghyndadau.

Torchau o flodau a baneri defodol wedi'u haddurno â symbolau sy'n adlewyrchu rhyfeddod derwyddiaeth maent yn eu cario. Caiff anifeiliaid eu tywys; gafr wen ac ebol. Fel aberth? Mae cawell o golomennod a chleddyf enfawr; morwyn yn cario torch o flodau; bardd yn camu ar y maen yng nghanol y cylch ac yn adrodd awdl i'r un Duw byw. Mae'n awdl brydferth eithriadol sydd wedi'i hysgrifennu mewn mydr a drosglwyddwyd drwy'r oesoedd o genhedlaeth i genhedlaeth. Dyma'r unig Dduw: Duw natur, Duw heddwch, purdeb, diniweidrwydd, tosturi, ond uwchlaw hyn oll, Duw sy'n ein deall.

Caf fy hudo gan y sain. Goslefau yn codi a disgyn mewn

harmoni cymhleth. Caiff y seiniau hyn eu creu gan offerynnau gwerinol fel y corn. Nid lleisiau dynol mo'r rhain, ond seiniau'r sêr a'r planedau'n cylchdroi o amgylch y lle rhyfeddol hwn – maent yn amgylchynu syndod a gwirionedd.

Gan nad oes 'da fi unman i gysgu heno rwy'n treulio'r noswaith fel gwestai answyddogol i ryw ffermwr mewn pentref cyfagos. Caf gryn drafferth i wneud fy hunan yn gyfforddus yng ngwellt y beudy, ond rwy'n cael y cyfle i fyfyrio ar y rhyfeddodau a welais. Rhydd fy nghysylltiad â chylch y meini nerth i fi. Ychydig dyddiau'n ôl, teimlwn yn unig ac ar goll, yn ansicr, heb wybod pa gyfeiriad i'w ddilyn. Nawr, serch hynny rwy'n teimlo sicrwydd yn llifo drwy fy ngwythiennau. Rwy'n rhan o … na, rwy'n ddisgynnydd uniongyrchol… na, rwy'n etifedd traddodiad derwyddol Beirdd Ynys Prydain. Maent yn dangos yn glir pwy ydw i. Rwy i yr hyn yr oeddwn. Er gwaethaf yr oerni, rwy'n cysgu'n drwm ac yn gyfforddus.

Caf fy neffro gan waedd anfoesgar. Mae'n olau. Edrychaf i fyny a gweld ffermwr ffyrnig gyda'i bicwarch yn ei law yn fy mygwth i. Wrth lwc, mae'n hen ac yn araf. Cydiaf yn fy nghwdyn a rhedeg nerth fy nhraed oddi yno gan glywed y merched godro cwrs yn gweiddi eu sarhad anweddus yn gymysg â chyfarthiadau'r cŵn.

Rwyf wedi cael cynnig gwaith ym Mryste. Cefais lythyr o gyflwyniad gan John Bacon o Hyde Park Corner i weithdy cerfluniaeth yr enwog Mr Henry Marsh. Rown wedi bwriadu aros am lai nag wythnos i ail-lenwi fy mhwrs. Sut bynnag, rwyf mor falch o ansawdd y gwaith a gynigwyd i fi, yn ogystal â chyflog ardderchog, felly rwy i wedi penderfynu aros yn hirach. Am unwaith rwy'n lwcus. Mae Henry Marsh wedi derbyn mwy o gomisiynau nag y gall eu cyflawni. Ymddangosais ar riniog ei ddrws ar adeg pan oedd gwir angen crefftwyr arno, a chyda geirda oddi wrth ei hen gyfaill, John Bacon. Cefais groeso cynnes ganddo fel petawn yn ateb ei weddïau. Nid y sofrenni'n unig rwy'n eu gwerthfawrogi, ond cael y cyfle i ychwanegu enw arall at fy rhestr o feistri meini enwog sydd wedi clodfori fy ngwaith.

Cyrhaeddaf Minehead ar ddiwrnod braf o haf yn 1777. O'r fan yma fe geisiaf gael lle ar long fasnach fydd yn teithio ar draws yr afon i Aberddawan – fy annwyl Forgannwg a'm cartref. Mae'r llong yn hen ac wedi'i gorlwytho; un o nifer o longau sy'n masnachu rhwng Aberddawan a Gwlad yr Haf. Maent yn gadael arfordir Cymru'n llawn o gerrig calch i'w rhannu ymhlith y ffermydd ac i'w defnyddio gan adeiladwyr. Yna, byddant yn dychwelyd i wlad fy ngeni yn llawn o gynfasau, olew, pyg a rhaffau Gwlad yr Haf. Wrth weld fy ngwlad yn nesáu a theimlo'r gwynt yn fy ngwallt, rwy'n dechrau cyffroi. Edrychaf ymlaen at y cyfle i ymhyfrydu fy mod wedi gweithio yn rhai o weithdai gorau'r wlad ac yn hyderus y bydd hyn yn sicr o ddenu comisiynau newydd i'm tad, fy mrodyr a finnau. Bydd yn rhaid cysylltu hefyd â John Walters i sôn am yr hyn a wneuthum, yn y gobaith y bydd e'n falch iawn ohonof. Mwy na hyn, rwy'n edrych ymlaen at weld Peggy – y Peggy sydd wedi derbyn llythyron serch gweniaethus oddi wrthyf. Rwyf wedi cael rheswm i obeithio. Y bore yma, mae'r byd yn wir yn hyfryd, ac mae'r arfordir yn addo cymaint.

2

Croeso Gartref

ROWN YN NAÏF i feddwl y cawn groeso mawr wrth ddychwelyd gartre, fel mab afradlon. Wrth i fi gwrdd ag e mae Nhad yn falch iawn o'm gweld, ond ymhen rhyw hanner awr mae'r hen wrthdaro a fu mor amlwg ag erioed. Teimlad braf yw cael ailgyfarfod â'm brodyr, ond nid yw'r ysbryd cymodlon yn parhau'n hir. Maent hwy fel fi, wedi bod yn teithio ar hyd llawer o'r un llwybrau er na fuont mor llwyddiannus â fi. Achwyn yn ddiddiwedd maen nhw pa mor bell roedd eu teithiau, pa mor ddiflas oedd y gwaith a pha mor isel oedd y cyflogau.

Mae Miles a John yn esbonio bod llawer o'r tai mawr lle roedden ni'n arfer gweithio yn eiddo bellach i deuluoedd mawr bonheddig Seisnig neu Albanaidd. Mae Dug Beaufort, yr Arglwydd Vernon a Iarll Plymouth i gyd wedi casglu stadau helaeth yma yng Nghymru ond anaml iawn y byddant yn ymweld â'u stadau. Mae llawer wedi prynu tir gyda'r unig bwrpas o hawlio sedd yn y Senedd. O ganlyniad, nid oes ganddynt unrhyw ddiddordeb mewn cynnal, heb sôn am wella'r tai mawr hyn. Mae John o'r farn nad oes gan Gymru ddim i'w gynnig iddo fe na'i frawd. Mae e am archebu ticed rhad o Lerpwl i'r America Newydd. Nid yw Miles yn llwyr gytuno, ond mae'r olwg ar ei wyneb yn awgrymu nad oes ganddo fawr o ddewis.

Rwy'n siomedig, ond yn benderfynol na fydd y sefyllfa yn ein trechu. Rwy'n eu hannog i fod yn fwy uchelgeisiol. Ni ddylem fodloni ar drwsio ysguboriau pan allem adeiladu plastai. Rwy'n eu hatgoffa fy mod wedi gweithio yng ngweithdai mwyaf ffasiynol ac urddasol Llundain a Bryste. Fe ddylai'r byd cyfan gael clywed am y sgiliau arbennig sydd ar gael gan deulu Edward Williams. Fe wnaf argraffu hysbyseb i'w ddosbarthu yn nhafarnau a siopau te mwyaf parchus y Bont-faen, Llanilltud Fawr a Chaerdydd.

Mae Rhys Thomas, yr argraffydd, yn hapus i brintio hysbysebion gyda'r geiriau 'Edward Williams yr Ieuengaf, Saer Marmor yn Nhrefflemin, ger y Bont-faen.' Rwy'n hysbysu'r darllenwyr fy mod wedi dilyn yr alwedigaeth yma yn Llundain a dinasoedd mawr eraill o dan ofal yr arbenigwyr mwyaf. Mewn gwrthgyferbyniad, nid yw'r seiri lleol erioed wedi cael cyfle i weithio gyda'r fath feistri nac wedi dysgu'r holl sgiliau.

'I thought by now I would be printing a volume of verse,' meddai Rhys Thomas gyda rhyw wên ffals ar ei wyneb.

Nid yw Nhad yn hoffi'r eirfa sydd ar yr hysbyslen, gan wrthwynebu'r gosodiad fod gan seiri Llundain rywbeth amgenach i'w ddysgu i seiri Morgannwg.

'Rwyt ti'n crafu tin y Saeson wrth awgrymu fod unrhyw beth a wnaethpwyd yn Llundain o reidrwydd yn well.'

Caf ganmoliaeth gan Mr Richards, perchennog yr Horse and Groom sy'n hoffi fy ymdrech i 'apelio at ansawdd'. Mae'n cytuno i roi'r hysbyseb ar ei ddrws am dâl bychan.

Ond ni ddaw llawer o waith. Derbyniais ambell gomisiwn i greu cofgolofnau ac adeiladu ambell bortico yn nhai'r dref, ond dim hanner digon i gadw tri brawd a'm tad mewn gwaith a bwyd.

Rwy'n ddiamynedd wrth ddisgwyl am y matebion. Ysgrifennaf lythyr at Mr Thomas Mansel Talbot, sy'n berchen ar Barc Margam, i gynnig fy ngwasanaethau fel saer ac yn wir fel pensaer. Rwyf wedi clywed eu bod yn bwriadu tirlunio o amgylch Abaty Margam drwy chwalu'r tri phentref sy'n ei amgylchu. Rwy'n cynnig ailadeiladu'r tai ar stad Talbot mewn dulliau amrywiol i greu rhyw fath o 'baradwys bydol' yn ogystal â chlwstwr o adeiladau o'r math canlynol; Groegaidd, Gothig, Eidalaidd a

Sieiniaidd. Rwy'n derbyn ateb yn diolch am fy awgrymiadau, ond ni ddaw comisiwn. Ceisiaf berswadio tirfeddianwyr eraill i addurno'u stadau â thyrau, tai haf Gothig, pontydd addurnedig neu ambell ffwlbri rhamantus. Rwy'n cynnig creu cynlluniau yn rhad ac am ddim, a darluniau o sut y byddai'r gwaith yn ymddangos. Wedi methu yn hyn o beth rwy'n ceisio perswadio cynghorwyr y Bont-faen y byddai Neuadd y Dref yn elwa drwy godi arcêd gain fel estyniad. Byddai o fudd fel stafell i'r dref gogyfer â chyfarfodydd Llysoedd y Brenin a chynulliadau o ansawdd. Mae diffyg ymateb y bobol mewn awdurdod yn fy ngwylltio oherwydd eu diffyg dychymyg a'u hanallu i ragweld pwysigrwydd yr adnoddau hyn i'r dyfodol.

Er mor anodd fu hynny rhaid cyfaddef bod fy mrodyr yn dweud y gwir. Mae'r hen deuluoedd a oedd yn berchen y tiroedd wedi cael eu disodli gan berchnogion stadau llawer mwy cyfoethog, ond heb unrhyw gysylltiadau lleol ym Morgannwg. Pan fydd y rhain angen gwaith adfer ar eu tai byddant yn cyflogi seiri o Gaerfaddon, Bryste neu Lundain. Mae'r perchnogion newydd yma'n felltith, heb unrhyw synnwyr o gyfrifoldeb at fudd a lles masnachwyr a chrefftwyr Morgannwg. Caf fy ngorfodi'n ariannol i deithio'n rheolaidd rhwng Aberddawan a Gorllewin Lloegr. Gallaf ddod o hyd i waith fel saer teithiol ym Mryste a Chaerfaddon ond heb fod fawr gwell na labrwr o ran tâl na gwaith. Rwyf angen mwy na hyn ac wrth groesi Afon Hafren byddaf yn meddwl am Owain Myfyr a dynion busnes llwyddiannus eraill ymysg Cymry Llundain, gan geisio gweld sut y gallwn eu hefelychu'n ariannol.

Y rhan fwyaf llewyrchus o ddod gartref yw cael aduniad gyda Peggy, er nad yw hyn mor rhwydd ag yr oeddwn wedi'i obeithio. Yn hytrach na rhedeg i'm breichiau, mae'n gwneud i fi weithio'n galed i ennill ei gwên. Eisteddwn ochr yn ochr ar y fainc yn Llanfair, dim ond ychydig lathenni o dŷ ei rhieni. Cerddwn drwy'r goedwig o amgylch Bewpyr. Gwnaf fy ngorau i'w denu.

Mae fy nghri o gariad tuag ati'n dod o'r galon ac rwy'n cyfaddef gymaint ro'n i'n awchu am glywed ei llais a chyffyrddiad ei llaw yn ystod fy alltudiaeth hir. Chwaraeaf gân iddi ar fy ffliwt, dod ag anrhegion iddi, bageidiau o siwgur a sbeis o Fryste. Rwy'n ysgrifennu barddoniaeth, mydrau godidog a hyfryd, llawer gwell na'r geiriau wnaeth ei swyno fel merch ifanc. Ond nawr, mae Peggy, fel fi, yn hŷn ac yn ddoethach. Mae'n derbyn fy anrhegion ac yn ymateb yn ddiolchgar ond gyda swildod nad oeddwn yn ei ddisgwyl. Dywed ein bod wedi aros am gyfnod maith bellach ac felly, nad oes unrhyw ddrwg mewn aros tipyn bach yn hirach. Bydd yn fy mhryfocio hefyd drwy gyfeirio'n slei at Kitty Deere, neu yn fy mhoenydio am beidio ag ysgrifennu ati'n rheolaidd.

Dywed wrthyf fod angen mwy o amser arni i feddwl ac ystyried, sydd yn fy ngwylltio. Teimlaf fwy o gariad tuag ati nag a feddyliwn. Mae'n ferch synhwyrol, ac yn meddu ar ddiniweidrwydd syml, yn ddiymhongar ac yn annwyl ei ffordd. Addolaf dynerwch ei hwyneb a'i llygaid a phrin y byddant yn colli dim. Mae ei gwallt melyn yn disgyn yn gawod o aur ar ei hysgwyddau, ac yn wir, rwy'n gaethwas sy'n ysu am gael ei chusanau a chael fy nghofleidio ganddi. Weithiau, pan fyddwn ar ein pen ein hunain mewn lle tawel mynna ein bod yn rheoli ein teimladau drwy siarad am bethau eraill heblaw cariad. Bydd hi eisiau darllen barddoniaeth ac yn fy synnu weithiau wrth iddi ddyfynnu darnau o Shakespeare, trafod athroniaeth a hyd yn oed yn dadlau am arwyddocâd yr hen golofnau Celtaidd yn y Fro. Mae'n fy sicrhau pe baem yn priodi, na fyddai'n fodlon bod yn wraig briod wedi'i chlymu i'r gegin fel morwyn, ond y byddai'n disgwyl cael ei pharchu fel gwraig wybodus. Yna caf ei chaniatâd i'w chofleidio.

Mae'n fy holi am y math o ddyfodol a gaem gyda'n gilydd. Soniaf wrthi am fy nghynlluniau i fod yn bensaer, fy mwriad i adeiladu plastai crand, i ysgrifennu'r farddoniaeth orau, i ail-greu mawredd Morgannwg, a dod ag anrhydedd newydd i'r traddodiad barddonol. Wrth i fi siarad, er ei bod hi'n gwrando, sylwaf fod awgrym o wg ar ei hwyneb. Pam?

Dywed fy mrodyr wrthyf am beidio â digalonni am iddi gael sawl cariad yn fy absenoldeb hir a'u gwrthod. Mab hynaf rhyw ffermwr o Lantriddyd oedd un ohonynt – etifedd stad weddol fawr; un arall yn brentis töwr o Lan-faes a allai wneud doliau ŷd pert, a dawnsiwr medrus. Er mawr siom i'r ddau ohonynt, fe wrthododd Peggy hwy. Byddai'r ddau wedi gwneud gwŷr da iddi – ond cadw'i hunan wnaeth hi… i fi?

Wrth gwrs, rwyf wedi cwrdd â'i rhieni sawl gwaith, ac maent yn ymwybodol o'm bwriad. Synhwyraf fod ei mam wedi meddalu tipyn yn ei hagwedd tuag ataf, oherwydd flynyddoedd yn ôl, y cwbl a welai hi oedd bachgen ifanc gwyllt a hwnnw ar gyfeiliorn. Byddaf nawr yn gwneud fy ngorau i'w darbwyllo fy mod yn caru Peggy'n fawr iawn gan ddisgrifio ei phurdeb, ei hamynedd a'i glendid fel merch. Chwerthin wna mam Peggy gan ddweud bod eisie i fi ddod i adnabod ei merch dipyn yn well cyn ei phriodi. Mae rhywbeth yn dweud wrthyf y bydd hi'n garwriaeth hir.

Y croeso gwaethaf a gefais yn y Bont-faen oedd gan y rhai a gofiai am fy hanes gynt. Er nad oedd unrhyw un am fy erlid yn y llys bellach, roedd llawer yn cofio y dyledion a adewais wrth adael. Doedden nhw ddim am faddau.

Adeiladu portico y tu blaen i dŷ ar y stryd fawr yw fy ngwaith ar hyn o bryd, a minnau wedi cwblhau adeiladu'r colofnau a'r capan yn barod i'w godi. Wedi i fi orffen y gwaith am y dydd rwy'n gofyn i'r cwsmer, meddyg lleol ysgolheigaidd, a yw'n fodlon talu am hanner y gwaith gan fod dros hanner y dasg wedi'i chyflawni'n barod. Mae'n chwyddo'i frest rhwysgfawr gan ddweud 'not a penny before the work is completed'.

Rwy'n holi pam? Wedi'r cyfan rwyf wedi gorfod talu am y defnyddiau'n barod, ac mae 'da fi deulu i'w gynnal. Heb edrych i'm hwyneb, dywed wrthyf fy mod yn saer maen ardderchog ond yn fasnachwr annibynadwy. Dros sawl chwart o gwrw yn yr Horse and Groom roedd y meddyg wedi cael ei gynghori a'i rybuddio, 'Any man who extends credit to Edward Williams before the work is finished will live to regret his foolishness'. Elusen Gristnogol yn wir!

3

Teulu John Walters

R WYF WEDI EDRYCH ymlaen at weld fy hen fentor unwaith eto am sawl rheswm. Y rheswm mwyaf personol yw fy awydd i sefydlu'r ffaith ein bod yn gyfartal erbyn hyn; partneriaid mewn ymdrech fawr yn hytrach na bod yn ddisgybl ac athro. Rwyf wedi ysgrifennu llythyron hir a dysgedig at y rheithor gan amlinellu fy ngwaith ymchwil a'm damcaniaethau am darddiad geiriau. Un waith llenwais sawl tudalen yn trafod y gwahanol ddefnydd o'r rhagddodiad 'al'; mewn Lladin (Alps/Albia= uchel iawn), Cymraeg a Chernyweg (Alwyn = gwyn iawn), Gwyddeleg (Alan = nobl iawn) a'r Aeleg (Alban = tir uchel). Rwyf wedi hala sawl llythyr fel hyn ato i ddangos pa mor ddisglair yw fy ngwaith academaidd.

Gyda llond llaw o nodiadau ar bapur, rwy'n cnocio'r drws cyfarwydd. Cynnyrch fy ngwaith ymchwil sydd 'da fi yn dangos sut mae geiriau wedi teithio dros Ewrop a thrwy wahanol gyfnodau gan addasu eu defnydd a'u hystyron arbennig yn ôl y bobol a'r hinsawdd. Rwyf hefyd wedi dod â'm barddoniaeth ddiweddaraf.

Gwelaf newid yn y drws gan fod cot o baent du llym wedi'i beintio dros y lliw brown diflas. Mrs Walters sy'n agor y drws ac mae hithau wedi'i gweddnewid fel y drws gan mor sur yw ei hedrychiad. Edrycha arnaf yn syn, ond ymhen peth amser sylweddola pwy ydw i.

'Edward Williams, do come in. We haven't seen you for some time.'

Mae pedair blynedd bellach ers i fi fod yma. Caf fy synnu wrth sylwi, er bod pethau wedi aros yr un fath, eto maen nhw wedi newid. Sylwaf ar bethau bach; stondin ymbarél newydd, cerfddelw fechan o geffylau du ar eu traed ôl, wedi'u symud o rywle arall yn y tŷ efallai. Dim byd arall o bwys nes i fi weld ffigwr tal yn dod o gyfeiriad y gegin i'w ailgyflwyno'i hunan fel y John Walters iau. Mae'n siglo fy llaw'n gynnes. Rwy'n edrych i fyny ar y bachgen tal, golygus gyda'i wyneb cryf a'i lygaid caredig. Am eiliad cofiaf y bechgyn a welais yn y gegin flynyddoedd yn ôl. Ydynt, mae pethau wedi newid. Mae ef yn fy ateb yn hyderus.

'Father told us you were coming today. You've been doing good work with the Welsh societies in London I hear. I would dearly like to hear more. Perhaps we could meet up before the start of term.'

Nid wy'n deall. Mae Mrs Walters yn esbonio'n ddigon parod.

'John is doing his degree at Jesus College, Oxford, where, he assures me, life is far more exciting than in Cowbridge. So we only see him when he comes down.'

Ystyriaf. Pam yn y byd fod colegau Rhydychen yn 'dod lawr' tra bod ysgolion yn cael 'diwedd tymor'? Mae'n amlwg taw iaith aneglur y byd breintiedig ydyw na chaiff ei gynnig i'r bobol gyffredin. Caf wared ar y math hyn o feddyliau yn dilyn croeso diffuant John Walters. Efallai trwyddo fe y cawn flas ar y byd academaidd breintiedig. Rwy'n clywed fy hunan yn ateb yn weddol ffurfiol. 'I'll be delighted to meet up when it's convenient to you.'

'Excellent, and I'll tell Daniel as well. You'd better not keep father waiting. I know he's been preparing for your visit.' Os yw 'paratoi' yn golygu bod y rheithor yn fy ngweld bellach yn uwch na disgybl, wel, mae'r syniad yn diflannu'r funud rwy'n cerdded drwy'r drws cyfarwydd hwn. Does dim wedi newid. Mae'r dodrefn a'r addurniadau'n gywir yr un fath ag rwy'n eu cofio, ond mae'r pentwr o lyfrau ar y ddesg wedi tyfu'n uwch.

Mae'r rheithor yn rhoi arwydd i fi eistedd yn fy nghadair arferol wrth ochr y bwrdd, fel disgybl yn hytrach nag yn un o'r cadeiriau esmwyth y bydd yn eu defnyddio yng nghwmni gwestai graddedig. Dywed ei fod yn falch o'm gweld yn iach, ond dyna ddiwedd ar yr anffurfioldeb. Dadansodda a thrafod fy llythyron yn ofalus fel y bydd athro'n marcio gwaith gwallus ei ddisgybl. Mae'n clodfori fy ymdrechion gan ddiolch am y nifer bach o sylwadau a fyddai o fudd iddo yn y gyfrol nesaf o'i Eiriadur Mawr. Caiff fy ngwaith ei fychanu, ac yn wir ei anwybyddu. Rwy'n teimlo'n ddryslyd a digalon. Fy ngwylltio wnaeth esboniad y rheithor. 'Mae dy waith yn dangos brwdfrydedd ond mae diffyg llymder academaidd i'w ganfod ynddo. Mae'n amlwg nag wyt wedi derbyn addysg ysgol ramadeg na phrifysgol, oherwydd dy fod yn gweithio mewn dull digon chwit-chwat ac ansefydlog.'

Teimlaf fy mod yn cael fy sarhau gan ei feirniadaeth hallt a chreulon. Mae'r rheithor, yn fy marn i, wedi fy ngham-drin ac mae'n anniolchgar. Ceisiaf reoli fy llais wrth herio'i eiriau llym.

'Allwch chi esbonio beth sy'n bod ar drefn fy ngwaith?' gofynnais mewn llais sy'n awgrymu fy mhoen.

Mae ei bellter emosiynol yn dangos creulondeb annodweddiadol. Ei eiriadur sy'n bwysig i'r rheithor ac nid yw'n ystyried teimladau ei gyfranwyr. Rhaid parchu ei safonau academaidd uchel ac mae'n ymateb, yn nodweddiadol, yn hollol ffeithiol heb ddangos unrhyw emosiwn.

'Nid oes er enghraifft unrhyw gyfeiriadau na dyfyniadau i brofi cywirdeb eich datganiadau. Rydych yn honni yn hytrach na phrofi drwy gamau rhesymegol. Gadewch i fi roddi enghreifftiau.'

Mae'r rheithor yn cymryd fy nadansoddiad o'r arddodiad 'ar' ac am ddeng munud mae'n datgymalu fy ngwaith fesul llinell. Ymhell cyn iddo orffen ei ddadansoddiad penderfynais beidio â gwrando rhagor. Wedi i'w feirniadaeth hirwyntog ddod i ben, ceisiaf greu argraff arno mewn ffyrdd eraill. Adroddaf hanesion am fy nghysylltiad â Chymry Llundain, Owain Myfyr yn arbennig, a'r cymorth rwyf wedi'i gael yno i gyhoeddi rhagor o gyfrolau o Eiriadur Walters. Rwy'n aros am gymeradwyaeth ond dywed o dan ei wynt,

'Ie, diolch i ti am hynny,' cyn ychwanegu'n grintachlyd, 'Rwy'n falch fy mod wedi rhoi arweiniad i ti wneud y gwaith yna.'

Yn hytrach na fy llongyfarch, pwysleisio ei ran ef ei hunan yn fy natblygiad a wna'r rheithor. Heb fawr o obaith llwyddo gofynnaf a fyddai'n hoffi darllen detholiad o fy marddoniaeth ddiweddaraf, gan esbonio fy mod wedi cynhyrchu cryn dipyn ers fy nychweliad i Forgannwg. Mae'n sythu yn ei gadair a'r symudiad yn awgrymu nad yw eisiau gweld fy ngwaith, ond mae'n derbyn rhai darnau er mwyn bod yn foesgar. Caiff taflenni fy marddoniaeth eu gosod o'r neilltu ar fwrdd bach, ac yno y byddan nhw heb eu cyffwrdd, rwy'n ofni, tan fy ymweliad nesaf. Rhyfeddaf fod gŵr academaidd fel hwn, gyda'r fath angerdd at hanes a thechneg yr iaith Gymraeg, â chyn lleied o awydd mwynhau ei farddoniaeth. Nid yw, hyd yn oed, yn siarad Cymraeg gartref gyda'i feibion ei hunan.

Ar fy ffordd gartref, rwy'n dod i'r casgliad fod bywyd y Parchedig John Walters mor gul nes ei fod wedi colli gwir bwrpas ei waith ei hunan.

Rwy'n benderfynol o ledu fy ngorwelion yn ehangach.

4

Morgannwg

WRTH DDYCHWELYD GARTRE i'r Fro, mae un peth yn rhoi pleser aruthrol i fi, er na chaf unrhyw syndod annisgwyl ynddo, ond yn hytrach ysbrydoliaeth ddi-ben-draw ganddo. Mae tirlun y Fro heb newid ac mae'n cofleidio'i fab afradlon gyda chyfeillgarwch diamod, ac yn cynnig ffafrau di-ri iddo.

Wrth gerdded ar hyd hewlydd Trefflemin, Llanfair, Bewpyr a Sant Hilari byddaf yn meddwi ar brydferthwch byd natur sydd o'm cwmpas. Gwyliaf y ffermwyr yn cynaeafu'r cnwd gorau, ac yn magu gwartheg sy'n bleser eu gweld. Ymhyfrydaf yn y bywyd gwyllt, boed yn farcud, cadno, mochyn daear neu garw. Rwy'n cyfansoddi'n ddiddiwedd i ddathlu'r prydferthwch hwn. Mae'n rhaid gwneud hynny neu bydd y llawenydd sydd y tu mewn i fi'n ffrwydro ynof. Ni allaf ond cymharu ffrwythlondeb bro fy mebyd â llygredd Llundain. Mae gonestrwydd a glendid fy mhobol mewn cyferbyniad llwyr ag anlladrwydd ac anfoesoldeb y brifddinas, a hyd yn oed â gweddill Cymru.

> Rhodiais Loegr oll o'i bron
> A Chymru lon ddierthwg,
> Ond na welais unrhyw dir
> Mor deg â Sir Forgannwg.

Rwy'n cyfaddef wrth Dduw, yr awyr a Chrafanc y Frân, y temtasiynau gwrthun a wynebais yn Llundain.

Mi weddais i ar Dduw
Am nerth i fyw yn ddiddrwg
A fy nhroi yn ôl mewn pryd
I gyrrau clyd Morgannwg.

Ac felly yr ymbiliais am gael dianc o'r anlladrwydd a'r pydredd hwn.

Nawr rwy'n sefyll ar gopa Bryn Owain gan ddychmygu Peggy a minnau'n byw bywyd gwledig syml, ymhell o demtasiynau a gwag dduwiau'r bobol gyfoethog. Nid yn Llundain yn unig, ond ym Morgannwg hefyd gan fod nod y cadno wedi ymddangos yma, wrth i'w phoblogaeth yn araf droi'n fwy dichellgar, cyfrwys a lladronllyd.

Rwy'n ailymweld â meini hynafol Morgannwg; y gromlech anferth yn Tinkinswood, gweddillion Sweyne's Howes sydd bellach yn adfeilion, wynebau cerfiedig hynod Tarrendeusant a mawredd Maen Ceti wedi'i ddinistrio. Tystiolaeth yw hyn oll, efallai, taw Morgannwg oedd prifddinas y derwyddon hynafol gynt.

Ysgrifennaf am lafurwyr cyffredin y Fro, am achlysuron syml a gynhelir yn y pentrefi sydd wedi goroesi'r canrifoedd. Mae Peggy'n mwynhau fy marddoniaeth, ond mae'n holi pam bod cymeriadau'r Fro mor rhinweddol.

'Ned, paid â'n gwneud ni i gyd yn seintiau. Mae 'na ddigon o gymeriade annymunol yn y Fro, ac rwy'n siŵr bod 'da ni hefyd ddigon o ladron, twyllwyr a llofruddwyr.'

Ceisiaf esbonio iddi taw pwrpas bardd yw gwneud y byd yn lle gwell i fyw ynddo, yn lle mwy ysbrydol a dangos i'r byd fel y gallai fod, ac nid fel y mae.

'Ai dyna yw'r gwir?' mae'n holi.

'Y math gorau o wirionedd,' atebais. Mae'n edrych arna i'n rhyfedd.

Mae'n dda cael amser i gyfathrebu â beirdd Morgannwg

unwaith eto, fy ffrindiau llenyddol a phobol rwy'n eu hadnabod. Rydym yn rhwydwaith o feirdd a hynafiaethwyr o bob oedran; John Bradford o Betws, Rhys Morgan o Bencraig Nedd, Edward Evans o Aberdâr a David Nicholas o Aberpergwm. Byddwn yn cyfarfod mewn grwpiau i gyfnewid cyfansoddiadau, i ddadlau am gymhlethdod barddoniaeth yn y mesurau caeth ac i gyfnewid ein barn am y dystiolaeth sydd wedi goroesi am arferion y Derwyddon ac am draddodiadau barddonol Morgannwg. Rwy'n ofni nad ydwyf wedi galler gwir ddeall arwyddocâd y rhwydwaith yma o ysgolheigion a beirdd gan ein bod yn rhy barod i dderbyn barn negyddol eraill. Mewn gwirionedd rydym i gyd yn etifeddion ac amddiffynwyr y traddodiad sydd yn ymestyn yn ôl i'r cyfnod pan oedd Avebury yn ei anterth. Wrth i fi gael fy hyfforddi yn nhechnegau'r gynghanedd gan Lewis Hopkins, trosglwyddai i fi wybodaeth a drosglwyddid gan feirdd ar hyd yr oesoedd o genhedlaeth i genhedlaeth. Yma, yn ucheldir Morgannwg, ni yw'r gwir etifeddion, unig geidwaid y fflam sy'n sicrhau bod Cymru'n wlad anrhydeddus a gwaraidd a hynny ymysg cenhedloedd Ewrop.

Gwnaf benderfyniad i beidio ag ysgrifennu at Owain Myfyr nac at unrhyw un o Gymry Llundain sydd wedi cynnig eu cefnogaeth. Rwy'n teimlo'n ddig am eu bod mor hunanbwysig wrth amddiffyn hunaniaeth Cymru, ac wrth ddangos bod gan Gymru ddiwylliant safonol, er gwaethaf rhagfarnau pobol eraill fel Samuel Johnson a'i debyg. Y gwir ydyw taw ariangarwyr ydynt. Eu hunig bwrpas yw ariannu'r rhai sy'n ymlafnio i groniclo traddodiadau'n cyndadau, a'u cyhoeddi fel y cânt eu gwerthfawrogi. Yma, ym Morgannwg, ni yw'r traddodiad byw sy'n bodoli ers cyfnod y derwyddon, drwy gyfnod y beirdd caeth a glywyd yn canu eu cerddi mewn maenordai a neuaddau'r tywysogion, hyd at gyfnod Lewis Hopkins a'i debyg nes fy nghyrraedd i, Iorwerth Morgannwg.

Pa bwysigrwydd sydd i Gymry Llundain heblaw am eu

harian? Pam y dylai beirdd mawr Morgannwg ymgrymu i waledi tewion y rhain, gwŷr a wnaeth eu ffortiwn yng ngharthbwll agored Llundain?

Safaf o flaen cromlech Tinkinswood a thyngu llw y byddaf yn dod o hyd i ffordd o gyhoeddi gweithiau'r meistri'r Oesoedd Canol heb lygru'r fenter ag arian a enillwyd ym mudreddi Llundain. Beth sydd ei angen yw dyn sydd wedi gwneud ei ffortiwn – dyn a allai sefydlu busnes llwyddiannus a chreu gwasg i gyhoeddi gweithiau beirdd yr Oesoedd Canol. Fi fydd y dyn hwnnw.

5

Coedwig Bewpyr

CERDDAF YNG NGHOEDWIG Bewpyr rhwng John Walters y mab ar fy ochr dde, a'i frawd, Daniel ar fy chwith. Roedd yn syndod clywed oddi wrthynt, er bod John wedi addo cyfarfod pan gwrddais â fe yn ei gartre. Ar y pryd, rown i'n credu taw bod yn foesgar roedd e, ac y byddai wedi anghofio amdanaf wedi iddo ymgolli yng nghyffro Rhydychen. Rown yn anghywir gan y bydd yn galw i'm gweld yn weddol amal. Fel arfer, daw Daniel gyda fe, a byddaf yn adrodd fy marddoniaeth wrth i ni gerdded. Maent yn hoff o 'marddoniaeth newydd am bobol ddidwyll Morgannwg. Rwy'n credu eu bod yn fy ngweld fel bardd gwledig dilys, yn wahanol i'r beirdd academaidd sydd dan ddylanwad soffistigeiddrwydd. Rwy'n ceisio byw'r ddelwedd hon. Weithiau bydd y ddau frawd yn adrodd barddoniaeth ac yn amal byddwn yn dadlau. Byddwn hefyd yn barddoni ymhlith ein gilydd i weld pwy all gyfansoddi'r cwpled gorau neu'r rhigwm mwyaf cofiadwy.

Maent yn fy nhrin gyda pharch. Mater o oedran rwy'n credu. Bydd Daniel yn hoff o fy atgoffa fel y byddwn yn eu difyrru drwy adrodd rhigymau doniol yng nghegin y rheithordy. Mae'n syndod i fi eu bod yn dal i gofio'r rhigymau hynny a chaf bleser wrth iddynt eu hadrodd. Rwy'n falch o glywed bod fy marddoniaeth wedi creu'r fath argraff arnynt yn eu plentyndod, law yn llaw â'r caneuon a'r rhigymau arferol i blant. Dywedaf wrthynt y byddwn yn edrych ymlaen at gael cyfle arall i'w diddori wrth ymweld â'r rheithordy ond na chefais wneud hynny. Ai bai'r fam oedd hyn?

'Plenty of time now,' meddai John gan osgoi fy nghwestiwn, 'whenever I'm down from Jesus College, that is.' Rydym yn cerdded mewn tawelwch gan osgoi'r mwd ar y llwybr. Mae'r ddau'n aros am fwy o farddoniaeth.

'Go on, Ned,' meddai Daniel gan ymbil.

Mae 'da fi bennill dychanol iddynt, ond rwyf am iddynt aros amdano ac felly dewisaf siarad yn hytrach nag adrodd. Mae'r brodyr yn hapus i wrando ar sgwrs ar unrhyw destun: hynafiaeth, natur, cadwraeth a phensaernïaeth. Cyflwynaf farddoniaeth Dafydd ap Gwilym iddynt ac maent yn gwrando'n astud wrth i fi ei adrodd yn y Gymraeg. Ar ôl fi orffen, mae Daniel yn ymddiheuro nad yw ei Gymraeg mor rhugl nac mor naturiol ag yr hoffai iddo fod. Esbonia John fod eu tad wedi'u magu i barchu'i iaith, ond iaith y cartref oedd Saesneg ac yn eu gwersi byddai'r pwyslais ar sicrhau eu bod yn cyrraedd y safon uchaf mewn Lladin a Groeg.

'Without the Classics we will never fulfil the ambitions he has for us, and I would not now be in Oxford.'

Mae'n petruso. Mae'n amlwg bod ganddo gwestiwn arall i fi, felly rwy'n aros mewn tawelwch a oedd efallai yn hirach nag oedd yn gyfforddus i ni.

'Ned, I've been looking through some of the Welsh manuscripts in the Bodleian Library. They hold several collections of Welsh Medieval manuscripts including the poems of Llywarch Hen. I've been trying to translate some of these into English. If I brought home some copies would you be prepared to help me?'

Rwy'n cytuno'n syth. Pam nad yw'n gofyn am help ei dad? Rwy'n gwybod pam.

Rydym wedi cyrraedd llecyn sydd wedi'i glirio yn y goedwig ac mae Daniel yn awgrymu cael hoe fach am ddeng munud.

Rydym ein tri'n eistedd ar foncyff ac oddi yno gallwn weld y dyffryn yn ei ogoniant trwy'r coed.

'Do we get to hear the new verse yet?'gofynna Daniel fel plentyn diamynedd.

Rwy'n rhoi iddynt eu dymuniad – nid barddoniaeth am fywyd gwledig hapus, ond cerdd fwy dychanol a brathog. Y math o farddoniaeth y byddaf yn ei ysgrifennu am unrhyw un sydd wedi fy nghroesi gan gynnwys cwsmeriaid sydd heb dalu, masnachwyr sy'n gwrthod talu cyn cyflawni'r gwaith, tirfeddianwyr rhwysgfawr a'u gwragedd hunanol, ond heb anghofio dynion dwl yr eglwys, y math y bydd rhaid i'r rheithor druan eu difyrru yn ei gartref.

Mae barddoniaeth sy'n dychanu'r clerigwyr yn bleser gwaharddedig. Ni fyddai'r un ohonom yn mwynhau gweld y rheithor yn clywed fy ngwaith yn dychanu'r hen ŵr rhagfarnllyd 'Parson Gravelocks', na'r boliog 'Parson Pot' yn hercian ar hyd y lle.

Mae'r brodyr yn chwerthin yn galonnog. Efallai i ni deimlo bod y Rheithor, yn dawel bach yn bresennol, hyd yn oed yma. Rwy'n dal i barchu fy meistr di-wên er y bydd yn fy ngwylltio oherwydd ei ddiffyg dychymyg. Maent yn amlwg yn caru hen ŵr eu tad, er bod y ddau yn galler rhannu gyda fi'r rhwystredigaeth a deimlwn o dan y fath ddisgyblaeth lem.

Cerddwn at adfeilion hen Gastell Bewpyr, sef maenordy grymus yn llawn ysblander a dirgelwch. Yma, rydym yn dadbacio'r bwyd ar gyfer ein picnic. Dangosaf iddynt y grefft o gynnau tân, a berwi dŵr i wneud te Indiaidd egsotig a brynais ym Mryste. Fel rydym yn ei yfed, alla i ddim peidio â'u hatgoffa am y sgiliau a'r technegau y bu'n rhaid eu defnyddio i gerfio'r gwaith maen Eidalaidd wrth y brif fynedfa. Mae Daniel yn pwyntio at lythrennau enw'r teulu Bassett a adeiladodd y tŷ, medde fe. Rwy'n ei ateb yn gadarn.

'The Bassetts didn't build it.'

'I'm certain they did.'

'No,' rwy'n mynnu. 'They ordered it to be built. They paid for the work. They put their names on it and dedicated it to their family's memory, but it was a forgotten craftsman of great skill and his apprentices whose work so impresses you today, not Bassett money.'

'It might have been you.'

'It might indeed, if I'd been here two hundred years ago, but I'll tell you who carved it.' Codaf ar fy nhraed i wneud fy safbwynt yn glir. Fe'i gwnes cyn hyn iddynt, ond i wneud y neges yn fwy cofiadwy rhaid cynnwys ambell gymeriad. Maent yn fy ngwylio'n ofalus wrth i fi draethu am hanes y Brodyr Twrch.

'There were two brothers, like yourselves, who worked the Seaton Quarry in Bridgend, William and Richard. They were good, competent craftsmen but not skilled enough to create a gatehouse of this splendour.'

Rwy'n cerdded o amgylch yr iard gan ystumio.

'They both fell in love with the same girl who rejected Richard and favoured William. They fought and rowed bitterly and in the end Richard decided he had no option but to leave the Vale and go far, far away. He took his broken heart to London where it might mend and where he might seek his fortune.'

'This could have been you as well,' medd Daniel. Rwy'n ei anwybyddu.

'There he worked for an Italian master. He was so good that his master insisted that the young Richard accompany him to Florence where he became a famous master of masonry, sculpture and architecture and even worked on the building of the Ponte Santa Trinita, a bridge renowned for its rich classical decoration. When news reached him of the death of his brother, Richard returned home, where as you can imagine, his skills were much in demand by the gentry. It was then that Sir Richard Bassett asked him to design and build this great gatehouse.'

Mae'r brodyr yn edrych ar ei gilydd ac wedyn i 'nghyfeiriad i. Munud o dawelwch.

'Did you make that up?' maent yn fy herio.

'Why should I? It's well known amongst the masons of Glamorgan, of which I am one.'

Maent yn edrych yn llawn amheuaeth. Rhaid meddwl. Bydd yn rhaid i fi gynnig tystiolaeth na allant ei wrthbrofi.

'If you want proof ask Richard Roberts of Bridgend whose family are descended from the Twrchs. Or go to Florence and check the records of the statuary workshop of Bernardo Buontalenti.'

Does neb yn dweud gair wrth i fi restru ffynonellau eraill y gallent eu hastudio os nad ydynt yn fy nghredu, a hefyd fe ddylent fod yn barod i deithio tua mil o filltiroedd i Fflorens, neu geisio chwilio am wreiddiau cyndadau'r Twrch yng ngorllewin Cymru. Rwy'n credu 'mod i'n ddigon saff i haeru hynny.

6

Dafydd ap Gwilym

*H*EDFAN YN RHYDD *ac yn uchel. Mae barddoniaeth addurnedig Dafydd ap Gwilym yn yr awel yn fy mhen, ac yng nglaw mân y gwanwyn. Clywaf hwy'n cael eu sibrwd, yn cael eu rhuo wrth i'r geiriau ymdroelli mewn cylch, yn dringo a chwyrlïo mewn rhythmau trefnus: adar egsotig yn ymestyn at yr haul. Codaf a disgyn yn eu rhythm gan hongian yn yr awyr ym mhob saib, disgyn yn isel uwch pob ffrwd a chodi gyda phob odl. Cydiaf yn y geiriau â'm dwylo a dônt i gyd yn rhan ohonof. Rwyf yn un â nhw.*

Mae Dafydd wrth fy ochr. Mae'n lledu'i freichiau i'm croesawu ac yn fy nghymell i'w dderbyn yntau. Rhown orchymyn i'r haf hedfan gyda ni, o fôr y gogledd, o'r lleoedd hyfryd, lle mae'r haul yn storio'i wres. Rhaid iddo hedfan i ddeffro'r coed, y cloddiau, y dyffrynnoedd a'r caeau. Bydd y cyfan yn ffrwythlon.

Dywed wrthyf am ganu. Rhaid i mi ganu am yr haf os yw Morgannwg am flaguro eto. Rhaid canu fel Dafydd, yn yr arddull na all neb ei chanu ond Dafydd. Gwnaf fy ngorau glas. Mae'n anodd ond cefais addysg dda ganddo. Rwy'n agor fy ngheg, yn cymryd saib am ennyd cyn i'r geiriau lifo a hedfan. Ai fy ngeiriau i ydynt, neu eiriau Dafydd?

Beth yw'r ots? Mae fy ngeiriau i a'i rai ef yn asio yn ei gilydd, yn crynu, yn chwerthin, yn dawnsio ac yn chwarae mewn chwyldro o lawenydd. Enw fy nghân yw 'Anfon yr haf i gyfarch Morgannwg':

Clyw fi Haf! O chaf i'm chwant
Yn gennad di'n d'ogoniant,
Hed drosof i dir Esyllt,
O berfedd gwlad Wynedd wyllt.
Gyr onis boch i'm goror,
Anwyla 'man, yn ael môr.

F'anerchion yn dirion dwg,
Ugeinwaith i Forgannwg.
Fy mendith, a llith y lles,
Dau ganwaith i'r wlad gynnes.

7

Gwlad yr Addewid

E DRYCHAF AR FY nhad. Mae ei sgwyddau wedi disgyn a'i ben yn crymu fel dyn wedi'i faeddu. Eistedda'n ddigalon yn y stafell oer gan geisio amgyffred yr hyn a ddywedwyd wrtho. Nid yw'n yngan gair. Y tu ôl iddo rwy'n dadlau gyda fy mrodyr a ninnau a'n lleisiau cyffrous yn llenwi'r bwthyn. Gwnaf fy ngorau i berswadio Miles a Thomas i ailfeddwl, ond yn ofer.

Maent yn ailadrodd eto.

'Ry'n ni wedi bwcio lle ar y cwch o Fryste, bythefnos i heddiw.'

Yn wreiddiol, roeddent wedi bwriadu hwylio o Lerpwl i America, ond mae eu cynlluniau wedi newid. Jamaica yw eu nod bellach. Cawsant addewid o waith, nid fel seiri meini ond fel rheolwyr caethweision mewn planhigfa, yn ennill incwm rheolaidd. Mae Miles yn brolio, os bydd yn lwcus, y gall wedyn brynu ei blanhigfa'i hunan ymhen amser.

'Siwgur! Mae pawb isie siwgur erbyn hyn. Rwyt ti 'di gweld hyn dy hunan, ers i siwgur ga'l 'i fewnforio, gymaint yw'r galw fel nad yw'n bosib symud mewn siope teisenne nac yn stafelloedd te'r Bont-faen. O ble ma'r siwgur gore'n dod? Ynysoedd y Caribî, wrth gwrs.'

Esbonia Thomas iddo gwrdd â masnachwr siwgur yn nociau Bryste, perchennog planhigfa a chanddo chwe chant o gaethweision. Mae ganddo fwy na digon o waith ar ei ddwylo, yn cario'r siwgur i Fryste a'i ddosbarthu ymhlith y masnachwyr yno. Chwilio am ddynion gwyn sengl a pharchus roedd e i fynd yno i redeg y planhigfeydd iddo fe.

'Ma'n gowir fel petai hyn i fod i ddigwydd. Wyt ti ddim yn gweld? Dim ond unweth mewn bywyd ma cyfle fel hyn yn codi,' meddai Miles.

Nid wy'n ateb. Mae Thomas yn ychwanegu, 'A'r peth gore yw – ry'n ni'n dal yn Brydeinwyr a ddim yn rhan o'r America newydd. Ma hi'n llawer mwy diogel. Ffylied fyddwn ni os na chymerwn ni'r cyfle 'ma. Do's dim byd i ni 'ma. Ma gwaith yn brin, a phan fydd perchnogion y stade isie gwaith, ma nhw'n ca'l gweithwyr o Fryste neu Gaerfaddon. Na, do's dim byd i ni 'ma.'

'Mae dy dad 'ma,' rwy'n ei atgoffa, gan reoli fy nhymer. 'Y dyn sy wedi dy fagu, dy garu, dy fwydo ers dy enedigeth. On'd ydi e'n haeddu ca'l 'i feibion 'ma i ofalu amdano yn 'i henaint?'

Mae'r tawelwch yn lletchwith, a Thomas yn cynnig ateb. 'Wel… ry'n ni'n gwbod yn iawn na fyddi di ddim isie gadael, hyd yn oed pe bait ti'n ca'l cynnig swydd, a chest ti ddim cynnig. Alla i ddim dy weld ti'n gadel Peggy na Morgannwg.'

Mae Miles yn ychwanegu, 'Fe fydd yn haws i ti ga'l gwaith saer maen 'ma heb i ni fod ar hyd y lle. Do'n ni ddim yn galler ennill cyflog da 'ma ta beth. Falle y gallwn ni hala arian nôl o Jamaica.'

Cytuna Thomas drwy nodio'i ben,

'Cyn gynted ag y bydd hi'n bosib, wir.'

Os yw teimladau Nhad wedi cael eu lleddfu gan eu haddewid, nid yw ei ysgwyddau'n awgrymu hynny. Rwy'n apelio at eu cydwybod.

'Felly ry'ch chi'n bwriadu gadel ych tad a dod â gwarth ar ych teulu drwy ennill arian drwy fanteisio ar ddioddefent caethweision; dynion sy wedi ca'l 'u dwyn o'u cartrefi, 'u cario ar draws y moroedd a'u gorfodi i witho fel anifeilied heb ga'l unrhyw dâl. Ac ry'ch chi'n galw'ch hunain yn Gristnogion?'

'Dyw hynna ddim yn deg,' gwaedda Thomas. 'Anwaried du

ydyn nhw, dim dynion cyffredin. P'run bynnag, ma nhw'n cael gwell bwyd, a lle gwell i fyw yn y planhigfeydd ac ma nhw'n dysgu siarad Saesneg.'

'A hefyd,' meddai Miles yn fuddugoliaethus, 'ma nhw'n ca'l 'u troi i fod yn Gristnogion. Os ydi gwerthoedd Cristnogol mor bwysig i ti, fe ddylet ti fod yn bles.'

Does dim unrhyw bwrpas parhau â'r sgwrs.

8

Peggy

R WY I AR ddi-hun yn crynu wrth ddioddef o'r dwymyn. Mae'n
dal yn nos a finne'n crynu yn fy ngwely. Nid yw heddiw, o
bob diwrnod, yn ddiwrnod da i fod yn dost. Erbyn canol y bore
rydw i fod i briodi Peggy. Mae'i theulu a'i ffrindiau wedi bod
yn paratoi ers wythnosau bellach, ei mam wedi coginio digon
o fwyd i fwydo byddin a'i thad wedi llogi ffidlwr. Y Parchedig
John Walters sydd yn ein priodi ac mae hen eglwys Normanaidd
y Santes Fair wedi'i haddurno â blodau. Rydym wedi gwahodd
ffrindiau, seiri a beirdd ar draws Blaenau gyfan i'r briodas a
byddan nhw'n tyrru yma i'n pentref bach ni. Rwy i hyd yn oed
wedi prynu dillad newydd: siaced las smart â choler anystwyth
uchel, botymau boglynnog, gwasgod lwydfelen, trowser llwyd
ac esgidiau sgleiniog â byclau arnynt. Maent yn fy llygadu o'r
gadair gan fy ngwawdio'n dawel. Do's 'da fi ddim dewis ond
wynebu'r seremoni. Ond sut? Rwy'n chwilota am y lodnwm a
gefais yn Llundain.

*Nid yw muriau'r eglwys erioed wedi edrych mor wyn na'r to mor
uchel. Nid yw'r rheithor yn y pwlpud, yn hytrach mae'n arnofio
uwchben ei gynulleidfa, ei lais yn bloeddio, a'r eglwys yn fôr o
flodau a les. Mae Peggy'n hwylio ar y môr ac mae sawl morforwyn
yn gweini arni. Maent yn taflu blodau, reis a modrwyau. Wrth
droi'n ôl rwyf yn gweld fy mam yn gwenu arna i. Mae'r pedwar
brawd o deulu'r rheithor i gyd yma, a beirdd o bob cyfnod a phawb
yn siarad ar draws ei gilydd. Mae na anghydfod – dadl am reolau*

barddoniaeth. Mae Llywarch Hen yma yn ei wisg farddol yn cario ffon gyfriniol i'n bendithio ac yn galw am dawelwch. Mae'r tawelwch yn ddwfn ac yn ddwys fel yr awr cyn creu'r byd. Wedyn daw sŵn fel dŵr yn llifo ac mae Peggy'n codi o'r môr o les a'r petalau rhosynnau. Mae blodau ceirios yn hedfan wrth iddi godi mor noeth â'r dydd y'i ganed, ei chroen yn disgleirio, a'i gwallt fel cydynnau aur dros ei bronnau, wrth iddynt ymchwyddo fel tonnau'r môr.

Mae'r Rheithor wrthi'n siarad erbyn hyn, ond nid wyf yn ei glywed. Gofynna'r beirdd i fi, Bardd yr Oesoedd, ganu cerdd i anrhydeddu'r briodferch. Yn fy mhen mae lleisiau y rhai sydd bellach yn y gro yn erfyn arnaf i gyfansoddi, i adrodd, i draethu, fel y byddaf yn sancteiddio fy mhriodas. Maent yn edrych arnaf o'u meinciau yn ymbil am gerdd fawr. Ble mae Dafydd? Mae arna i angen ei help. Pam nad yw e yma? Gwelaf y Cynfeirdd i gyd ond nid Dafydd. Nawr rwy'n ei glywed. Wrth gwrs, nid yw'n eistedd ar unrhyw fainc, yn fy mhen mae e. Y fi ydi Dafydd a Dafydd ydw i. Yr un cnawd. Rwy'n clywed y rheithor yn llefaru 'a bydd y ddau yn un cnawd; felly ni chânt eu gwahanu…' Fe ganaf gân i Peggy yn llais Dafydd,

> *Y ferch dan yr aur llathrloyw*
> *A welais, hoen geirwfais hoyw.*

9

Busnes

MAE NHAD YN amlwg mewn cariad â Peggy. Bydd yn gwylio pob symudiad a wnaiff a wiw i neb ei beirniadu. Pwysleisia'n amal pa mor dda yw cael menyw yn y tŷ unwaith eto. Ers marwolaeth fy mam collodd gwmni benywaidd a chollodd ei choginio. Mae pastai Peggy'n faethlon a'i hiwmor yn well fyth. Dywed wrthyf yn ddiddiwedd fod gan Peggy ddwywaith yn fwy o synnwyr cyffredin na'i holl feibion e gyda'i gilydd, ac y dylwn fod yn hapus o gael fy rheoli ganddi. Rwy'n cytuno.

Nawr, am fod 'da fi wraig i'w chynnal, rwyf yn fwy penderfynol nag erioed i efelychu llwyddiant dynion busnes Cymry Llundain fel y gallaf ei chadw'n faterol gyffyrddus. Dysgais un wers wrth wylio meistri'r meini ym Mryste a Llundain sef eu bod yn cyflogi seiri a chanddynt sgiliau da i wneud y gwaith tra eu bod hwy'n treulio mwy o'u hamser gyda chwsmeriaid yn cynllunio a chreu brasluniau o'u gofynion. Rwy'n teimlo sarhad i'r byw pan fo perchnogion stadau Morgannwg yn chwilio am seiri ym Mryste i gyflawni prosiectau mawr. Hanner y broblem, rwy'n credu, yw'n lleoliad yn Nhrefflemin. Mae tirfeddianwyr o fri yn hoffi teithio i brifddinasoedd yn hytrach na phentrefi bychain i wneud eu busnes. Yn y dinasoedd gallant gymysgu a chydfwyta gyda ffrindiau ar ôl bod yng ngweithdai seiri meini ffasiynol.

Rwy'n benderfynol o agor gweithdy yn Llandaf, mor agos i'r eglwys gadeiriol ag sydd yn bosibl. Byddai bod yng nghysgod y tŵr yn clymu enw Edward Williams gyda gwaith seiri meini o fri. Rwyf wedi darganfod adeilad addas, ond mae'n fwy anodd perswadio'r perchennog i dderbyn rhent isel y gallaf ei fforddio. Mae gan y dyn ddigon o adeiladau i'w rhentu ond mae'n pwysleisio bod ganddo ddigon o ddeiliaid eraill hefyd i gymryd yr adeilad pe na bawn i'n ei gymryd.

'Rwy'n cynnig y lle 'ma ar rent llawer is na'r pris iawn,' mae'n esbonio. 'Rwy'n cynnig hwn i chi am bris isel am fod fy ngwraig yn enedigol o'r Fro.'

Gwireb busnes yw bod yn rhaid buddsoddi'n gyntaf cyn gwneud arian. Felly rwy'n cytuno. Rwy'n cyflogi dau brentis; James ac Owen. Daw'r ddau gyda llythyron o gymeradwyaeth gan addo tâl o bump gini am eu cytundeb. Nid yw'r arian ar gael. Ar ôl dau ddiwrnod, mae James yn cwyno bod y gweithdy'n gwneud iddo beswch. Beth yn y byd mae e'n ei ddisgwyl? Owen ar y llaw arall yw un o'r gweithwyr mwyaf araf a welais erioed. Bydd yn amal yn hwyr yn dod i'w waith, ac weithiau bydd yn beryglus bod yn y gweithdy gyda fe, yn enwedig wedi iddo fod yn y dafarn drwy'r awr ginio. Cefais lawer o waith, ond rwy'n teimlo'n rhwystredig gan ei bod yn ymddangos taw fi ydi'r unig weithiwr sydd yma.

Mae Peggy'n cadw llygad craff ar fy llyfrau ac yn achwyn, 'Ned, ry'n ni'n colli arian yma, arian na allwn fforddio'i golli.'

Ac eto, rwy'n hyderus yn fy strategaeth. 'Ma'r syniad yn iawn,' rwy'n dadlau, 'ond fe ddylswn fod wedi agor busnes yn rhywle fel Gwlad yr Haf, y tu hwnt i Gymru.' Y broblem yw'r ffaith taw Saeson yw'r tirfeddianwyr a dydyn nhw ddim yn credu bod gwaith o ansawdd yn cael ei wneud mewn gweithdy yng Nghymru.

Ochneidio mae Peggy wrth i fi gael y syniad o agor ail weithdy yn Wells. Ceisiaf esbonio iddi fod Wells yn agos at Minehead ac yn agosach byth i Weston ac y byddai'n rhwydd teithio yno. Er bod cadeirlan yn y ddinas, nid yw mor ddrud i rentu yno ag ydyw hi ym Mryste. Mae stadau cyfoethog o amgylch Wells a'r perchnogion yn awchu am godi adeiladau gwell na'u cymdogion fel tyrau llawn rhamant a ffolinebau Gothig. Rwy'n siŵr 'mod i ar y llwybr iawn y tro hwn.

Nid yw Peggy'n dweud gair am funud, wedyn rwy'n cael pregeth am yr angen i ganolbwyntio ar y broses o adeiladu busnes. Dylwn roi'r gwaith ysgrifennu a phob ymchwil hynafiaethol i'r naill ochor am y tro gan y bydd cyfrifoldeb ychwanegol gennym fel teulu cyn bo hir. Caf y neges ei bod yn feichiog ac y bydd un arall i'w fwydo yn y dyfodol.

10

Ieuan Fardd

M AE'R HEN ŴR tal yn symud dros bentyrrau o feini sydd wedi disgyn. Rwy'n ei wylio'n ofalus yn gofidio y gallai ddisgyn, gan ei fod yn dal iawn ac yn sigledig. Mae'r safle mae'n ei archwilio wedi'i orchuddio â cherrig, adfeilion miniog rhyw fwa, darnau o le tân anferth a'r cyfan yn cael eu gorchuddio gan fôr o eithin. Cawsom drafferth dod o hyd i'r lle. Nid oedd pentrefwyr Basaleg yn gyfarwydd â'r enw, ond pan ofynnais i was ffarm ifanc fe ddywedodd wrthyf am adfail neuadd, lle câi'r ffermwyr lleol gerrig adeiladu da. A dyma'r cyfan sydd ar ôl o hen lys Ifor Hael.

Yn ei gyffro aiff yr hen Ieuan yn esgeulus, ac o ganlyniad mae'n baglu. Mae'n fy ngalw, 'Dere draw fan hyn. Fan hyn. Fe alli di weld yn glir leoliad yr hen le tân. Bydde Ifor Hael wedi dodi ei fyrdde i wynebu'r tân tua...'

Wedi i Ieuan Fardd ddringo dros bentwr o feini dywed, 'Fan hyn! Nawr, felly ma hi'n bosibl ail-greu'r olygfa. Bydde Ifor Hael yn ca'l 'i swper yma a bydde Dafydd ap Gwilym yn iste o fla'n bwrdd yr Arglwydd ... yn canu am 'i swper. Fe sgrifennodd bedwar cywydd i Ifor – ry'n ni'n siŵr o hyn – a mwy yn dilyn marwoleth yr Arglwydd.'

Bydd Ieuan yn trin a thrafod beirdd yr Oesoedd Canol fel petaent yn ffrindiau mawr ag e.

Rwy'n edmygu ei wybodaeth a'i ysgolheictod yn fwy nag unrhyw un arall yng Nghymru. Gŵyr am gyfrinachau'r beirdd gan ddatgelu wrthyf sut roedden nhw'n gweithio. Rwy'n gwylltio wrth sylwi ar stad warthus ei siaced denau a'i hen esgidiau tyllog. Fe ddylai dyn o'i statws e gael ei barchu gan yr eglwys fel tywysog, yn hytrach na'i symud o un ficerdy llwm i'r llall.

Nawr mae'r hen ysgolhaig yn edrych i'r nefoedd gan alw:

Llys Ifor Hael, gwael yw'r gwedd, – yn garnau
   Mewn gwerni mae'n gorwedd;
  Drain ac ysgall mall a'i medd,
  Mieri lle bu mawredd.

Mae'n llawn emosiwn wrth ddweud, 'Ned, rwy i mor hapus i ddod o hyd i'r lle 'ma. Diolch i ti am fy helpu.'

Er ei bod yn drist ei weld yn y fath gyflwr, eto rwy'n siŵr bod 'na ysbrydion o gwmpas yr adfeilion, a bod egni o fewn y meini sy'n dyst i'r englynion arbennig hyn a gawsai eu cyfansoddi yma.

Rwy'n mynd ag e gatre i'r ficerdy bach llaith lle mae'r eglwys erbyn hyn wedi'i anfon. Sylwaf fod y tŷ hwn yn llai a hyd yn oed yn fwy diflas na'r un yn Nhywyn. Rwyf wedi dod â bwyd a brandi iddo. Mae'n anwybyddu'r bara a chaws, ond mae'r brandi'n twymo'i gorff gwantan. Sylwaf nad ydyw'n iach, ei fod wedi heneiddio, wedi colli pwysau'n druenus a bod ei groen tenau, melyn wedi'i dynnu'n dynn dros ei esgyrn a'i benglog. Ond eto mae'n sgwrsio'n rhwydd a'r hyn sy'n ei boeni yw y gallai farw cyn iddo lwyddo i gyhoeddi ei gasgliad o hen lawysgrifau. Cyn iddi wawrio mae'r botel yn wag ac mae e'n cwympo i gysgu'n drwm. Rwy'n gadael iddo gysgu ac yn gadael ei gartref yn dawel.

Erbyn cyrraedd Trefflemin y prynhawn wedyn, mae Peggy'n grac. Yn ei beichiogrwydd erbyn hyn mae hi'n anferth, yn flinedig ac yn betrusgar. Ceisiaf esbonio na allwn anwybyddu hen ŵr ac yntau mewn angen, ond nid wyf yn llwyddo i'w hargyhoeddi.

'Peggy, fe yw efalle ysgolhaig pwysica ein hoes. Ydi'r eglwys yn 'i werthfawrogi? Nac ydi. Cafodd 'i symud o fod yn giwrad mewn un eglwys ddiflas ar ôl y llall niferoedd o weithie drwy gydol 'i oes – deunaw eglwys i gyd, a dim un ohonyn nhw'n talu mwy na chyflog tlotyn iddo. Pam? Am fod yr eglwys, roedden ni i gyd yn 'i charu, yn awr yn ca'l 'i rheoli gan gigfrain sy'n casglu sborion. Bydd yr esgobion Saesneg yn rhoi'r plwyfi mwya llewyrchus i offeiried tebyg iddyn nhw gan anwybyddu gofynion y plwyfolion. Drycha! Ro'dd Esgob Bangor angen Ciwrad ar yr Eglwys yn Nhrefdraeth, Sir Fôn, lle nad o's neb yn galler siarad Saesneg – bywoliaeth berffeth i Ieuan Fardd, a bydde ynte wedi bod yn berffeth i'w blwyfolion. Ond be ddigwyddodd? Hen reithor 80 mlwydd oed heb air o Gymraeg gafodd y swydd. Beth wneith e yno, ond iste wrth y tân a thyfu'n dew ar drethi'r plwyfolion tlawd nad o's 'da fe obeth bod o wasaneth iddyn nhw.'

Mae Peggy'n deall hyn ond eto mae'n poeni a sylwaf fod cryndod yn ei llais wrth iddi siarad. Mae caledwch yn ei llais wrth iddi ddweud fy enw, sy'n creu arswyd ynof. 'Ned, ma'n rhaid i ti fod yn ofalus. Alli di ddim dal ati i siarad am y clerigwyr fel hyn. Os gwnei di, fe wnân nhw'n siŵr na chei di byth waith. Rwyt ti'n gwbod bod y clerigwyr a'r tirfeddianwyr fel un.'

'Peggy, alla i ddim anwybyddu'r gwir.'

'Na elli, ond do's dim rhaid i ti eu beirniadu nhw yn uchel dy gloch, nes ein gneud ni'n dlawd 'fyd. Ti yw ein cynhaliwr sy'n ennill arian i'n bwydo ac eto mae 'da ti'r enw o fod yr un sy'n creu trwbwl. Byddi di'n dad mewn ychydig. Meddylia am hynny, plis. Meddylia amdana i.'

Mae llygaid Peggy'n dechrau llenwi. Mae'i beichiogrwydd a'i dagrau yn llenwi fy myd. Fe'i cofleidiaf a dweud wrthi fy mod yn ei charu'n angerddol ac yn addo edrych ar ôl hi a'n plentyn, ond alla i ddim addo dweud celwydd.

11

Cyfle am Fusnes

AR DDEC Y llong sy'n dychwelyd o Minehead rwy'n teimlo'n grac. Nid yw'r gweithdy newydd yn Wells yn rhy lwyddiannus. Y bore 'ma, cefais ddadl â'r fforman sy'n rheoli'r gweithdy am ei bod hi'n amlwg ei fod e wedi bod yn defnyddio'i amser, a fy amser i, yn gwneud gwaith i eraill. Mae'r gweithdy yn annibendod llwyr ac rwy'n siŵr fod dau ddarn o farmor wedi diflannu. Taera fod y marmor wedi cael ei ddefnyddio i greu cofgolofn y mis diwethaf er nad oes cyfeiriad yn y llyfr i brofi hyn. Paham mae'r byd yn llawn twyllwyr a chelwyddgwn?

Ar y ffordd gartre gwyliaf gapten y llong yn cydweithio'n dda gyda'i ddynion. Criw o dri sydd ar y llong yma hefyd. Pam na all fy ngweithwyr weithio fel hyn? Efallai taw am eu bod ar long yw'r ateb a bod yn rhaid i bawb weithio'n gytûn neu fe fyddai'r llong ar y creigiau. Mwynhaf fod ar y llong yma gan fod y capten a finnau'n adnabod ein gilydd yn dda erbyn hyn. Sgwrsiais ag e unwaith am galch gan taw dyna beth fydd yn ei gario fel arfer o Aberddawan. Mae tunelli diddiwedd o galch ar gael ar draethau de Cymru. I adeiladwyr, mae'n gwneud sment da, i ffermwyr mae'n gwneud gwrtaith ardderchog i'r tir o'i droi yn bowdwr, ac i gapteiniaid llongau, mae'n gargo perffaith.

Ar noswaith braf, daw'r capten draw am air. Mae rhywbeth heddychlon mewn sgwrsio ar long, gan nad oes dim gan y capten i'w wneud ond aros i weld y tir yn agosáu. Gall rhywun synfyfyrio, cyfansoddi a siarad. Wedi iddo holi sut mae fy mywyd i, esboniaf bod fy ngwraig yn disgwyl ein babi cyntaf, cyn i'r sgwrs droi at ei deulu e. Rwy'n ei holi am ei waith, a dywed bod y busnes yn weddol dda i'r bobol hynny sy'n deall nodweddion calch.

'I'm doing alright, but a fellow captain of mine carried a cargo of stone which, when crushed, turned out to be pure sand. There was the devil to pay. Poor man had to give the farmers their money back and they still blacken his name.'

Mae'n llygadrythu dros y dŵr fel bydd person yn ei wneud ar gwch – rwyf eisiau gwybod rhagor.

'Was that enough to ruin him?'

Mae'n codi ei sgwyddau.

'Had enough, he has. Says he's going back to his old trade as a smith – if he can only find someone to take over his ship; fifteen ton sloop in good order. There's a good opening here for a man who knows good lime when he sees it!'

Rwyf am iddo ddal ati i siarad. Rwyf yn gwybod am galch, felly wrth iddo droi i adael rwy'n cyffwrdd â'i ysgwydd i ddangos 'mod i am barhau â'r sgwrs.

'I know about stone. All kinds of stone,' ond gan ychwanegu ' but I know nothing of ships.'

Mae'n edrych arnaf yn garedig.

'No problem finding crew in these parts – plenty of sailors about. Old hands who don't want to sail the Atlantic again are the best. See Jim over there? Seen the world he has, rounded the horn five times but now wants to be able to go home to his own bed of an evening.'

Rydym ill dau'n gwylio Jim yn gwneud pethau cymhleth â'r rhaffau.

'Might you be interested?

'In buying a boat?'

'Just asking, you being a businessman and obviously knowing about limestone.'

Does neb wedi fy ngalw'n ddyn busnes o'r blaen – rwy'n hoffi'i glywed. Nid wyf yn rhoi ateb iddo yn y fan a'r lle ond mae'n demtasiwn mawr. Fe allwn gyfuno rhedeg gweithdy Wells a chario calch rhwng Aberddawan a Minehead. Rwy'n treulio dyddiau'n teithio fel hyn ac yn gorfod talu am y pleser. Pam na allwn i deithio ar fy llong fy hunan a gadael i eraill fy nhalu i?

'How much would your friend want?'

Margaret

RWY'N DAD! RWY'N dal fy mabi, Margaret, yn fy mreichiau. Mae'n edrych arnaf gyda'i llygaid mawr glas – yr un llygaid glas â'i mam-gu. Beth mwy mewn bywyd y byddai dyn ei angen na hyn? Pa gyfrifoldebau sy'n bwysicach na sicrhau ei dyfodol hi. Ond mae Peggy'n torri ar draws fy mhleser trwy ddweud bod Margaret fach eisiau torri gwynt ac mae'n gwneud. Mae'r lledrith wedi diflannu ond mae Peggy a minnau'n chwerthin. Er bod Peggy'n edrych yn flinedig eto i gyd mae'n edrych yn hapus. Bu ei mam yn y tŷ drwy gydol y bore'n ceisio rhoi trefn ar bethau ar gyfer y babi newydd – diolch byth mae hi wedi'n gadael bellach. Af â'r bwndel bach bregus draw i'r gornel lle mae Nhad yn treulio'r rhan fwyaf o'i ddyddiau erbyn hyn. Mae'n ddyn balch er iddo gythruddo Peggy yn gynharach drwy sôn am ei obaith o gael ŵyr yn hytrach nag wyres. Erbyn hyn, mae wedi dwli'n fwy na ni, ond nid pan fydd hi'n llefen, gan ei fod e'n gysgwr ysgafn ac mae ysgyfaint cryf gan yr un fach.

Rhaid rhoi'r babi'n ôl i Peggy sy'n ei lapio mewn blanced ac wedi iddi ganu sawl hwiangerdd iddi, a minnau'n ymuno drwy ganu'r ffliwt, mae'n cysgu'n fuan iawn. Fu'r cartref yn fwy heddychlon erioed? Nhad yn cysgu'n sownd, y babi'n cysgu yn ei blanced, a Peggy'n gorffwys. Fe ddylwn i fod yn ymlacio hefyd ac er mwyn Peggy, rwy'n rhoi fy mhen i orwedd ar gefn cadair uchel fel pe bawn yn pendwmpian. Y gwir yw, rwy'n poeni'n fawr. Mae 'da fi deulu i'w gynnal ac mae'n rhaid i fi felly ennill arian o'm busnesau, ond ar y funud ychydig o ragolygon sydd y galla i wireddu hynny. Bu'n rhaid i fi gau'r gweithdy yng Nghaerdydd ac mae angen i fi fod yn Wells yn llawer amlach nag ydw i ar y funud a dyw hynny ddim yn bosibl. Rown wedi bwriadu manteisio ar y ffasiwn o yfed te o'r India. Fe brynais lond sached fawr gyda'r bwriad o'i werthu mewn mesuriadau bach am elw yn y Bont-faen. Hyd yn hyn, dw i ddim wedi bod yn llwyddiannus iawn. Mae'r sached o de'n cymryd tipyn o le y tu ôl i'r drws yn y gegin, ac mae Peggy am gael ei wared e.

Ychydig iawn o waddol Peggy sydd 'da fi ar ôl, ac eto teimlaf ei bod hi'n hanfodol fy mod yn buddsoddi yn y llong. Ar ôl wythnosau o feddwl a phoeni, rwy'n credu taw dyma'r cyfle gorau mor belled. Rwy'n edrych ar fy ngwraig a'm plentyn ac er eu mwyn nhw rwy'n penderfynu ymweld â'r banc a'r benthycwyr hynny sy'n gwybod bod fy nghredyd yn ddiogel. Rwy'n casáu'r bancwyr a'u hagweddau aruchel sy'n ceisio defnyddio math o iaith sy'n drysu dynion cyffredin a gonest. Ond, er mwyn Peggy a'm merch fach newydd rhaid i fi ddiodde cael fy mychanu. Fe bryna i'r llong 'na.

1 3

Y Lion

DIOLCH I WAITH da'r Capten Meriwether, fi yw perchennog
Y Lion. Nid dyma'r llong y bwriadwn ei phrynu ond fe
aeth y llong wreiddiol am lawer mwy o arian nag y gallwn ei
godi. Er bod angen cot o baent ar y Lion, mae'r llong ei hunan
mewn cyflwr da – llong pymtheg tunnell. Gyda help y capten
rwy i wedi cyflogi criw o dri i deithio i fyny ac i lawr yr arfordir i
ddod o hyd i'r cerrig calch gorau. Doeddwn i ddim wedi disgwyl
prisiau uchel yr harbwrfeistr am glymu'r llong yn erbyn wal yr
harbwr. Hefyd, down i ddim yn disgwyl y byddai'r criw yn gofyn
am hanner eu cyflog cyn hwylio. Dwy i ddim yn gyfarwydd â'r
arferion morwrol, ond fe ddysga i'n ddigon cloi.

Wrth sefyll ar y dec rwy'n mwynhau'r teimlad o fod ar fy llong
fy hunan. Rhaid bod y gwylwyr niferus sydd ar y cei'n edmygu
llinellau a siâp y llong ac mae'r llwytho'n mynd yn ddigon
hwylus. Mae dau lond cart wedi'u gostwng i ddalfa'r llong yn
barod a thri llwyth arall ar ôl, wedyn bydd hi'n llawn. Gweithio
ar yr hwyliau mae'r criw. Rwy i wedi dysgu'r enw newydd ar
yr hwyl flaen – y jib. Byddaf i'n defnyddio'r gair mewn ambell
sgwrs i ddangos 'mod i'n gyfarwydd â'r eirfa. Aiff un o'r criw, y
bosn, Wil, i'r cei i sgwrsio gyda'r bobol sy'n ein gwylio. Cafodd
ganiatâd i fynd ac yno mae e'n clebran gyda'i ffrind pan ddylai
fod yn gweithio i fi. Er 'mod i'n grac, gan taw fi sy'n talu am
ei glebran, dw i'n penderfynu peidio â dweud gair. Rhaid osgoi
mân gwerylon ar ein taith gyntaf fel hon. Daw Wil yn ôl at y
llong gan ddweud,

'Beg pardon, sir. Permission to speak?'

Rwy'n ei gweld hi'n anodd peidio actio fel capten llong pan maen nhw'n siarad fel hyn, ond rwy'n meddwl ddwywaith cyn ateb yn foesgar.

'Of course.'

'Lloyd's Rule, sir. You can see from the quayside that the old *Lion* is sitting low in the water as it is. Beg pardon, sir, but if these three carts I see waiting are intending to deposit the stone into this old tub I would respectfully advise against it, sir.'

Nid wy'n gwybod sut i ymateb i 'old tub!' Rwy'n edrych o'm cwmpas gan obeithio gweld Capten Meriwether yn trafod â'r llongwr yma gyda geiriau fel 'freeboards', 'holds' a 'Lloyd's Rules.' Does dim help ar gael.

'But this sloop is a 15 tonner. That means she can carry 15 tons, does it not?'

'When trim and new, yes sir, but this 'ere *Lion* is not a young cub anymore. Most round here thought she had sailed her last a year ago, until Captain Meriwether told us he had found a buyer, sir.'

Mae'n amlwg iddo 'mod i wedi cael sioc achos ychwanega, 'She'll be alright in the water, sir. But it's just that her keel is heavy with wood that is a little swollen and barnacles and the like. One more cart is the most she will take, sir, if you follow my meaning?'

Dadleuodd ei achos yn gadarn er ei bod yn ymddangos taw cyflwyno gwybodaeth mae e'n hytrach na rhoi gorchymyn. Dwyf i ddim am dderbyn hyn. Rwyf wedi amcangyfrif incwm y daith ar y dybiaeth y bydd pymtheg tunnell o galch yn cael ei gludo. Pe bawn ond yn cario chwech neu naw tunnell byddwn ar fy ngholled hyd yn oed pe bawn yn gwerthu'r calch am y pris llawn. Rwy'n dechrau crynu mewn cynddaredd at ddyn sy'n ceisio fy nhwyllo er mwyn iddo fe a'r criw gael llai o waith wrth gario llwyth ysgafn. Ceisiaf siarad yn awdurdodol er nad wyf yn teimlo'n hyderus.

'Please continue loading.'

'Just one more cart, sir?'

'No, all three carts,' meddwn bron â sgrechen.

Do'n i ddim wedi meddwl gweiddi, ond bydd pobol sy'n ceisio fy nhwyllo bob amser yn gwneud i fi golli 'natur.

Mae Wil yn codi ei sgwyddau ac yn rhoi'r gorchymyn.

Fy llygadu'n amheus mae'r criw wrth iddyn nhw ddal i lwytho. Paham mor araf? Rwy'n meddwl am beth ddywedodd Wil ac yn gwybod nad yw hon yn llong newydd ond ni fyddai Meriwether wedi'i hargymell pe na bai'n addas i'r môr. Fydde fe?

Rwy'n dechrau amau, wrth i'r dec ddechrau suddo'n is na lefel y cei. Cyn llwytho roedd yn bosibl dringo oddi ar y llong i'r cei, ond erbyn hyn bydd yn rhaid i fi ddringo'r ysgol ddur chwe throedfedd i gyrraedd y top. Wrth edrych dros yr ochr gwelwn fod y dŵr ryw ddeg troedfedd yn is na lefel y dec cyn ei llwytho. Erbyn hyn, prin ei fod bum troedfedd a'i fod yn lleihau gyda phob rhawied a aiff i mewn i'r ddalfa. Ar y lan gwelaf fod un llwyth cart yn dal yno ac mae'r hold yn llawn. Caf olwg arall dros yr ochr a galw,

'Wil, tell the men to stop loading, I think this will do.'

'Aye aye, sir.' Maent yn edrych ar ei gilydd gan wenu'n gyfrinachol gan barhau i weithio fel pe bai rhyw gynllwyn ar waith. Dywed Wil wrthyf fod y llanw gyda ni o leiaf ac y gallwn hwylio o fewn munudau. Mae'r *Lion* yn symud yn araf o furiau'r harbwr gyda'r llif. Am funud gallaf ollwng fy anadl. Gyda llwyth llai fel hyn pa mor hir y gallaf barhau i wneud elw yn Minehead? Mae'r *Lion* bellach yn symud yn araf i'r sianel agored. Pryd gallwn ni godi'r jib? Ar y cyflymdra yma, fe gymerith wythnos i gyrraedd Minehead os na allwn ni godi'r hwyl. Rwy'n holi Wil, ond edrych arnaf fel petawn yn wallgofddyn wna ef.

'Permission to speak plainly, sir?'

Mae'r ffordd barchus yma o siarad yn fy ngwylltio.

'Granted'

'If you were to look over the side, sir, I think you'll see that we're settling in the water.'

Mae'n edrych dros yr ochr a phwyntio. Rwy'n dilyn ei fraich gan ochneidio'n frawychus. Roedd y dŵr tua phum troedfedd yn is na lefel y dec pan adawson ni, nawr nid yw fwy na thair troedfedd.

'What's happening?' rwy'n gofyn iddo.

'To be plain with you sir, we're sinking.'

Ni allaf gredu fy mod yn ei glywed yn iawn. Mae'n ymddangos yn weddol ddigyffro, a'i lais yn swnio fel petai'n sgwrsio am y tywydd. Rwyf wedi rhewi yn y fan a'r lle ac yn anabl i amgyffred y fath sefyllfa. Am funud ry'n ni'n edrych ar ein gilydd mewn tawelwch, ond mae'r funud honno'n ddigon hir i weld miloedd o ddelweddau yn fy mhen. 'Death by water.' 'These are pearls that were his eyes.'

'Suggest we try and tack to starboard so as to keep away from the deep water, sir. Soon as we will hit the main current, we're done for.'

Ceisiaf siarad, ond dyw Wil ddim yn aros am ateb. Mae'n rhoi gorchymyn ac mae rhywun yn newid y llyw. Maent i gyd yn dechrau rhofio'r calch i'r dŵr ac rwy'n ymuno â nhw gan rofio am bum munud nes bod ein hysgyfaint bron â rhwygo. Mae dŵr yn dechrau cripian ar y dec – mae Wil wedi gweld hyn hefyd. Rwy'n edrych yn ôl i gyfeiriad Aberddawan. Rydym wedi symud gyda'r lli i lawr y sianel ond yn dal i fod o fewn canllath i'r cei. Mae tyrfa o bobol ar y cei erbyn hyn, wedi dod i weld y sioe. Diolch i Dduw na alla i glywed beth sydd 'da nhw i'w ddweud na gweld eu hwynebau.

'Beg pardon, sir. Can you swim?'

'Not very well.'

'Best wait here then, sir.'

'And wait to drown?'

Chwerthin ar fy mhen mae Wil. Chwerthin! Ydi e'n gall? Ai dyma sy'n digwydd i bobol cyn marw?

'Bless you, sir. I doubt we'll do more than get our socks wet. I suggest we all move to the deck and wait.'

'To go down? To die?'

'To settle, sir. We are already aground on the sandbar if I'm not mistaken. If you notice, sir we're not moving.'

Gwelaf fod y dŵr yn dal i lifo heibio a thros y dec. Ond mae e'n dweud y gwir, does dim symudiad na dim siglo hyd yn oed gan ein bod ni'n sownd ar fanc o dywod. Mewn rhyddhad, rwy'n rhoi 'mreichiau am y llongwr bach ystwyth, sydd am y tro cyntaf heddiw'n dechrau cynhyrfu. Mae'n rhyddhau ei hunan.

'We'll just have to wait here until someone from the port is kind enough to come and get us in a dinghy. Now if only we had some cards…'

1 4

Llythyr i Owain

CAF FY ERLID gan y bobol rwy i mewn dyled iddynt. Rwy'n siŵr bod rhai ohonynt wedi gorliwio maint y ddyled. Mae John Walton, llawfeddyg o'r Bont-faen wedi hala cyfrif i fi o saith gini am ddim mwy na meddyginiaethau ac olew mae'n hawlio i fi eu cael dros gyfnod o amser. Nid yw hyn yn wir, ond ni allaf ei wrthbrofi. Mae 'da fi ddyledion i'w talu am renti'r gweithdy, dyledion i gyfreithwyr a dyledion am nwyddau. Hefyd, mae 'da fi ddyledion ar fenthyciadau, a dyledion ar y llog ar fenthyciadau i dalu dyledion eraill. Tyfu mae fy nyledion fel llygod mawr: oes na ddiwedd arnynt? Nid wyf wedi bod yn onest gyda Peggy ynglŷn â'm sefyllfa ariannol. Mae'n feichiog unwaith eto ac nid wyf am greu mwy o ofid iddi. P'run bynnag, mae'n ymddangos ei bod yn ymwybodol o ddyfnder ein problemau ariannol.

Rwy'n ystyried ysgrifennu at Owain Myfyr yn Llundain, ond mae'n boen gorfod gwneud hyn. Rown i wedi gobeithio adeiladu fy ffortiwn er mwyn hybu cyfrol fawr o waith Beirdd yr Oesoedd Canol, ond erbyn hyn, prin y galla i roi bara ar y bwrdd. Dywedodd y Parchedig John Walters fod Owain wedi bod yn ddigon caredig i dalu am argraffu cyfrolau ychwanegol o'i eiriadur mawr. Mae'r busnes ffwr yn Llundain yn ffynnu ac mae erbyn hyn yn feistr ar ei gwmni ei hun, lle dechreuodd fel prentis. Mae wedi talu ysgolheigion am wneud gwaith ymchwil ac i gopïo hen farddoniaeth fel y gall eu cynnwys yn ei gasgliad ef ei hunan. Sut y galla i ei berswadio i gefnogi fy ngwaith i?

Eisteddaf wrth y bwrdd yn ysgrifennu llythyr dysgedig

ato gan fy mod angen creu argraff. Ynddo rwy'n cynnwys fy nghanfyddiadau diweddaraf ar hen dderwyddiaeth ac ychwanegaf ambell ddarn o farddoniaeth. Rwy'n ymddiheuro na wnes ysgrifennu ato ers blynyddoedd gan ddweud i fi geisio gwneud hynny ar sawl achlysur, ond nad oedd fy llythyron yn ddigon safonol i'w hanfon. Reit, mae wedi'i gyflawni.

Tybed alla i hala peth o waith Dafydd ap Gwilym ato? Er na ddes i o hyd i unrhyw ddarnau mewn llyfrgell eto mae 'da fi ddarnau a gyfansoddais yn ei arddull ef. Efallai y buasai'n well galw'r darnau a gyfansoddais 'fel darnau o dan ei hud e'? Maen nhw mor debyg i'w arddull ef a bod naws ac awyrgylch y cerddi hefyd mor debyg, fel ei bod yn anodd gwahaniaethu rhwng gwaith Dafydd a 'ngwaith innau. Ddylwn i esbonio sut y cawson nhw eu cyfansoddi? Fyddai e ddim yn deall petawn yn ceisio esbonio iddo, felly gwell gadael i'r gwaith siarad drosto'i hunan. Fe anfonaf bedwar o'm cywyddau gorau iddo – heb ofyn am dâl. Rwy'n ymddiried yn ei haelioni.

Chatterton

FEL PETAI AM i fi wynebu fy ngweithredoedd daw Daniel Walters â chopi o farddoniaeth Rowley i un o'n cyfarfodydd yng nghoedwig Bewpyr. Er eu bod yn ymddangos fel petaent yn waith mynach o'r bymthegfed ganrif o Santes Fair, Redcliffe, Bryste, eto i gyd yr honiad diweddaraf yw taw gwaith bardd ifanc yn ein cyfnod ni ydyw, sef gwaith Thomas Chatterton a fu farw drwy hunanladdiad yn ugain oed. Mae 'na gryn ddadlau pwy ydyw gwir awdur y gwaith. Mae Daniel eisiau fy marn i ac rwy'n gofyn iddo,

'Why would a poet go to all the trouble of forging a masterpiece only to credit it to someone else? I don't believe it. We bards are vain and jealous of our reputations. Eisteddfodau are full of poets complaining that someone copied their best lines. I can't imagine any poet asking that another poet be given the credit for work over which he has laboured!'

Mae'n nodio ond daw yn ôl ataf,

'But what if he did? For whatever reason, what if he did?'

'Matters not at all,' rwy'n mynnu. 'Do you like Rowley verses?'

'They're beautiful.'

'Do they speak of wisdom? Do they show the truth?'

'Yes.'

'Then it matters not who composed them. And if, for some unfathomable reason, Thomas Chatterton gave credit for his glimpse of perfection to another, that is a matter for gossips and tittle-tattle. What matters is the truth of the verse.'

Mae Daniel yn fy llygadu a nodio'i ben.

'You're right as always, Ned.'

Pob bendith ar y bachgen!

16

Gwirionedd

RWYF WEDI DOD i gasgliad pwysig.

Rhaid i'r gwir orchfygu. Rhaid i wirionedd ymddangos yn ddilychwyn er y pwerau amrywiol sydd yn ceisio llygru'i enw. Wrth ganlyn y gwirionedd rhaid dal yn dynn wrth bwrpas Duw, tra bo eraill yn ymosod arno a'i wawdio. Ei negeswyr ydym. Rhaid codi uwchlaw mân fusnesau'r clercod a'r cyfrifwyr a gwadu disgyblaethau diflas yr ysgolheigion a'r clerigwyr hunanol.

Pan fo'r gwir yn eglur i mi, mi fydda i'n ei ddatgan. Mae llinellau Dafydd ap Gwilym a anfonais at Owain, yn un o'r gwirioneddau hyn. Caiff gwirioneddau mawr eraill eu hamlygu i mi. Cânt eu sathru a'u gwawdio gan y clercod, y clerigwyr a'r gwŷr academaidd sy'n ceisio fy rhwystro bob cyfle posibl, rhai na allant weld unrhyw beth heblaw'r manylion dibwys yn eu presennol blinedig. Er mwyn fy ngwlad, y Fro, fy nheulu, rhaid i fi ddarganfod ffordd o adeiladu hanfod y gwirionedd a fydd yn adlewyrchu gogoniant y gorffennol a'i drosglwyddo i'r dyfodol. Rhaid i wirionedd ysbrydoli fy nghydwladwyr fel y gwnânt greu gweithredoedd gwerthfawr.

Y gwir yn erbyn y byd!

Y Parchedig James Evans

R WYF YN MARCHFIELD, Mynwy, wedi bod yn adfer adwy i dŷ mawr, ac rwyf wedi troi am gartref. Mae'n dechrau nosi.

'Stop, sir. I wish to know your business.'

Llais trwynol sydd ganddo ac mae'n swnio'n ymosodol. Syllaf i'r gwyll a gweld socasau am goesau a choler gron rhyw glerig o'm blaen. Ar bwys hwnnw mae gŵr o'r wlad yn gwisgo siaced wlân ddigon garw. Mae'n codi ei lusern er mwyn i'w feistr gael gweld fy wyneb. Dw i'n adnabod y rheithor, un heb fawr o hiwmor, sef y Parchedig James Evans ac yn wythnosol bydd yn pregethu gan gondemnio'r Catholigion, y Methodistiaid, y Bedyddwyr a'r Annibynwyr. Bydd unrhyw un a gaiff ei ddenu o Eglwys Loegr yn ei farn ef, ac felly ym marn Duw, yn ôl ei ddehongliad ef, yn cael ei felltithio hyd dragwyddoldeb. Nid wyf am gymdeithasu â'r dyn a cheisiaf gerdded heibio.

'I asked you to stop, sir, I believe. I know you to be a man of poor reputation given to penning scandalous verses against the Church and her servants. I will not have you spreading your damnable poison amongst my flock.'

Fe ddylwn fod yn ofalus gan ei fod yn cario chwip, a'i was yn cario pastwn. Ond teimlaf fy ngwaed yn berwi. Pa hawl sydd gan hwn holi am natur fy musnes? O'm blaen mae gwas Duw'n chwifio chwip yn enw cariad diwinyddol. Minnau'n flinedig ac mae 'da fi daith hir o'm blaen, felly nid wyf yn chwilio am unrhyw drwbwl. Rwyf ar fin ei sicrhau fy mod yn ei blwyf ar fusnes cyfreithlon fel saer maen ac nad oes 'da fi fwriad aflonyddu ar neb, pan mae'n fy mygwth unwaith eto.

'I will have none of your dumb insolence, man. Tell me your business or it will be the worse for you.'

Rwy'n ymateb i'w ddicter yn dawel gan barchu naws yr Efengyl. Lledaf fy mreichiau i ddangos cytundeb: 'Blessed be the peacemakers for they shall be called sons of God – Matthew chapter 5, verse 9. Now if you don't mind I have a way to go this evening!'

Mae'r Parchedig James Evans yn chwythu fel broga. Heb rybudd, mae'n anelu ei chwip at fy mhen ac wrth arbed fy hunan collaf fy nghydbwysedd. Caf fy ngwthio i'r llawr gan ddwylo cryfion y gwas. Wrth i fi gwympo ar yr hewl, mae'n dwyn fy nghwdyn a'm dala ar y llawr â'i ddwylo. Saif yr offeiriad uwch fy mhen, yn codi ei chwip cyn fy nharo, ddwywaith, teirgwaith gan anafu fy mreichiau a'm brest. Ceisiaf arbed fy mhen. Clywaf y dyn mawr, tew nad yw'n gyfarwydd â gwaith corfforol yn anadlu'n drwm. Mae'n ailddechrau fy chwipio, un, dwy a thair chwipiad greulon a'r olaf ar draws fy moch, wrth i fi wneud fy ngorau i arbed fy hunan. Ydw i'n gwaedu? Camu yn ôl wna offeiriad yr efengyl, yn hapus ei fod wedi gwneud ei ddyletswydd. Gobeithio na fydd yn rhoi ei chwip yn nwylo'r dihiryn dieflig sydd gydag e i orffen ei waith. Mae'n siarad â fi fel petawn yn gi ynfyd.

'And be warned, sir, that I am not a man to be trifled with.' Mae'n cymryd hoe i ddal ei wynt. 'I would further advise you…' saib arall i gael ei wynt ato, 'never to set foot in this parish again on pain of a proper thrashing.'

Mae'r gwas yn fy ngollwng gan ofyn i'w feistr 'Do I let him up, Reverend?'

'You may, but watch him for he's an artful felon.'

Wedi i'r gwas godi, cama'n ôl a theimlaf boen ofnadwy yn fy

stumog a rhwng fy nghoesau wrth i fi gael fy nghicio deirgwaith. Wrth i'r ddau symud oddi yno cofiaf eu bod wedi dwyn fy nghwdyn – fy nghŷn, fy morthwyl ac yn bwysicach fyth, fy llyfr nodiadau gyda gwaith tair wythnos ynddo. Rwy'n crefu arnynt,

'My satchel, sir. Would you deprive a poor mason of the tools of his trade?'

Mae'r gwas yn dal y cwdyn i fi. 'There you are, villain.'

Ond yn lle ei roi neu ei daflu ar y ffordd, mae'n ei daflu i mewn i'r clawdd i ganol y dyned, y drain a'r eithin.

Mae'r ddau'n chwerthin wrth i'r offeiriad daflu geiriau'r Beibl ataf, 'Lord, now lettest thy servant depart in peace, according to thy word! Luke chapter 2, verse 29.'

'And don't come back!' meddai'r gwas.

Rwy'n hwdu.

*   *   *

Mae Peggy'n plygu drosof wrth geisio glanhau'r graith ar fy moch. Am funud gallasai fod yn fam i fi, a finnau'n blentyn unwaith eto. Mae'n drwm yn cario ein hail blentyn ac mae gwynt menyw arni. Dwed fod y briw yn ddwfwn, fel petai rhywun wedi defnyddio cyllell. Mae'n grac, nid gyda fi, am unwaith, ac rwy'n ddiolchgar am hynny. Awgryma y dylwn ei erlyn ac y dylwn gael cyfreithiwr i weithio ar fy rhan erbyn y bore. Dwi'n mynnu na fyddai unrhyw bwrpas, gan taw'r tirfeddianwyr sydd yn penodi'r ynadon, felly bydd unrhyw achos yn erbyn clerig o'r Eglwys yn ofer. Byddai'n rhaid talu costau uchel i ymladd yr achos, a rhaid cofio bod ein harian yn brin yn barod.

'Paid â phoeni, 'nghariad i, fe fydd dial am hyn. Hyd yn oed fel rwyt yn glanhau fy nghlwyfe rwy'n cyfansoddi baled ddoniol i dalu'n ôl iddo dan yr enw 'The Marchfield Parson'. Os galla i greu'r gerdd mor chwareus ac enllibus ag arfer, fe gaf i gryts ifanc o Sir Fynwy i'w chanu'n swnllyd a bywiog mewn tafarnau.

Bydd y Parchedig James Evans yn destun gwawd yn ei blwyf o fewn y mis.'

'Rwy'n dal yn grac.'

'Wrth gwrs. Mae dy ŵr wedi'i glwyfo.'

'Ro't ti'n haeddu crasfa. Sawl gwaith sy'n rhaid i fi weud wrthot ti dy fod yn creu enw drwg i ti dy hunan yn yr ardal? Eto i gyd, doedd dim hawl 'da fe i dy chwipo di. Os o's 'da rhywun hawl i gnoco tamed bach o synnwyr cyffredin i mewn i ben 'y ngŵr gwyllt i, yna 'da fi mae'r hawl hwnnw.'

Wedi iddi roi ei chlwtyn ar y ford caf slap ganddi ar y foch arall. Rwy'n gweiddi mewn sioc yn hytrach na theimlo poen. Mae Peggy'n chwerthin. Rydym yn cusanu. Mae'n fy ngwthio oddi wrthi gan edrych arna i, fel petai eisiau gweld yr anghrediniaeth ar fy wyneb.

'Na beth yw cawlach. O leia mae'r tu fas mor ddidrefen â'r tu fewn!'

Rwy'n ystyried trafod yr enwadau, ond yn penderfynu peidio. Nid wyf wedi bod mewn oedfa yn Eglwys y Santes Fair ers chwe mis bellach, ond mae Peggy'n dal i fod yn ffyddlon. Er ein hanhapusrwydd gyda'r Eglwys, dyma'r lle bydd ei rhieni'n addoli, lle bydd ei ffrindiau'n ymgynnull i glebran ar y Sul a'r lle y claddwyd cenedlaethau o'i theulu. Ni fyddai'n deg rhoi mwy o bwysau arni. Mae'r 'Hen Eglwys' wedi bod yn gartref i ni ers dyddiau'r Seintiau Celtaidd, Illtud a Chadoc. Roedd y rheithorion yn nyddiau'n cyndadau yn bobol leol a oedd yn adnabod eu plwyfolion ac yn eu caru fel pe baent yn deulu iddynt. Mae'r tirfeddianwyr newydd, Mountstuart, Beaufort a Iarll Portsmouth wedi dod â brîd newydd o reithorion gyda nhw heb unrhyw barch at ddiwylliant Cymru. Iddynt hwy pwrpas a phwysigrwydd y plwyfolion yw talu trethi er mwyn cynnal bywydau moethus yr yfwyr port.

Mae drwgdeimlad yn eu herbyn yn gyffredin erbyn hyn a rhai o'r brodorion lleol wedi ymuno â'r Methodistiaid yn Llangan. Mae eu gwasanaethau hwy'n ddigon bywiog i rai sy'n hoff o foli drwy godi'u breichiau a chanu'n emosiynol. Maen nhw'n griw rhyfedd yn fy marn i, yn credu y gallan nhw fod yn ufudd i'r Brenin er eu bod yn gwrthod ei eglwys. Dwli llwyr.

Rwy'n dweud wrth Peggy am bregethwr o'r enw Josiah Rees rwy'n llythyru gydag e ar hyn o bryd. Mae e'n Undodwr, sy'n credu taw un Duw sydd ac nid y tri a gaiff eu cynrychioli gan y Drindod. Rwyf wedi'i glywed ef ac eraill o'r un enwad yn pregethu a'u neges yn syml yw pwysigrwydd cariad, goddefwch, cyfiawnder cymdeithasol a chyfeillach gytûn. Maent yn credu mewn meddwl rhesymegol ac ewyllys rydd. Siaradaf yn frwdfrydig am y modd mae hyn yn cydsynio ag ystyriaethau modern Locke, Hume a Rousseau. Rwy'n clebran gormod. Mae Peggy'n rhoi cusan i gau fy ngheg ac rydym yn cofleidio. Cawn foment o ecstasi llwyr, ond rhaid gweiddi mewn poen wrth i'w llaw gyffwrdd â fy nghleisiau.

18

Hapusrwydd
Morgannwg

M AE PEGGY WEDI rhoi genedigaeth i ferch fach arall ac
rydym wedi'i henwi'n Ann ar ôl fy mam. Mae hi mor bert
ag unrhyw blentyn y byddai tad yn breuddwydio ei chael. Y bore
wedyn, wrth lwc, caf ateb gan Owain Myfyr. Rwy'n mynd mas
o'r bwthyn i ddarllen y llythyr gan fod ei gynnwys mor bwysig
i fi. Anfonais ato, nid yn unig farddoniaeth Dafydd ap Gwilym
ond cynigais syniad sy'n agos iawn at fy nghalon sef cylchgrawn
chwarterol o'r enw *Dywenydd Morgannwg*. Bydd y cylchgrawn
yn cynnwys detholiadau o waith beirdd yr Oesoedd Canol,
gwaith sydd angen cael ei achub ac sy'n haeddu enwogrwydd.

Fy siom gyntaf yw canfod nad oes arian papur wedi'i
gynnwys yn yr amlen. Nes i ddim gofyn yn uniongyrchol am
gymorth ariannol er bod fy sefyllfa ariannol yn druenus. Mae'n
llythyr hir ac mae'n ymddiheuro am fod mor hir cyn ateb, ond
mae'n esbonio trafferthion bywyd gŵr busnes. Bellach mae
wedi ymgartrefu yn 148 Upper Thames Street, cyfeiriad ymhlith
cyfoethogion yr ardal ac nid yn rhy bell o Mansion House.
Mae'n pwysleisio pwysigrwydd ei leoliad. Mae'n frwdfrydig
ynglŷn â'r syniad o greu cylchgrawn, ond mae'n credu y dylai
gael ei argraffu yn Llundain, lle mae casgliadau o lawysgrifau,
argraffwyr a gwerthwyr llyfrau ar gael y gall eu defnyddio. Mae'n
cynnig gwely i fi a chyfleusterau da i wneud y gwaith a chyflog,
pe bawn yn fodlon ymuno ag e.

Pa mor rhwystredig yw hyn? Mae fel petai yn fy mhoenydio trwy estyn melysion annisgwyl o dan fy nhrwyn cyn eu difa heb i fi gael cyfle i'w blasu. Rhaid i fi ymdawelu cyn ei ateb, a'i hysbysu na alla i dderbyn ei gynnig hael, er mor atyniadol yw'r cynnig. Rwy'n esbonio, 'I have tied myself firmly to a post in Glamorgan – in short I have married a wife.'

Rwy'n ail ddarllen y frawddeg. Mae'n ymddangos fel petawn yn gweld Peggy fel baich. Dim o gwbl. Rwy'n ychwanegu bod mwy o hapusrwydd i fi mewn bywyd yn y Fro hyfryd hon, yng nghwmni gwraig hyfryd, dwy ferch ogoneddus a gogoniant Duw o'm hamgylch ym mhobman. Dw i ddim am i unrhyw un dosturio drosof.

Rwy'n troi at weddill y llythyron a dderbyniais heddiw. Rwy'n gwybod beth fydd eu cynnwys yn dda iawn gan fy mod i'n adnabod llawysgrifen rhai, eraill oherwydd y math o bapur a gafodd ei ddefnyddio, a'r rhan fwyaf drwy wybod bod pob dim yn milwriaethu yn fy erbyn. Mae llythyr gan John Wood, cyfreithiwr o Gaerdydd, sy'n bygwth cymeryd fy eiddo, os na chaiff ei gyfrif ei setlo o fewn dim. Mae llythyr sarhaus gan William Rees o Gwrt Coleman, hefyd yn bygwth fy nwyn o flaen yr ustusiaid, a hanner dwsin o fygythiadau tebyg, Rwy'n agor fy llyfr er mwyn dianc rhag y byd maleisus hwn ac ymgolli mewn rhigymau a rhesymeg melys.

19

Coedwig Bewpyr

RWYF YNG NGHWMNI'R brodyr Walters ac rydym yn gwneud te. Po waethaf yw fy sefyllfa, mwyaf i gyd y teimlaf yr angen am eu cwmni. Mae John wedi gorffen yn Rhydychen ac ef yn awr yw prifathro Ysgol Ramadeg y Bont-faen. Rwy'n falch ei fod yn dal i 'nhrin i gyda pharch, na chaf gan eraill, er ei lwyddiant.

Gyda'n gilydd byddwn yn dianc i fyd llawer mwy deniadol, byd o farddoniaeth ysgafn. Darllenaf fy ngherdd 'Cân y Bugail' iddynt.

> Mewn tawelwch y mae'n byw
> Gan ofni Duw'n wastadol,
> Dyn serchogaidd yn ei blwyf
> Ac ynddo rwyf rinweddol;
> Einioes hir a gaiff o'i swydd
> Ac iechyd rhwydd naturiol
> A phan dderfydd yma'i fyw
> Caiff nef gan Dduw'n dragwyddol.

Mae'r brodyr yn ymateb yn werthfawrogol iawn i'm gwaith fel y gwnânt bob amser. Sylwadau dadansoddol a gaf gan John, tra bydd Daniel yn ymateb drwy ddweud ei fod yn dwli ar y teimladau a fynegwyd. Yn ddisymwth, daw distawrwydd annaturiol rhyngom ac mae'n amlwg bod rhywbeth o'i le. Fe ddylai eu cwmni gynnig rhyddhad i fi am ysbaid rhag fy mhroblemau ariannol ond nid fel 'na mae hi fod. Maent wedi cytuno ar eu cwrs gan fod John yn eistedd gan roi ei ddwylo ar ei bengliniau wrth ganolbwyntio ar ei neges.

'Ned, may we give voice to our concern?' Mae'n siarad yn ofalus, 'We've heard and believe me we don't go looking for gossip, but I think it's pretty common knowledge …'

Mae Daniel yn dod i'w achub '…that you are in financial difficulties… that William Rees is filing a complaint with the magistrates against you.'

'What of it?' rwy'n eu hateb gan ddangos 'mod i wedi colli fy amynedd. Pa hawl sydd ganddynt i ymyrryd? Maent yn bychanu ein cyfeillgarwch drwy ddangos cymaint o hyfdra. Rwy'n dweud hynny wrthynt ac yn sefyll gan wadu fod 'da fi unrhyw broblemau ariannol.

'I would have thought that you'd be the very last to listen to and spread malicious gossip against me.'

'Ned!'

Saif y ddau ar eu traed gan siarad ar draws ei gilydd. Maent yn ceisio'u gorau i'm tawelu, gan ymddiheuro am unrhyw ddrwgdeimlad, a'm sicrhau o'u cyfeillgarwch. Mynnant taw meddwl am fy lles i'n unig y maent ac erfyn arnaf i wrando arnynt. Byddai'n blentynnaidd gwrthod felly dw i'n dweud dim cyn eistedd ar lawr y goedwig unwaith eto. 'I'm listening.'

Mae'r ddau'n ailadrodd cu bod yn llawn edmygedd o'm hysgrifennu, yn credu fy mod yn galler ysgrifennu'n dda yn y ddwy iaith, yn y Gymraeg a'r Saesneg. Yn ei brofiad wrth baratoi ei gyfrol fechan o waith Llywarch Hen, mae John wedi dysgu pa mor anodd yw cyhoeddi yn yr iaith Gymraeg. Ar y llaw arall, mae wedi dod yn ymwybodol bod yna ffrwydrad o lyfrau yn y Saesneg ar werth. Mae Llundain a Rhydychen yn fyw gan lyfrwerthwyr yn chwilio am lyfrau i'w cyhoeddi ac mae incwm da ar gael i fardd poblogaidd. Rwy'n ddiamynedd wrth glywed am ffyrdd soffistigedig byd breintiedig John, ac mae fy ymddygiad yn adlewyrchu hynny. Rwyf wedi cael hen ddigon bellach ac yn codi i adael.

Yna mae Daniel yn cymeryd y llyw. Bydd y ddau frawd, er yn agos o ran oedran a chyfeillgarwch, yn amal yn trafod materion yn hollol wahanol i'w gilydd. Fydd Daniel byth yn siarad am ei fyd a'i fywyd ef ei hunan, ond yn hytrach am fy marddoniaeth i, am Forgannwg a'r Fro. Mae'n tynnu sylw at y cysylltiad rhwng barddoniaeth a'r wlad a pha mor brin yw cael bardd dawnus sydd yn grefftwr o fri, yn hunanddysgedig ac yn llwyddo i osgoi cynnwys yn ei farddoniaeth addurniadau ffals a ffasiynol. Dywed wrthyf fy mod yn unigryw yn ei brofiad ef a phe bawn yn ysgrifennu yn Saesneg fe fyddai 'da fi apêl eang i lawer o ddarllenwyr.

Yna mae John yn ailymuno â'r sgwrs. Pan oedd yn Rhydychen daeth i gysylltiad â sawl bardd a llyfrwerthwr. Byddai'n hoffi dangos rhai o'm cerddi i'r bobol hyn, ac efallai y byddent yn barod i roddi gair o gyngor a hyd yn oed gefnogaeth. Rwy'n ateb yn bendant.

'I do not *need* or *want* advice on how to write my verse.'

Mae'r ffarwelio'n anodd. Dywedaf wrthynt fy mod yn anhapus eu bod wedi newid natur ein cyfeillgarwch naturiol. Nid oedd angen iddynt dynnu fy sylw at broblemau cyhoeddi ac yn bendant dw i ddim angen cyngor ar ysgrifennu cerddi. Ond rwy'n pwyso fy ngeiriau'n ofalus, yn ymwybodol taw fy ffrindiau ydyn nhw a ffrindiau da iawn. Does 'da fi ddim llawer o'r rheini ar ôl yn y byd bellach.

Cnoc ar y drws

C YN CYRRAEDD Y *drws mae cyntedd hir. Cnoc ar y drws.
*Mae'n agor. Tanllwyth o dân yn y gràt cerrig anferth.
*Byrddau hir, ffaglau'n llosgi. Pethau cain yn hongian ar y
waliau. Bwyd blasus a gwin da. Mae Mam yn edrych arna
i'n ddisgwylgar. Mae Ifor Hael yn gofyn i fi ganu. Does dim
geiriau wedi'u paratoi, felly rwy'n ofnus ond mae Dafydd yn fy
ysbrydoli gyda llinellau'n llawn prydferthwch a chywreinrwydd.
Rwy'n cau fy llygaid gan eu hadrodd. Mae'r geiriau'n llenwi'r
stafell, yn ymdroelli ym mwg y canhwyllau ac yn llamu yn
fflamau'r tân. Gwyliaf y geiriau'n cofleidio'r wynebau sydd
bellach yn wridog. Wrth i fi edrych unwaith eto, rwy'n gweld
bod Ifor wedi diflannu ac Owain Myfyr sydd yno yn ei le ac yn fy
nghymeradwyo. Dywed wrth y byd am fy nisgleirdeb wrth daflu
cwdyn yn llawn o aur i'r awyr. Mae'r darnau'n gweddnewid yn
adar bach euraidd sy'n hedfan mewn patrymau a'r rheiny hyd
yn oed yn harddach ac yn llawn gorfoledd. Af i'w casglu ond
maent y tu hwnt i'm cyrraedd. Dywed Owain eu bod yn bethau
drudfawr, y tu hwnt i unrhyw werth bydol ariannol. Mae ef yn
diflannu. O'm hamgylch erbyn hyn mae'r rhai rwyf mewn dyled
iddynt. Maent yn ymddangos o'r gwyll ac yn mynnu, mynnu,
mynnu eu harian…*

Mae cnoc ar ddrws y bwthyn. Mae Peggy'n bwydo Ann, y
babi. Mae Margaret yn chwarae o flaen y tân. Rwy'n agor y drws
ac yno'n sefyll mae clerc yr ynadon a chwnstabl arbennig. Maent
yn dweud bod ganddynt wŷs i'm harestio oherwydd fy methiant

i dalu fy nyledion i John Walton o Gaerdydd ac Evan Gruffydd o Benllyn. Rwy'n cynnig fy hunan iddynt i'm carcharu fel aderyn mewn cawell.

Rhan Pedwar: Carchar Caerdydd 1786 i 1787

1

Byd Bach

P UM LLATH O hyd a phum llath ar draws wedi'i adeiladu o
wenithfaen garw. Dyma faint y byd rwyf wedi'i gyfyngu
iddo. Pa mor greulon yw hyn i ddyn sy wedi byw ei fywyd yn
ôl rhythmau natur a chefn gwlad? Neu i saer maen sy'n gorfod
edrych ar feini sydd wedi'u hollti mor wael, ac yn sarhad i'w
grefft? Drwy edrych arnynt, ceisiaf ddeall fy emosiynau. Nid
wy'n siŵr a yw fy ngwylltineb a'm dicter o gael fy ngharcharu'n
fwy na'r cywilydd a'r gwarth a deimlaf.

Yn fy nghell mae 'da fi wely, dwy gadair, bwrdd, pâr o silffoedd,
megin, pocer, tebot a rhyw fath o gyllell a fforc digon elfennol.
Mae 'da fi garcharwr, Thomas Morgan, sy'n ymhyfrydu mewn
bod yn annymunol. Pan gyrhaeddais y carchar roedd ganddo
ddigon o hyfdra i ofyn am dâl mynediad i'r fath le. Ymatebais
trwy ddweud y byddwn yn ddigon hapus i gael fy ngwrthod
ganddo rhag cael mynediad ond ni welodd Thomas Morgan yr
ochr ddoniol i hynny o gwbl. Mae'n ymddangos bod yn rhaid
i ddyledwyr dalu am eu hystafell ac am unrhyw fwyd y bydd y
warden yn barod i'w ddarparu iddo. Mynna'r dyn gael hanner
coron am baratoi gruel tenau y gellir ei gael mewn tafarn am
ffyrling neu ddwy. Hyd yn oed pe bawn yn fodlon cytuno, alla i
ddim. Dim ond tair ceiniog sydd 'da fi yn fy mhoced.

Mae gan Peggy a'm tad yr hawl i alw ac i ddod â bwyd i fi,
hefyd cânt ddod â llyfrau a mwy o arian i gadw'r ceidwad yn
hapus. Nid wy'n caniatáu iddynt roi arian iddo fe. Esboniaf
fy mod yn y broses o gyfansoddi llythyr yn fy mhen i'r prif

ustusiaid i achwyn am fy nhriniaeth gan geidwad y carchar a'i ymdrechion i dderbyn arian oddi wrthyf drwy fy mygwth. Mae Nhad yn ysgwyd ei ben.

Mae Peggy yn ymbil, 'Ned, plis, paid. Os byddi di'n ei wylltio, gall wneud dy fywyd yn ddiflas iawn.'

Rwy'n edrych arni gan deimlo'n druenus. Onid oes 'da hi ddigon o broblemau i'w hwynebu, yn edrych ar ôl ei merched bach a Nhad oedrannus, heb orfod delio â phroblemau ei gŵr yn y carchar? Er 'mod i am gytuno â hi, alla i ddim ac rwy'n gofyn iddi fynd mas i nôl papur ac ysgrifbin. Wrth iddi wneud hyn, mae Nhad yn rhannu'i wybodaeth am garcharu dyledwyr. Dywed wrthyf sut y bu bron iddo yntau â chael ei garcharu sawl gwaith yn ystod ei fywyd, ond na fu rhai o'i gyfoedion mor lwcus. Cynghora fi i beidio â gwneud gelyn o Thomas Morgan.

Ar ôl i Peggy ddychwelyd â phapur ac ysgrifbin, rwy'n ysgrifennu llythyr coeth i ddadlau y dylai hawliau cyfreithiol carcharorion mewn dyled gael eu parchu. Nid troseddwyr cyffredin ydym ond dinasyddion defnyddiol, a bod gennym hawliau a breintiau. Nid wy'n achwyn bod yn rhaid i fi dalu am fy mwyd, pe bai'r bwyd yr un pris ag ydyw ym mhobman arall, ond teimlaf ei bod yn anghyfiawn talu hanner coron am gyn lleied o fwyd. Gan fod golau'r gell mor wael bellach caf gryn drafferth sicrhau bod fy llawysgrifen yn ddigon eglur. Wedi i fi orffen y llythyr, ei arwyddo a'i selio, rwy'n ei roi i Peggy ac yn gofyn iddi fynd ag e'n bersonol i Lys y Sesiynau Mawr yng Nghaerdydd. Mae'n cytuno, er ei bod yn anfodlon.

Gofynnaf i Nhad gael gafael ar gopi o *The Gentleman, Merchant, Tradesman, Lawyers and Debtor's Pocket Guide in case of Arrest* am ei bod yn amlwg y bydd yn rhaid i fi fod yn hyddysg yng nghyfraith dyledion a methdaliadau os ydwyf am fynnu fy hawliau er mwyn sicrhau rhyddhad buan. Rwy'n eu hatal rhag gofyn i'n ffrindiau am unrhyw gymorth. Dyw'r arian ddim ar gael gan bobol Morgannwg, ac fe fydd ffrindiau yn Llundain yn ystyried mynd i garchar am fod mewn dyled yn rhywbeth cywilyddus, felly fe gawn fy anwybyddu'n llwyr ganddynt hwy yn ôl pob tebyg. Mae Peggy'n cynnig y byddai'r brodyr Walters yn eithriadau. Rwy'n tynnu ei sylw at y ffaith fod John bellach yn gweithio yn Wrecsam, ond byddai'n bosibl cael gafael ar Daniel, sy'n athro yn yr ysgol ramadeg. Beth am fy mrodyr? Fyddai'n bosibl iddynt hwy wneud cyfraniad ar ôl gwneud eu ffortiwn yn Jamaica? Rwy'n gwrthod gofyn am eu help ariannol gan y byddent wedi'i ennill drwy fasnach erchyll cam-drin caethweision.

Mae Peggy yn ei dagrau wrth adael a'i gwendid yn gwneud i fi geisio ymddangos yn llawer cryfach nag ydw i 'n ei deimlo mewn gwirionedd, er mwyn ei chysuro hi. Rhoddaf restr iddi o lyfrau ychwanegol y gallai ddod â nhw i fi ar ei hymweliad nesaf. Mae rhoi tasg iddi'n amlwg yn help, gan ei bod yn gofidio bod y gell yn llaith a 'mrest yn wan. Ydw i am iddi ddod â rhagor o foddion i fi hefyd pan ddaw y tro nesaf? Mae'r lodnwm yn angenrheidiol i fi. Beth am y plant? Rwy'n benderfynol nad ydynt i ddod i'r fath le. Byddai cyflwr aflan carchar Caerdydd yn llygru ysbryd diniwed Margaret annwyl ac Ann fach.

Wedi iddynt adael, rwy'n eistedd yn llonydd ar erchwyn y gwely. Mae'r gell yn oer a does 'da fi ddim i gynnau tân felly bydd yn rhaid i fi gael glo cyn y galla i sychu'r lleithder yma. Teimla'r gell yn hollol wag. Fel arfer byddaf yn hapus yn fy nghwmni fy hunan a phrin y bydda i'n teimlo'n unig. Caf amser i feddwl ac ystyried, ond heno does dim awydd arna i feddwl am ddim. Estynnaf fy llaw i'm cwdyn a chydio yn fy ffliwt a'i chwarae. Mae chwarae offeryn yn cymryd lle geiriau gan fod ei sain yn symlach a dwysach. Cyfyng iawn yw'r caneuon y gallaf eu chwarae, melodïau a ddysgais gan fy mam yn bennaf ac ambell un rwyf wedi'i chyfansoddi fy hunan. Alla i ddim enwi'r alaw rwy'n ei chwarae yn awr ond mae hi'n hen ac yn dyner ac mae'n lliniaru fy nheimladau. Chwaraeaf am hydoedd, gan ailadrodd cymalau a chyfansoddi fel rwy'n dal ati. Mae'n llenwi'r gell â chysur trist nes i rywun fwrw ar y drws a gweiddi,

'Quiet, you in there. Some of us need our sleep.'

2

Cyfeillach

CAWN ADAEL EIN celloedd yn ystod y dydd er mwyn gweithio, cymdeithasu a gwneud ymarferiadau corfforol. O leia mae iard yma sy'n fy ngalluogi i gerdded o'i chwmpas ac edrych ar yr awyr uwchben. Af o amgylch yr iard ar garlam gan ddychmygu fy mod yn troedio llwybrau'r Fro. Gan fod cwmni sylweddol o fethdalwyr eraill yn y carchar nid wyf yn unig. Dônt hwythau yma i werthfawrogi'r ychydig o aer pur sydd ar gael, ond ychydig iawn ohonynt sy'n ymarfer mor ddygn â fi. Sylwaf ar y torrwr meini, William Freme yn eistedd yn dwmpath yn erbyn wal gan grafu'r baw â'i ffon. Mae'n edrych arnaf yn llawn syndod wrth i fi ei gyfarch gan ymateb gyda chyfuniad o bleser a diflastod wrth iddo sylweddoli fy mod yn ei weld fel yma yn y fath gyflwr. Rwy'n ei adnabod fel torrwr meini da a gonest. Pam ei fod yma?

Esboniodd wrthyf sut y gorfentrodd wrth adeiladu bloc o stablau i ryw sgweier gwledig. Nid oedd ei sgiliau fel saer main gystal â'i brofiad fel pensaer. Ni wnaeth sicrhau bod y meini wedi'u hadeiladu ar sylfaeni digon cadarn a chyn i'r adeilad gael ei orffen, ymddangosodd craciau yn rhannau o'r wal yn gyntaf cyn iddi gwympo. Ni allai William fforddio ailgodi'r adeilad felly fe daflodd y sgweier ef i garchar y dyledwyr. Mae'n osgoi fy llygaid wrth adrodd ei hanes, ei lais yn dawel a theimla'n ddihwyl gan ei fod wedi colli ei ysbryd a'i hunanhyder.

Cyflwyna fi i eraill, gan gynnwys William Evans, a fu yn ddyn o sylwedd ond a fenthycodd ormod o arian ar log rhy uchel ac ni allai ad-dalu pan ofynnodd y banc am yr arian yn ôl. Galla i ei weld nawr fel un o gymeriadau cyfoethocaf yr Horse and Groom. Mae ei ddillad, er yn garpiog erbyn hyn, yn awgrymu ei gyfoeth blaenorol. Sylwaf ar dwll bwtwn digon llipa yn ei wasgod lle byddai ei oriawr aur wedi hongian ar un adeg. Mae'n poeni'n fawr am iechyd ei deulu anghenus.

Masnachwr oedd John Griffiths ac mae yntau bellach yn dlawd. O leiaf roedd ganddo'r ysbryd i gladdu'i ddwrn ym mola'r beili a ddaeth i gymryd ei eiddo. Rwy'n teimlo fel chwerthin wrth glywed yr hanes, ond does dim hiwmor yn y sefyllfa. Mae'n ddyn mawr nobl a'i ddyrnau wedi'u cloi'n dynn fel petaent yn barod am yr ymosodiad nesaf. Cwmni digon anghyfforddus yw e.

Ar draws yr iard mae dyn yn y gornel ar ei ben ei hunan yn siarad â fe'i hunan. Rwy'n gofyn pwy yw e.

'Henry, Henry Meyrick. Dyna bydd e'n ei wneud drwy'r dydd,' esbonia John. 'Mae e wedi bod yn creu deisebau i gael ei ryddhau ers blynyddoedd bellach, ac mae'r ymdrech wedi'i wneud yn wallgo.'

'Beth mae'n 'i weud?'

'Yn benna mae'n gofyn i Dduw paham y caiff ei gosbi fel hyn. Weithiau bydd llith o dudalennau cyfreithiol yn ei araith, geiriau a ddysgodd wrth greu'r deisebau hynny. Siarad dwli y bydd e'r rhan fwyaf o'r amser.'

Bellach mae'r sgwrsio yn tawelu. Nid dynion sy'n hoff o glebran yn ofer mo'r rhain. Maent wedi colli pwrpas mewn byw ac yn teimlo eu bod mewn penbleth, am fod eu cyrff yn dal yn fyw ond bod eu bywydau yn amlwg ar ben. Rhaid osgoi bod fel hwy, gwrthod derbyn i fi gael fy nghoncro a does 'da fi ddim awydd ymuno â chymdeithas o ddyledwyr heb unrhyw obaith. Rwy'n bwriadu gofyn iddynt rannu'u gwybodaeth am y broses o wneud cais am gael fy rhyddhau ond bydd yn rhaid gwneud fy ymchwil fy hun yn ogystal.

Dychwelaf i'm cell ar hyd cyntedd cul sy'n arwain at risiau

cerrig ac fel rwy'n dringo rwy'n ymwybodol bod ffigwr yn llenwi'r llwybr. Mae'r golau'n wael ac rwy'n camu naill ochor i adel iddo fy mhasio ond yn lle pasio caf fy hyrddio yn erbyn y rheilen haearn. Caiff fy llaw ei throi y tu ôl i 'nghefen a hyrddia'i gorff yn fy erbyn mor galed nes i fi golli fy anal yn llwyr. Mae fy asennau bron â hollti. Cydia mewn cydyn o 'ngwallt a thynnu 'mhen yn ôl. Clywaf lais fy ngharcharor, Thomas Morgan, yn isel a bygythiol yn fy nghlust.

'So my new debtor's been making complaints about the standard of my hospitality has he? Thought you'd go over my head to the justices, did you? Well, Mr Williams, I think you'd be better off remembering that there's not much that happens that Thomas Morgan doesn't get to hear of. Whilst I have the pleasure of your company I suggest it might pay to be a little more appreciative of the service.'

Gyda hyn mae'n fy ngwthio unwaith eto yn erbyn y rheilen cyn fy ngadael yn rhydd. Caf drwbwl i anadlu wrth rwbio'r cleisiau ar fy asennau. Wrth eistedd yn y tywyllwch rwy'n sylweddoli fy mod i erbyn hyn wedi ymuno â chymdeithas y dyledwyr o fodd neu anfodd, a taw hyn yw'r oblygiadau. Maent hwy a minnau'n ysglyfaeth i gyfreithiau gormesol sy'n ein cadw yn y baw, trwy orfodaeth a thrwy ein caethiwo'n annynol. Rwy'n benderfynol o beidio ildio i drais a bygythiadau Thomas Morgan.

3

Dewch i Ddarllen fy Maled Newydd

R WY'N SYMUD PENTWR o lyfrau a phapurau o gwmpas fy nesg. Teimlaf i fi ennill llawer o wybodaeth am gyfreithiau'n ymwneud â dyled a dyledwyr. Mae'n ymddangos, er bod y Senedd wastad yn ymyrryd â'r gyfraith hon, nad ydyn nhw wedi gwneud llawer i'w gwella. Mae'r carchardai'n llawn o bobol fel fi sydd heb droseddu ond sy'n methu ag ennill digon o arian i dalu ein dyledwyr. Er mor ffiaidd yw Thomas Morgan, mae'n ymddangos fel petai'n sant o'i gymharu â'i gymrodyr yng ngharchardai dyledwyr Llundain lle bydd carcharorion yn gorfod talu am 'wasanaethau' o bob math. O ganlyniad pan fydd dyn yn mynd i'r carchar gyda dyled o bumpunt, ar ôl mis bydd ei ddyled yn ganpunt. Nid fi fydd yr unig un yn ymgyrchu a gwn bod sawl awdur nodedig, gan gynnwys Dr Johnson, wedi ysgrifennu i gondemnio'r gyfraith hon.

Yn ddamcaniaethol mae cael eich rhyddhau o garchar y dyledwyr yn syml. Y cyfan sydd yn rhaid i fi ei wneud yw creu rhestr o'r hyn sy'n eiddo i fi er mwyn dangos fy ngallu i dalu. Caiff hyn ei osod o flaen yr ustusiaid, ac os bydd cytundeb, gallant fy rhyddhau. Does dim rhaid i fi dalu'r ddyled a fu'n gyfrifol am fy hala i garchar, ond bydd yn rhaid i fi addo talu'r arian yn ôl pan fyddaf yn dechrau ennill arian unwaith eto. Yn ymarferol, serch hynny, mae'n llawer mwy anodd nag yr ymddengys, ac os byddaf mor lwcus â chael gwrandawiad, gall yr un a achwynodd yn wreiddiol wrthod unwaith eto. Felly, byddai'n amlwg yn well talu John Walton am ei dabledi cyn hala deiseb at yr ustusiaid. Bydd yn rhaid i fi ennill peth arian, ac ni fydd hyn yn rhwydd o fewn y carchar.

Daw Peggy i ymweld â fi gan ddod â newyddion am fy nhad a'r merched bach. Caf gyflenwad o bapur, ysgrifbinnau, inc a llyfrau. Daw hefyd, fel y gorchmynnais, â chopi o fy hoff lyfr, *Julie* gan Jean-Jacques Rousseau a chyfrol o waith Carl von Linne sy'n dosbarthu'r planhigion. Mae'n dod â gwerth punt o ddarnau arian a daw hefyd â bara, caws ac afalau a chyflenwad da o lodnwm. Dywed fod sawl archeb wedi dod i'r bwthyn yn archebu cofgolofnau. Mae Nhad, pob bendith iddo, yn gwneud ei orau i gyflawni'r gwaith, er ei fod yn hen ac yn eiddil bellach, ond rwy'n gofyn iddi beidio â gwrthod unrhyw waith.

Penderfyna Peggy aros dros nos yn y carchar a rhaid talu'n ychwanegol am hyn i Thomas Morgan. Nid yw fy llety'n fawr iawn ond mae'n werth yr arian i gael fy annwyl wraig gyda fi unwaith eto dros nos. Rydym yn trafod y plant. Mae Margaret fach wedi hala blodau sych ataf, ac yn fy ngholli'n fawr iawn, yn enwedig sŵn fy ffliwt. Y ddannodd sy'n poeni Ann a rhaid ei suo i gysgu. Teimlaf dynerwch mawr wrth i ni garu, a bydd y weithred yn sicr o roi nerth i fi wynebu fy nhreialon.

Yn y bore wedi i Peggy adael chwiliaf am Thomas Morgan. Wrth wneud dangosaf dipyn o ddewrder a bu'n rhaid i fi lyncu fy malchder. Rwy'n crybwyll arian i gadw'i ddiddordeb ac yn cynnig hanner coron am gael defnyddio ystafell er mwyn paratoi a thorri cofgolofn o galchfaen i ŵr bonheddig o Drelái. Mae'n ddigon sychaidd ac amheus a mynna gael ei arian yn y fan a'r lle. Er mawr syndod dangosaf ddarn hanner coron iddo a hwnnw'n disgleirio yn fy llaw. Wedi iddo'i roi yn ei boced yn gybyddlyd mae'n addo cadw lle i fi yn yr hen fragdy.

Rwy'n benderfynol o ryddhau fy hunan o'm caethiwed ac yn fwy penderfynol fyth o ymgyrchu i newid y cyfreithiau anghyfiawn a gorthrymus sy'n caniatáu i Thomas Morgan a'i fath ddefnyddio'r gyfraith i fy mygwth i a 'nhebyg. Anelaf at roi rhyw fath o ysbrydoliaeth i gyrff drylliedig fy nghyd ddyledwyr, drwy gyfansoddi baled fywiog i'w pherfformio er mwyn codi eu calonnau. Rwyf wedi'i galw yn 'A Calendar of all the Debtors now confined in Cardiff Gaol, who in the Creditor's opinion should be hanged'.

Rwy'n dechrau fel hyn:

Come read my new Ballad and here you shall find,
A list of poor debtors in Cardiff Confined,
Convicted of poverty, what a vile thing,
And doomed by their creditors shortly to swing.

Rwy'n dechrau gyda fi fy hunan, rhag ofon i'm cyfeillion feddwl 'mod i'n eu barnu hwy mewn rhyw ffordd neu'i gilydd,

Ned Williams a mason, whose case is not rare,
Stands indicted for building huge castles in air,
And also for trespass, a scandalous crime,
On the grounds of Parnassus by scribbling a Rhime.

Nawr am y rhan anodd. Mae angen i fi restru eu henwau fel y gallaf ddod â'u problemau'n fyw i'r bobol sy'n eu hadnabod. Rwyf am iddynt weld gwirionedd yr hyn a ysgrifennaf ac o bosibl, chwerthin ar ynfydrwydd eu sefyllfaoedd. Cyfarchaf William, sydd wedi methu am na lwyddodd i adeiladu sylfeini diogel.

The next William Freme, one well known thro' the land
As a Mason of note, but he built on the sand,
Hard blew the fierce tempest, high swell'd the rude stream,
And down came the building of poor William Freme.

Fe'i gwyliaf wrth iddo wrando ac mae'n edrych yn amheus, wedyn mae'n gwenu, ac yna'n chwerthin. Wedi iddo ddiolch caf gais ganddo i ddarllen y gerdd unwaith eto, cyn gofyn am gopi. Rwy'n symud i gell John Griffiths. Wrth i fi agor y drws gwelaf fod ei gorff anferth yn edrych fel darn o wenithfaen a hwnnw'n barod i'w gerfio â geiriau. Sylwaf ar ei ben ac wrth ei ochr ei ddyrnau enfawr. Gobeithio y bydd yn cymeradwyo fy ngeiriau neu caf fy malu'n ddarnau mewn eiliadau ganddo.

The next is John Griffiths, who fiercely can fight,
He drub'd a Bum bailiff, a thing very right,
And sure out of prison he never shall come,
Whilst Lawyers deserve a good kick in the Bum.

Ar ôl i fi orffen darllen mae ei wyneb mewn ystum fel petai mewn poen ond sylweddolaf taw y peth agosaf at wên ag y gallai fod ydyw. Y nesaf yw William Evans, sy'n gwrando ar fy ngeiriau fel petai'n gwrando ar gerddoriaeth soffistigedig.

And now William Evans, attend to the rhime,
Over-reaching himself is his capital crime,
Dear Judge shew thy mercy, Release him from jail
But confine him for life in a butt of good Ale.

Mae'n troi ataf gan ysgwyd fy llaw. 'Da iawn 'machgen i. Mae'n amlwg bod 'da ti dalent i drin geiriau.' Mae'n rhoi ei law ym mhoced ei wasgod, fe petai'n chwilio am ddeuswllt i'w roddi i fi, cyn cofio nad oes ganddo geiniog i'w rhoi.

Ymwelaf ag un ar ddeg o ddyledwyr, a phawb yn hael eu clod wedi iddynt glywed y penillion. Rwy'n dychwelyd i'm cell gan deimlo'n hapus iawn gyda'r ymateb. Fy ngobaith yw y byddant yn lliniaru ychydig ar eu dioddefaint, ac y caiff eu dioddefaint ei gydnabod. Gwnaf 14 copi, un i bob dyledwr a enwir, un sbâr i fi, a dau gopi arall i Peggy i'w gosod ym mar y Bear yn y Bont-faen a'r Old Globe yng Nghaerdydd. Rwy'n hyderus y caiff sawl copi arall eu gwneud i ledaenu darlleniadau o'r faled o amgylch yr ardal.

O fewn pedwar diwrnod mae'r darn o wenithfaen a archebais bellach yn cyrraedd, fel y gallaf ei weddnewid yn gofgolofn i'r gŵr bonheddig o Drelái. Rwy'n cyfarwyddo'r cludydd i'w gario i lawr i'r bragdy fel y cytunais gyda Thomas Morgan, ond wrth agor y drws gwelwn fod y lle'n orlawn o gasgenni ac offer distyllu a'r geriach sydd eu hangen mewn distyll. Dyw'r ceidwad ddim ar gael yn unman, felly caf fy ngorfodi i symud y darn, sy'n hynod o drwm, i'm cell fy hunan. Mae e'n anhapus gyda'r drefen ac rwyf finnau yr un mor anhapus hefyd achos bydd y llwch a ddaw o'i gerfio yn effeithio ar fy mogfa. Rwyf wastad wedi osgoi gweithio ar feini yn yr un lle ag y byddaf yn bwyta a chysgu.

Y diwrnod wedyn caf gyfle i ddadlau gyda Thomas Morgan. I ddechrau mae'n esgus na all fy nghlywed. Wedi iddo wrando achwynaf ei fod wedi anwybyddu ein cytundeb, iddo gymryd fy arian ond heb gadw at ei fargen.

Mae'n fy ateb,

'I was going to be kind to you, Mr Williams. I was indeed. But then you go and upset me all over again with your verses. And not just me, but their justices too. There's a whole bench of angry lawyers who have seen your ballad and who would me wish to do all in my power to make your life as miserable as possible. So I tell you what. Why don't you make another complaint and see how far that gets you? You could even do it in verse.'

Mae'n oedi am funud cyn ychwanegu, 'Your sort never bloody learn, do you?'

4

Olyniaeth

R WYF WEDI FY *amgylchynu gan elynion. Lle bynnag yr edrychaf mae dynion am fy ninistrio a'm bychanu oherwydd yr hyn rwyf wedi'i wneud ac am yr hyn yr ydwyf i. Mae John Walton yn fy llygadu drwy dwll danheddog yn wal fy nghell. Mae'n gwenu gyda phleser o weld fy nioddefaint. Mae'n troi i sibrwd rhyw gynnig ffiaidd wrth Thomas Morgan sy'n nodio'i ben mewn cytundeb ac yn fy ngadael er mwyn cynllwynio rhyw ddiflastod arall ychwanegol i fi. Tu ôl iddynt mae rhestr o wynebau sarrug yr ustusiaid yn gwisgo'u wigiau yn lleisio fy nhynged ag un llais. Wrth edrych i gyfeiriad arall caf fy wynebu gan glerigwyr yn ysgwyd ffyn yn ddig a benthycwyr arian yn mynnu cael eu harian yn ôl. Ceisiaf siarad â hwy er mwyn cynnig geiriau iddynt a fyddai'n eu tawelu, ond caf fy moddi gan gorws o Gymry Llundain yn chwerthin nerth eu pennau ac yn gwawdio fy acen Sir Forgannwg a'm geirfa wledig. Y tu ôl iddynt mae rhes o seiri meini'n ysgwyd eu tanceri gan ganu* Taffy a Toasted Cheese. *Yn eu canol mae Samuel Johnson yn sarhau popeth Celtaidd. All rhywun gynnig cymorth i mi? Galwaf ar Owain Myfyr ond nid yw yn fy nghlywed. Rhedaf i'w gyfeiriad. Mae ei gefn tuag ataf i yn ei swyddfa wrth iddo greu cyfansymiau i golofnau o ffigyrau. Bloeddiaf arno ond nid yw'n troi ataf. Beth am Daniel a John? Ble maen nhw o gofio eu datganiad fy mod yn fardd sy'n haeddu enwogrwydd drwy Brydain gyfan? Chwiliaf amdanynt yng nghoedwig Bewpyr gan redeg drwy'r rhedyn, rhwygo fy nghoesau yn y mieri, ond does dim golwg ohonynt yn unman.*

Eisteddaf ar y llawr yn llefen gan deimlo breichiau fy mam yn fy nghofleidio a'i llais yn fy nghlust. Hi sy'n iawn fel arfer. Wrth gwrs. Mae fy erlidwyr yn tawelu wrth i Dafydd ap Gwilym gerdded i mewn i'r gell gan gwyno am y diffyg bwyd a'r diod. Mae'n fy holi pam rwyf wedi'i wahodd i'r fath le tlawd lle mae bwyd gwarthus. Rwy'n cynnig esgusodion iddo ond rwy'n mynnu bod angen ei gyfeillgarwch arna i ar hyn o bryd yn fwy nag erioed.

Eistedda, rhoi ei draed ar fy mwrdd a phigo'i drwyn tra 'mod i'n arllwys fy holl broblemau iddo. Rwy'n esbonio taw bardd ydwyf, cystal ag unrhyw fardd arall yng Nghymru neu Loegr, ond na allaf ymarfer fy nawn heb i fi gael pardwn. Caf fy ngorfodi, nid i greu barddoniaeth wych, ond i gerfio beddargraffiadau, a hyd yn oed wedyn, allaf i ddim gwneud arian, felly mae fy sefyllfa'n ymddangos yn anobeithiol.

Edrycha'n amheus arnaf. 'Alla i ddim credu nad ydy'r cyfoethog, y grymus a'r ymffrostgar yn bodoli yn y byd hwn?'

Rwy'n cyfaddef eu bod yn amlwg iawn ym Morgannwg ac yn Llundain.

'Os ydyw'r rhain mor falch, grymus ac ymffrostgar ag yr oeddent yn fy nghyfnod i, mae'n rhaid eu bod yn ysu am gael clywed barddoniaeth sydd yn eu clodfori a'u moli'

Ceisiaf esbonio nad yw'r tirfeddianwyr cyfoethog cyfoes yn hoffi mawrygu eu safle drwy farddoniaeth ond drwy gynyddu'u cyfoeth a taw maint eu cyfri banc yw'r hyn sydd yn ennyn clod yn hytrach na barddoniaeth rhyw fardd nodedig. Esboniaf fod y ffaith na all cyfartaledd uchel ohonynt siarad Cymraeg yn broblem arall. Mae Dafydd yn dangos ei rwystredigaeth cyn ychwanegu,

'Does dim gwahaniaeth am hynny. Bydd yn rhaid i ti eu perswadio nad oes dim yn well na cherddi o farddoniaeth o'r safon uchaf. Rhaid llwyddo i'w perswadio taw'r cerddi hyn yw'r rhai gorau posibl, ac yna byddant yn fodlon talu amdanynt. Byddant yn talu mewn aur am bob math o bethau nad ydynt yn eu deall, nac yn wir eu hangen, megis ceffylau nad ydynt yn gallu eu marchogaeth, ond mae'r pethau hyn yn cyfleu eu statws. Y peth i'w gofio yw bod rhaid cadw cystadleuaeth o dan reolaeth. Felly rhaid gwahardd gwerthwyr baledi ac artistiaid sydd yn canu ar y strydoedd, beirdd amaturaidd a'u tebyg. Os nad oes gennych reolau llym yn dynodi pwy sy'n fardd cydnabyddedig, byddwch cyn bo hir yn cael eich boddi gan benillion ansafonol yn cael eu darllen gan wehilion rhechlyd.'

'Sut?' holaf ef.

'Sut beth?'

'Sut wyt ti'n profi i rywun di-chwaeth taw ti yw'r gorau? Ac nad wyt yn fodlon goddef y sothach maen nhw'n eu canu?'

'Alla i ddim credu hyn. Y gymdeithas, wrth gwrs, cynulliad y beirdd, yr Orsedd: beth bynnag y caiff ei alw ar hyn o bryd. Paid â dweud wrthyf nad yw hyn yn bodoli bellach? Pwy ddysgodd y gynghanedd i ti?'

'Lewis Hopkin, cyn ei farwolaeth: wedyn John Bradford o Betws.'

'Felly rwyt yn fardd cydnabyddedig, wedi dy ddysgu yn y grefft ac wedi dy gymeradwyo gan feirdd eraill hŷn na thi.'

'Ydw. Dyna'r sefyllfa, byddwn i'n meddwl.'

'Byddwn i'n meddwl? Rwy'n cymryd y bu yna ryw fath o seremoni er na fûm i erioed yn hoff o seremonïau. Gormod o hen feirdd yn manteisio ar y sefyllfa i fwynhau'r hwyl a'r sbri gan fanteisio ar y to iau – seremoni yn derbyn y beirdd ifanc sydd yn cynnwys cyrn, ysgubellau, dyned ac yn y blaen, ond seremoni bwysig, serch hynny i'w denu i mewn.'

'I mewn i beth…?

'Yr olyniaeth farddol wrth gwrs. Fel olyniaeth y Pab ond yn llawer pwysicach! Mae'r llinach ohonom ni'n creu cadwyn ddi-dor o draddodiad o'r derwydd cyntaf i… fi, neu efallai i ti.'

'Sut wyt ti'n gwybod hyn?'

'Does dim syniad gen i, ond fel yna mae hi. Nawr 'te, os nad oes gen ti fwyd gwerth ei fwyta, neu rywbeth gwych i'w yfed, esgusoda *fi. Bydd yn rhaid i fi leddfu fy stumog wag yn rhywle arall. Pob lwc.'*

Yna mae Dafydd yn ymlwybro i gyfeiriad y dafarn nad oeddwn i wedi sylwi arni, er nad ydyw ond rhyw ganllath o ffenestr fy nghell.

Eisteddaf mewn tywyllwch wedi i fy ngormeswyr, a fy un cyfaill triw fy ngadael. Ond nid wyf yn hollol mewn tywyllwch am fod Dafydd wedi gadael un gannwyll, ystyriaethau cryf a chadarn, a syniad, os gallaf ei wireddu, a allai flodeu'n fflam fendithiol. Rhaid cydnabod yr olyniaeth y bu ef yn ei thrafod. Fy nhasg fydd ei thynnu o'r cysgodion i'r goleuni lle y caiff ei hedmygu gan bawb.

5

Cyfrinach Beirdd Ynys Prydain

R WYF YN UN *o'r lleiafrif sydd wedi cael fy nhrwytho yng nghyfrinachau'r gynghanedd. Cafodd y technegau a'r rheolau eu trosglwyddo ar lafar i mi yn ystod y sesiynau hir a gefais yng nghegin fechan Lewis Hopkins, a ddysgodd i mi sut y dylwn acennu a sut mae adeiladu llinell. Rwyf am geisio cyhoeddi'r rheolau, a darganfod eu gwreiddiau gan eu holrhain yn ôl i gyfarfodydd cynnar y beirdd.*

Gallaf ysgrifennu'n gyflym oherwydd rwyf yn un o nifer fechan sy'n hyddysg yn y cyfrinachau hyn. Ar y dudalen gyntaf ysgrifennaf Cyfrinach Beirdd Cymru. *Na, rwy'n dileu 'Cymru' ac yn ail ysgrifennu* Cyfrinach Beirdd Ynys Prydain. *Mae hwn yn draddodiad sy wedi goroesi oes y Sacsoniaid, yr Eingl a'r Rhufeinwyr, yn mynd â ni yn ôl i gyfnod pan oedd y Brythoniaid yn llywodraethu'r holl ynys, pan fyddai'r gofgolofn yn Avebury yn atseinio i seremonïau a gynhelid yn ein heniaith.*

Rwy'n defnyddio'r cyfan a glywais, a'r cyfan a welais o waith yr hen feistri a cheisiaf gyfundrefnu eu gwaith a'u didoli yn y 24 mesur barddonol y bydda i'n eu galw yn 'Mesurau Morgannwg'. Er mawr syndod i fi sylwaf mor debyg ydyw i gyfrol Carl von Linne ar ddosbarthu planhigion, lle cefais fy syniadau.

Esboniaf reolau Urdd y Beirdd a'r modd y mae'n cael ei llywodraethu. Nid 'gild' achos mae hynny yn gwneud i ni ymddangos fel criw o gryddion. Ond mae angen mwy o urddas arnom. Fe soniodd Dafydd am 'Yr Orsedd' – llys, cynulliad a chasgliad – syniad da!

Pwrpas pennaf yr Orsedd yw sicrhau bod parhad yn yr arfer o ysgrifennu yn y mesurau caeth, yn ôl y rheolau y cytunwyd arnynt yn ddemocrataidd gan ei haelodau.

Caiff yr aelodaeth ei chyfyngu i'r rhai sydd wedi cael eu trwytho a'u hyfforddi yn y grefft o farddoni. Yn y traddodiad llafar bydd yr hyfforddiant a bydd yn rhaid sicrhau purdeb yr iaith.

Dylai'r syniadaeth a'r iaith fod yn ysbrydoliaeth i'r darllenwyr fyw bywydau mwy pur a moesol a ysbrydolwyd gan Iesu Grist.

Rhaid i'r beirdd fod yn heddychwyr, yn wŷr rhesymol, gwybodus, moesol a'u pwyslais ar wirionedd.

Ysgrifennaf sawl tudalen i esbonio beth oedd pwrpas yr Orsedd a'r hyn y dylai fod unwaith eto, yng nghalon y genedl. Esboniaf taw pwrpas bardd oedd arwain y genedl i ymgeisio at gyrraedd y safonau moesol uchaf. Mae cyswllt rhwng cadw purdeb iaith a phurdeb y meddwl. Yn bwysicach na hyn oll rhaid i feirdd ddysgu y dylai anghytundeb gael ei ddatrys drwy ddadlau a dod i gasgliadau call, ac nid trwy drais.

Ysgrifennaf am natur cyfarfodydd yr Orsedd a sut y dylent gael eu rheoli. Yn wir fel dyn wedi'i ysbrydoli yr ysgrifennaf, ond rhaid aros am seibiant, nid am fy mod wedi gorffen y gwaith ond am fod y weledigaeth a gefais wedi fy meddiannu. Mae fy nghell yn llawn o ffigyrau rhyfedd, yn sibrwd yn dawel wrth ei gilydd ac yn trafod fy ngwaith ysgrifenedig. Cama bardd o gryn statws at fy nesg gan edrych dros fy ysgwydd a darllen. Mae'n nodio'i ben i ddangos ei fwynhad ac yn arwyddo ar y cylch o wylwyr i ddod yn nes ato ac er bod ei wefusau'n symud ni chlywaf sain yn dod o'i geg. Ond gallaf ddarllen y geiriau ar ei wefusau er nad oes sain. Rhaid i fi ddilyn ei arweiniad a throi'r cyfan yn llinellau, fel hyn:

Tra fod dy feirdd yn cadw'th iaith
Na foed eu gwaith yn ofer,
Boed ar eu cerddi o bob rhyw
Llais deddfau Duw'r uchelder,
Barddoniaeth yw'th gelfyddyd fawr,
Bu gynt yn fawr ei lleufer,
O bydded fyth yr hynn a'i gwedd
Yn addysg hedd bob amser.

A thra bo cynnwrf mawr y byd
Yn arwain bryd annwyfol,
At waed a rhyfel ymhob mann
A sarnau'r gwann cystuddiol,
Bid iaith dy gerddi 'mhlaid y gwir,
Drwy gyrrau'th dir yn hollol,
Na ddeled byth ond iawnder hardd
O Benn un Bardd awenol.

Mae cylch y derwyddon yn cymeradwyo.

6

Deisebu

D AW Y DYN busnes y chwalwyd ei fywyd, William Evans, â
gwybodaeth i fi am *Ddeddf Methdaliad 1781* gan dorri ar lif
fy ysgrifennu barddol. Rown wedi anghofio'n llwyr fy mod wedi
gofyn iddo am hyn. Cymaint yn fwy pleserus yw anwybyddu
realiti llym fy ngharchariad drwy ddarganfod cysur ym myd y
beirdd a'r derwyddon. P'run bynnag, byddai'r Orsedd ei hunan
yn fy nghymell i weithredu er mwyn sicrhau rhyddhau'r dynion
da hyn.

Mae William Evans yn dangos tudalennau o nodiadau a
gynhyrchodd yn ystod ei gaethiwed. Bellach mae'n siarad yn
agored am ei enbydrwydd a'r modd yr aeth i ddyled.

Gwna hyn yn yr un modd ag y gwna dyn busnes cyfoethog
mewn sgwrs ar ôl swper wrth sôn am ddigwyddiadau doniol
yn ystod ei fywyd. Ond does dim hiwmor yn ei stori. Sawl
gwaith dilynodd y drefn gywir yn ei ymgais i gael ei ryddhau,
ond dro ar ôl tro cafodd ei gais ei rwystro gan gyfreithiwr yn
gweithredu ar ran 'dynion sy'n caru gweld dynion fel fi'n cael
eu darostwng'.

Dengys fod problemau wrth ddeisebu'r ustusiaid a'r gofid yw
bod Thomas Morgan efallai law yn llaw â hwy. Felly rwy'n credu
taw'r ffordd orau i wynebu'r broblem fydd deisebu'r Senedd yn
uniongyrchol, yn y gobaith bod gan rai o'n haelodau seneddol,
o leia, gydwybod. Rwyf wedi ysgrifennu crynodeb yn amlinellu
diffygion y system sy'n galler carcharu masnachwyr gonest a'u
cadw yn y carchar am amser amhenodol. Cânt eu harteithio

wrth edrych ar eu dyledion yn tyfu'n ddyddiol, a'r gobaith am ryddhad cynnar yn diflannu i ebargofiant.

Cadarnhau yr hyn rwy'n ei wybod eisoes y mae ei sylwadau. Mae'r Ddeddf Methdaliad yn rhoi'r cyfrifoldeb o glywed deisebau y rhai sydd am gael eu rhyddhau yn nwylo'r ustusiaid, ond gan nad oes yr un ddeddf sy'n ymwneud â hyn wedi'i phasio ers saith mlynedd, nid yw'r Arglwyddi yn gweld unrhyw reidrwydd i frysio i'w clywed, rhag iddynt orfod gadael eu ciniawau moethus a'u port i ymweld â rhyw lys lleol, dinod.

Mae fy neiseb i'r Senedd yn gofyn am Ddeddf Methdaliad newydd, a fyddai'n gofyn i ynadon lleol drefnu gwrandawiadau misol, ac os byddant yn hapus, bydd angen gweithredu'r llw sy'n angenrheidiol o dan y gyfraith, fel y gall y methdalwr gael ei ryddhau. Er mwyn gwneud y ddeiseb yn gadarn, mae angen sawl darn o wybodaeth arnaf. Er bod nodiadau William Evans o fudd, rwy'n dibynnu mwy ar y llyfrau a'r pamffledi a gaf gan Peggy. Mae Nhad hefyd yn ysgrifennu'n rheolaidd ac yn frwdfrydig sydd yn syndod i fi, efallai am fod sawl un o'i ffrindiau wedi dioddef carchariad fel hyn, a daw ei lid yn erbyn anghyfiawnder â ni'n fwy clos at ein gilydd.

Rwy'n dal i fod angen rhagor o wybodaeth am *Ddeddf Methdaliad 1755*. Mae William Evans yn ysgwyd ei ben gan gyfadde fod bwlch yn y nodiadau a wnaeth. Yn sydyn, mae ei ben yn codi, a'i lygaid yn lledu a dywed un gair, 'Meyrick!'

Rhuthra o 'mlaen i gyfeiriad cornel yr iard gan sibrwd y geiriau '*Insolvency Debtor's Act 1755*'.

Mae Henry Meyrick yn edrych yn ddryslyd am funud cyn i'w wefusau agor ac mae'n arllwys cynnwys y mesur seneddol i ni air am air heb na saib nac atalnod. Mae 'da fi bensil a phapur. Fe fuaswn yn hoffi pe bai'n stopio fel y gallwn ofyn am gymalau arbennig, sef 24 a 30 gan taw am y rhain mae arnaf wir angen gwybodaeth ond mae'n amlwg nad oes gennyf unrhyw reolaeth ar rediad ei ddatganiad. Pan orffenna Cymal 23 rwyf mewn stad o dyndra nerfus. Er ei fod yn wan, mae ei lais yn glir a does 'da fi ddim unrhyw broblem deall ystyr y cymalau. Mae 'da fi fwy o broblemau gyda Chymal 30, efallai oherwydd fy mod wedi gorfod canolbwyntio am gymaint o amser. Serch hynny, cefais y rhan fwyaf o'r wybodaeth sydd yn angenrheidiol. Mae William Evans yn cynnig y dylai Meyrick roddi ei adroddiad unwaith eto, ond rwy'n gwrthod y cynnig. Rhaid ystyried cyflwr yr hen ddyn, gan ei fod yn amlwg mor flinedig, ond hefyd rhaid ystyried fy nghallineb innau, pe bai'n rhaid i mi wrando arno ddwywaith. Rwy'n siŵr bod 'da fi fwy na digon o wybodaeth gyfreithiol at fy mhwrpas i.

Wedi cyrraedd diwedd ei ddatganiad mae Henry Meyrick druan yn rhewi fel cerfddelw a gwelaf ddeigryn yn disgyn o gornel ei lygad. Pa uffern sy'n corddi'i feddwl eiddil? Y cawr, John Griffiths sy'n dod ato gan roi ei fraich amdano, cofleidio'i gorff bregus a'i gysuro fel mam yn dal plentyn ofnus.

Wedi treulio peth amser yn ymgorffori'r holl fanylion a gefais yn y datganiad, adolygaf y cyfan y diwrnod wedyn ac yn ystod y prynhawn darllenaf y cyfan i William Evans gan ofyn am ei farn a'i gymeradwyaeth. Eistedda yn fy nghadair, ei goesau ar led fel y byddai dyn mawr boliog yn ei wneud. Y gwir yw fod trefn gaeth y carchar wedi'i adael bellach yn ddyn teneuach a thristach o lawer ac mae ei ddull o eistedd efallai'n dwyn i gof fel y byddai'n arfer gwneud yn y cyfnod pan oedd yn llewyrchus a chyfoethog.

'Da iawn 'ngwas i,' meddai gan roi ei law yn ei boced gwag i chwilio am gini anweladwy.

Fore trannoeth daw Peggy i'm gweld a bydd angen cael y gwaith yn barod iddi gyda chyfarwyddiadau ynglŷn a phwy i gysylltu ag e, er mwyn sicrhau bod y papurau'n cyrraedd yr awdurdodau seneddol cywir.

Wedi iddi gyrraedd, mae'n dawel ac yn ddirgelaidd. Rwy'n gofyn beth sy'n bod. Mae'n gwenu ac yn fy mhryfocio cyn dweud ei bod yn meddwl ei bod yn feichiog unwaith eto. Plentyn a fyddai, heb i fi gael fy atgoffa, wedi'i feichiogi o fewn muriau'r carchar. Rwy'n syn ac yn hapus dros ben gan deimlo'r un wefr bob tro rwy'n mynd i fod yn dad. Mae rheswm symbolaidd i'r y plentyn yn y groth. Bydd yn rhaid i blentyn sydd wedi'i feichiogi o fewn muriau'r carchar fod yn lladmerydd rhyddid. Rwy'n cofleidio prydferthwch Peggy, ei haeddfedrwydd godidog a'i haelioni, ac rwy'n ei charu yn fwy nag erioed, mwy nag y gall y bardd hwn ei fynegi.

Caf gais ganddi i chwarae fy ffliwt, i'r merched bach ac i'r babi newydd. Nid wyf yn ystyried fy hunan yn gerddor medrus ond heno, ym moethusrwydd fy nghell, mae'r ffliwt yn llefaru fy nghariad at fy ngwraig, fy mhlentyn a melyster bywyd ei hunan.

7

Rhys Goch

CYN GADAEL, CAF newyddion drwg gan Peggy. Rwyf wedi bod yn gofyn pam nad ydwyf wedi cael galwad gan y brodyr Walters yn cynnig help a hwythau wedi canmol fy marddoniaeth mor hael. Dywed wrthyf fod Daniel yn wael iawn, yn dioddef o'r ddarfodedigaeth ac nad oes gan yr ysgolhaig a'r bardd ifanc cryf ond cyfnod byr ar ôl yn y byd hwn.

Alla i ddim gwneud dim ond cymharu fy hapusrwydd i o glywed bod plentyn newydd ar y ffordd â'r ffaith bod cysgod marwolaeth uwchben teulu'r Rheithordy. Mae fy nyled i'r tad yn enfawr. Rwy'n caru'r ddau frawd fel petaent yn frodyr i fi, yn wir yn fwy na'm brodyr fy hunan. Mae'r gwrthgyferbyniad rhwng yr addewid am fywyd newydd a'r bedd anochel, yn rhy wrthun i'w ddeall na'i ystyried.

Aiff Peggy â'r papurau a'm cyfarwyddiadau, gan fy ngadael ar ôl i fyfyrio. Mae'r boen yn erchyll, a'r teimlad o fod mewn diffeithwch yn real. Daw'r difaterwch yn ôl i 'mhoenydio a sylweddolaf fod angen cymorth arnaf.

Yn y bywyd barddol rwyf yn ei recordio gallaf sicrhau gwirionedd perffaith a chyflawn. Mae hefyd yn symbol o wirionedd amgenach. Wrth bori dros ei nodweddion a phuro fy nisgrifiadau am ei gyfrinachau, deallaf fy mod angen cwmni. Fel ym mhob gweithred, a phopeth a greais, gwn y bydd gelynion yn bodoli, ac y byddant yn gwadu fy ngwirionedd. I wrthsefyll ymosodiadau fel hyn mae angen tystion a thystiolaeth gan feirdd y Canol

Oesoedd fod y Gymru rydw i'n deisyfu amdani yn seiliedig ar wirionedd dihalog.

Galwaf ar Dafydd ap Gwilym, wrth iddo ddychwelyd o'r dafarn, ac yntau'n dal i gnoi coes cyw iâr, gan edrych fel petai'r cwrw wedi'i blesio'n fawr iawn. Eistedda unwaith eto â'i draed ar fy nesg a'm llygadu'n flinedig, wrth i fi esbonio bod angen lleisiau a fydd o gymorth i fi wrth gefnogi'r weledigaeth fawr sydd gyda fi.

'Pam rwyt ti eisiau rhywun arall a finne gen ti?'

Fe'i digiais. Mae'r beirdd yma'n gallu bod yn groendenau. Pwysleisiaf iddo fy mod angen lleisiau gan amrywiaeth o oedrannau ac o gefndiroedd gwahanol i fod yn dystion i'm gwaith.

'Y fi yw'r gorau.'

Rwyf yn cytuno gyda fe, yn rhannol am fod yn rhaid i fi ac yn rhannol am ei fod yn dweud y gwir.

'Pam na ddewisi di enwau hanesyddol a gweld a elli di eu cael i ganu?'

'Oes gen ti syniadau?'

'Wel!' Mae'r bardd mawr yn torri gwynt, symud ei din a gollwng rhech enfawr. ''Na welliant. Fel roeddwn yn dweud, y fi yw'r gorau, felly gwell i ti greu dy hanes o'm hamgylch i. Mae'r rhai a ddaeth o'm blaen, fel proffwydi yn rhagweld y mawredd a ddeuai. Byw yn fy nghysgod mae'r rhai a ddaeth ar fy ôl i. Am y proffwydi, pam nad edrychi di am lais o'r cyfnod Normanaidd. Mae digon ar hyd y lle, rwyf yn siŵr.'

'Llyr ap Gerallt?'

'Dim gobaith. Crachfonheddwr o rigymwr ac yn llawer rhy hwyr. Nawr, roedd Rhys Brydydd yn dipyn o foi fel rhigymwr. Os ei di'n ôl drwy hanes ei deulu: Gwilym Dew, mab Rhisiart ap Rhys, mab Lewis Morgannwg ac yn y blaen, fe ddoi di at Rhys Goch ap Rhicert yn yr unfed ganrif ar ddeg ac mae ganddo linach dda. Mab o Forgannwg a fyddai'n dy blesio. Rho gynnig arno.'

Mae'r bardd mawr yn cwympo o'i gadair. Rwyf yn meddwl am funud ei fod am ddisgyn i gysgu a chwyrnu ar lawr fy nghell, ond mae'n codi ar ei draed ac yn hercian i'r gwyll.

Yr ochr arall i fy nghell mae Rhys Goch ap Rhicert yn ymddangos, gan sefyll ar fryncyn fel petai'n arolygu'r tirlun. Dyma'r math o ddyn y chwiliwn amdano; uchelwr balch sy'n llawn hyder, ond sydd hefyd yn un teimladwy. Ar ei fantell hir, goch mae arfbais ei deulu a'i safiad yn awgrymu ei fod yn ddyn sydd wedi'i eni i reoli. Deallaf ei fod yn ddyn llawn dicter am fod ei dad wedi cael ei ddisodli o'i safle pwerus gan y Normaniaid, ac mae'n ddeifiol ei farn am y meistri newydd. Mae'n cyfadde y gallant frwydro'n galed ac adeiladu amddiffynfeydd cadarn, ond dim byd arall. Ni allant swyno'r enaid.

Mae'n oer fan hyn a minnau'n ansicr lle rydym ni, ond gwn ein bod yn rhywle yn y Blaenau. Mae Rhys yn dangos y lleoedd y dylwn eu hadnabod. Ble rwyf yn disgwyl gweld trefi, dim ond pentrefi bychain sydd yno. Trac mwdlyd gydag ambell gaban i fugail yw Pont-y-clun.

Ceisiaf ei ddenu i gyfansoddi. Mae'n hollol barod, ond mae'n dweud wrthyf na all wneud hyn heb fy nghymorth i. Wedi i mi ymbil arno, ymhen dim mae ei eiriau'n clodfori'r Forgannwg y gwnaeth y Normaniaid ei henllibio. Mae ei linellau'n cydymffurfio â Mesurau Morgannwg a ysgrifennais yn fy nghyfrol Cyfrinach y Beirdd. *Yn ei lais clywaf lais hynafiaid Dafydd, gwir lais barddoniaeth ramantus. Os taw Dafydd yw pinacl barddoniaeth byd natur, yna yng ngwaith Rhys y gwnaeth wawrio a sylwaf ei fod yr un mor rhamantus â Dafydd. Yn ei foliant i ferched mae'n rhestru pob rhan o'r corff a moli pob un yn fanwl; gwefusau, aeliau, ysgwyddau, bronnau, tethi, stumog, cluniau a hyd yn oed y lleoedd mwya cyfrin. Mae'n fwy nwydus hyd yn oed na Dafydd, yn sibrwd geiriau rhywiol i'm clust ac rwyf finnau'n eu hysgrifennu.*

Rydym yn aros ar ochr y mynydd nes bo'r gwyll yn disgyn. Rwyf yn estyn am y ffliwt a chwarae nes y daw cwsg.

8

Fy Neiseb i

Pan wy'n dihuno, nid yw fy ffliwt ar gael yn unman, fy ffliwt Almaenig werthfawr a gefais gan fy mam flynyddoedd yn ôl. Nid ydw i'n poeni gormod gan fy mod wedi'i cholli sawl gwaith o'r blaen, ond fel hen gyfaill, bydd yn maddau i fi am fy niofalwch. Chwiliaf ym mhob man yn y gell, cyn dod i'r casgliad ei bod hi wir ar goll a'i bod wedi'i lladrata o'm cell pan o'wn i'n cysgu. Rwy'n gwybod nad yw'n werth llawer, yn ariannol, ond i fi mae'n amhrisiadwy. Nid yn unig am taw hi yw'r cyswllt olaf rhyngof a Mam, ond hi hefyd yw ffynhonnell cysur a diddanwch pan fo'r byd yn ffiaidd. Mae fel coes, braich, clust neu lygad, yn rhan ohonof sydd wastad yna ac yn barod i weithredu. Ond torrwyd y cysylltiad hwn.

Rhuthraf o'm cell gan floeddio yn y cyntedd oer fod fy ffliwt ar goll. Rwy'n aros i feddwl pa mor hunanol, mor ddibwys yw fy nghri yng nghlustiau'r dyledwyr, wedi'r cwbwl mae eu hunllef hwy gymaint yn fwy a bydd yn anos iddynt ddod o hyd i atebion.

Pwy alla i ei amau? Mae'r carchar yn llawn o ladron ond gwn taw Thomas Morgan yw'r troseddwr. Pam? Oherwydd yn y cynefin trist hwn bydd y methdalwyr yn gwerthfawrogi unrhyw fath o gysur ac mae'r miwsig yn creu gobaith i fi a hefyd iddynt hwy drwy wrando. Pwy yn y lle yma fyddai'n hoffi ein hamddifadu ni o bob gobaith a chysur? Dim ond un ateb sydd.

Mae'n hwyr yn y bore pan wy'n dod o hyd i'r Ceidwad yn archwilio'r bwyd i sicrhau nad oes neb yn cael mwy na chyfran ddigonol o'r gruel truenus, tenau. Rwy'n sôn wrtho am fy ngholled. Gwenu arnaf yn llawn anfadwaith yw ei ymateb.

'Too, too bad. Lots of nasty sorts in 'ere – sad to say.'

'And I am looking at the most villainous of them all.'

Ni ddylwn fod wedi dweud hynny ac rwy'n edifarhau'n syth. Nid fy mod yn amau na ddywedais y gwir ond am nad oes angen mwy o brawf arnaf i ddangos sut mae'r dyn hunanol, milain a dideimlad hwn yn ymddwyn tuag at eraill, yn arbennig tuag at y rhai nad ydynt yn barod i blygu i'w ewyllys. Mae ei lygaid yn lledu mewn rhyfeddod gan alw,

'I don't believe I have ever met anyone more foolish than you, you, you... scribbler!' (Dyna'r sarhad mwyaf? Rwy'n falch o'r teitl.) 'You just wait. I know all about your little petition to Parliament.' (Nid wy'n amau hyn.) 'You'll suffer for it. I'll make sure of that. Don't you think because you can read you can get the better of Thomas Morgan.'

Mae'n cerdded bant, gan glepian y drysau ar hyd y coridor a minnau'n synnu iddo gyffesu nad yw'n galler darllen. I redeg carchar caiff y ceidwad yr holl lythyron a negeseuon oddi wrth ustusiaid ac eraill. Heb allu eu darllen sut mae'n ymdopi? Ydi'i wraig yn galler darllen? Ai dyfalu'r cynnwys y bydd e, efallai? Byddai hyn yn esbonio ei ymddygiad ansefydlog. Ydi e'n teimlo'n annigonol o ganlyniad i'w anallu? Yn amlwg. Am ennyd teimlaf gydymdeimlad tuag ato. Rwy'n dychmygu fy hunan yn dysgu'r wyddor iddo, a chywiro'r ffordd mae'n siapio'r llythrennau ar y llechen. Nid dyma'r tro cyntaf i fi ddarganfod y gwir truenus, sef bod calon plentyn ofnus y tu ôl i ddyrnau'r gormeswr.

Af yn ôl i'm cell. Ar ôl diwrnod o waith ar ddeiseb y Senedd, rhaid i fi nawr orffen fy neiseb i'r ustusiaid yn gofyn am gael fy ryddhau. Mae Nhad, bendith Duw arno, wedi bod mas ar strydoedd Trefflemin yn naddu enwau ar gofgolofnau, yn gorffen rhoi sglein ar gerrig seiri eraill, fel petai'n ddeg ar hugain mlwydd oed unwaith eto a Peggy'n rhyfeddu at ei fywiogrwydd. Daeth i'r casgliad nad yw am fod yn hen ŵr sy'n eistedd yn y gegin tra bod ei fab y tu ôl i furiau carchar methdalwyr. Gobeithio, er mwyn Duw, na fydd yn dioddef oherwydd hyn wedi i fi gael fy rhyddhau. Rwyf innau wedi gorffen hanner dwsin o gomisiynau sylweddol o dan amgylchiadau anodd yn fy nghell gan ennill llond pwrs o ginis aur yn ogystal â dioddef y fogfa. Does dim problem hala tystiolaeth sy'n dangos bod busnes Edward Williams yn ariannol gadarn ac y dylai felly gael ei ryddhau o'r lle erchyll yma ar fyrder.

Rwy'n aros am Peggy a fydd yn dod ataf i gysgu'r nos. Mae bellach yn drwm yn ei beichiogrwydd. Dywedaf wrthi ei bod wedi tyfu ers ei hymweliad diwethaf a gwena wrth gyfaddef bod merched y pentref o'r farn, oherwydd ei maint, taw bachgen fydd hwn. Rwy'n dweud wrthi fy mod yn addoli ein merched a does dim ots 'da fi beth fydd rhyw y babi newydd. Rhoddaf iddi fy nghais yn gofyn am fy rhyddhau gan bwysleisio ei fod yr achos cryf. Mae hithau'n ei gymryd, a'm cofleidio'n nwydus. Rwy'n dweud wrthi na alla i gysgu gyda hi rhag ofon gwneud niwed i'r plentyn. Mae'n gwgu, ond dywed yr hoffai i fi ei chofleidio a'i hanwesu wrth i ni gydorwedd.

Mae'n hanner noeth pan ddaw cnoc ar y drws a'r anghenfil o ddyn, Thomas Morgan, yn ymddangos Mae'n amlwg yn feddw gaib, ei eiriau'n aneglur ac mae'n sgrechian,

'I'm not having your woman spend another night in this gaol whilst I am its master. The King cannot be held responsible for midwifery services. Given that Mrs Williams could be about to hatch at any time, I wish to serve notice that I'm not prepared, given the authority invested in me by officers of the Crown, to permit her to lie within these walls another night.'

Mae'n ansefydlog ar ei draed a theimlaf fel chwerthin wrth glywed y fath dwpdra. Alla i ddim ei gymeryd o ddifri. Mae'n ffrwydro, 'I mean it you – you – you poet!' (Sarhad arall na allaf ei gydnabod fel y cyfryw.)

Mae'n cyrraedd y drws gan alw ar geidwad yr allweddi. Rwy'n protestio wrth i'r ddau ddyn gam-drin Peggy a hithau'n hanner noeth. Ni chaiff gyfle i gau ei staes na rhoi mantell dros ei hysgwyddau. Maent yn ei gwthio ar hyd y cyntedd. Caiff drws y gell ei gau a'r allwedd ei throi yn y clo.

Mae'n ddeuddeng milltir o garchar Caerdydd i Drefflemin a byddai'n daith galed yn y tywyllwch i ddyn ifanc ei cherdded ond bydd yn artaith i fenyw feichiog. Eisteddaf am awr yn ystyried y mater. Ydw i'n gyfrifol am y driniaeth hallt a gawsai Peggy gan Thomas Morgan, neu ydi hi'n dioddef oherwydd methiant y byd i ddysgu pobol taw eu dyletswydd cyntaf yw caru eu cyd-ddyn – neu ferched? Cydymdeimlad dynol, dyna rinwedd a oedd yn ymgorfforiad o fy mam. Cyfeillgarwch: un o'r gwerthoedd sy'n gysegredig i'r Orsedd. Nid breuddwydion ofer yw Cylch yr Orsedd: maent yn sylfaen i fyd newydd a gwell.

Chwiliaf am fy ffliwt, ond yn ofer. Yn y tywyllwch mae 'mysedd yn cau am ei siâp sy'n fyw yn y cof. Rwy'n chwythu fy anadl ac yn byseddu'r tyllau dychmygol i greu cerddoriaeth sy'n adlewyrchu fy mhoen yn well nag y gallwn ei chwarae ar fy ffliwt hyd yn oed. Caf gysur, ond teimlaf dristwch am nad oes neb arall yn galler clywed fy nghân, fy mhoen, na fy muddugoliaeth.

9

Wil Tabwr

R WYF WEDI SIARAD *â sawl bardd yn ystod fy nghyfnod yma.*
Cyfarchaf bob un yn eu tro gan ofyn iddynt fod yn rhan o fy
mhrosiect. Maent i gyd yn fodlon, er bod eisiau mwy o berswâd
ar rai nag eraill. Erbyn hyn mae gen i bopeth rwyf ei angen, yn
wir, mae'r gell yn orlawn o feirdd gan rychwantu rhwng cyfnod
Rhys Goch, i griw yr ail ganrif ar bymtheg, pob un ohonynt yn
feistri mewn o leiaf un, neu lawer mwy, o'r ffurfiau barddonol
sydd wedi'u cynnwys ym Mesurau Morgannwg. Mae eu hachau,
a'r cyfnodau maent yn eu cynrychioli, oll yn cyfrannu tystiolaeth
i ategu bod cynnwys Cyfrinach y Beirdd *yn ddilys ac yn profi,*
heb amheuaeth, taw Morgannwg oedd canolbwynt pwysicaf
creadigrwydd barddonol, yn hytrach nag unrhyw ran arall o
Gymru – gan gynnwys Gwynedd.

Gallant fod yn griw bywiog, yn mwynhau ysbeidiau o lawenydd
ecstatig, cyfnodau o ddigalondid, cweryla, a phan gwyd achosion o
bwysigrwydd ceir sialensiau rhwng deuddyn i frwydro'n bersonol.
Gan fod y rheolau barddol yn gwahardd trais o unrhyw fath, ni
chaiff y brwydrau personol hyn eu crybwyll. Bu'n rhaid i mi fod yn
gadarn ynglŷn â hyn ar adegau gan wynebu gwrthryfel agored. Er
fy mod wedi dod yn gyfarwydd â'u ffyrdd ac yn fwy na chymwys i
ymdopi â'r chwarae geiriau bywiog a ddigwydd pan ddônt ynghyd,
rwy'n cofio un foment pan gefais syndod pleserus.

Derbyniaf lythyr a ysgrifennais ataf fi fy hunan, oddi wrth
fardd dinod ac anghyfarwydd o Forgannwg adeg y Rhyfel Cartref:

'Mr Iorwerth,

Rwyf wedi clywed eich bod wrthi'n codi rhai o'r hen ddoethion o'u beddau. Fe fyddwn yn gwerthfawrogi cael cyfle arall i ddychanu'r ffwlbri sydd yn bodoli ymysg bonheddwyr Morgannwg. Pan oeddwn yn fyw, doedd dim prinder ffyliaid anwybodus a thwp ymysg y crach yma a'r dasg bennaf yn ystod fy mywyd oedd eu gwneud yn destun hwyl a byddwn yn gwawdio eu twpdra wrth fy ngwrandawyr, sef pobl gyffredin y Fro.

Nid wy'n amau bod y genhedlaeth gyfoes o gyfreithwyr, tirfeddianwyr a chlerigwyr yn haeddu'r un gwawd ac fe fyddwn yn ddigon balch i lamu o'r bedd pe bawn o unrhyw fudd i'ch achos.

Dy was difyr a dychanol,
Wil Tabwr'

Mae'n cyrraedd fy nghell mewn gwisg wledig, syml ond yn ymddwyn fel brenin. Caf fy nghyfarch yn iaith syml a gonest Morgannwg, ond mae ei osgo talsyth yn dynodi un sy'n gwybod beth yw hanfod y gwir. Nid yw am gael unrhyw ran yn fy ymgnawdoliad gan nad yw cell carchar yn lle i'r ysbryd rhydd. Aiff â fi i ffeiriau gwledig, i sgwariau pentrefi, i ddawnsfeydd y Fedwen Fai ac i weithgaredd cneifio defaid. Efe yw brenin y rhamantwyr gwledig, yn barod i wneud ffŵl ohono'i hunan er mwyn ennill cariad rhyw fugeiles ddeniadol.

Nid yw'n hapus bodoli fel aelod cyffredin o fy nghriw o rigymwyr. Mae e am ddawnsio ac am grwydro gyda fi ar draws y sir. Yn Llangynwyd, ar noswaith o haf rydym yn mynd i Ŵyl Mabsant, lle cawn gyfle i gystadlu am y fraint o fod y stepiwr gorau, yn ogystal â difyrru cynulleidfa drwy adrodd darnau byr o farddoniaeth. Rydym yn cyfarfod â'r ddwy ferch bertaf yno. Peggy yw fy un i. Mae ei ferch ef yn wyllt ac un na ellir ei dofi, yn hanner aderyn a hanner merch sy'n rhedeg o gwmpas, pryfocio, cweryla a chellwair, llefen, chwerthin a charu. Wil yw'r ysbryd rhydd. Mae'n dweud wrthyf, yn llawn balchder, ei fod wrth ei *fodd yn fy nghwmni, ond na all aros am funud arall mewn cell o wenithfaen.*

Ond mae Peggy'n aros, yn gwenu ac yn ymestyn ei breichiau. Mae hi'n dal ein babi, bachgen, ein mab newydd. Ei enw fydd Taliesin. Rwy'n dad i Frenin y Beirdd.

Julie

NID WYF YN sicr a ydw i'n dioddef o golera neu dwymyn y carchar, ond mae arna i ofn na alla i oroesi'r clefyd yma. Rwy'n hwdu ac yn chwysu ac yn teimlo'r chwys yn llifo o feindyllau fy nghroen. Rwy'n llewygu ac yn breuddwydio'r freuddwyd fwyaf ciaidd. Rwy'n boeth. Rwy'n oer. Rwy'n crynu a 'nghorff yn ysgwyd. Credaf fy mod ar fin marw. Ond nid ydyw hynny'n wir. Mae Peggy gyda fi'n eistedd wrth erchwyn fy ngwely. Mae'n herfeiddiol wrth wynebu pob salwch a gaf, ac unrhyw wawd mae'r anghenfil Morgan yn ei daflu atom. Rwyf mor lwcus o'i chael ac nid wyf yn ei haeddu. Mae'n rhoi lodnwm i fi. Rwy'n cysgu ac mae'r bwganod yn codi:

Rwyf gyda fy mam yn adrodd Milton. Fi yw'r Satan gwrthryfelgar. Mae'n deimlad hapus, ond ydi hi'n iawn clodfori gweithredoedd tywyll? Sut allaf wybod beth sydd yn iawn? Mae'r byd yn galw arnaf i gymodi, i gymryd yr opsiwn hawddaf. Ydi hi'n iawn gwrthod neu ai balchder yw hyn? Mae bod yn falch a rhyfelgar yn gwneud i fy ngwaed a'm calon redeg yn gyflymach. Oes gen i'r hawl i wneud dewisiadau a fyddai'n creu dioddefaint i eraill, yn enwedig i fy nheulu?

Mae Jean-Jacques Rousseau yn ymweld â'm cell. Yn urddasol, eistedda ar gadair galed, ei law dde'n gorffwys ar arian ei ffon. Mae wedi gwisgo'n ddigon plaen, ond yn smart yn y dull Ffrengig. Caiff ddisgled o de o'r gwpan a baratois iddo gyda'r un coethder â'r rhai sydd yn mynychu salon ym Mharis. Ar ôl ailddarllen ei nofel fawr, Julie, *rwy'n gofyn iddo ddod yma i fod o gymorth i fi ddeall fy hunan yn well gan fy mod yn gwybod fod gennym lawer yn gyffredin. Rydym yn caru teimladrwydd, ac mae ein cyfathrach glos â natur a'n cariad at ein cyd-ddynion yn dyst o hynny. Gwnaethom hefyd ymgyrchu i greu celf, dod â bywyd i bobol ac i chwilio am wirionedd o dan yr haenau arwynebol sy'n cael eu hadnabod fel realiti. Ond a wnaf i hyn am resymau da neu ddrwg? Ydi fy awydd am fod yn berson nodedig yn llygru fy ymdrechion? Ychydig iawn o Saesneg sydd gan Jean-Jaques a dim Cymraeg o gwbl. Siaradwn yn Ffrangeg. Rwyf yn hyderus yn fy ngeirfa ond yn ofni y bydd fy acen yn tramgwyddo'i glust wrth ofyn fy nghwestiwn.*

Mae ganddo wên ddwys a hyfryd, yn gwrando'n awchus cyn gofyn am fy nghaniatâd i godi a cherdded at y ffenestri Ffrengig cywrain sydd wedi ymddangos yn wal fy nghell. Trwyddynt gwelaf gaeau gwyrddion, awyr las glir a mynyddoedd gydag eira ar eu copaon. Mae'n agor y ffenest, camu trwyddi, edrych o'i amgylch gan alw'n dawel, 'Julie'.

Wrth gwrs, mae'n galw am Julie, arwres ei nofel fawr. Mae'r tirlun godidog a welaf yn un o'i Swistir hi, efallai. Mae Julie'n ymddangos yn sydyn, yn goeth a chain ei hwyneb ac yn cael ei brawychu braidd wrth glywed ei alwad – delwedd berffaith o deimladrwydd. Mae'n cymryd ei llaw a'i denu i'r ystafell, gan gyhoeddi:

'Madam d'Etrange – Julie. Alla i gyflwyno Monsieur Williams?'

Mae'n plygu ei phen mewn parch. Rwyf yn sefyll ac yn ymgrymu iddi. Mae'n eistedd gan gasglu plygiadau ei sgert gyda'r un gosgeiddrwydd â cholomen. Mae Jean-Jaques yn sefyll wrth ei hochr gan esbonio:

'Mae Monsieur Williams eisiau gwybod mwy am gyfrinachau a chyfrwystra'r galon. Rwyf wedi esbonio fy mod wedi dy greu di'n arbennig er mwyn i ddynion a merched sensitif fedru dysgu'r fath gyfrinachau.'

Mae'r athronydd mawr yn troi ataf.

'Fe gei di ofyn unrhyw gwestiwn iddi ond cofia taw cymeriad o'm llyfr ydi hi. Alla i ddim ond ailadrodd i ti taw'r gwir a osodais i ar ei thafod a gei di ganddi. Fe fyddi di, sy'n ail-greu geiriau'r beirdd mawr, yn deall hynny'n iawn. Fe fyddi di a fi'n deall ein gilydd ac yn newid wedi'r cyfarfod hwn. Ni fydd Julie d'Etrange yn newid gan nad yw'n bodoli.'

Dywedaf wrth Madam d'Etrange pa mor emosiynol fu darllen ei stori, ei phroblemau gyda'i gŵr, ei llythyron at ei chariad a sut y llwydda i greu llwybr drwy ddryswch ei nwydau. Sut y llwyddodd i gadw purdeb ei henaid wrth i'w gweithredoedd bechu yn erbyn safonau moesol cyffredin?

'Beth yw dy enw?'

'Williams.'

'Na, dy enw cyntaf. Yr enw y byddai dy fam neu dy wraig yn ei ddefnyddio?'

'Ned.'

'Gaf i dy alw'n Ned?'

'Fe fyddai'n fraint.'

'Ac fe gei di fy ngalw i'n Julie. Ond i dy ateb fel y byddai fy nghrëwr yn ei obeithio. Mae gan bob un ohonom gyfrinach yn ein calonnau a hynny sy'n rhoi hunaniaeth i ni. Rhaid i fi holi fy hunan yn amal ai gwell fyddai dilyn gwersi'r eglwys a chymdeithas neu wrando ar orchmynion moesol fy nghalon.'

Mae'n dangos sawl taflen o bapur a'u dal o'i blaen. Mae 'na garreg yng nghanol y llawr yn toddi a thân mawr yn neidio'n ffyrnig drwy'r twll fel petai'n dod o uffern. Cerdda draw at y tân gan ddal y papurau dros y fflamau.

'Pe bawn wedi gwrando ar yr Eglwys byddwn wedi cael gwared ar Sant Preux, fy nghariad. Byddwn wedi cymryd ei lythyron a'u llosgi, Pe bawn wedi gwneud hynny byddwn wedi dinistrio fy hunan.'

Mae'n troi at y tân.

'Ai dyna mae'r Eglwys yn gofyn i fi wneud yn enw dyletswydd, dinistrio fy enaid yn enw iachawdwriaeth?'

Mae Jean-Jaques yn siarad yn dawel o'r ffenest.

'Cofia Ned, i'w chrëwr yn unig mae Julie yn atebol – y nofelydd gostyngedig. Mae'n rhaid i ti a fi fod yn atebol i grëwr llawer mwy grymus.'

Rwyf yn neidio mewn braw wrth i Julie gerdded i mewn i'r fflamau, ond wrth iddi gamu, mae'r fflamau'n newid o fod yn goch tanllyd i fod yn felyn yr ŷd ac yna'n laswellt gwyrdd. Eistedda ar graig fechan wrth ochr ffrwd fynyddig sy'n llifo drwy fy nghell. Mae'n edrych arnaf mewn penbleth.

'Dere, eistedda wrth fy ymyl, Ned. Dyweda fwy wrtha i am dy waith.'

Gwnaf yn ôl ei gorchymyn. Mae Jean-Jacques yn ei cheryddu.

'Fe yw'r awdur ac rwyt ti i fod i ateb cwestiynau, nid eu gofyn.'

'Ned, rwyt ti'n gweld mor ormesol yw cael crëwr sy'n gosod rheolau ar yr rhai mae wedi'u creu? O leia mae dy grëwr di'n rhoi'r rhyddid i ti wneud camgymeriadau.'

Tra bo Julie'n edrych yn ddig ar ei chrëwr mae yntau'n chwerthin. Mae Julie'n parhau gyda'i chwestiwn.

'Am beth rwyt ti'n ysgrifennu?'

'Am gefn gwlad, haelioni natur, ac am gariad.'

'Wyt ti'n cyflwyno'r gwir?'

'Ydw, rwy'n credu.'

'Pwy sy'n dweud hyn?'

Rwy'n petruso, yn ansicr ac mae'n sylweddoli hynny.

'Wyt ti'n ymddiried yn dy ddarllenwyr i ddweud wrthot ti, neu a wyt ti'n gwrando ar dy galon dy hunan?'

Mae'n codi a cherdded i gyfeiriad Jean-Jacques. Mae'n sefyll y tu ôl i'w gadair a rhoi ei llaw'n hyderus ar ei ysgwydd.

'Mae'r dyn yma, y Rousseau enwog, yn rhybuddio'r byd am y peryglon sy'n deillio o chwilio am glod ac edmygedd. Ymddiried mewn greddf bersonol i ddweud beth sy'n iawn a chywir mae'r gwir awdur. Mae'r awdur ffals yn colli pob syniad o wirionedd wrth roi'r pwyslais ar blesio a diddori. Iawn, syr?

'Iawn,' mae Rousseau'n cadarnhau.

'Dyna mae e'n ei ddatgan i'r byd, o leia. Ond wedyn mae'n fy nghreu i ac rwyf i'n syfrdanol. Rwyf ar silffoedd pob llyfrwerthwr ym mhob iaith yn Ewrop. Mae'n derbyn clod amdanaf drwy'r post. Wyt ti'n galler arogli'r rhagrith? Rwyf yn sicr o'r farn iddo fy nghreu oherwydd bod ei lyfrau athronyddol yn gwerthu mor wael.'

Mae Jean-Jaques yn codi ei ysgwyddau fel petai'n cyfaddef nad yw purdeb yn bosibl i unrhyw rai is na'r angylion. Mae Julie yn parhau,

'Felly, ai ysgrifennu er mwyn diddori, neu ai chwilio am y gwirionedd yw dy nod?'

Rwyf am bortreadu fy hunan fel rhywun pur ond mae'r ddelwedd ohonof ar y bwrdd yn diddori'r seiri meini yn Marble Arch, yn adrodd caneuon llygredig, yn pigo 'nghydwybod. Cyfaddefaf wrth Julie fy mod yn hoff o blesio tyrfa, ond ar y llaw arall, yn fy ngwaith safonol byddaf yn ffyddlon i wirionedd y galon. Mae Julie'n tuchan.

'Gweddïaf fod hyn yn wir ond mae ysgrifenwyr yn griw anwadal. Yr unig rai y gellir ymddiried ynddynt yw'r rhai sydd yn ysgrifennu heb fod ganddynt obaith gweld eu gwaith wedi'i argraffu, y rhai dienw neu y rhai a fydd yn ysgrifennu o dan ffugenw. Pe bai hynny'n amod cyn argraffu rwy'n credu na fyddai llawer o lyfrau yn bod. Ond o leia wedyn, byddai sicrwydd taw o burdeb y galon y byddai'r gwaith yn deillio ac nid i fodloni balchder.'

O gornel yr ystafell dywed Jean-Jacques yn dawel,

'Ned, mae wedi bod yn bleser ond – mae'n amser…'

Mae Julie'n casglu'r llythyron o'r llawr gwyrdd.

'Ti'n gweld? Mae'n cadarnhau taw gormeswr ydi e. Au revoir, Ned.' A chyda hyn mae'n cerdded ar draws yr ystafell i gyfeiriad y ffenestr. Wrth iddi gamu mae'r llawr gwyrdd yn newid yn ôl i *fod yn garreg oer fel cynt a diflanna'r tirlun wrth iddi gerdded drwy'r ffenest. Trof at Jean-Jacques ond does neb yno, dim ond cadair wag.*

Rwy'n gwella o'r dwymyn.

11

O'r Newydd

RWYF WEDI CAEL fy rhyddhau. Yn dilyn fy ail gais mae'r awdurdodau wedi penderfynu fy mod yn ddigon rhydd o'm dyledion i barhau â'm gwaith fel saer maen a 'mod i'n ddyn rhydd. Rwyf wedi treulio blwyddyn gyfan yng ngharchar Caerdydd, ac nid oes unrhyw awydd arnaf i aros yma fwy nag sydd yn rhaid. Ers canol dydd heddiw, rwy'n ddyn rhydd.

Daeth Peggy yma, yn denau unwaith eto ac mae gwên ar ei hwyneb. Does dim golwg o Thomas Morgan sydd wedi hala ei ddirprwy i'm rhyddhau. Saif dwsin o fethdalwyr yn yr iard i'm cyfarch wrth adael ac i ddymuno'n dda i fi. Wrth i William Freme ysgwyd fy llaw gwelaf lewyrch o obaith yn ei lygaid wrth iddo sylweddoli ei bod hi'n bosibl iddo yntau hefyd gael ei ryddhau. Mae John Griffiths Fawr â'i law am Henry Meyrick sy'n syllu ar y llawr. Ar ben y rhes gwnaiff William Evans araith fer, yn diolch i fi am fy nghwmni, am fy marddoniaeth, am fy ngwaith yn deisebu ar ran pob methdalwr, yn ogystal â dod â gobaith i bawb yno. Mae'n araith bert wedi cael ei thraddodi fel petai'n annerch dynion o sylwedd yng ngoruwchystafell yr Horse and Groom lle byddai'n un o'r gwŷr busnes cyfoethog gynt. Dywed wrth orffen, 'Ac o'r diwedd dyma rywbeth bach, rwy'n gobeithio, fydd yn dy atgoffa o'th ffrindiau yma, ac efallai y bydd yn help i lenwi rhyw fwlch bach yn dy fywyd.' Geilw ar John Griffiths i roi parsel bach mewn cotwm glas i fi. Pan wy'n agor y parsel, oddi mewn mae pib fetal.

'Doedd 'da ni ddim digon o arian i brynu ffliwt newydd i ti,' mae'n ymddiheuro, 'ond gobeithio bydd hon yn lleddfu peth ar dy boen a thithe wedi colli dy hen ffliwt.'

Mae hyn yn fy nghyffwrdd ac rwy'n dweud na fyddwn byth yn eu hanghofio. Dywedaf wrthynt fy mod wedi cael fy ysbrydoli i weithio dros ryddid a chyfiawnder ac yn ymwybodol eu bod hwy'n dioddef o dan gyfraith greulon a ffiaidd. Rwy'n addo ymroi i faterion sy'n ymwneud â phobol orthrymedig y byd, ond yn gyntaf ac yn bwysicach i fethdalwyr sy'n garcharorion yng ngharchar Caerdydd.

Caf gymeradwyaeth ac rwy'n casglu fy mhecynnau a throi am gartref. Does neb yn symud cyn i fi gamu drwy ddrws y carchar. Mae hwnnw'n cau y tu ôl i fi.

Rhan Pump:
Morgannwg a Chaerfaddon
1787 i 1791

1

Teulu

Rwy'n GADAEL RHAI o'm llyfrau yn y Tinker's Arms i'w casglu wedyn cyn i Peggy a fi ddechrau cerdded y deuddeng milltir i Drefflemin.

Y pleser o gael bod yn rhydd. Wrth gerdded ar hyd y ffordd gyda Peggy rwy'n holi am fy mab nad wyf wedi'i weld hyd yn hyn. Dywed Peggy ei fod yn ddeufis oed bellach, yn blentyn cryf, yn hoff o'i fwyd a chanddo ysgyfaint cryf hefyd. Mae Margaret, yr hynaf, yn dwli arno ac rwyf wedi esbonio wrthi taw Taliesin oedd y cawr ymhlith y beirdd cynnar. Alla i ddim ond rhagweld y caiff ddyfodol disglair, ac y bydd yn cyflawni breuddwydion y methodd ei dad â'u cyflawni. Mae Ann, ein merch arall yn tyfu'n gyflym hefyd.

Ar y ffordd, mae Peggy'n clebran yn ddi-baid, ond wedi i fi gael y newyddion am y plant anodd yw gwrando wedyn wrth i fy synhwyrau gael eu gorlethu. Er i fi garu hewlydd bychain a chilffyrdd y Fro erioed, heddiw fe'u gwelaf fel petai am y tro cyntaf. All fy llygaid ddim dygymod â lliwiau'r blodau gwylltion, y toreth o wyrddni, a balchder trahaus y coed. Rown bron wedi anghofio gwynt y glaswellt. Caf fy hudo gan batrymau'r cymylau yn yr awyr ac mae hyd yn oed y glaw mor felys.

Mae Peggy'n trafod ein materion ariannol, ond rwy'n ei sicrhau, a minnau wedi ysgrifennu sawl datganiad am ein cyfrifon, fy mod yn hollol ymwybodol o'n sefyllfa ariannol. Awgryma, serch hynny, eu bod yn llawer gwaeth na'r hyn mae'r cyfrifon yn eu dangos a phwysleisia y dylem fod yn ddiolchgar am y cymorth ariannol a gawsom, waeth o ble y daeth. Nid wy'n deall. Ond heddiw, mae hi'n ddiwrnod mor fendigedig fel na all unrhyw beth fy nigalonni. Pa mor wych a hael yw byd natur? Mewn tawelwch y bu Peggy a minnau wedyn trwy gydol ein taith nes cyrraedd ein cartref.

Wrth y drws syllaf ar fy nheulu. Minnau wedi ysu gymaint am y foment hon, ceisiaf guddio siom fy nghroeso – neu yn wir y diffyg croeso. Edrych yn syn arnaf wna Margaret cyn rhedeg i guddio yn sgert Peggy. Am ennyd mae Ann yn edrych arnaf cyn dechrau llefen tra bod Taliesin yn cysgu'n sownd. Ar ganol y llawr mae Jane, merch Millicent sydd wedi bod yn gwarchod y plant i Peggy. Dim ond deuddeg oed yw hi ond mae ganddi'r un urddas â'i mam. Mae hi'n cofleidio Taliesin cyn i Peggy ofyn iddi drosglwyddo'r babi i fi. Gwna hyn er nad yw'n rhy awyddus i wneud hynny. Rwy innau am i'r achlysur fod yn un o'r adegau mwyaf gwerthfawr yn ein bywydau: sef dal fy mab y byddaf i'n ei feithrin a'i addysgu gyda'r un gofal ag a gefais gan fy Mam fy hunan. Yn fy mreichiau mae Taliesin bach yn deffro, gan edrych arnaf ond yn gwrthod cydnabod arwyddocâd y foment bwysig hon. Mae'n gwingo'i draed bach ac yn dechrau llefen.

'Ma angen bwyd arno,' esbonia Jane, felly mae Peggy'n cymryd y bachgen o'm breichiau a chilio i'r gornel i'w fwydo.

'Croeso gatre,' medde Nhad o'i sedd yn y gornel. Prin roeddwn wedi sylwi arno ymhlith yr holl blant. 'Rwy'n dy gynghori i gadw mas o'r ffordd, 'machgen i. Babis sy'n rheoli'r tŷ 'ma ar y funed.' Er bod tinc o chwerwder i'w glywed, mae goslef ei lais yn awgrymu'r gwrthwyneb. Rwy'n cofio'r cyfnod pan briodais Peggy iddo fwynhau cael cwmni benywaidd yn ei dŷ unwaith eto ac rwy'n ei atgoffa o hynny.

'Wel nawr mae 'na dri ohonyn nhw, pedwar gan gynnwys Jane, sy bron yn byw a bod 'ma.'

Wrth eistedd yn hapus 'da'n gilydd rwy'n diolch iddo am bopeth a wnaeth tra oeddwn yn y carchar. Anwybydda fy niolchiadau drwy awgrymu iddo 'neud beth oedd raid i fi'. Eto, dwi'n sylweddoli pa mor falch yw e o'i ymdrechion. Cyfeiria'n fanwl at y meini roedd wedi'u torri a'r anawsterau a gawsai. Ysgwyd ei ben mewn tristwch a wna wrth ystyried stad y byd ac achwyn am ymddygiad y tirfeddianwyr newydd fel Dug Beaufort a Iarll Bute a Phlymouth. Ar y swyddogion lleol mae'n rhoi'r bai mwyaf, gan taw pur anaml y bydd y tirfeddianwyr eu hunain yn ymweld â Chymru. Derbyniodd lythyron gan John a Miles o India'r Gorllewin. Wedi iddynt gael sawl profiad gwael oherwydd corwyntoedd a dioddef y dwymyn wedi cyrraedd yno gwnaethant ddigon o arian i brynu planhigfeydd eu hunain. Maent yn ymhyfrydu eu bod yn llwyddiannus iawn yn tyfu cnwd ond yr unig rwystr rhag cynyddu eu heiddo yw na chawsant gaethweision newydd o Affrica. Eu gobaith yw y bydd y sefyllfa honno'n gwella wrth i fwy o gaethweision lanio wedi iddynt sicrhau rhagor o gychod.

Er bod Nhad yn deall fy anghymeradwyaeth, esbonia taw'r unig ffordd mae'r teulu wedi galler bwyta yw drwy haelioni fy mrawd, Miles, gan iddo hala pum gini i ysgafnhau'r baich. Ychwanega fod yn rhaid i ni fod yn ddiolchgar am ei gymorth, waeth beth rydym ni'n ei feddwl o foesoldeb eu gwaith. Caf fy syfrdanu, ond gan wybod na fyddai'n werth dadlau â'r hen ŵr, gwnaf yn ddigon eglur i Peggy nad wyf yn fodlon bod y teulu'n derbyn rhoddion ac ymelwa ar gaethwasiaeth.

Mae Peggy'n rhoi cawl ar y bwrdd a hwnnw wedi'i goginio ar y tân yn gynharach, yn orlawn o lysiau maethlon a pherlysiau – ond dim cig. Newydd ei bobi mae'r bara ac rydym yn bwyta'n galonnog. Wedi gadael y plant gyda'm tad mae Peggy a finnau'n mynd mas ac yn sefyll yr ochr draw i'r tŷ yn ddigon pell o glyw pawb. Rwy'n edliw wrthi am beidio â dweud am anrheg Miles.

'Nid atat ti halodd e yr arian, ond at dy dad,' medd Peggy yn heriol â'i llygaid ar dân.

'Dim ots,' rwy'n protestio, 'ma'n arian sy wedi'i ennill drwy fanteisio ar gaethweision truenus Affrica. Dw i ddim am i 'mhlant ga'l magwraeth wedi'i gwenwyno 'da arian y gwaed.'

Syllu'n benderfynol arnaf i wna Peggy ac meddai'n llawn angerdd, 'Ned, rwyt ti'n ddyn da, dyn galluog, a gŵr ffyddlon. Dyn a ŵyr pam, rwy'n dy garu di'n fawr iawn, ond plentyn bach wyt ti wrth drin arian.'

Ceisiaf ddadlau ond caiff fy ngeiriau prin eu boddi gan ffrydlif o gynddaredd sydd wedi cronni ers cyfnod hir.

'Nawr, gwranda arna i, Ned Williams a phaid â mentro agor dy ben. Ti'n ŵr sy 'di 'ngwylltio i ac 'di creu gofid i fi, yn fwy nag y bydde unrhyw ferch arall wedi galler 'i ddiodde.'

Trodd goslef tawel Peggy yn brotest swnllyd. Does dim dewis 'da fi ond ildio o flaen y fath storm.

'Nawr te, dealla hyn. Ry'n ni wedi bodoli a dim yn fwy na 'ny, tra o't ti yn y carchar; wedi llenwi'n bolie trwy fyta gwreiddie a gwisgo dillad rhacs. Buodd y pum gini 'na'n help i fwydo 'mhlant i, a'r pum gini hwnnw a ymddangosodd ar ein cyfri ni, i dy ga'l di mas o'r carchar. Ti'n deall nawr?'

Mae'n crynu ac yn gweiddi, gan symud yn agosach ata i, fel petai hynny yn helpu i chwalu fy nadleuon drwy rym ei hymosodiad.

'Ro'dd yn rhaid i fi 'i dderbyn e neu adel fy ngŵr yn y carchar a gadel i 'mhlant newynu ar gawl dyned. Rhaid i'r plant ddod o fla'n dy egwyddorion gwerthfawr di. Mae pobol yn y byd 'ma'n gorfod neud beth sy'n rhaid 'u gneud cyn y gallan nhw oroesi yn y byd annheg ac anghyfiawn 'ma. 'Ti'n deall?'

2

Ar Draeth yr Affrig

Gosododd Peggy fi mewn deilema. Sut y gall dyn ddewis rhwng caniatáu i'w blant newynu neu fanteisio ar gamdrin dynion yn y fath ddull anghristnogol? Ni ddylai neb orfod gwneud dewis fel hyn. Fy ysfa gyntaf yw beio fy hunan am na lwyddes i gynnal fy nheulu'n ddigonol. Pe bawn wedi gwneud hynny byddai wedi bod yn bosibl hala pum gini fy mrawd yn ôl ato gyda chydwybod glir. Nid i bobol gyfoethog yn unig y dylai cydwybod glir fod yn berthnasol.

Alla i ddim beio Peggy. Pa reddf symlach a mwy nobl sydd na greddf mam i fwydo'i phlant? Hyd yn oed pe bawn wedi galler darparu'n dda i ofalu am fy nheulu, fyddai hynny wedi lleihau fy nghywilydd o wybod am weithgarwch fy mrodyr? Fyddai hyn yn lleihau'r cyfrifoldeb sydd ar bob un ohonon ni tuag at ein brodyr o Affrica? Pe bai unrhyw ddyn yn cael ei gam-drin, fel y caethweision, ar strydoedd y Bont-faen neu Gaerdydd, byddai, hyd yn oed, y meddwyn mwyaf digalon yn siŵr o ymyrryd. Gan taw ar draws y môr mae hyn i gyd yn digwydd gallwn osgoi wynebu'r fath arferion ffiaidd. Gallwn ddewis peidio â gweld, a cherdded draw at yr ochr arall.

Ni ddylem ganiatáu i'm brodyr osgoi cri'r dioddefwyr. Rwyf yn y stafell gwrw yn nhafarn yr Old Globe yng Nghaerdydd, lle byddwn yn adrodd dychangerddi gwatwarus i'r rhai fyddai wedi fy nghythruddo. Heno mae fy mhwrpas yn un mwy sylweddol gan fy mod yma i gefnogi siaradwr o'r gymdeithas newydd sef Cymdeithas Diddymu Masnach Caethweision yn yr ymgyrch yn erbyn yr arferiad erchyll hwn. Rwy'n benderfynol o wneud iawn am unrhyw ran mae 'nheulu wedi'i chwarae wrth gyflawni trosedd yn erbyn dynoliaeth.

Nid yw'r ystafell yn llawn ac mae'n drist meddwl taw drwy hap a damwain yn unig y daeth y bobol yma yn hytrach na dod i'r ddarlith. Rydym yn aros am Thomas Clarkson, un o ddeuddeg sydd ar bwyllgor y Mudiad. Ysgrifennais ato'n cynnig fy ngwasanaeth, ac o ganlyniad i dderbyn ymateb ffafriol, rwy yma nawr a cherdd o gefnogaeth i'r ymgyrch yn fy llaw.

Daw Thomas i'r ystafell mewn tipyn o steil. O'i flaen mae dau ddyn yn cario cist, sawl darlun mawr, set o efynnau llaw a chwip. Mae'n siaradwr da. Darluniau'n dangos cynllun llong i gario caethweision sydd ganddynt, ac mae'r artist, sy'n bensaer llongau, wedi defnyddio'r mesuriadau cywir. Yn y llun mae cannoedd o ddynion, merched a phlant wedi'u cadwyno mewn haenau yn y llong a'r rheiny yn llai na dwy droedfedd o uchder. O dan y fath amodau â hyn mae'n rhaid iddynt ddioddef taith hir ar draws Môr yr Iwerydd. Gwingaf mewn arswyd wrth ddychmygu eu dioddefaint. O'r gist mae'n dangos sawl darn o nwyddau egsotig fel gwaith metel cymhleth, gwaith pren coeth, defnyddiau i wneud dillad godidog a sandalau. Pam, mae'n holi, yn lle masnachu mewn pobl o Affrica, na allwn ni fasnachu yn y nwyddau godidog hyn maent yn eu cynhyrchu?

Ei wrthrychau eraill yw chwip, gefynnau llaw, coleri haearn a chylch o gethrau brwnt yn ymwthio o'u hymylon. Mae'n pwysleisio pa mor ffiaidd yw bywyd ar blanhigfa gan ddisgrifio sut y caiff caethweision eu gweithio'n ddidrugaredd o fore gwyn tan nos, a'u chwipio pan nad ydynt wrthi'n ddigon caled. Powlen fach o uwd yw eu bwyd a chânt eu gosod mewn cyffion bob nos rhag iddynt geisio dianc.

Cawn ein hatgoffa nad gweithredoedd gan fasnachwyr dienw o wledydd pell yw'r rhain ac er taw Bryste yw'r porthladd mwyaf cywilyddus, nid yw Caerdydd yn ddi-fai. Rwy'n dechrau ofni ei fod am gyfeirio at fy nheulu ond yn lle hynny mae'n sôn wrthym am Richard Priest. Masnachwr caethweision ydyw sydd wedi bod yn gapten ers 1760 ar long a adeiladwyd yng Nghaerdydd, yn cario caethweision o Sierra Leone i Antigua gan ddal 400 ohonynt ar y tro a'u cario mewn amodau na fyddai'n addas i anifeiliaid.

Ar ôl gorffen ei sgwrs mae'n galw arnaf i ddarllen fy ngwaith.

Gofynnaf i'm gwrandawyr beidio â meddwl amdanynt eu hunain fel sylwebyddion yn ymdrin â chyflwr caethweision, ond i roi eu hunain yn lle un o'r dioddefwyr truenus hyn. Rwy'n gofyn iddynt gau eu llygaid, a sefyll ar y traeth gan edrych mas dros y môr, i graffu ar y gorwel gwag ac i lefen yn druenus am eu bod wedi colli eu teulu. I lefen a hwythau wedi colli eu gwragedd, a'u meibion cryf a dewr. Bellach maent yn gaeth, wedi'u rhwymo mewn cyffion a'u taflu i howld rhyw long debyg i'r hyn a ddisgrifiwyd gan Thomas. Fel arfer pan fyddaf yn perfformio fy rhigymau gwnaf hynny'n fywiog. Heddiw mae fy llais yn crynu o dan deimlad. Prin y gallaf weld fy nghynulleidfa drwy fy nagrau.

> Behold on Affric's beach, alone,
> Yon sire that weeps with bitter moan;
> She, that his life once truly bless'd,
> Is torn for ever from his breast,
> And scourged, where British Monarchs reign,
> Calls for his aid, but calls in vain:

Gofynnaf iddynt ddychmygu eu hunain wedi'u clymu mewn raffau a gefynnau llaw, yn cael eu cosbi am eu hoes, er na wnaethant gyflawni unrhyw drosedd, na chreu anfadwaith, na bod mewn dyled. Pam? Oherwydd bod Senedd Prydain yn hybu, a hyd yn oed yn cymeradwyo yr arferiad dieflig hwn. Ac mae gyda ni'r hyfdra i alw'n hunain yn Gristnogion.

> His sons on slav'ry's shameless land,
> Now bleed beneath a villain's hand;
> Their writhing frames now sorely gall'd!
> Still Britons must be Christians call'd
> Their groans the wide horizons fill!
> Vile Britons 'tis your Senate's will –
> Rwy'n cymryd anadl, gan na allaf barhau.
> I cease – these cruelties affright
> A muse that shudders at the sight.

Er nad oes ond rhyw ugain ohonon ni yma, eto mae pob un ohonom yn addo gwneud ein gorau i ddileu'r arferiad erchyll hwn. Mae Thomas Clarkson yn ysgwyd fy llaw'n wresog a dweud wrthyf am ddod i'w gyfarfod pan fyddaf yn Llundain. Dywed y gallwn fod o gymorth iddyn nhw yn eu hymdrech i gael pobol i ddeall erchylltra'r hyn a gaiff ei wneud yn eu henw.

Ceisiaf esbonio, oherwydd fy amgylchiadau teuluol, na fydda i'n debygol o deithio i Lundain ond rwy'n diolch iddo am y gwahoddiad a chaf ei gyfeiriad.

3

William Owen

RWY'N YMWELD Â'R Parchedig John Walters yn y rheithordy. Dyma'r tro cyntaf i fi fynd yno ers fy rhyddhau o'r carchar ac ers clywed am farwolaeth Daniel. Roeddwn yn hanner disgwyl y byddai'n ymweliad anodd, ond rhyfeddaf fod y rheithor a'i wraig yn syml iawn wedi derbyn fy nghydymdeimlad ar eu colled, cyn parhau â'u gwaith. Mae wyneb Mrs Walters yn ddifynegiant er bod ôl straen i'w weld arno.

Roedd Daniel, rwy'n ceisio esbonio, fel brawd i fi ac i fi gael pleser mawr wrth gerdded gyda fe yng Nghoedwig Bewpyr a chyfansoddi cerddi o safon ansicr. Fy mwriad oedd dal i adrodd mwy o'n hanes ond mae'r Rheithor yn fy atal.

'Ewyllys Duw, Edward. Nid ein lle ni yw gofyn paham. Rydym i gyd yn trysori yr atgofion ac yn diolch i Dduw am y rhodd werthfawr a gawsom yn Daniel ac am yr amseroedd da a gawsom yn ei gwmni.'

Rwyf wedi meddwl tipyn am ein cyfarfod olaf yn y goedwig pan wnaeth Daniel a John, ond John yn bennaf, geisio fy mherswadio y gallwn ennill mwy fel bardd proffesiynol yn yr iaith Saesneg, nag fel saer maen. Er bod Daniel wedi marw, mae'r syniad hwnnw'n dal yn fyw.

Mae'r rheithor yn tawelu. Craffaf ar ei wyneb, yn ceisio gweld arwyddion o boen a dioddefaint tad yn ei golled, ond nid oes mymryn o olion ynddo. Aiff i drafod y cyfraniad rwyf wedi'i wneud i'r geiriadur ac i roi'r newyddion diweddaraf am Gymry Llundain. Rwy'n ei wylio'n siarad yn hytrach na gwrando arno.

Dof i ddeall taw drwy ddal ati i weithio y gwnaiff y dyn hwn a'i deulu leddfu poen enfawr eu colled. Tybed a yw hyn yn arwydd o gryfder neu o wendid? Y cyfan y galla i ei wneud yw rhoi pob cymorth iddo yn ei ymdrech i wynebu'r dyfodol.

Gofynnaf i'r rheithor am ei farn am William Owen o Lundain sydd wedi ysgrifennu llythyr ataf fi'n ddiweddar. Dywed y rheithor wrthyf taw clerc i gyfreithiwr yw William ei fod yn wreiddiol o Feirionydd ac wedi cymryd swydd nad oeddwn i'n galler ei derbyn, fel cynorthwyydd llenyddol i Owain Myfyr, Cadeirydd y Gwyneddigion. Cred fod Mr Owen yn weithiwr cydwybodol ac yn ymchwilydd dygn. Cysylltodd Mr Owen â'r rheithor sawl gwaith yn gofyn am eglurhad ar elfennau o'r geiriadur neu yn gofyn am gymorth wrth iddo chwilio am gopïau cynnar o lawysgrifau Dafydd ap Gwilym. Awgrymodd y rheithor fy enw i iddo fel un a allai fod o gymorth.

Dyna'r rheswm felly pam rwyf wedi derbyn llythyron oddi wrth William Owen. Nid wyf wedi'i ateb eto gan fy mod yn dal yn ddig oherwydd y modd y gwnaeth Owain Myfyr fy nhrin yn y gorffennol. Fe anfonais rai darnau o farddoniaeth Dafydd ap Gwilym ato ryw dair blynedd yn ôl ond ni chefais ond gair bach o ddiolch a dim tâl ganddo am fy ymdrechion. Pan oedd arnaf wir angen noddwr, roedd yn fud. Pan oeddwn yn garcharor, ni wnaeth gynnig cymorth, er ei holl gyfoeth. Mae'n siŵr iddo glywed am fy ngharchariad a'i fod wedi penderfynu nad oeddwn yn haeddu bod yn gymar i fasnachwr llwyddiannus fel ef. Pam y dylwn yn awr ei ateb? Wel, mae 'na resymau. Efallai y llwyddaf i argraffu fy nghasgliad o gerddi Dafydd. Efallai y caf dâl am fy ngwaith. Gall fy nghyfeillion o Lundain fod o fudd mawr i fi – hyd yn oed er fy mod, ar y funud, yn ansicr sut y gall hynny fod.

Dywed y llythyr wrthyf taw bwriad Owain Myfyr yw creu cyfrol o waith mwyaf adnabyddus Dafydd ap Gwilym a bod y gyfrol honno bron â bod yn barod i'w chyhoeddi. Nid yw'n ymwybodol, wrth gwrs, o'r pentwr o gerddi rwyf wedi'u cael o waith Dafydd: gweithiau sydd ymysg y gorau a grëwyd ganddo. Rhaid i fi ateb y llythyr, hala rhagor o farddoniaeth Dafydd ap Gwilym ato a'r tro yma rwyf am sicrhau eu bod yn sylweddoli pa mor werthfawr yr ydwyf iddynt. Bydd yn rhaid iddynt weithio'n galetach os am gael ffafrau 'da fi.

Ysgrifennaf ato gan ymddiheuro am fod yn hwyr yn ateb gan roi'r bai, wrth gwrs ar y pwysau sydd arnaf i ennill arian fel saer maen oherwydd y galwadau teuluol. Rwy'n egluro fy nhristwch oherwydd y difaterwch dros gyfnod o ddwy flynedd, a taw cymeradwyaeth ddigon swta a ges wedi i fi drosglwyddo cerddi Dafydd ap Gwilym, ac na chefais gymorth o unrhyw fath yn ystod fy nghyfnod yng ngharchar Caerdydd. Gwnaeth y diffyg caredigrwydd achosi i fi golli pob diddordeb mewn casglu cyfrolau o farddoniaeth hynafol Gymraeg.

'Wn i ddim pam rwy'n trafferthu ateb dy lythyr, ond efallai am dy fod wedi cysylltu â fi fel rhywun estron, a dy fod yn ddyn a chanddo gariad pur a didwyll at waith Dafydd. Alla i ddim gwrthod cais gan berson felly. Ond os wyt ti am i fi barhau i roddi cymorth, yna bydd yn rhaid i fi gael cynnig gan Owain Myfyr ei hunan.'

Wrth gwrs mae perygl y byddant yn penderfynu y gallant weithredu heb fy nghyfraniad i, felly rwy'n cynnwys dwsin o gywyddau Dafydd. Mae 'da fi lawer o ffydd yn y darnau o ran arddull a theimlad, yn wir maent cystal ag unrhyw gerddi sydd gan William Owen yn barod, ac ynddynt mae gwir lais y bardd yn atseinio. Nid yw'n bosibl iddynt anwybyddu'r fath drysorau. Rwy'n cau fy llythyr drwy gyfeirio bod mwy o gyfoeth yn fy meddiant, rhyw ugain o gywyddau wedi'u hysgrifennu i Ifor Hael ac ar gael 'mewn hen lyfr' sy'n eiddo i 'rywun yn y Blaenau'. Yn hytrach na gofyn am dâl, rwy'n cynnig petai'r gyfrol yn cael ei chyhoeddi drwy danysgrifiadau, y dylai cyfraniadau'r tanysgrifiadau hyn fod yn enw fy mab bach, Taliesin.

Rwy'n amau eu hysgolheictod ac yn poeni am gynnwys y nodiadau gwaelod tudalen y byddent yn eu hysgrifennu, felly rwy'n cynnig traethawd i esbonio safle Dafydd ap Gwilym yn natblygiad barddoniaeth Cymraeg. Cynigiaf ambell nodyn i esbonio ystyr rhai geiriau anghyfarwydd yr Oesoedd Canol, yn enwedig y rhai sy'n tarddu o Forgannwg yn wreiddiol, ac sy'n ymddangos yn fy narganfyddiadau newydd i.

Rwy'n selio'r llythyr gyda pheth boddhad gan ddychmygu'r ymateb a ddaw.

4

Gorffennaf 1789 – Wyndham Am Byth

Y<small>N Y</small> B<small>EAR</small> ymunaf mewn ymryson fywiog gyda'r boneddigion. Y rhain yw hen ysgwieriaid Morgannwg: tirfeddianwyr â'u teuluoedd wedi byw yn y Fro ers cyfnod y Normaniaid: teulu'r Jonesiaid o Gastell Ffwl-y-mwn a'r rhicyniadau a gafodd eu llunio gan fy mrodyr a minnau, y Bassetts o Dresimwn, teulu Treharne o Bewpyr, a theulu Mathews o Landaf. Nid yw'n beth anghyffredin gweld y dynion yma'n yfed a chlebran yn ddiddiwedd â'i gilydd. Rwy'n sylwi nad yw'r pynciau a drafodir yn wahanol iawn i bynciau'r werin: sef ceffylau, arian a menywod.

Heddiw maent wedi cynhyrfu i'r eithaf, yn codi eu lleisiau, a chaiff eu dyrnau a'u tanceri eu bwrw ar fyrddau i bwysleisio eu dadl, er eu bod i gyd o'r un farn. Mae Robert Jones o Ffwl-y-mwn yn fy ngwahodd i ymuno â nhw wrth y bwrdd. Rwy i am wybod beth sydd wedi achosi'r cynnwrf a hwythau mor unfrydol.

Wedi'u cythruddo gan weithredoedd y tirfeddianwyr absennol maen nhw. Disgrifia Robert yr Arglwyddi Vernon a Mountstuart fel 'Y Parasitiaid Newydd', a 'Cewri Estron' yw Dug Beaufort a Iarll Phlymouth. Y rheswm mwyaf am eu cynddaredd yw penderfyniad y 'Parasitiaid Newydd' i uno gyda'i gilydd ac enwi rhyw berthynas ddibwys fel ymgeisydd seneddol i'r sedd sirol. Dyn busnes a chapten llong aflwyddiannus yw Thomas Windsor yn eu barn hwy. Er nad oes ganddo unrhyw gysylltiadau lleol na chwaith ddealltwriaeth na chydymdeimlad â Morgannwg, caiff ei wthio arnynt. Wnaiff e ddim ymladd achosion y sir gan y bydd yn byw yn Llundain a bydd yn amddiffyn yr Ieirll yn y Senedd pan fydd hynny o ddiddordeb iddo. Pe bai hyn yn digwydd, maent yn gofidio y gall arwain at dranc yr yswain lleol ym Morgannwg ac felly maent yn gofyn am gymorth.

Rwy'n casáu'r uchelwyr. Cred sylfaenol y Beibl ac athronwyr cyfoes fel Rousseau, yw bod dyn wedi'i eni'n rhydd ac yn gyfartal. Eto i gyd mae 'da fi lawer mwy i'w ddweud wrth yr hen fonheddwyr hyn, prif ffynhonnell fy ngwaith fel saer. Yn nhywyllwch y Bear Inn mae'n anodd gweld arwyddion bod y bonheddwyr yn ceisio ymddwyn yn uwch eu stad na fi, o ran safle na chyfoeth. Rhannaf eu cwyn, gan gytuno bod yna dwf yn nylanwad y tirfeddianwyr absennol wrth iddynt brynu mwy o dir, a stad ar ôl stad a'u bod yn rhoddi asiantwyr a stiwardiaid diegwyddor ac anwaraidd, heb unrhyw gydymdeimlad at eu tenantiaid, i'w rheoli. Mae ysgwieriaid Morgannwg yn perthyn i ddosbarth na fyddwn yn galaru wrth eu gweld yn diflannu, ond nid ydynt yn ymddangos mor ffiaidd â'r rhai sydd heb gydwybod. Maent yn cynnal masnachwyr lleol, yn ystyried gofynion y tlawd, ac er nad ydynt yn siarad Cymraeg, mae'r rhan fwyaf yn parchu ac yn edmygu'r iaith.

Maent yn gofyn i fi am gymorth i sicrhau bod eu hymgeisydd yn cael ei ethol, sef Thomas Wyndham o Lan Mihangel, mab i hen deulu o Forgannwg. Gofidio y maen nhw y bydd llawer o bwysau yn cael ei roi ar denantiaid y 'Cewri Estron' hyn i bleidleisio dros Capten Windsor. Maent yn fodlon talu am argraffu unrhyw lenyddiaeth y bydd ei hangen ac unrhyw gostau rhesymol. Rwy'n cytuno ystyried yr achos fel fy achos i.

*   *   *

Siaradaf yn yr Horse and Groom â chriw o denantiaid ar ffermydd, rhydd ddeiliaid a dynion mewn busnesau bach, am fod gan y rhan fwyaf yr hawl i bleidleisio. Wrth y bobol yma rwy'n disgrifio gweithredoedd stiwardiaid y Dug Beaufort yn Abertawe. Yno, mae'r trethi wedi codi'n sylweddol, a chafodd y datblygiadau a drefnwyd gan y tenantiaid nad oedd yn gymeradwy gan y Dug, eu hatal. Rwy'n eu rhybuddio taw ffolineb fydd cefnogi Capten Windsor i fod yn Aelod yn y Senedd, gan taw stiward Beaufort ydyw mewn gwirionedd, ac na fydd yn gweithredu dros fuddiannau lleol.

Ysgrifennaf ddychangerdd i Capten Windsor i'w hargraffu a'i ddosbarthu ymhlith yr etholwyr. Rwy'n ei longyfarch am fod yn 'offeryn y crach gormesol', yn cymeradwyo'i ddewrder gan nad yw erioed wedi rhoi ei droed ar dir Morgannwg, nad yw'n gwybod dim am draddodiadau Morgannwg ac na fydd felly yn galler deall ffordd o feddwl pobol Morgannwg.

Mewn llythyr agored at gapeli anghydffurfiol Morgannwg rwy'n eu rhybuddio taw cyndadau Dug Beaufort oedd un o ormeswyr gwaethaf anghydffurfiaeth, a'i fod yn dal yn un o wrthwynebwyr mwyaf brwdfrydig goddefgarwch crefyddol.

Rwy'n canmol Thomas Wyndham fel person, ei fod yn hanu o deulu o dirfeddianwyr sydd wedi bod yn drugarog, hael, yn amddiffynnol o'u tenantiaid ac o'r tlawd hefyd, yn arbennig ar adegau pan roedd gwir angen.

Byddaf yn chwarae ar emosiynau'r pleidleiswyr mewn cyfarfodydd ac yn ysgrifennu caneuon i'w canu ar donau cyfarwydd gan gynnwys 'Britons Never will be Slaves' er mwyn denu cefnogaeth i Thomas Wyndham.

Rwy'n hollol fodlon â'r ymateb i'm hymdrechion. Anaml iawn y caiff etholiadau eu cynnal ym Morgannwg, a nifer fechan o bobol sydd â'r hawl i bleidleisio, felly anodd yw creu brwdfrydedd mawr mewn cyfarfodydd. Ond bu'r ymgyrch hon yn eithriad.

*   *   *

Derbyniaf ateb yn brydlon gan William Owen ac rwy'n ddiolchgar am sawl rheswm. Mae ef ac Owain Myfyr yn amlwg yn llawn cyffro wedi iddynt dderbyn y cerddi o waith Dafydd ap Gwilym a anfonais atynt. Maent yn cydnabod eu hansawdd a does dim cwestiwn am eu dilysrwydd. Gofid William yw eu bod wedi cyrraedd yn rhy hwyr i'w cynnwys yn y gyfrol arfaethedig o farddoniaeth Dafydd gan feio'i hunan am beidio ag aros i dderbyn fy ateb. Trefnodd y cerddi yn ei gyfrol yn ôl y pwnc a blynyddoedd eu cyfansoddi, lle roedd hynny'n bosibl. Cafodd y tudalennau eu hargraffu'n barod, felly mae'n ymddiheuro taw fel atodiad yn y gyfrol y bydd y darnau yr anfonais ato'n cael eu cynnwys.

Mae'n awchu am dderbyn rhagor, gan ofyn a fyddai'n bosibl anfon ato'r cerddi i Ifor Hael y soniais amdanynt. Ond, rwyf am ei gadw i aros am y tro. Mae'n bwysicach 'mod i'n ceisio ei berswadio i gynnwys yn y gyfrol fy sylwebaeth, neu fy nghyflwyniad yn esbonio cywirdeb ac ystyr geirfa Morgannwg a ddefnyddir yng ngherddi'r atodiad.

Ymddiheura ar ran Owain Myfyr a Chymry Llundain am unrhyw ddirmyg ac am eu diffyg gofal ohonof. Mae'n fy sicrhau nad oedd Owain Myfyr yn gwybod i fi fod mewn carchar. Dywed fod Owain yn drist o glywed ac yn flin na wyddai ddim am fy nhrafferthion ac mae yn ei ddyfynnu gan ddweud, 'Pe buaswn i'n gwybod, byddwn wedi'i ryddhau'. Geiriau ardderchog, ond os ydyw'n teimlo mor drist, pam nad ydyw'n ysgrifennu'n bersonol ataf?

Fel y disgwyliwn, cafodd fy nghynnig i gasglu tanysgrifiadau i dalu'r costau cyhoeddi ei wrthod. Bwriada Owain Myfyr dalu'r costau ei hunan. Teimlaf yn anghyfforddus fod cyhoeddiad fel hyn yn hollol ddibynnol ar gyfoeth masnachwr pwerus ond anwybodus.

*　　*　　*

Yn neuadd y dre yn y Bont-faen mae'r fintai'n aros, gan gynnwys llawer o fenywod, ac eraill heb bleidlais, yn canu,

Rise Glamorgan, sing with me
Wyndham, peace and liberty...

nes bod y to'n crynu. Pan ddaw'r ymgeisydd i'r golwg caiff gymeradwyaeth cyn iddo ddweud gair. Cawn araith resymol wrth iddo bwysleisio ei fod am wneud ei orau dros bobol Morgannwg pe bai'n cael ei ethol. Byddwn wedi gobeithio am gyflwyniad mwy uchelgeisiol yn cynrychioli achosion fel rhyddid a sicrhau bod pobol yn gyfartal, ond ni chawn hynny. Gorffenna'r cyfarfod gyda chân arall a gafodd ei chyfansoddi'n arbennig at yr achlysur hwn:

And Wyndham we find
Was the man to their mind,
When he nobly for liberty stood
My brave boys,
When he nobly for liberty stood.

*　　*　　*

Derbyniaf lythyr a chyfrol gan John Walters, brawd Daniel, sydd erbyn hyn yn brifathro Ysgol Ramadeg Rhuthun. Ateb yw hwn i'm llythyr o gydymdeimlad wedi marwolaeth Daniel, a minnau wedi cyfeirio at y troeon y buom am dro yng nghoedwig Bewpyr a'n llawenydd wrth gydgyfansoddi.

Mae ateb John yn debyg o ran ei naws, y tristwch o golli'i frawd a oedd yn ei farn ef, y rhigymwr gorau yn ei deulu. Enw'r llyfr a anfonodd ataf fi yw *Poems, Chiefly in the Scottish dialect* gan Robert Burns. Mae'n cynnwys casgliad bywiog o faledi gwledig a barddoniaeth delynegol. Bu'r gyfrol, yn ôl John, yn llwyddiant ariannol ysgubol wrth i gopïau hedfan o silffoedd y siopau llyfrau mor sydyn ag y caent eu hargraffu. Y rheswm am hyn, yn ei farn ef, yw bod Burns yn wir yn llais cefen gwlad. Mae darllenwyr soffistigedig Rhydychen a Llundain wedi canmol yr awdur o ddiffeithwch yr Alban, sydd wedi dysgu ei hunan i farddoni, fel llais syml ac uniongyrchol, gan un o wreiddiau cyffredin.

Caf fy atgoffa gan John o'r hyn roedd Daniel am i fi wneud y tro olaf hwnnw yn y goedwig. Awgrymodd y dylswn geisio gwneud fy ffortiwn drwy ysgrifennu'n hytrach na thorri geiriau ar feini, gwneud hynny yn Saesneg a chyhoeddi'r gyfrol fy hunan fel llais gwerinwr o gefn gwlad Cymru. Awgrymu bod ei frawd Daniel mor gywir wrth sôn am ryfeddod Burns. Dywed yn wylaidd iddo gael peth llwyddiant wrth gyhoeddi'i gyfieithiadau i'r Saesneg, ac y gallai fy rhoi mewn cysylltiad â ffigyrau llenyddol dylanwadol yn Rhydychen a allasai fod o gymorth i fi.

5

Antur Fawr

L LYTHYR BYR GAN Owain Myfyr, wedi'i ysgrifennu ar frys, yn datgan ei gyfeillgarwch, protestio'i ddiniweidrwydd ynglŷn â'm cwynion yn ei erbyn, ac yn cynnwys papur deg punt gan fy annog i foddi unrhyw ddrwgdeimlad mewn chwart o gwrw. Dywed wrthyf fod ar Dafydd ap Gwilym fy angen ac y dylwn wneud fy ngorau glas i sicrhau bod ei waith yn ymddangos yn ei lawn ogoniant.

*   *   *

Cafodd gwrit i'r isetholiad ei chyhoeddi ym mis Awst, a chaewyd y rhestr o enwau sawl wythnos yn ddiweddarach gogyfer ag etholiad mis Medi. Ond er syndod a rhyfeddod nid yw papurau Capten Windsor wedi ymddangos. Mae 'Y Parasitiaid Newydd' wedi penderfynu peidio â sefyll o weld mor unol a phenderfynol yw'r gwrthwynebiad. Enillwyd buddugoliaeth!

Mae llawer o ddathlu ac mae'r cwrw rhad yn llifo oddi wrth y byddigions hapus. Ond rwy'n teimlo'n eitha trist wedi i fi ddarllen am y digwyddiadau yn Ffrainc, yr ymosodiad ar y Bastille a rhyddhau'r carcharorion a garcharwyd ar gam. Beth yn y byd ydyn ni wedi'i wneud o blaid y dyledwyr yng ngharchar Caerdydd? Rwyf newydd ddarllen am y faner a gafodd ei lledu ym Mharis gan ddatgan 'Rhyddid, Cydraddoldeb a Brawdgarwch.' Brawdgarwch. Caf fy ysbrydoli a fy nghywilyddio. Ym Morgannwg rydym wedi ymgyrchu ac ennill buddugoliaeth i gadw pethau fel yr oeddent. Brawdgarwch? Brawdgarwch cyffredinol? Rhaid darganfod ffyrdd gwell o daenu gwerthoedd y Chwyldro.

Mae Robert Jones o Ffwl-y-mwn yn fy nghymryd i'r naill ochr i ddiolch unwaith eto am fy ymdrechion. Pe bawn yn meddwl cyhoeddi fy marddoniaeth, gallwn ddibynnu arno fe a'i gyfeillion am danysgrifiadau hael. Mawr yw fy niolch iddo. Mae'n cynnig defnyddio ei ddylanwad ar fy rhan ymysg ei gyfeillion.

*   *   *

Mae 'da fi erthygl wedi'i chyhoeddi yn *The Gentleman's Magazine*, cylchgrawn llenyddol o Lundain, a chaf dâl o ddwy gini.

Rhaid ceisio manteisio ar y foment iawn i gael gair â Peggy. Fydd hynny ddim yn rhwydd. Mae'r bwthyn wedi troi'n ffatri magu plant a bydd yma wastad olchi, llefen, bwydo, nyrsio, cwtsio, dweud y drefen, a phentwr o bethau mamol eraill angenrheidiol i'w gwneud.

Ers cael fy rhyddhau o'r carchar, mae Peggy'n ymwybodol fy mod wedi gwneud pob dim posibl i ennill yr arian sydd ei angen i fagu'r teulu. Does dim eisiau i fi ddweud wrthi, mae hi'n gwybod gymaint o ymdrech ydyw. Bu'n gyfnod caled gan ei bod yn anodd dod o hyd i waith sy'n talu'n dda a phan gaf waith bydd hwnnw bellter bant. Mae'n galed achos rwyf wedi gorfod cymryd gwaith saer maen sy'n gofyn am y sgiliau elfennol yn unig, fel adeiladu waliau ac ati. Mae'n sefyllfa anodd hefyd oherwydd effaith y llwch ar fy iechyd wrth gerfio. Rwyf nawr yn dioddef o byliau cas o wynegon a phoenau yn fy mhengliniau. Awgrym Peggy yw y cawn beth rhyddhad pe bawn yn cerdded llai, a phan fydd yn rhaid mynd ar daith bell yna dylwn ddefnyddio'r ceffyl i deithio. Mae'r hen geffyl yn ffrind annwyl ac rwy'n trysori ei gwmni, ond nid caethwas mohono i'w gam-drin a gwneud iddo gario fy mhwysau.

Mae Taliesin wedi'i fwydo, a gall Peggy ei roi i lawr i gysgu. Mae'n aros i fi ddweud rhywbeth. Rwy'n rhoi dwy gini yn ei llaw, ac mae'n ei dderbyn gyda gwên.

"Na ddeuddeg punt dw i wedi'i ennill drwy ddefnyddio 'mhensil yn ystod y mis d'wetha,' dywedaf wrthi gyda pheth boddhad. Mae'n bles iawn ond eto mae'n llygadu'r arian yn amheus, fel petai wedi cael ei ennill yn anonest.

'Da iawn ti, Ned. Da iawn ti 'ngŵr i.' Mae'n plygu i gusanu fy moch. 'Ond gallet ti weud 'fyd taw 'na'r unig ddeuddeg punt rwyt ti wedi'i ennill trwy sgrifennu mewn deugain mlynedd.'

Mae'n aros. Mae'n fy adnabod i'n rhy dda, ac yn gwybod bod 'da fi rywbeth arall i'w ddweud.

'Peggy, rhaid i ti ddeall y bydd hi'n anodd iawn i fi ennill digon o arian drwy hollti meini. Ma gwaith yn brin, a dwy i ddim mor iach a bywiog ag ro'n i ar un cyfnod. 'Na'r rheswm pam gwnes i chwilio am ffordd arall o ennill cyflog wedi i ni briodi.'

Mae'n tynhau, yn meddwl siŵr o fod 'mod i am awgrymu prynu llong, neu werthu te, neu agor rhyw weithdy neu rywbeth tebyg i'r hyn a fu'n gyfrifol am ein gwneud yn fethdalwyr ac i finne gael blwyddyn o garchar. Rhaid dweud yn go gloi:

'Dwi'n gw'bod pam na withodd y mentre erill, Peggy. Do's dim rhyfedd 'mod i wedi ffili achos do'n i'n gwbod dim am hwylio, na gwerthu te. Ma ennill arian am waith llenyddol fel hyn wedi 'mherswadio i y dylwn ganolbwyntio ar rywbeth ma pawb yn cydnabod 'mod i'n feistr arno, sef sgrifennu. Dyw gwitho fel saer maen ddim yn talu.'

Rwy'n crybwyll llwyddiant Robert Burns sy'n ysgrifennu'n debyg i fi, yn sôn am gefnogaeth John Walters, am gefnogaeth Jones o Ffwl-y-mwn, am fy nghysylltiad â Chymry Llundain, fy llwyddiant gyda *The Gentleman's Magazine*. Mae'n tuchan gan ysgwyd ei phen.

'Ned, dw i ddim yn gwbod, ddim yn gwbod o gwbwl. Ond

falle fod sgrifennu yn rhywbeth y galli di neud cystal â thorri meini. Do's dim rhaid neud dewis, nag oes e? Falle y gelli di dreulio dyddie'n sgrifennu gatre pan nad o's gwaith saer maen ar ga'l. Ond Ned, fyddi di'n hapus yn sgrifennu gwaith comisiwn?'

'Beth wyt ti'n feddwl?'

'Wel, rwyt ti wastad yn sgrifennu pan wyt ti'n teimlo fel neud. Y tro 'ma, fel ma'n digwydd, ma dau berson wedi penderfynu eu bod nhw isie darllen yr hyn rwyt ti 'di'i sgrifennu. Os wyt ti isie arian am sgrifennu, mae 'da ti gyfrifoldeb i sgrifennu beth bynnag bydd darllenwyr isie 'i ddarllen. Allet ti neud 'ny?'

Ddeuddydd yn ddiweddarach mae cyfrol o *Barddoniaeth Dafydd ab Gwilym* yn cyrraedd y tŷ yn ogystal â llythyr llawen iawn gan William Owen. Mae'n bleser gweld barddoniaeth Dafydd mewn print, ond rwy'n troi'n gyntaf at yr atodiad. Rwy'n eistedd i fwynhau gwledd sydd wedi'i gwadu i fi am ddeugain mlynedd: fy ngwaith fy hunan wedi'i argraffu!

6

Cofeb Sampson

R WY I YM mynwent Llanilltud Fawr. Mae'n ddiwrnod tyner o Fedi, adeg y cynhaeaf ac rwy wrthi'n ychwanegu enw Mrs Wilkins ar faen mawr a osodais yma ryw wyth mlynedd yn ôl ar fedd ei gŵr. Cofnodaf y ffaith iddynt gael eu huno unwaith eto yn y pridd ac yn y nefoedd. Mae 'ngwaith ar ben yma ond mae'n rhaid i fi aros nes i'r dynion ddod yn ôl o'r cynhaeaf i'm helpu i ailosod y garreg fedd. Edrychaf o'm hamgylch gan fod eglwys Llanilltud Fawr wastad wedi fy ysbrydoli, ac nid yw heddiw'n eithriad.

'Stori ffantasiol, 'na i gyd,' meddai'r clochydd, wrth i fi ei atgoffa o'r stori am Wil y Cawr. Gan fwy nag un hen fachgen o'r dre y ces i'r wybodaeth fod y gŵr wedi'i gladdu yma. Yn ei ieuenctid esgynnodd i'r uchelfannau aruthrol o ran taldra, ond bu farw oherwydd y straen ar ei galon. Wrth gloddio ei fedd bu'n rhaid iddynt balu am yn hir iawn oherwydd maint ei gorff, a thrwy wneud hynny fe wnaethant ryddhau sylfeini rhyw gofeb hynafol yn ymyl. Yn ôl y chwedl, fe ddisgynnodd y gofeb i mewn i fedd Wil y Cawr, a chan ei bod hi mor drwm bu'n rhaid ei gadael lle y disgynnodd. Caiff fy niddordeb yn y stori hon ei hadfywio wedi i fi weld cofnod yng nghofrestr y plwyf am ryw 'William Williams called the Giant, who was buried here in 1724.' Efallai fod y stori'n wir?

'Dwli llwyr!' meddai'r clochydd. 'Pe bawn i'n gadel i ti neud beth rwyt ti isie, fe fydde hanner y beddi 'ma wastad ar agor er mwyn i ti ga'l whilo am ryw weddillion hynafol. Gad i'r meirw orffwys lle ma'n nhw. 'Na gyd ddweda i!'

Ceisiaf ei berswadio na fyddai dim o'i le mewn troi ambell glutsen i weld a oes posibilrwydd. 'Os o's carreg 'ma, fydd hi ddim yn rhy bell o'r wyneb.' Tuchan mae'r clochydd.

'Ma storïe fel hyn yn ca'l 'u mystyn dros gyfnod o amser,' mae'n mynnu. 'Ma Wil y Cawr yn tyfu'n dalach bob tro ma'r stori'n ca'l 'i hadrodd, a'r garreg, os o's un, yn tyfu 'fyd. Dw i ddim yn credu bod e fawr talach na fi, a do'dd y garreg fedd fawr talach na'r un rwyt ti'n 'i cherfio nawr. Gwranda ar synnwyr cyffredin hen ddyn. Mae'r storïe 'ma'n ca'l 'u chwyddo beth bynnag yw'r gwirionedd sy y tu ôl iddyn nhw.'

Gwadu hyn wnaf i. Wrth ddadgloddio'r gorffennol, yn amal mae'r realiti'n fwy gogoneddus na'r fersiwn ddi-liw sy'n byw yng nghof y werin. Rydym yn dadlau am beth amser ar ddiwrnod bendigedig o braf, ac ar ôl ymryson eiriol mae'r clochydd yn rhoi'r gorau i ddadlau. Rwy'n mofyn caib a rhaw i gloddio rhyw dwll bach yng nghanol y lle y dylsai'r bedd fod. Cadw llygad arna i gan groesi'i freichiau yn aros i gael gweld beth a welwn ma'r clochydd. Wedi i fi fynd lawr ryw droedfedd fe drawes garreg ac wedi clirio digon o bridd o'i hamgylch gallwn weld pen carreg fedd ac arni ysgrifen hynafol. O fewn hanner awr rwyf wedi dadorchuddio hyd yr hen fedd sydd bron yn wyth troedfedd neu fwy. Wedi i'r dynion gyrraedd o'r caeau maen nhw hefyd am wybod beth sydd yno a does ddim rhaid i fi ofyn ddwywaith am eu help. Gyda chymorth bloc a thacl ac awr o waith caled, mae'r garreg bellach wedi'i chodi'n beryglus o syth.

Tra bod yr haul yn diflannu, mae'i belydrau'n creu cysgodion ar draws yr hen lawysgrifen ac af ati i geisio'i dehongli. Mae hon yn garreg fedd i ddau hen frenin Morgannwg, sef Ithael ac Arthmael. Mae'r ysgrifen yn awgrymu iddi gael ei chodi i goffau yr Abad Sampson fwy na mil o flynyddoedd yn ôl. Fel mae'r haul yn machlud y tu ôl i'r garreg ry'n ni i gyd yn eistedd mewn cylch yn gegagored wedi'n hudo gan bresenoldeb y garreg ac wedi cael cipolwg sydyn ar dreftadaeth Morgannwg.

Er eu bod wedi gwneud diwrnod o waith caled yn y caeau, ac awr ychwanegol o waith am ddim yn y fynwent, maen nhw'n dal yma, yn rhythu fel dynion wedi'u hudo. Wedi gadael, fe fyddant yn adrodd y stori wrth eu gwragedd, eu cariadon neu wrth gydyfwyr eu bod nhw heno wedi bod yn rhan o hanes. Y clochydd a finne yw'r olaf i adael. Rwy'n gwrthsefyll y demtasiwn i ddweud wrtho unwaith eto fod hen storïau'r gorffennol yn ymddangos hyd yn oed yn fwy gogoneddus pan gaiff y gwir ei ddatgelu yng ngolau'r dydd.

Does dim trosiad gwell i gyfleu fy ngwaith.

7

Argraffiadau Cyntaf

R WY I WEDI bod gyda'r rheithor am awr bron yn trafod tarddiad pentwr newydd o eiriau. Ond mae'n ymddangos yn fwy pell nag arfer, yn edrych drwy fy nodiadau'n ofalus, ond heddiw heb fod yn bedantig ysgolheigaidd. Rwy'n dechrau credu ei fod e'n dost. Wrth i fi gyfeirio at y ffaith i fi lythyru gyda John, ei fab hynaf, sylweddolaf fod rhywbeth mawr o'i le. Dywedaf wrtho fod John yn amlwg wedi bod yn rhy brysur yn ei swydd newydd fel Rheithor Efenechtyd i ateb fy llythyron. Sylla'r Rheithor yn syn arnaf, ei lygaid mewn anghrediniaeth, yn llosgi fel darnau o lo tanbaid gan fod ei wedd mor welw.

'Dwyt ti ddim wedi clywed? O Dduw, maddau i fi, Edward, am dy esgeuluso.'

Aiff yn dawel, ond dwy i'n dweud yr un gair am ei bod yn amlwg bod ganddo fwy i'w ddweud. Rwy'n rhagweld yr holl bosibiliadau y gallwn eu dychmygu am John; salwch, ffrae gyda'r esgobion, gorweithio, cael ei yrru dramor, ond nid oeddwn yn disgwyl creulondeb y gwirionedd.

'Bu farw John o'r ddarfodedigaeth bythefnos yn ôl, gan ddilyn yr un patrwm wrth ddirywio â Daniel. Oherwydd yr ofnau am natur heintus ei glefyd, ni chafodd ei gorff ei gludo gartref yma, a chafodd ei gladdu yn ei eglwys ei hunan o dan weinyddiaeth Esgob Llanelwy. Fe gymerais yn ganiataol fod y byd yn gwybod...'

Mae e'n tawelu gan edrych druan fel dyn sydd bron â thorri. Nid wyf i'n galler cynnig llawer o gymorth i'w gysuro. Mwy na thebyg fe ddylswn ofyn cwestiynau technegol ynglŷn â rhyw bwynt gramadegol astrus iddo, er mwyn i'w ymennydd ennill rhyw normalrwydd fel y gall ddygymod â hyn, ond rwy'n teimlo na allaf wneud hynny hyd yn oed na dim arall. Ry'n ni'n eistedd yno mewn tawelwch dwys am hydoedd, nes i'r Rheithor frwydro'n galed i ddianc o'i bydew trallodus i godi rhyw fath o sgwrs.

'Fe fydd gwasanaeth coffa yn Eglwys y Groes Sanctaidd ddiwedd y mis. Caiff hysbyseb am y gwasanaeth ei ddarllen yn eglwysi'r esgobaeth fel y gall unrhyw rai sydd am ei gofio fod yno.'

Mae'r dŵr yn y tun yn berwi'n dda ar y tân bach yng nghoedwig Bewpyr. Mae digon o chwerthin o'm hamgylch wrth i minnau baratoi'r te ac i bawb arall aros yn eiddgar. Mae Dafydd ap Gwilym yn amheus gan ddweud wrth y cwmni taw dim ond pan fydd ei stumog yn wael y bydd yn yfed trwythau dail. Ond mae Daniel yn dweud wrtho na ddylai bardd wrthod unrhyw brofiad newydd, ac y bydd yn mwynhau cynnyrch y dwyrain cyfriniol. Ochri gyda Dafydd mae Wil Tabwrdd, gan gyhoeddi taw dŵr o'r ffynnon lân neu gynnyrch casgen gwrw mae e am ei yfed. Mae cryn dipyn o chwerthin wrth i fi arllwys y te. Wrth i Dafydd gymryd llwnc mae'n tynnu ystumiau.

Mae'n gwmni calonnog a'r clebran yn fywiog. Yn amlwg, mae John a Daniel yn falch o fod yn ôl yn Bewpyr, a chawn awgrym gan John fod ganddynt fusnes i'w drafod. Sut y gallant wneud i Ned fod y bardd mwyaf llwyddiannus yn yr oes hon? Mae Dafydd yn mynnu eu bod yn geirio'r cwestiwn yn wahanol gan taw fe, Dafydd yw'r bardd gorau mewn unrhyw oes. Cwestiwn Wil yw holi paham bod angen gwneud, oherwydd bod parch i Ned gan linach o feirdd yn ymestyn nôl i'r oesoedd pell. Ond ni chaiff ei gydnabod yn fardd gan y rhai a etifeddodd yr hawl i benderfynu.

'Wrth gwrs,' medd Daniel wrth ateb, 'ond nid ydym yn trafod bri Ned yn ein mysg ni'r Cymry. Rydym am iddo gael ei barchu a llwyddo fel bardd yn yr iaith Saesneg hefyd.'

'Oherwydd fod y tâl yn Saesneg yn well?' medd Wil Tabwrdd yn anfodlon.

'Wrth gwrs ei fod yn talu'n well,' meddai Dafydd. 'Nes i erioed ysgrifennu cerdd os na chawn fy nhalu. Mae'n iawn ysgrifennu cywydd i ferch er mwyn ei hudo i ddod i'r gwely, ond heblaw am hynny am arian neu aur y bydda i'n ysgrifennu. Mae'n rhaid i fardd fwyta.'

'A'i deulu hefyd,' medd John.

Troi i siarad am ffasiwn ddiweddara Llundain mewn barddoniaeth wna John, a'u bod yn ffafrio barddoniaeth wledig, gyntefig a bod llwyddiant Robert Burns yn brawf o hyn. Os gall gŵr yr arad o'r Alban gael cymaint o lwyddiant fel bardd pam na all saer maen o Gymru?

Mae Dafydd yn protestio, 'Mae Ned yn fwy na saer maen sy'n sgriblan. Mae'n fardd sydd wedi derbyn hyfforddiant, wedi llwyddo o radd i radd a chael ei dderbyn i Urdd y Beirdd. Dyna'r unig gydnabyddiaeth sydd ei hangen ar fardd.'

'Nid yw hyn yn wir am Lundain, rwy'n ofni,' medd John. 'Nid yw'r cylchgronau llenyddol wedi clywed am Lewis Hopkin o Landyfodwg nac am Urdd y Beirdd. I ennill darllenwyr bydd yn rhaid i Ned ennill calon a meddwl y crach ffasiynol, ac ar y funud mae ganddynt obsesiwn am glywed lleisiau pur y dyn syml, hunanaddysgedig sydd mewn cyswllt agos â byd natur. Fe gei di feio Rousseau am hyn. Os gallwn glosio at natur fe fyddwn yn agosach at ein hanfod ni ein hunain.'

Mae Daniel yn cymodi rhwng Dafydd a John. 'Os yw beirniaid Llundain eisiau llais dilys beth sy'n fwy dilys nag un o feirdd olaf yr hen draddodiad barddol?'

'Nid fe yw'r olaf, mynnodd Dafydd, 'beth am Edward Evans?'

'Wel bron yr olaf. Drycha, rhaid cyfadde na fyddant wedi clywed llais Lewis Hopkin y tu fas i gylch Cymry Llundain ond paham na allwn ddweud wrthynt am Urdd y Beirdd, ac am yr Orsedd!'

'Sut?' gofynna Wil.

'Dwed wrthynt,' yw ymateb John, 'Mae'r Gentleman's Magazine wedi argraffu sawl darn o farddoniaeth ac erthyglau gan Ned, on'd ydynt ?

Rwy'n cytuno.

'Wel, fe ddylai rhywun ysgrifennu erthygl am Ned gan esbonio yr hyn rydyn ni'n ei wybod yn barod. Fe fyddai'n gyfle i Ned hefyd fesur yr ymateb i hen draddodiad barddol Ynys Prydain. Fe fyddai'n beth da ychwanegu rhai awgrymiadau am y cysylltiadau â'r hen dderwyddon hefyd. Mae'n ymddangos fel petaent yn boblogaidd ar y funud. Daniel 'nei di ei ysgrifennu fe?'

'Fe wnawn ni e gyda'n gilydd.'

'Wel, rydyn yn gytûn.' Mae'r ddau frawd yn mynd ati i gyfansoddi. Mae eu lleisiau'n gwywo yn y pellter, aiff Dafydd a Wil i chwilio am ryw dafarn, gan fy ngadael i ar fy mhen fy hunan.

O fewn pythefnos argraffodd *The Gentleman's Magazine* y canlynol:

Edward Williams – about the age of twenty he was admitted a Bard in the ancient manner; a custom still retained in Glamorgan, but, I believe, in no other part of Wales. This is by being discipled to a regular Bard and afterwards admitted into the order in a Congress of Bards assembled for that purpose, after undergoing proper examination; and being also initiated into their Mysteries, as they are pleased to call them. Besides Edward Williams, there is, I believe, now remaining only one regular Bard in Glamorgan, or in the world: this is the Rev Mr Edward Evans of Aberdare, a Dissenting Minister. These two persons are the only legitimate descendants of the so-long-celebrated Ancient British Bards.

Gyferbyn mae fy *Ode Imitated from the Gododdin of Aneurin* yn ymddangos. Mae'r erthygl wedi'i harwyddo gyda 'JD'.

8

Y Pererin

DIDDOROL GWELD FEL mae un peth yn arwain at y llall. Mae Robert Jones o Ffwl-y-mwn wedi darbwyllo'i gymydog, y Parchedig Carne o Nash Manor a Mr John Curre o Gas-gwent i gefnogi fy achos. Er na fyddai Robert Jones yn galler gwahaniaethu rhwng cerdd dda a rhestr siopa, mae gan Mr Carne a Mr Curre, yn ôl eu honiadau, gysylltiadau da yng nghylchoedd llenyddol Bryste a Chaerfaddon. Mae'r ddau wedi darllen am fy ngwaith yn *The Gentleman's Magazine* a byddent yn hapus i'm cyflwyno i eraill. Byddai hynny o fudd i fi wrth chwilio am ragor o danysgrifiadau.

*   *   *

Rwy'n edrych drwy ffenest cerbyd Mr. Curre wrth i ni drotian drwy hen ddinas Caerfaddon i gyfeiriad y Crescent. Rwy'n anghyffordddus yn treulio cymaint o amser yn y cerbyd gan ei bod yn well 'da fi gerdded. Mae Mr Curre yn gyfeillgar ac eto mae i'w weld o dan straen. Rwy'n amau ei fod yn poeni braidd am ymateb ei gyfeillion i rywun fel fi. Os caf fy meirniadu'n ddrwg, mae'n ofni cael ei geryddu am gyflwyno'r fath gymeriad. Am y trydydd tro, mae'n pwysleisio statws uchel ein gwesteiwr.

'Make no mistake, Mr Anstey is a very distinguished author and scholar. Very distinguished. Very scholarly. Famous for the quality of his Latin translations but also known for his... unconventional attitudes.'

'Has he read any of my work?'

'Indeed, yes. He praised the samples I sent him and I suspect that is because he is himself a master of satirical verse. His *The New Bath Guide, or Memoirs of the Blunderhead Family* has offended countless and sold hundreds. He is also immensely wealthy. It is most promising that he should take an interest in you.'

Teimlaf yn ddryslyd a 'mhen yn troi oherwydd bod pob dim wedi digwydd mor gyflym ac felly mae'r cerbyd cyflym rywsut yn teimlo'n addas. Rydym yn cyrraedd mawredd y Royal Crescent. Rwy i wedi sylwi ar siâp arbennig yr adeilad cynt, ond ni wnaeth erioed edrych mor urddasol ag mae'n edrych heddiw. Efallai taw'r rheswm yw taw saer maen distadl oeddwn i bryd hynny, ond heddiw rwy'n westai anrhydeddus yn un o'r tai mawr crand.

Daw'r cerbyd i stop tu fas i rif pedwar. Rwy'n barod i agor drws y cerbyd ond yn teimlo bysedd tyner Mr Curre yn fy rhwystro.

'Let the footman open the door, Edward.'

Os yw'r gwas i fod i fy ngwasanaethu, mae'r cyferbyniad rhwng ei lifrau moethus e a'm hen siaced i'n gwatwar ein statws cymharol. Ry'n ni'n ymadael â'r cerbyd ac yn dringo'r grisiau at y drws agored fel rhyw osgordd frenhinol. Mae'r perchennog, Christopher Anstey yn sefyll ar ben y grisiau i'n cyfarch. Dyn gweddol dal yw e gydag ysgwyddau llydan, wyneb cnawdol llawn, dwy foch goch a llygad sy'n disgleirio. Mae'n ymddangos ar y naill law ei fod yno i'n croesawu ond ar y llaw arall caf yr awgrym ei fod yn un digon drygionus hefyd. Er nad yw'n ddyn eglwysig mae'n gwisgo gwisg dywyll a sobor a chrafat gwyn, sy'n awgrymu awyrgylch weinidogaethol. Caf fy nghroesawu ac yna fy arwain drwy'r cyntedd cain lle mae potiau dwyreiniol a drychau aur ar bâr o ddrysau sydd yn agor fel pe'n wyrthiol wrth i ni eu cyrraedd.

Y tu mewn, mae ystafell braf gyda dodrefn chwaethus. Er rhyddhad i fi nid yw'n rhy foethus ond o siâp a maint perffaith, sy'n ffasiynol heddiw. Dim ond ennyd sydd 'da fi i sylwi ar y paneli, y lluniau – golygfeydd Eidalaidd, rwy'n meddwl, a sawl cwrlid o'r India. Ceisiaf ganolbwyntio ar y bobol gan ei bod yn bwysig cofio'r gwesteion a gaiff eu cyflwyno i fi. Does dim amser cael fy ngwynt ataf. Mae dwy fenyw'n gorweddian ar y ddwy soffa, sydd wedi'u gosod yn berffaith fel gwrthrychau mewn darlun. Wrth y ffenest, mae hen ddyn urddasol yn cario ci bach o dan ei fraich. Ydyn nhw'n bobol go iawn, dwedwch?

'May I introduce Miss Fanny Bowdler?'

O'm blaen mae gwraig ganol oed yn hapus mewn sidan a les er yn dangos gormodedd o gnawd. Mae'n lledorwedd ar soffa streipïog ac yn amlwg yn disgwyl ymateb. Mewn panig rwy'n nodio 'mhen a mwmian rhywbeth sydd yn amlwg yn dangos fy niffygion mewn hyder, sgiliau cymdeithasol a magwraeth. A ddylswn fod wedi cusanu'i llaw?

Esbonia fy ngwesteiwr taw gwraig mwya anghonfensiynol ei theulu yw Miss Bowdler, sy'n dueddol o gamfihafio'n amlach na'i chwiorydd. Mae e'n symud yn ysgafn o amgylch y stafell wrth iddo siarad, ac mae ystumiau ei freichiau a'i ddwylo'n lliwio'i sgwrs. Gan fod Miss Bowdler yn gwybod cymaint ag sydd i'w wybod am awduron, o ganlyniad mae hi wedi ymatal rhag ysgrifennu ei hunan. Er ei thalentau amlwg, a'i ymdrechion gorau ef i'w phriodi, mae'n dal yn ddibriod. Caiff lond pen gan Miss Bowdler am ddweud y fath beth. Ond mae 'na ddealltwriaeth rhwng y ddau ac felly mae ganddynt yr hawl i ddweud pethau ysgubol am ei gilydd. Mae Miss Bowdler yn fflyrtan wrth chwerthin.

'Take no notice of Christopher, Mr Williams. He is an outrageous man. It's why we get on so well. As a member of the family whose literary name is founded on the removal of all of the shocking lines from Shakespeare, I feel the need to redress the balance through a modest display of the socially outrageous.'

'Which you do so well.'

Gwthia Miss Bowdler ei thafod mas at ei gwesteiwr, cyn troi ataf i.

'They tell me you are a druid, Mr Williams. Is that so?'

'Not quite, my lady. I am a bard initiated into the ancient order of bards descended from the earliest bards of the Island of Britain. Our forefathers were bound by the mystic orders of druidism to use the power of their verse only to inspire faith in the Lord or the enlargement of human understanding.'

'So what's the difference between a bard and a poet?'

'A poet writes for whosoever he pleases in whatever style he wishes. A bard writes according to the ancient rules of British versification. He attends regularly at meetings with his fellows to review and revise such rules. A bard in our tradition is the guardian of all that is true and valuable.'

A wnaeth ei llygaid gymylu wrth glywed fy ateb? Mae ei gwên lydan yn dangos nad yw wedi cael ei diflasu.

'How very original.'

Mae fy ngwesteiwr yn troi at y fenyw nesaf.

'May I introduce Miss Hannah More?'

Mae ceg hon wedi'i chau'n dynn ac mae'n gwisgo ffrog lwyd heb fawr o addurn. Mae'n tuchan wrth ragweld cyflwyniad coegwych.

'Poetess, novelist, philanthropist and playwright of great note. Authoress of *Thoughts on the Importance of the Manners of the Great to General Society*. She has been wooed by the brightest luminaries of our age including Walpole and the immortal Garrick but has refused them all, preferring to spend her best years in rural retreat providing education to the poor. Hannah writes fine moral tracts designed to reform unreformable sinners such as Fanny and I.'

Yn ystod y bregeth hon mae llygaid Hannah More yn troi tua'r nefoedd fel petai'n gwangalonni o glywed cyflwyniad dros ben llestri ei gwesteiwr. Nid yw'n trafferthu ymateb ond yn gofyn cwestiwn i fi ar unwaith.

'And what is your attitude to the slave trade, Mr Willams?'

Rwy'n falch o'r cyfle i fynegi fy ffieidd-dra tuag at y fath arferiad. Ychwanegaf fy mod wedi ysgrifennu sawl erthygl yn gwrthwynebu hyn a 'mod i wedi darllen cerddi mewn cyfarfodydd cyhoeddus yn condemnio'r driniaeth annynol a chreulon a'i fod yn erbyn cyfraith Duw. Mae'n nodio'i phen mewn cytundeb.

'You are an unschooled poet I understand: one who has learnt through the inspiration of nature rather than the disciplines of scholarship?'

Does dim rhaid i fi ystyried fy ateb.

'In my culture we depend on triads, a simple poetic form of three wise statements to enshrine our inherited wisdom. One of our most important runs:

Three things a bard must own,
An eye that sees Nature,
A heart that feels Nature,
The courage to let Nature rule his actions.

A fyddai'n well ganddi pe bawn yn adrodd hyn yn yr iaith Brydeinig wreiddiol?

'The English will suffice, thank you. What is your attitude towards the French?'

Prawf yw hyn arnaf i. Os yw hon yn erbyn cydymdeimlad at ryddid byddaf yn siŵr o golli ei chefnogaeth. Er ei hymddygiad digyfaddawd rwy'n credu y bydd o'r un farn â fi.

'I am a lover of liberty as I have already proved through my verse and actions. I have been prepared to sacrifice for my beliefs and will do so again. I would only add that I am an opponent of violence and murder wherever it appears. Liberty bought at the expense of a child's death is not liberty.'

Er syndod i fi mae'n codi a'm cymeradwyo. Mae'n clapio'i dwylo'n llawen.

'Well done, sir. Well done, Mr Williams. You are a creature I would deem it an honour to count as my associate.'

Caf fy nghyflwyno i'r hen ŵr â'r ci bach. Llyfrwerthwr o Gaerfaddon wedi ymddeol yw Mr Melmoth sydd, yn ôl Mr Anstey, yn ysgrifennu 'works of such literary distinction and deep scholarship that there can be no more than a dozen people in the kingdom who can understand their contents or appreciate their quality.'

Mae Mr Melmoth yn holi am ei swper.

*   *   *

Mae sawl gwestai arall yn ymuno â ni i fwyta. Rhaid i fi ddioddef y bwyd sy'n rhy gyfoethog i fy 'mhlesio i. Cawn gwrs ar ôl cwrs wedi'u haddurno â saws, sbeisys neu frandi ac mae fy stumog a'm llygaid yn gwrthryfela. Rwy'n goroesi drwy wthio sgerbydau adar bach a gweddillion corfforol ryw famal i ochor fy mhlât ond nid ar fy nhafod.

Ni chredaf fod fy niffyg archwaeth at fwyd wedi ennyn unrhyw sylw, gan fod Miss Bowdler ei hunan yn bwyta digon o fwyd i'r cwmni cyfan. P'run bynnag, chaf i ddim llawer o gyfle i fwyta oherwydd taw fi ydi canolbwynt y sylw heno. Mae disgwyl i fi ddifyrru, felly, rwy'n adrodd fy stori wrthynt. Trafodaf hefyd natur barddoniaeth a'm gobeithion i gyhoeddi *The Secrets of the Bards of the Isle of Britain* yn y dyfodol agos. Maent yn ymddangos fel petaent wedi'u hudo.

Ar ôl swper, rydym yn dychwelyd i'r ystafell eistedd, lle mae'r cadeiriau wedi'u trefnu mewn hanner cylch gyda gwas ar bob ochr heb ddim rheswm ac yno rwy'n darllen iddynt.

Caf wahoddiad i sefyll yn y canol i berfformio a gwnaf hyn yn bennaf drwy ddibynnu ar fy nghof. Y darnau rwyf wedi'u dewis yw'r rhai mwyaf gwledig yn fy nghasgliad, detholiad o ddarnau a ysgrifennais dros y blynyddoedd. Amrywiaf y cynnwys gyda stori am frad cariad, 'Y Ferch o Gefn Ydfa', sydd yn llwyddiant mawr a gorffen gyda chyfieithiad o farddoniaeth Dafydd: 'The Fair Pilgrim'. Wedi i fi orffen mae Miss Bowdler yn fy nghymeradwyo'n angerddol, Miss More yn fwy pwyllog tra bod Mr Anstey yn nodio'n ddoeth. Mae Mr Melmoth yn hanner gwenu, a Mr Curre yn teimlo rhyddhad.

9

Rhagolygon am y Dyfodol

MAE MR ANSTEY yn eistedd gyferbyn â fi mewn ystafell de barchus yng Nghaerfaddon. O'm blaen mae rhestr o wahanol de o India i ddewis ohono. Mae hyn yn fater o bwysigrwydd mawr i'r ddau ohonom, i fi am fod cymryd te yn un o'm pleserau mwyaf.

Caf asesiad gan Mr Anstey o'm hymweliad â 4 Royal Crescent, wedi iddo gael cyfle i ennyn ymatebion preifat a barn y rhai a oedd yn bresennol. Rhydd bwysigrwydd i ymateb da Miss Bowdler a Mr Melmoth, ond yn uwch na hynny, y dadansoddiad manwl a gafodd gan Miss More. Mae Hannah More nid yn unig yn awdur o fri ac yn 'blue stocking'[2] clodfawr, ond mae hefyd wedi meithrin talent farddonol gynhenid yn y gorffennol. Achubodd o dlodi ryw Ann Yearsley, merch odro o Fryste wedi iddi sylwi ar ei hathrylith farddonol bur. Mae'n enw cyfarwydd ond cadwaf yn dawel. Drwy arweiniad Miss More mae Ann Yearsley wedi cyhoeddi *Poems on Various Subjects* tua thair blynedd yn ôl a chafodd ganmoliaeth frwd. Mae'n dal i fwynhau llwyddiant er nad cymaint ag a obeithiai'n wreiddiol. Roedd Mr Anstey wedi gobeithio y byddai Miss More wedi cynnig bod yn ymgynghorydd i fi ond ni wnaeth hyn.

Rwy'n holi pam? Mae twyll yn yr ymholiad gan fy mod yn amau beth yw'r ateb. Gŵyr pawb, ymysg cylchoedd darllen *The*

Gentleman's Magazine, am y ffrae chwerw rhwng Miss More a Miss Yearsley a bod y ferch odro'n cyhuddo ei hymgynghorydd o geisio rheoli'i thalent, ei meddwl, ac yn waeth na dim, ei harian.

Dywed Mr Anstey na orffennodd y bartneriaeth yn hapus, a dyna pam mae Miss More yn amharod i fentro gwneud rhywbeth tebyg yr eildro. P'run bynnag, mae'n hollol hyderus bod 'da fi ddawn ac mae hi wedi cymell Mr Anstey i'm cymryd o dan ei adain. Mae'n cyhoeddi ei fod yn hollol hapus gwneud hynny.

Rhaid i fi fynegi fy niolchgarwch a gwnaf hynny er bod 'da fi fy ofnau wrth iddo ddechrau ar ei waith. Mae'n fy nghynghori yn faith ar yr hyn a eilw'n 'the mysteries of authorship.' Er fy amheuon, caf fy synnu taw synnwyr cyffredin ymarferol yw ei gyngor i fi. Dywed wrthyf y dylwn anelu am bobol o statws fel tanysgrifwyr oherwydd gwnaiff eu statws ddenu eraill i ymuno a chyfrannu. Mae'n fy nghynghori i roi mwy o sglein ar fy mherfformiadau cyhoeddus. Roedd y chwedl yn syniad da ac fe ddylwn ddatblygu rhestr o ddarnau tebyg ac i fod yn hollol barod i fynychu achlysuron eraill tebyg. Caf fy sicrhau y daw'r gwahoddiadau gan taw fi, yn ei dyb ef, yw'r 'seren ddiweddaraf yn y ffurfafen'. Fe fwynhaodd *The Fair Pilgrim* yn fawr iawn ac mae'n gwneud awgrym – y dylwn ymweld ag argraffydd o'i ddewis ef ac argraffu'r gerdd fel tudalen sengl. Fe ddylai hyn, ynghyd â chrynodeb o fy mhrosbectws gael eu cynnig mewn siopau llyfrau safonol. Byddai hyn yn rhoi enghraifft o'm gwaith i danysgrifwyr wrth benderfynu a fyddent am danysgrifio i gyfrol newydd o'm barddoniaeth.

Mae hyn i gyd yn gwneud synnwyr. Rwyf yn fwy gwerthfawrogol o'i gyngor wrth iddo fy nghynghori ar bris tanysgrifiad. Dywed y dylwn benderfynu nid ar bris yr argraffu'n unig ond hefyd ar y gost, pris y clawr, y rhwymo a'r dosbarthu, heb anghofio'r gost i fi fel awdur fel y gallwn gynnal fy nheulu yn ystod y mis neu fwy a gymer i chwilio am danysgrifwyr ac i gywiro proflenni.

Rwyf mor falch o ddod o hyd i ŵr mor alluog a gwybodus. Rwy'n siŵr y bydd Peggy yn hapus wedi iddi glywed am y sgwrs hon.

*   *   *

Rwy'n ysgrifennu at Peggy a sôn am fy lwc ac yn teithio ystafelloedd ffasiynol Caerfaddon yn darllen, traethu am farddoniaeth a difyrru. Mae barddoniaeth yn destun pleser yn yr ystafelloedd hyn. Rwyf wedi datblygu rhestr o storïau Cymreig, y rhan fwyaf wedi'u cymryd o hen storïau gwerin, neu hynafol wedi'u haddasu i glustiau Saesneg. At 'Y Ferch o Gefn Ydfa' rwyf wedi ychwanegu stori am fachgen ysgol yn dod o hyd i'r Brenin Arthur a'i filwyr yn cysgu o dan fynydd sanctaidd, stori am delyn y tylwyth teg, ac o'r hen groniclau, stori'r ferch greulon a gafodd ei chreu o flodau.

Wnes i ddim rhagweld yr ymatebion addolgar a gefais gan y gwragedd, rhai'n ymddangos fel petaent yn hapus i ddiwallu fy holl chwantau. Daw'r Parchedig John Nicholl o Henley a'i wraig Mary i Gaerfaddon wedi cael eu denu yno gan y dyfroedd iachusol ac maent wedi ymddangos mewn sawl darlleniad. Proffesa ei fod yn edmygwr brwd ac mae'n rhoi ei enw i danysgrifio am dri chopi. Bydd Mary Nicholl yn gwenu arnaf mewn ffordd sydd yn gwneud i fi deimlo'n anghyffforddus. Ni fydd yn colli unrhyw gyfle i ddod â disgled o de i fi, neu ddiod o flodau eirin ysgaw pan fydd fy nghwpan neu wydryn yn wag. Bydd yn edrych arnaf gyda llygaid sy'n awgrymu edmygedd mawr a bodolaeth rhyw ddealltwriaeth breifet rhyngom. Pe na bawn yn ei hadnabod fel gwraig barchus eithriadol, byddwn wedi camddehongli ei hymddygiad, a'i gymharu â fflyrtian hoeden mewn tafarn. Mae fel petai'r sylw yma, rwy'n ei fwynhau, yn fy ngwneud yn ifanc a deniadol unwaith eto, yn ei llygaid hi beth bynnag, ta beth yw'r gwirionedd dw i'n ei weld yn cael ei adlewyrchu yn nrychau aur mawr Mr Anstey.

O ganlyniad i'm darlleniadau, cefais dri deg neu fwy o danysgrifwyr o radd a statws uchel. O'u cynnwys ar fy rhestr byddant yn siŵr o ysbrydoli eraill. Mae 'da fi nifer o arglwyddi, haid o ferched, sawl parchedig, un iarlles a Dug Efrog. Maent i gyd fel petaent yn barod i ehangu'r rhestr drwy fy nghymeradwyo i eraill.

Mae Mary Nicholl a Mr Anstey wedi trafod sut y gellir ychwanegu at y rhestr drwy gynnwys tanysgrifwyr o statws. Maent yn benderfynol y dylwn symud i Lundain lle mae Mrs Nicholl yn addo trefnu cyfleon i gyflwyno fy ngwaith yn ystafelloedd pobol gyfoethog a ffasiynol.

Heb i fi wneud dim, mae 'da fi argraffydd. Mae Mr John Nicholls, cyhoeddwr ɤ The Gentleman's Magazine sydd nawr yn gyfarwydd iawn â'm gwaith, wedi cynnig argraffu fy nghyfrolau o farddoniaeth ac mae hyd yn oed yn cymryd tanysgrifiadau ar fy rhan yn ei siop yn Llundain a thrwy'i asiant yn Rhydychen a Chaergrawnt.

Rwy'n ysgrifennu at Peggy i ddweud bod y rhagolygon am unwaith yn fy mywyd i'w gweld yn addawol. Rwy'n addo iddi na fydda i'n colli'r cyfle hwn drwy gyflawni rhyw weithred fyrbwyll.

*   *   *

Rhaid cyfaddef taw'r noddwr mwyaf egnïol a gefais hyd yn hyn yw Mr Anstey ac rwyf wedi elwa'n fawr o'i gyngor craff. Ond, mae'n eistedd gyda chopi o The Fair Pilgrim o'i flaen ac ynddo mae ef a Mr Carre wedi ysgrifennu nodiadau ac wedi cynnig gwelliannau. Ni ofynnodd am fy nghaniatâd i addasu'r gwaith, ond mae'n amlwg yn credu bod yr hawl ganddo i wneud hyn.

Esbonia:'Mr Carre and I are greatly concerned about the last couplet but two. Although I was at a loss to explain why, Mr Carre is more perceptive. He pointed out that it is in conditional mode. Therefore would it not be better to omit the 's' in 'heaves' and 'bedews'?'

Nid yw'n oedi i dderbyn ateb. Rwy'n ei wylio'n ofalus yn rhoi marc arall ar fy nhaflen. Mae'n dal ati gan wneud mân newidiadau diangen drwy'r holl destun. Ni allaf benderfynu sut i'w atal rhag gwneud yr holl newidiadau i'm gwaith, heb ei bechu ond eto gwn yn bendant beth fydd rhaid i fi wneud nesaf.

'I think you know how truly grateful I am to you and Mr Carre for all you have done and continue to do on my behalf, but you must forgive me if I cannot accept your guidance in this. I have from the first been determined not to impose on the public by giving them anything that was not absolutely my own.'

Edrych arnaf yn llawn syndod wna Mr Anstey a hwnnw'n newid yn raddol i flinder. Teimlaf yn ofnus am funud ei fod am ddatgan nad yw bellach am gynnig rhagor o gymorth i fi. Sut gallwn i gyfleu'r fath drychineb wrth Peggy? Mae'n rhoi ei bensil i lawr a chymeryd llwnc araf o'r te cyn siarad. Dywed wrthyf fy mod yn annoeth yn gwrthod gwneud newidiadau, ac y byddwn yn difaru pan fyddai beirniaid Llundain yn tynnu sylw at y gwallau mae yntau wedi ceisio eu cywiro.

'Perhaps I should have been forewarned. This is an exact repeat of a problems that arose between Ann Yearsley and Mrs Hannah More when the distinguished patron attempted to assist her primitive pupil. In that case matters became most unpleasant. I pray God no such conclusion will be seen between us.'

Nid wy'n newid fy meddwl, yn hytrach rwy'n ychwanegu at ei anniddigrwydd. Mae llythyron yn cynnig tanysgrifio gan lyfrwerthwr o Fryste sydd yn llawenhau wrth weld mesur seneddol diweddar Mr Wilberforce yn gwahardd caethwasanaeth yn cael ei drechu. Dywedaf wrtho 'mod i'n benderfynol na chaiff y rhestr tanysgrifio ei llygru drwy gynnwys cefnogwyr aflan a ffiaidd masnach y caethweision. Rwy'n sicr o gael cefnogaeth Miss More ar y mater yma.

Mae Mr Anstey yn fwy anfodlon. Mae'n plygu dros y bwrdd. 'Enjoy the fame that your work is now bestowing upon you, but do not let it go to your head. Were I in your position I would value this brief fame far less than income. I suggest you do all you can to increase your financial emoluments whilst fashion smiles upon you. I warn you not to be careless of the opportunities I present or else you may quickly relapse into a life of labour and penury.'

Gyda hyn mae Mr Anstey yn casglu'i ffon a'i het ac yn gadael yr ystafell.

Rhan Chwech: Llundain 1791 i 1795

1

Mrs William Owen

RWY'N WIR DDIOLCHGAR o gael y gadair freichiau esmwyth, ddofn yma, digon o gawl a thân cynnes. Er fy mod am wadu hynny, rhaid cyfaddef nad oes 'da fi bellach y nerth oedd 'da fi cynt. Fy mwriad i oedd cerdded yr holl ffordd i Lundain ond ar ôl sawl noswaith yn cysgu mewn beudai llaith, erbyn i fi gyrraedd Slough bu'n rhaid i fi dalu am sedd mewn coets.

'I would have been so much better walking!' rwy'n dweud wrth fy ngwesteiwraig, Mrs Sarah Owen.

Gallaf gofio ar ôl saith neu wyth milltir ddigon gwyllt, collodd y gyrrwr meddw y ffordd a chwympodd y goets, ein bagiau a ninnau i mewn i gwter ddofn.

'Good lady, you could not have credited the distress not only to the occupants but to those poor horses.'

Rwy'n falch dweud i fi aller rhyddhau'r ceffylau. Fydde'r gyrrwr ddim yn falch o weld hynny'n digwydd ond yn lwcus ro'dd e'n anymwybodol, er bod llawer o'r teithwyr hefyd wedi cwestiynu'r hyn a wnes. Eto i gyd rwy'n hollol hyderus 'mod i wedi gwneud y peth iawn.

'I trusted once more to my legs and a hazel staff for support and, in good time, I made it to your door.'

Mae fy nghynulleidfa wrth glywed fy stori yn edrych arnaf yn llawn rhyfeddod fel petawn yn rhyw greadur o fyd arall. Rown i wedi gobeithio cael fy nghyfarch gan William Owen sydd wedi cynnig lletly dros dro i fi ym Mhentoville tra mod i'n chwilio am letly fy hunan. Nid yw gartref ond mae wedi addo dod gartre cyn bo hir. Ei wraig felly sy'n gofalu amdanaf, menyw nychlyd a'i chorff wedi plygu. Mae ganddi forwyn fawr, gorfforol sy'n fy llygadu'n amheus, ond eto mae'r ddwy yn ddigon croesawgar, er efallai taw dilyn cyfarwyddiadau ei gŵr mae hi.

Sylwaf fod Mrs Owen yn dioddef o ryw beswch trafferthus ac mae'n ymddiheuro wrthyf am hynny. Heb ragymadroddi rwy'n ei holi a ydi wedi ceisio ei wella drwy gymryd ychydig o isop a ffenigl coch?

Mae'r forwyn yn dangos diddordeb, gan ddweud bod ei mam-gu'n meddwl fod ffenigl yn rhagorol i wella afiechydon yn ymwneud â'r frest a bod digonedd o'r stwff ar gael ar y tir corsiog ger yr afon. Wedi iddi hi a fi drin a thrafod rhinweddau dyned a'r marchalan mae'n amlwg ei bod hi'n awyddus i fwrw ati i gyflawni'r dasg.

Caiff Mrs Owen a fi drafferth i gynnal sgwrs. Gan ei bod hi'n ymddangos yn nerfus a swil, rwy'n ceisio gofyn cwestiynau iddi amdani hi ei hunan ond y cyfan mae hi am ei drafod yw ei gŵr a'i waith. Dywed ei fod e'n edmygu fy ngwaith academaidd ac yn gwerthfawrogi'n fawr yr help a roddais iddo. Yn ddisymwth mae'n sgwrs yn distewi ac eisteddwn mewn tawelwch. Felly mae'r ddau ohonom yn falch wrth glywed cnoc ar y drws sy'n cyhoeddi bod ei gŵr wedi cyrraedd gartref a'i bod hithau'n rhydd o'r baich o orfod fy niddanu.

Nid yw William Owen yn edrych yn gryfach na'i wraig druan. Ffrâm fach sydd i'w gorff ac wyneb tyner a fyddai'n gweddu i'r dim i ferch ifanc. Sylwaf fod symudiadau ei ddwylo hefyd yn gain a dychmygaf y byddai'n rhagorol fel gwneuthurwr clociau. Rwy'n ddiolchgar ei fod yn fwy siaradus na'i wraig, ac y gall siarad ar amrywiaeth o bynciau diddorol.

Rydym wedi llythyru, wrth ymwneud â hen lawysgrifau, am gyfnod hir ac am fod fy llythyron a'm nodiadau ganddo wrth law, mae'n rhaid i fi barchu'i drefnusrwydd a'i ddiwydrwydd. Gallaf weld yn glir y rheswm pam bod Owain Myfyr wedi'i benodi fel gweinyddwr ei brosiectau cyhoeddi. Wedi siarad ag ef, er ei bod yn amlwg taw person tawel yw yntau hefyd, mae ganddo galon sy'n llawn cariad at bopeth Cymraeg. Caf fy holi am gyfrinachau beirdd Ynys Prydain a chafodd ei gyffroi gan ddisgrifiad 'JD' ohonof yn *The Gentleman's Magazine* fel un o'r 'gwir feirdd'. Mae arno eisiau rhagor o wybodaeth am yr Orsedd. Rwy'n barod am ei gwestiynau ac wedi bod yn ymarfer fy atebion ar y daith gerdded hir o Forgannwg.

Ceisiaf esbonio bod yr hen feirdd yn geidwadol iawn wrth ymdrin â'r rheolau barddol a drosglwyddwyd o genhedlaeth i genhedlaeth ar lafar a'u bod yn cael eu rheoli gan yr eisteddfodau. Ond mae eu pwysigrwydd i Gymru yn aruthrol gan taw nhw oedd ceidwaid doethineb a gwerthoedd yr hen Gymry, sef heddwch, cariad at Dduw a pharch at ddysg. Roedd y ddysg wedi'i chroniclo mewn awdlau a byddai'n rhaid i'r darpar feirdd eu dysgu cyn cael eu derbyn i'r Orsedd. Yr elfen bwysicaf yw'r triawdau, datganiadau o ddoethineb, yn fyr a chofiadwy. Mae'n gofyn i fi adrodd rhai ohonynt. Gan fy mod yn aelod hyddysg o'r Orsedd adroddaf y canlynol iddo:

'O dri pheth y cafwyd barddoniaeth; awen o Dduw, synnwyr dyn a syrth anian.'

Gwyliaf ei wyneb wrth adrodd y geiriau hyn ac mae'n amlwg wedi'i blesio ac fe'i gwelaf yn estyn am ei bensil.

'Plis, na! Gwell i ti ddilyn trefn y beirdd a gadael i fi dy ddysgu di, fel y dysgais i gan Lewis Hopkin o Landyfodwg. Rhaid i ti eu dysgu ar dy gof.'

Mae'n cytuno ac yn ailadrodd y geiriau ar fy ôl ac yn ailadrodd y triawd sawl gwaith nes ei fod yn protestio bod ei gof wedi'i orlenwi, ond nid wyf am roi caniatâd iddo ysgrifennu yr un gair.

Disgrifiaf gyfarfodydd yr Orsedd, arferiad sydd bellach, yn anffodus, wedi peidio â bod oherwydd bod llawer o'r aelodau wedi marw, ond rwy'n hyderus y caiff hyn ei adfer ryw ddydd.

Mae'n amlwg ei fod yn llawn cyffro a chan ei fod yn aelod o'r *Gwyneddigion* mynna fy mod yn mynychu un o'u cyfarfodydd er mwyn siarad am yr Orsedd. Bodlonaf, wrth gwrs, er fy mod yn ansicr a fydd y gynulleidfa mor anfeirniadol â William Owen.

Daw'r forwyn yn ôl ac ymunaf â hi yn y gegin i'w helpu i baratoi moddion i wella peswch Mrs Owen. Mae'r forwyn yn holi a ydwyf yn rhyw fath o ddewin Cymreig. Rwy'n gwadu hyn yn gryf er na fyddai cael fy ngalw'n ddewin yn gwneud niwed i'm henw da yn Llundain.

2

Llundain

Y DW, RWY I yn Llundain unwaith eto, yn ymwybodol y bydd yn rhaid i fi ganolbwyntio ar bwrpas fy nhaith i'r ddinas, er mwyn Peggy a'r plant. Sicrhau bod fy marddoniaeth yn cael ei hargraffu yw'r nod, felly bydd yn rhaid ymweld â fy argraffydd a'r rhai sydd wedi bod yn ddigon caredig i danysgrifio ar fy rhan. Gwn y bydd galw arnaf i berfformio mewn stafelloedd i ddiddanu'r boneddigion dros ddisgled o de, ond cyn gwneud hynny, rwy'n awyddus i ailymweld â Llundain, dinas rwy'n ei chasáu ond eto sy'n fy swyno.

O'm tŷ yn Pentonville nid yw ond taith fer at Afon Tafwys a'r Strand. Mae Llundain yn lle rhyfeddol gan fy mod mewn ychydig ddiwrnodau wedi gweld rhinoseros byw yn y Lyceum, wedi rhyfeddu at y sioe anifeiliaid mecanyddol yn y Strand, ac wedi bod yn seddi rhad theatr y Parthenon yn gwrando ar operâu Eidalaidd aruchel. Rwyf wedi ymweld hefyd â'r Amgueddfa Brydeinig yn Nhŷ Montague ac wedi edrych mewn syndod ar bob math o greiriau egsotig, hynodion naturiol a hynafiaethau prin.

Ond wrth ymweld â thai coffi a thafarnau y byddaf yn fy hwyliau gorau. Mae mwy ohonynt nag yr oeddwn yn ei gofio, a'r hyn sydd yn fwy rhyfeddol yw'r cynnwrf o syniadau ac athroniaethau a glywaf. Bron heb i fi chwilio, caf fynd i ddarlithoedd ar seryddiaeth, crefyddau'r dwyrain a gwyddoniaeth. Bydd croeso i bawb sydd â meddwl agored – y democratiaid, y gweriniaethwyr a'r Jacobiniaid. Deillia'r teimlad o ryddid o ddeall taw trwy drafodaeth resymegol, ddisgybledig y bydd pobol ddeallus yn dod o hyd i'r gwirionedd, yn hytrach na dibynnu ar hap ar benderfyniadau awdurdodau megis yr eglwys, y Brenin neu'r tirfeddiannwr. Rwy'n ei chael hi'n anodd cysgu wrth ystyried arwyddocâd hyn.

Ymhlith y llyfrwerthwyr y caf y llawenydd mwyaf. Mae cymaint o gyfrolau ar gymaint o destunau ardderchog ar gael, gymaint yn fwy nag oedd pan oeddwn yn Llundain y tro diwethaf. Gwariaf lawer gormod o arian yn prynu cyfrolau ar hanes, athroniaeth, gwleidyddiaeth, crefydd, India a dirgelion y Dwyrain.

Daw nodyn oddi wrth David Samwell, y capten llong sy'n caru barddoniaeth a lodnwm a'i effeithiau. Rwy'n ei adnabod ers y tro cynt pan ymwelais â'r Gwyneddigion ac rwy'n falch taw fe yw'r cyntaf o fy hen ffrindiau i gysylltu â fi. Caf wahoddiad i swper i ymuno â chwmni o ddynion sy'n credu mewn rhyddid i ddynoliaeth er mwyn dathlu pen-blwydd y Chwyldro yn Ffrainc. Caiff y digwyddiad ei gynnal yn nhafarn y Three Tuns ar Ffordd Llundain yn Greenwich ac mae'n rhaid bod cant neu fwy wedi'u gwasgu i mewn i'r ystafelloedd. Mae'r siaradwyr cyffrous, un ar ôl y llall, yn datgan gwerthoedd newydd y chwyldro, sef rhyddid, cydraddoldeb a brawdoliaeth. Mae Ffrancwr, sy'n gwisgo cap coch a bathodyn tri lliw, wrthi'n ddramatig yn disgrifio'i ran yn goresgyn y Bastille a'i fod yn un o'r fintai a oresgynnodd y cwrt mewnol er bod y gynnau'n tanio a'r pelenni tân yn cael eu saethu. Dywed fod cwymp y Bastille yn agor oes newydd, ac yn y dyfodol bydd pob gŵr a gwraig yn derbyn cyfrifoldeb i gynorthwyo'u cymdogion sy'n dioddef, bydd pob tirfeddiannwr sy'n gwrthod derbyn eu cyfrifoldebau'n cael eu gyrru o'u cartrefi ac yn cael eu disodli gan bwyllgor o ddinasyddion. Rydym yn cymeradwyo'n frwd.

I gloi'r noson canwn *Ca Ira* a'r *Marseillaise*, anthem newydd y rhyddid Ffrengig. Gan fod y rhan fwyaf ohonom yn anghyfarwydd â'r geiriau cawn ein hyfforddi gan gerddor o Ffrancwr sy'n llawn hiwmor. Diolch i 'ngwybodaeth o'r iaith rwy'n cael llai o drafferth na'm ffrindiau, er nad yw hyn yn bwysig. Mae'r gerddoriaeth ac emosiwn yr achlysur yn tanio'n brwdfrydedd ac yn ein tanio nes ein gwneud yn barod i ailddechrau'r chwyldro fory nesaf, gan ein bod yn llawer rhy flinedig i weithredu heno.

Fore trannoeth, yn ystod brecwast, caf gyfle i drafod yr Orsedd gyda William Owen. Mae ef a'i wraig yn eistedd gyferbyn â'i gilydd ar bob pen i'r bwrdd a finnau yn y canol. Rwy'n amheus a fyddant fel arfer yn siarad dros y bwrdd brecwast ac rwy'n ymwybodol efallai fod Sarah yn fy ngweld yn ymyrryd, ond mae'r profiad a gefais neithiwr yn fy annog i siarad. Ceisiaf bwysleisio pwysigrwydd brawdoliaeth a chydraddoldeb yn nisgyblaeth y grefft o farddoni. Awgrymaf fod cydraddoldeb, a hefyd gair y Duw Cristnogol, mewn gwrthgyferbyniad llwyr â gweithredoedd y Brenhinoedd a swyddogion llygredig yr Eglwys. Caiff Cydraddoldeb ei ddiogelu yng ngwerthoedd ac yng ngweithgareddau ymarferol yr hen Orsedd.

Adroddaf driawd arall o'r hen ddoethineb, 'Tri dyn a fynnant fyw ar eiddo arall: brenin, offeiriad a lleidr.'

Cawn dawelwch wrth i Sarah astudio'r wy o'i blaen yn ofalus sy'n rhoi'r argraff i fi nad yw hi'n rhy hapus fy mod yma.

Wedi i William glirio'i lais, honna fod gwerthoedd y drefn farddol yn hollol berthnasol i'r oes gyfoes. Teimla ei bod yn hollbwysig fod y Saeson yn dod i wybod am y diwylliant Cymraeg a'r hen draddodiadau. Eisoes mae wedi gofyn i Owain Myfyr am ddyddiad pan gaf annerch y Gwyneddigion. Mae'n gorffen ei wy, ymddiheuro, a gadael am ei waith fel clerc i gyfreithiwr gan fy ngadael ar fy mhen fy hunan gyda'i wraig unwaith eto.

Holaf Sarah Owen a yw'r moddion a baratois i a'r forwyn wedi gwella'i pheswch. Mae'n edrych arnaf mewn penbleth.

Dywedaf wrthi am beidio â phoeni am fy nheimladau i ac os na weithiodd y moddion yna byddwn yn falch o chwilio am rywbeth gwahanol.

'Mr Williams. Oh dear, I never know what to call you. Will sometimes calls you Edward and sometimes Iorwerth. What should I call you?'

'Edward will suffice, or Iolo.'

'Then Edward, let me confess I did not take the infusion as I believe I may be with child and I have heard that doses of fennel can occasionally cause a miscarriage. Is that so?'

Rwyf wedi cael tipyn o sioc wrth ei chlywed yn siarad mor blaen a'i bod yn ymddiried ynof. Cytunaf na ddylsai fod wedi'i gymryd. Holaf a ydi William yn gwybod.

Wedi ychydig o dawelwch dywed, 'Not yet. You see we have been trying for a child for some time with little success so I did not want to raise his hopes before I am certain.'

Mae diniweidrwydd i'w weld yn ei llygaid. Yn wir, mae'r ddau mor hynaws. Fe'i sicrhaf fod ei chyfrinach yn hollol saff 'da fi a 'mod i'n falch ei bod wedi ymddiried ynof.

Rwy'n falch o weld gwên ar wyneb Sarah, ac meddai 'I had little choice, I think.'

Dyma'r wên gyntaf a welais yn croesi'i hwyneb, gwên braf a heulog ac wrth iddi ymlacio ychydig mae'n dechrau siarad.

'May I ask another kindness, Mr Williams ... Edward?'

'Name it, dear lady.'

Dywed ei bod yn ymwybodol pa mor bwysig yw Cymru a'r iaith Gymraeg i'w gŵr. Er ei bod yn ceisio dysgu, eto i gyd ni all siarad nemor ddim Cymraeg ar hyn o bryd, ac felly nid yw'n teimlo y gall ei gefnogi, na rhannu ei ddiddordebau fel y dylai. Gofynna i fi felly, wrth siarad Cymraeg â William, am gyfieithu rhai darnau pwysig iddi fel y triawdau a ddyfynnais yn gynt.

'I do so much want to understand and support Will in things that are so close to his heart.'

Rwy'n ceryddu fy hunan fy mod wedi camfarnu'r wraig yma. Er ei bod yn gorfforol yn eiddil iawn a mwyn ei dull, eto sylweddolaf ei bod bron mor benderfynol â'i gŵr.

3

Y Mater o Gyhoeddi

Rwy'n ymweld â gweithdy argraffu Mr John Newbury ac yn cael croeso cynnes a'm trin fel rhywun pwysig. O'r dechrau, anodd peidio â chymharu Mr Newbury gyda Rhys Thomas yn y Bont-faen, ei fusnes bellach wedi chwalu, neu yn hytrach wedi boddi mewn môr o frandi. Fe fyddai Rhys Thomas yn cadw'i bellter oddi wrth realiti busnes gan guddio y tu ôl i fasg o hiwmor sych. Mewn gwrthgyferbyniad bydd Mr Newbury yn canolbwyntio'n fanwl, yn ofalus ac yn ddadansoddol. Wrth iddo fy nhywys o amgylch ei weithdy a dangos ei dair gwasg argraffu, mae e dro ar ôl tro wastod yn addasu ambell sgriw, edrych ar lefelau'r inc, cael gwared ar wast ac yn cynghori'i brentisiaid a'i weithwyr. Sylwaf y bydd pawb yn gwrando'n ofalus ar bob gair a lefara.

Tynna fy sylw at bileri enfawr o bapurau sydd wedi'u hargraffu, tudalennau llyfrau printiedig sy'n barod i gael eu gwinio a'u rhwymo. Esbonia y caiff dydd Mercher ei neilltuo i argraffu'i gariad mwyaf, sef *The Gentleman's Magazine*, ac na chaiff gweithiau awduron eu trafod y diwrnod hwnnw. Gwefreiddiol yw gweld copi ar ôl copi o'r cylchgrawn pwysig yn ymddangos o'r argraffwasg mewn llif diddiwedd.

Yn nhu blaen y gweithdy mae'n arddangos fy nhaflen enghreifftiol i, *The Fair Pilgrim*, sydd wedi'i gosod ochr yn ochr â rhaglen i ddenu rhagor o danysgrifwyr. Dywed ei fod wedi trefnu fod y taflenni hyn ar gael mewn siopau yn Rhydychen, Caerfaddon a Chaergrawnt a hyd yn oed yn siop lyfrau enwog J Robinson, Rhes Paternoster. Holaf am leoliadau eraill yn Llundain, er enghraifft am le Joseph Johnson, y siopwr radicalaidd yn iard St Paul's. Mae'n ysgwyd ei ben a dweud wrthyf fod Llundain yn llawn o siopau llyfrau a bod rhai'n cynnig gwell telerau nag eraill. Rwyf am brotestio a mynnu bod fy mhwrpas yn llawer pwysicach na maint yr elw'n unig, ond rwy'n mygu 'ngeiriau. Bydd yn rhaid i fi gymrodeddu ar rai materion ac nid yw hynny yn fy mhlesio.

Wedyn, heb i fi ofyn, mae'n edrych ar ei restr, esgusodi'i hunan gan ofyn am help llaw gan ryw glerc, ac yna mae'n rhoi pum gini yn fy llaw, sef fy siâr o danysgrifiadau a gasglwyd yn ddiweddar. Rwyf wrth fy modd, nid yn unig oherwydd llwyddiant fy menter ond am imi allu gyrru arian gartref at Peggy a'r plant fel y gwnes addo iddi.

'Sorry it's so little,' medd yr argraffydd dygn gan gyfeirio at y darnau arian. I fi roedd y tâl yn hael. 'We'll have to do a lot better than this to satisfy those hungry brutes.'

Rwy'n ansicr a yw'n pwyntio at y peiriannau argraffu neu at y dynion sy'n eu gweithio. Mae'n dweud iddo gael galwad gan ryw Mrs Nicholl sy'n dweud wrtho fod fflyd o bobol nobl a fyddai'n hapus i danysgrifio pe baent yn cael cais gan y bardd ei hunan. Gobeithia fod hyn ar y gweill gennyf.

*   *   *

Yn un o siambrau'r boneddigion yng Nghaerfaddon y cwrddes â Mrs Mary Nicholl. Rwy'n ei chofio fel gwraig hynaws a chanddi ddigon o amser ar ei dwylo. Yma yn y Rheithordy yn Remenham, Henley, prin rwy'n ei hadnabod wrth iddi fy nghyfarch yn rhadlon ac eto'n ffurfiol, cyn fy nhywys i ystafell lle mae te wedi'i baratoi i ni. Mae'n rheithordy gweddol fawr o'i gymharu â'i debyg yn Llandochau a sylwaf fod y celfi yma'n ysgafnach ac yn fwy modern. Yn naturiol mae mwy o weision a morynion yn rhuthro o amgylch Mrs Nicholl fel rhyw fyddin ddisgybledig a does yr un cyllell na fforc wedi disgyn ar y llawr na'r un diferyn o laeth. Mae'r sgons wedi'u trefnu'n ofalus, y tebot yn barod a'r forwyn yn arllwys dŵr ar y dail te gyda gofal gorfanwl.

'Thank you, Lucy. You may return to the kitchen. I will ring if I need you further.'

Mae'r forwyn yn ymgrymu gyda 'Yes, ma'am,' cyn cilio i'r gegin mewn siffrwd o liain gan gau'r drws o baneli derw, trwm.

A ninnau ar ein pen ein hunain mae ei hymddygiad yn meddalu, ei llais gwichlyd awdurdodol yn toddi i greu sain llawer mwy cynnes. Mae'n gobeithio nad oedd fy nhaith i Henley yn rhy flinderus ac yn synnu o glywed fy mod wedi cerdded yr holl ffordd ac yn llawn edmygedd o fy nghariad at gefn gwlad. Mae'n arllwys fy nhe gyda thynerwch gan anwesu'r gwpan gain wrth ei dodi yn fy llaw.

Mae'n pwyso ar draws y bwrdd a bron yn sibrwd 'I am so delighted to have a few private moments with you, Mr Williams, just to be able to tell you how much I admire your work.'

Dywed wrthyf am yr heddwch mewnol a deimla wrth ddarllen fy ngherddi. Cred y gall person ddod i adnabod ef ei hunan a chyfoeth y natur ddynol yn well drwy ddarllen fy nisgrifiadau o gefn gwlad yn ei holl symlrwydd. O na byddai gan y werin wrthryfelgar yn Ffrainc fardd mor safonol â mi, fel y gallent barchu trefn naturiol cymdeithas, y maen nhw mor amlwg am ei ddinistrio.

Rwy'n diolch iddi am ei the ardderchog a gofyn iddi o ble y cafodd y te hwn. Mae'n gofyn i fi ei chyfarch fel Mary pan na fydd y gweision na'r morynion yn ein cwmni.

Wedi rhoi ei chwpan yn ei soser, mae'n estyn pentwr o bapurau ac yn symud i eistedd wrth fy ymyl ar y soffa. O'i blaen mae rhestr o ryw ugain o enwau gyda'u teitlau, eu cyfeiriadau a nodyn byr i esbonio'r rheswm am eu pwysigrwydd ac i bwy o bwys y maent yn perthyn. Mae wedi cysylltu'n bersonol gyda phob un o'r rhain ac wedi cael addewid eu bod am danysgrifio pe bai'r bardd ei hunan yn ymweld â hwy. Wrth sylweddoli y byddai'n rhaid i fi ymweld â phob un ohonynt yn eu tro i ddarllen, sgwrsio'n ddibwys a pherfformio, mae 'nghalon yn suddo. Ond wedi cyfleu fy niolchgarwch am ei gwaith caled ar fy rhan ychwanegaf fy anghrediniaeth wrth weld mor eang yw ei chylch cymdeithasol.

Mae'n gwenu, 'Comes of being the eldest daughter of Viscount Ashbrook, certainly not for being a rector's wife!'

Esbonia'r pleser a gaiff wrth ddefnyddio ei statws i hybu fy achos mewn cymdeithas wâr, yn hytrach na bod disgwyl iddi ymweld â'r bobol dlawd a'r bobol sâl ddrewllyd o fewn plwyf ei gŵr.

Mae'n rhoi ei llaw ar fy mraich ac yn symud yn agosach ataf fel petai am rannu rhyw gyfrinach fawr. 'Some of my acquaintances would be quite outraged that a woman of my station would be so dedicated to the success of an unschooled countryman such as yourself, but I have always had a wild streak to me that cannot resist challenging convention.'

Mae'n eistedd yn rhy agos ataf i fod yn barchus. Mae arna i ofon y wraig yma. Fe fydd yn fy rheoli, yn fy nefnyddio fel rhyw degan a'm dangos fel rhyw wobr, er taw pris bychan i'w dalu fydd hynny os ydwyf am gyrraedd fy uchelgais.

4

Indiaid Cymreig

R WYF WEDI DYSGU bellach i ystyried William a Sarah ei wraig fel pobol ymroddgar a dewr er taw dau digon tawel ydynt. Hawdd fyddai eu camgymryd am bobol ddinod a diniwed y gellid manteisio arnynt yn rhwydd. Y gwir yw taw nhw yw'r 'rhai addfwyn a etifeddant y ddaear'.

Hyd yn oed cyn i fi gyrraedd Llundain, roedd William wedi hala llythyron hir a manwl ataf fi ynglŷn â'r Indiaid Cymreig. Nid fe yw'r cyntaf i gael ei hudo gan stori Madog ab Owain, sut yr hwyliodd y tywysog o Gymro i'r Amerig flynyddoedd cyn i unrhyw un arall ddarganfod y wlad. Ni ddaeth yn ôl gartref, ond yn ôl y chwedl, rywle yng nghanol cefen gwlad enfawr America, mae llwyth o Indiad croen golau sy'n galler siarad Cymraeg. Mae'n chwedl boblogaidd iawn, wedi'i hailadrodd yn amal, er na wnaeth unrhyw un gwestiynu'r haeriad mewn manylder, rhag ofon iddo gael ei siomi.

Mae gan William obsesiwn ynglŷn â'r stori, yn enwedig ers i Indiad coch ei groen o'r enw William Augustus Bowles ddod i Lundain. Bydd yn ymddangos bob nos yn Amffitheatr Astley, yn chwarae rhan pennaeth cenedl reibus y Creek ac yn marchogaeth ar gefn ceffyl heb gyfrwy yng nghwmni hanner dwsin o Americaniaid cynhenid eraill y Cherokees. Mae Mr Bowles yn ddyn awdurdodol, profiadol a gwybodus ac wedi priodi merched pedwar pennaeth llwythau'r Indiaid.

Mae William wedi cwrdd ag e ddwywaith ac wedi'i gwestiynu'n fanwl ynglŷn â'r Indiaid Cymraeg neu, yn ôl ei fersiwn ef, y Padoucas. Honna ei fod yn gyfarwydd â'r rhain, wedi iddo deithio i orllewin y Mississippi am wyth can milltir ar hyd y mynyddoedd yng nghwmni Cymro a oedd wedi dianc rhag arswyd y mwyngloddiau aur yn Mecsico. Pan gyraeddasant diriogaeth y Padoucas, cafodd ei gyfaill ei syfrdanu wrth glywed y Gymraeg yn cael ei siarad mor lân a phur. Roedd gan y Padoucas sawl llyfr a gaent eu cyfrif yn ddirgelwch gan eu bod yn cynnwys esboniad am eu bodolaeth a'u hanes. Roeddent yn ysu am ymweliad gan rywun a allai esbonio'u bodolaeth a'u hanes.

Teimlaf yn grac wrth y Pennaeth Bowles sydd, rwy'n ofni, yn defnyddio ei ddychymyg yn hytrach na'r ffeithiau er mwyn rhoi hwb i'w enwogrwydd. Rwyf hefyd yn gofidio y bydd yn tanseilio, yn hytrach na chryfhau'r gred yn stori Madog, gan roi'r argraff taw browlan ffair ydyw. Ysgrifennaf at *The Gentleman's Magazine* i ddangos i'n darllenwyr ysgolheigaidd bod 'da fi brawf wedi'i seilio ar sgyrsiau a hefyd ar ymchwil. Rwy'n dyfynnu Mr Binon o Goety ym Morgannwg, gŵr sydd wedi treulio tipyn o amser fel masnachwr yn Philadelphia ac wedi teithio ar hyd y Mississippi ac wedi dod ar draws y Padoucas. At hyn gallaf ychwanegu detholiad o adroddiadau gan arloeswyr o Ffrainc a fu'n ymchwilio yng nghefn gwlad America gan dystio i fodolaeth y llwyth yma sy'n galler siarad iaith estron, ac sy'n byw mewn ffordd fwy Ewropeaidd nag Americanaidd. Mae'r cyfan wedi'i ysgrifennu mewn arddull led academaidd.

Caf fy nghynghori gan Mrs Mary Nicholl i ymweld â'r Anrhydeddus Miss Nevill, 6 Stryd Curzon, Mayfair am un ar ddeg yn y bore. Erbyn hyn rwyf wedi gwneud wyth neu fwy o alwadau tebyg ac wedi derbyn tanysgrifiad ym mhob lle. Mae'r broses yn amlwg yn llwyddiannus, er bod y profiad yn colli'i flas. Ar y dechrau byddwn yn mwynhau cael fy niddanu yng nghartrefi'r breintiedig a'r cyfoethog, ond wrth i'r newydddeb wywo sylwaf ar yr ormodiaeth ym mhob dim: y dodrefn gwastraffus a'r addurniadau a'r dillad y tu hwnt o oludog. Mae ambell letywraig yn fwy anodd i'w diddori nag eraill. Treuliais ddwy awr ddibwys yn gweiddi yng nghlust y fyddar Miss Winford o Sgwâr Berkley, a sawl awr yn eistedd yng nghheginau'r morynion, tra byddai'r tanysgrifiwr yn gorffen ei rownd o chwarae chwist, neu yn deffro o'i napyn bach. Ar y llaw arall, bydd y te'n fendigedig bob amser.

Caf ar ddeall bod yr Anrhydeddus Miss Nevill yn galler clywed a gweld a'i bod yn feirniad llenyddol craff. Gall roi nid yn unig danysgrifiad ei hun, ond taliadau gan ddau neu dri o'i chyfeillion. Fel arfer rwyf yn cael gorchymyn i alw Mary, sy'n gwneud y trefniadau, yn 'daughter of the Viscount Ashbrook' ac *nid* 'Mrs John Nicholl.'

Mae fy ngwesteiwraig yn wraig ddymunol, gyfoethog a braidd yn ecsentrig. Yn gweini mae dau o dras yr Indiaid ac ychwanegir at eu taldra naturiol gan y twrban. Lled-orweddian ar wely'r dydd mae hi ymysg haid o gŵn bach hir eu blew sy'n symud fel chwain. Mas o'r pentwr blewog mae ei llaw'n ymddangos er mwyn i fi ei dal ac ymgrymu iddi. Rwy'n cyflwyno fy hunan ac mae ei gwên yn wresog wrth iddi fy nghyfarch gan gyfleu rhyw agosatrwydd cyfrinachol. Er mwyn iddi aller canolbwyntio'n llawn, mae'n codi sawl ci a'u rhoi i'r Indiaid. Ond, mae haid o flewiach eraill wedi ymddangos o dan ei chlustogau i gymryd lle'r cŵn a godwyd, gan fy atgoffa o wely cynrhonllyd.

Rwyf wedi datblygu fersiwn fer o'r darlleniadau a wnes yng Nghaerfaddon ac yn cyflwyno fy hunan fel gwir fardd olaf hen draddodiad y Brythoniaid. Mae Miss Nevill yn awgrymu ei bod yn anrhydedd cael fy nghyfarfod. Rwy'n darllen dau neu dri darn o'm barddoniaeth am y wlad a gwelaf fod Miss Nevill yn ymgolli wrth wrando. Fel arfer byddaf yn gorffen gyda stori o'r chwedlau Cymraeg, ond y bore 'ma y Padoucas sy'n flaenllaw yn fy meddwl. Rwy'n newid fy narlleniad arferol o'r 'Tylwyth Teg a'r Delyn' i adrodd stori taith Madog ab Owain. Mae Miss Nevill hyd yn oed yn fwy ecstatig ac mae'n holi a oes 'da fi gynlluniau ar y gweill i fynd ar daith i ymweld â'r tylwyth colledig yma? Pe bai, gallwn ei chynnwys fel tanysgrifiwr i dalu costau'r daith.

Rwy'n gadael gyda phedwar tanysgrifiad ac af â'r arian yn syth at yr argraffydd i dalu am gostau'r papur a'r llafur. Mae'n dangos dwsin o daflenni sydd wedi'u hargraffu, a'r rheiny'n edrych yn wych. Felly, rwyf yn fwy na hapus i roi fy ngheiniogau i gyd iddo.

*   *   *

Derbyniaf lythyr llym gan Peggy am beidio ag ysgrifennu ati, ac yn waeth na hynny, am beidio â hala arian ers pythefnos. Mae'n fy nghyhuddo o 'building castles in the air which will fall and crush you under their ruins.' Rwy'n llawn euogrwydd.

5

Syniadau radicalaidd

CYMAINT O LYFRAU. Cymaint o argraffwyr a gwerthwyr llyfrau. Ar ôl byw bywyd yn hanner llwgu pan oedd gwaith printiedig yn brin neu o ansawdd gwael, rwy'n darganfod fy hunan yng nghanol corwynt o syniadau, geiriau, gwerthwyr llyfrau, llyfrau a darllenwyr.

Byddaf yn ymweld â chymaint o'r siopau llyfrau ag y galla i sydd wedi crynhoi o amgylch y Strand, Covent Garden a'r strydoedd o amgylch St Paul's. Mae pob llyfrwerthwr yn denu ysgrifenwyr a darllenwyr arbenigol. Cadwaf draw o siop Tom yn Stryd Russell gan ei bod yn ganolfan i ganlynwyr brwd y Brenin. Bydd William Stratham yn Shoe Lane wastad yn gynhyrfus ac mae Thomas Rickman, y llyfrwerthwr a'r Crynwr, yn denu'r gwir radicaliaid. Fy hoff le yw siop lyfrau Joseph Johnson yn 8 Rhes Paternoster, ger mynwent St Paul's. Dyma gartref yr Anghydffurfwyr, yr Undodwyr a'r holl chwyldroadwyr. Mae rhestr yr awduron y mae wedi cyhoeddi'u llyfrau yn creu argraff, yn arbennig felly, gwaith Joseph Priestley y diwinydd. Bydd Mr Johnson ei hunan i'w weld yn gweithio yn ei weithdy, ond nid yw'n un am fân glebran. Wrth ei waith mae'n edrych fel rhyw dderyn bach sy'n brysur yn adeiladu nyth ardderchog, un enfawr ei maint o'i gymharu ag e. Fel y dryw bach, bydd yn canolbwyntio'n llwyr ar ei dasg.

Fel yn y siopau llyfrau, bydd awduron a'u cefnogwyr yn dod â busnes hefyd i'r tafarnau a'r siopau coffi cyfagos. Rwy'n eistedd yn siop goffi'r Chapter, y drws nesaf i siop lyfrau Joseph Johnson, yn gwrando ar drafodaeth dda ar ddiwygio'r Senedd. Er 'mod i'n estron yma, y mae cyfeillgarwch. Dywedaf wrth y rhain sydd yn eistedd o amgylch fy mwrdd taw bardd ydwyf i sy'n casglu tanysgrifiadau i ariannu cyhoeddi fy llyfr. Maent yn awyddus i wybod mwy amdanaf, pwy yw fy argraffydd, beth yw'r costau, o ble cefais fy rhaglen a mwy. Pam na chaiff ei harddangos yn siop Joseph Johnson? Bu'n rhaid i fi esbonio taw Mr Newbury sy'n ymdrin â'r mater a'i fod wedi rhoi rhesymau, er nad ydwyf yn deall y rhesymau hynny'n iawn, ond ei fod yn rhywbeth i wneud â'r elw. Maent yn chwerthin ac yn fy rhybuddio y dylwn fod yn amheus o Mr Newbury gan ei fod, yn eu barn hwy, yn rhoi mwy o bwyslais ar ei les ei hunan nag ar y manteision i'w awduron. Maent yn cynnig y dylwn gael gair â Mr Johnson sydd ag enw da am gynnig cymorth i awduron newydd, yn enwedig y rhai o dueddiadau radicalaidd.

Yno mae un siaradwr o fri'n achwyn nad oes cynrychiolaeth seneddol deg, a chaiff ei gymeradwyo'n frwd. Mae'n parhau â'i araith drwy ymosod ar ffolineb y crach a ffwlbri'r Brenhinwyr.

'What is government more than the management of the affairs of the nation? It is not, and from its nature cannot be, the property of any particular man or family.'

Dyn mawr gyda phen y byddaf yn ei gofio yw'r siaradwr – gwallt trwchus, gên finiog, aeliau llydan, trwyn Rhufeinig a llygaid glas treiddgar. Mae'n amlwg yn hyderus yn ei allu i ddal cynulleidfa wrth areithio.

Rwy'n gofyn am ei enw. Ddylwn i wybod pwy yw hwn? Wedi llwyddo, rwy'n ymlwybro drwy'r dorf gan boeni rhag colli'r cyfle i gael sgwrs gyda Tom Paine, y meddyliwr radicalaidd sydd wedi gwneud gymaint o argraff arnaf. Rwy'n clodfori ei lyfr cynharaf *Common Sense*, sydd, yn fy nhyb i, yn llyfr hynod o bwysig. Mae'n diolch gan ymbil arnaf i ddarllen ei lyfr nesaf, sy'n amddiffyn y Chwyldro Ffrengig, a'i enw *The Rights of Man*. Wrth holi lle gallaf gael gafael ar gopi, mae'n ysgwyd ei ben gan ddweud bod oedi. Joseph Johnson a ddewisodd i'w gyhoeddi, ond nid yw hyn yn bosibl nawr oherwydd y pwysau a roddodd yr awdurdodau arno. Nid wyf yn deall.

Mae Tom yn esbonio bod heddlu cyfrinachol William Pitt wedi bod yn bygwth yr addfwyn Joseph Johnson ac iddo'i chael hi'n anodd dygymod â hyn.

Rwy'n syllu'n gegagored ac mae Tom yn chwerthin.

'Do not blame him. I do not.'

Wrth i'r awdurdodau deimlo'n fwyfwy ofnus, esbonia eu bod yn dueddol o ymateb yn fwy maleisus. Caiff *The Rights Of Man* ei gyhoeddi, er y bydd yn rhaid gohirio'r dyddiad, a taw gwasg arall ddienw fydd yn argraffu, gwasg na fydd ysbiwyr Pitt yn gwybod amdani. Cyn i'r gyfrol godi gwrychyn y Llywodraeth, bwriad Tom yw ei baglu hi i Ffrainc y tu hwnt i gyrraedd y llysoedd, a dianc rhag y carchar. Cyn i ni ymwahanu mae Tom yn gofyn am gael ymuno â'r tanysgrifwyr a dywed ei fod yn edrych ymlaen at ddarllen y gyfrol.

'And one last thing. Be careful who you talk to in here and how much you tell them.'

Caf fy rhybuddio ganddo fod ymhlith y cwmni hapus a difyr hwn ysbiwyr sy'n awyddus i gael eu talu am fradychu eu cymrodyr.

6

Y Gwyneddigion

MAE OWAIN MYFYR yn fwy boliog nag erioed, yn fwy awdurdodol, ond hefyd yn fwy croesawgar nag ydoedd ugain mlynedd yn ôl. Nid yw'r Bull's Head wedi newid dim, yr un lluniau ar y wal, yr un bwrdd derw anferth a thîm eithaf tebyg o ddynion a merched yn gweini. Digon tebyg hefyd yw'r aelodaeth o ran nifer a gwisg, er bod yr enwau wedi newid, y wynebau yn fwy trwchus a'r gweisg wedi ymestyn. Trafodaethau bywiog heb eu trefnu rwy'n eu cofio, ond mae gan y cyfarfod bellach fwy o batrwm. Owain sy'n dal i lywodraethu ac mae'r rheol 'Cymraeg yn unig' yn dal ei thir, er fy mod yn gweld y Gymraeg a siaredir yma'n rhy addurnedig a'u bod yn rhy hunanymwybodol wrth ei siarad. Mae'r gymdeithas wedi heneiddio.

Ond y gwahaniaeth mwyaf rwy'n ei weld yw ynof fi fy hunan. Y tro diwethaf i fi fod yma rown i'n awyddus i gael fy nerbyn ar unrhyw amod, ond y tro yma, fi sydd yn rheoli. Cwyd Owain a dyrnu'r bwrdd i fynnu tawelwch. Caf fy nghroesawu yn ôl, gan ddweud i mi fod yn absennol am gyfnod rhy hir, a chlodforir fy ngwaith yn amlygu gweithiau coll Dafydd ap Gwilym. Derbyniaf gymeradwyaeth weddus a chan ddilyn fy nghyfarwyddiadau mae'n fy nghyflwyno fel y gorchmynnais iddo, nid fel Iorwerth ond fel Iolo Morganwg. Wrth i fi godi i siarad teimlaf elfen o gyffro disgwylgar. Mae llawer sy'n bresennol wedi darllen fy erthyglau yn *The Gentleman's Magazine* ac maent am wybod rhagor. Wrth fy ochr ar y chwith mae David Samwell, ac wrth gwrs mae William Owen ar yr ochr dde i Owain yn cymryd nodiadau. Mae'n dda cael ffrindiau. Rwy'n chwilio am Richard Glyn, mynychwr puteindai Covent Garden, ond does dim golwg ohono. Wynebau dierth, dienw yw'r gweddill.

Ers y tro diwethaf pan gefais y pleser o'u hannerch, rwyf wedi cael fy nerbyn i Orsedd y Beirdd a hynny sydd wedi rhoi'r enw newydd Iolo i fi. Rwy'n sôn am werthoedd sylfaenol yr Orsedd ac yn esbonio ein nod o sicrhau bod safonau a ffurfiau'r cyfansoddiadau yn cael eu cynnal o'r naill genhedlaeth i'r llall, wrth i'r bardd eu trosglwyddo i'w ddisgybl. Rwy'n tanlinellu'n fyr Fesurau Morgannwg, ac yn pwysleisio bod ymlyniad wrth y rhain yn sylfaenol i gynnal y safonau uchel. Teimlaf fod rhai'n eistedd yn anghyffyrddus yn eu seddi yn casáu unrhyw awgrym y gall unrhyw beth o werth ddeillio o'r tu hwnt i Wynedd. Rwy'n dewis eu hanwybyddu.

Disgrifiaf ddefodau hynafol yr Orsedd a'r dull o dderbyn y beirdd yn aelodau. Dros y canrifoedd, rhaid pwysleisio bod sylfeini'r Orsedd yn adlewyrchu gwerthoedd sy'n awgrymu bod Cymru fel gwareiddiad yn rhagori ar ei chymydog, y Sais. Mynna'r Orsedd fod pob aelod yn derbyn yr ymrwymiad o barchu gwirionedd, cydraddoldeb ac ymddygiad Cristnogol. Rhaid i'r aelodau ymrwymo am byth i wrthwynebu cael eu rheoli gan ormeswyr a brenhinoedd ac ymwrthod â thrais yn ogystal â'r alwad i ryfel. I'r Orsedd, daw llais yr Arglwydd o'r ysgrythur ac nid o gegau'r esgobion na'r archesgobion. Mae'n siarad â'r ysbryd rhydd sydd o fewn pob dyn.

Rwy'n datgan fy mod yn bwriadu atgyfodi un o seremonïau beirdd Ynys Prydain ac fe wnaf hyn trwy gyhoeddi wrth bawb sydd am glywed, o fewn blwyddyn a diwrnod ar 21 Mehefin yn ystod Alban Hefin y caiff Gorsedd ei chynnal ar Fryn y Briallu i'r gogledd o Regent's Park, y lle gorau yn Llundain i weld symudiadau'r nefoedd. Fe ddylai pawb sydd am ymuno â'r Orsedd fynychu'r seremoni. Mae'r Orsedd o dan fy rheolaeth i, fel yr olaf o wir feirdd Ynys Prydain. Myfi yw'r 'Bardd wrth fraint a defawd Beirdd Ynys Prydain'. Mae'r gymdeithas o Feirdd Morgannwg, y rhai rwy'n eu galw yn Gadair Morgannwg, yn caniatáu i fi weithredu yma. Bu sawl cadair fel hyn yn bodoli drwy Gymru a hwy fyddai'n rheoli mynediad y beirdd i'r Orsedd, ond bellach ym Morgannwg yn unig mae'r traddodiad hwn yn parhau. Rwy'n gadael copïau o *The Fair Pilgrim* gyda thaflen i wahodd tanysgrifwyr.

Wedi'r anerchiad, rwyf mor boblogaidd â thywysog, o leiaf gyda nifer ohonynt. Mae cylch o'r rhai cyfarwydd o'm hamgylch, ac mae'r rhai sy'n fy mharchu yn holi cwestiynau. Owain Myfyr sy'n fy nhywys o amgylch y stafell gan osgoi rhai o'r bobol fyddai am feddiannu fy holl sylw. Rwy'n hollol ymwybodol bod yr ymateb yn gymhleth. I'r mwyafrif, mae hyn yn brawf derbyniol o hen linach y Cymry, tra bo eraill mewn ambell glwstwr yn ysgwyd eu pennau ac yn sibrwd ymhlith ei gilydd. Dim ots, roeddwn yn barod am hyn.

Un dyn yn arbennig yr hoffai Owain fy ngweld yn treulio tipyn o amser yn ei gwmni yw'r dyn bach crwn, Edward Jones. Dyn byr, bochgoch gyda gwallt llwyd tenau sy'n siarad yn dawel, ond eto mae cryfder yn y ffordd mae'n sefyll, fel petai'n ddigon cryf i wrthsefyll unrhyw storm anferth. Dywed wrthyf iddo ymateb yn emosiynol i'r anerchiad, a'i obaith yw gweld datganiadau'r Orsedd yn codi'r parch sydd i'r Cymry yn Llundain.

Dywed Owain wrthyf taw Edward Jones yw Meistr y Delyn i Dywysog Cymru. Mae'r cerddor yn crymu'i ben gan godi'i law fel petai'n ceisio osgoi'r clod disgwyliedig nad oes unrhyw fwriad 'da fi i'w roddi iddo.

Mynna William ein bod yn rhannu coets ar y siwrnai gartref i Pentonville, ac am unwaith cytunaf. Mae 'nghoesau'n drwm a'm hanadl yn dynn, effaith y lleithder yn awyr Llundain. Wrth drotian i'r gogledd drwy Charing Cross i gyfeiriad Islington, dywed William wrthyf pa mor llwyddiannus oedd y noswaith. Byddaf bob amser yn falch o ennill clod, yn arbennig pan ddaw

278

oddi wrth William. Mae'n nerfus. Pam? Mae'n amlwg fod rhywbeth ar ei feddwl sy'n aflonyddu arno. Rwy'n ceisio'i helpu drwy ddweud wrtho fy ngofid am ddiffyg traul Sarah. Rwyf wedi'i chlywed hi'n hwdu'r bore 'ma. Alla i greu moddion iddi?

Dyma'r agoriad mae ef ei angen.

'Iolo bach. Nid salwch sy'n creu'r camdreuliad, ond mae 'da fi well newyddion. Rydym eisiau i ti gael gwybod y bydd fy ngwraig yn rhoi genedigaeth mewn rhai misoedd.'

'Newyddion ardderchog, William. Llongyfarchiadau – doedd 'da fi ddim syniad.'

'Diolch.'

'A phe bai'n well 'da ti, fe alla i chwilo am lety arall. Fe fydd 'da ti ddigon ar dy blat heb ga'l Cymro aflonydd i'w ddiddori!'

Mae William yn esbonio fod Sarah yn eiddil, ac yn poeni gormod am bethau.

'Mae'n poeni ein bod yn cael ein denu i gefnogi rhyw gymdeithas fyddai'n digio'r awdurdodau. Rwyt yn gwybod fel mae hi'n ceisio fy amddiffyn rhag…'

'Rwyt ti'n iawn, William. Paid ag ymddiheuro. Rwyf wedi cymryd digon o fantes o'ch lletygarwch hael, fel ma hi.'

Gwelaf y strydoedd yn ildio i wyrddni'r wlad ar ein siwrne drwy Clerkenwell.

7

Mrs Nicholl
a'r Bowdlers

C AF NEGESEUON DIDDIWEDD gan Mrs Nicholl a bob dydd
byddaf yn derbyn pentwr newydd o gyfarwyddiadau i ddelio
â nhw. 'Yr Anrhydeddus Feistres Hyn' neu'r 'Hynaws Foneddiges
Co…' Y tro cyntaf i fi weld rhinoseros yn cael ei ddangos yn y
Lyceum, cymerais biti dros y creadur druan, yn cael ei arddangos
fel testun difyrrwch i'r boblogaeth. Erbyn hyn rwy'n genfigennus
o'r creadur, gan taw ato fe y bydd ei gynulleidfa'n dod yn hytrach
na fe'n gorfod teithio ar hyd a lled Llundain fel bydd yn rhaid i
fi wneud. Does dim rhaid iddo berfformio na gwenu nac esgus
bod yn falch o gael sylw noddwyr byddar, ansensitif. O leiaf caiff
e ei fwydo'n dda, a minnau'n gorfod bodloni ar gwpaneidiau o
de.

Beth yw'r ots – rwyf wedi ceisio gwneud fy ngorau glas dros
Mrs Nicholl. Rwyf wedi gwenu, adrodd stori fy mywyd, adrodd
ac ailadrodd hen chwedlau a rhoi fy marn am gyfrinachau
barddas. Rwyf wedi gwneud hyn ddwsinau o weithiau mewn
stafelloedd di-chwaeth, yn perarogli'n ffiaidd, wrth gynulleidfa
o bobol fusgrell, ddi-ddysg yn anwesu anifeiliaid maldodus.
Yn amal byddaf yn dod i'r casgliad fod gan y cŵn bach fwy o
grebwyll llenyddol na'u perchnogion.

Nawr rwy'n cael fy meirniadu gan nad ydw i'n rhoi digon o
sylw iddynt. Yn ei ffordd goeth ei hunan mae'n fy ngheryddu,
gan achwyn bod yr erchyll Miss Flower yn meddwl i fi fod yn

oeraidd tuag ati ac nad oeddwn yn ddigon diolchgar, a chaiff fy ymddygiad ei ddisgrifio fel 'anweddus' gan fy mod yng nghwmni 'menyw o raddfa a statws arbennig'. Rwy'n crafu 'mhen ynglŷn â beth rwyf wedi'i wneud i dramgwyddo, a dod i'r casgliad taw yr hyn na wnes, yn hytrach na beth wnes i, sydd wedi creu'r gŵyn. Wnes i ddim ymgrymu, llyfu'i hesgidiau na mynd ar fy mhengliniau o'i blaen hi!

Yn yr un post, rwy'n cael llythyr dymunol sy'n codi fy ysbryd. Mae Fanny Bowdler, a gwrddais yng Nghaerfaddon, wedi ysgrifennu at ei mam a'i chwaer yn Llundain gan ddweud fy mod yn awdur gwerth ei adnabod. Mae'n cynnwys copi o *The Fair Pilgrim*. Llythyr oddi wrth Henrietta, chwaer Fanny, hithau hefyd yn awdures yn rhoi pwyslais ar foesoldeb. Caf fy ngwahodd i de gyda hi a'i mam yn Bloomsbury unrhyw fore Mawrth neu fore Mercher am ddeg o'r gloch. Yr hyn sy'n gwneud y llythyr yma'n wahanol yw'r iaith ac yn hytrach na'r ffurfioldeb sychlyd cawn ynddo frwdfrydedd syml. Esbonia fod Fanny, nad yw'n awdures, yn well beirniad llenyddol nag unrhyw un o'i chwiorydd. Mae Henrietta'n ymhyfrydu bod ganddi ryw berthynas Gymreig bell a bod hynny'n gwneud fy ngwaith yn fwy na derbyniol iddynt. Ar fy rhan, mae wedi casglu pump o danysgrifiadau ac mae'r arian yn barod i'w gasglu unrhyw bryd.

*   *   *

Un o'r tai teras llai moethus ydyw ond wedi'i gadw'n dda iawn, y tu ôl i Russell Square. Wedi rhoi cnoc ar y drws rwy'n disgwyl i forwyn ateb, ond caiff y drws ei agor gan wraig dal tua'r deugain oed, yn gwisgo llwyd heblaw am y goler a'r llewys o liain gwyn. Mae ei gwallt wedi'i dynnu'n ôl a gallwn fod wedi camgymryd hon am forwyn ond...

'Mr Williams! How delightful. I'm Henrietta.'

Mae'n ysgwyd fy llaw'n wresog, cyn camu naill ochr a'm

gwahodd i'r tŷ. Symudiadau a dulliau merch ifanc sydd ganddi. Mae'n codi'i phen a galw,

'Mama! Fanny's Welsh Bard is here. Do follow me Mr Williams.'

Caf fy arwain i'r ystafell gyfarch lle mae'r llawr pren yn disgleirio ond does dim carped i'w weld. Sylwaf fod y celfi'n syml a defnyddiol: cadeiriau pren caled, bwrdd bach crwn, desg a bwced glo fach. Ar y silff ben tân mae cloc a set o luniau bychain – lluniau teuluol efallai. Yn y gràt, mae 'na dân bach ond egnïol. Y nodwedd amlycaf yw'r silffoedd llyfrau sy'n llenwi pob modfedd o'r muriau heblaw am un ffenest yn wynebu'r stryd. Diolch i Dduw, does yr un anifail anwes i'w weld yma.

Yn eistedd wrth ochr y tân mae fersiwn hŷn o Henrietta wedi'i gwisgo'n debyg i'w merch, ond ar ei choler mae tlws ambr. Caf fy nghyflwyno i Mrs Elizabeth Stuart Bowdler.

Rydym yn ysgwyd llaw a chaf fy arwain at gadair. Fel petai'n naturiol iddynt hwy mae'r fam a'i merch yn dechrau a gorffen brawddegau ei gilydd. Anodd penderfynu felly pa un ohonynt i'w ateb ac i ba gyfeiriad y dylwn edrych. Mae 'mhen yn troi wedi i fi symud o'r naill i'r llall wrth iddynt siarad.

'We've been doing our very best for you, Mr Williams and we have…'

'…five names. I do believe it's five…'

'…not including ourselves of course…'

'The Reverend Davis of Trinity…'

'…a fine judge of verse. Then there's the Reverend J Jones of Bletchley…'

'…and Mrs Lockwood of Mayfair…'

'…who will do whatever Mama tells them to do.'

Mae'r sgwrs ddeuol yma'n parhau fel hyn am beth amser heb fod galw am unrhyw ateb ar fy rhan heblaw ambell nòd o'r pen neu fynegiant o ddiolch. Mae ganddynt restr o enwau i fi ac arian mewn amlen yn ddestlus. Maent yn fy nghynghori ynglŷn â'r broses gyhoeddi. Ni ddylwn ganiatáu cyhoeddi yn ystod yr haf gan fod gormod o bobol ar eu gwyliau a bod y gaeaf yn llawer gwell gan fod y nosweithiau'n dywyll a'r darllenwyr yn crefu am ryw adloniant. Rwy'n ailadrodd unwaith eto fy niolchgarwch iddynt.

'We do so approve of your expression of simple virtues, Mr Williams. Your verse might serve to remind…'

'…those who…'

'…in the modern age…'

'…have become obsessed…'

'…not too strong a word…'

'…with the accumulation of useless possessions…'

'…and pointless luxuries…'

'…which merely distract them from prayer…'

'…and the true reasons for our existence.'

Rwy'n datgan fy ofon y byddai adeiladu ffatrïoedd yn denu pobol i adael y bywyd gwledig, a'u denu i fyw bywyd llygredig y trefi a'r prifddinasoedd.

'And for what?' meddai Henrietta.

'To ensure production of more and more unneeded…'

'…frivolous items…'

'…which through ownership…'

'…men can ostentatiously parade their wealth.'

Unwaith eto, rydym yn llwyr gytuno a chawn saib fer cyn i Henrietta lwyddo i orffen brawddeg yn ddirwystr. Ymhyfryda fod llinach y teulu'n mynd yn ôl i fywyd nobl Cymreig ar ochr ei mam a dywed ei bod hithau ar dân wedi iddi ddarllen fy erthygl ar y Padoucas yn *The Gentleman's Magazine*. Ers hynny mae wedi darllen yn helaeth ar y pwnc: gweithiau Gutun Owen, Cynwrick ap Grono a Syr Meredith ap Rees. Cafodd y mater ei drafod yn helaeth ymysg y llenorion mae hi'n gyfarwydd â nhw gan gynnwys Mrs Elizabeth Montagu, sef 'Queen of the Blue Stocking Society'.

'You must forgive my Welsh blood being up when I hear the story denied. I do so hope that you will enable me to ascertain the right of my Uncle Madog to the discovery of America.'

Gyda hyn mewn golwg fe hoffai fy nghyflwyno i ddau fardd sy'n perthyn i'w chylch hi. A oeddwn wedi clywed am Robert Southey neu Samuel Coleridge? Rwy'n cyfadde nad ydwyf.

8

Southey a Coleridge

M AE STORI MADOG ymhobman. Yn wir, rwy'n dechrau
difaru cysylltu fy hunan mor glos â'r stori gan y caf fy
mhoenydio'n ddyddiol am wybodaeth. Yn wythnosol, mae'n
ymddangos fod mwy a mwy o dystiolaeth am fodolaeth y
Padoucas ym mhellteroedd uchaf Missouri. Rhaid cyfaddef
'mod i'n frwd ynglŷn â'r bennod bwysig hon yn hanes Cymru,
ond rhaid cofio bod cryn dipyn o bwysau arall arnaf. Mae'n rhaid
i fi ganolbwyntio ar baratoi fy ngherddi er mwyn eu cyhoeddi,
ond mae'n amhosibl anwybyddu'r deisebau.

Yn dilyn hanes gan Gapten Chaplaine o Kentucky, mae
William Owen yn llawn cyffro. Yn ystod y rhyfel cafodd
gwarchodlu'r Capten eu hanfon i Gaer Kaskaski yn Llyn Kinkade.
Fe huriodd sgowtiaid o lwyth y Padoucas a allai siarad Cymraeg
â'r milwyr Cymraeg o dan ei ofal. Cofiai fod cryn gyffro ymysg
ei filwyr ynglŷn ag ansawdd yr iaith a glywid. Yn ychwanegol,
mae llythyr yn cylchredeg gan ryw Mr Howells o Philadelphia
yn cadarnhau bod yr Indiaid Cymraeg hyn wedi'u canfod, eu
bod yn wyn eu croen ac yn galler siarad Cymraeg. Mae William
yn awyddus i ffurfio ymgyrch:

'Mor bwysig. Fe fydd hyn yn golygu cymaint i ni. Fe fyddai'n
profi fod Madog ab Owain wedi darganfod America ymhell cyn
Columbus. Meddylia beth fyddai hyn yn ei wneud i'n hunan-
barch fel Cymry.'

Edrychaf ar ei wyneb, sydd wedi'i oleuo fel bydd plentyn
wedi iddo gael lwmpyn o siwgur.

'Rwyt ti'n iawn, William, ond i fi mae mwy o symbolaeth yn y syniad o gael cymuned o bobol Cymraeg eu hiaith sy'n cyd-fyw yn rhydd yn America: gwlad ymhell o gyrraedd y brenhinoedd, y gormeswyr a'r offeiriaid.'

Mae ei lygaid yn disgleirio mewn pleser ac o gofio am y Bowdlers, nid fe yw'r unig un sy'n frwdfrydig. Rwy'n dechrau gofidio ynglŷn â'r cyhoeddusrwydd a'r 'dwymyn Madog' sy'n cael ei lledaenu ar hyd a lled Llundain, gan hybu, nid ffrindiau fyddai am eu cefnogi, ond anturwyr ymerodraethol a masnachwyr diegwyddor a fydd yn trefnu ymweld â'r Padoucas. Eu bwriad hwy fyddai ymelwa ar eu diniweidrwydd. Fe fyddai'n wir yn beth caredig trefnu ymgyrch er mwyn osgoi hyn.

*   *   *

Rwy'n eistedd yn siop goffi'r Chapter yn Rhes Paternoster, y tro yma yng nghwmni dau fardd ifanc iawn, ddim eto'n ugain oed, Robert Southey a Samuel Coleridge. Yn hollol fyrbwyll eu natur maent yn frwd dros yr holl achosion blaengar, a dyna pam y byddant yn dewis lleoedd mor ffasiynol fel man cyfarfod. Samuel yw'r hynaf ond y tawelaf a'r mwyaf nerfus o'r ddau. Byddant yn dwys ystyried bywyd. Robert yw'r un mwyaf huawdl ac mae'n esbonio'n weddol fanwl pam bod stori Madog yn golygu cymaint iddo am ei fod yn ymwybodol ohoni ers ei blentyndod. Mae wrthi'n cyfansoddi cerdd hir ar y pwnc, a fydd cystal â *Paradise Lost* o ran mawredd y testun. Rwy'n edmygu ei uchelgais. Cred taw'r Padoucas yw ein gwaredwyr; dynion o'n hil ni sydd wedi cadw eu diniweidrwydd a'u hemosiynau coeth drwy eu hymneilltuaeth yn yr anialwch. Nid ydynt wedi'u difwyno gan lygredd y bywyd cyfoes. Mae Robert yn dyfynnu Rousseau sy'n dweud bod angen i ddynoliaeth adennill ei hurddas naturiol wrth droi at ffordd symlach o fyw. Maent yn bwriadu teithio i America a sefydlu cymdeithas a fydd yn byw bywyd yn ei symlrwydd: cymuned wedi'i chysegru i egwyddorion heddwch a brawdoliaeth gan fyw eu bywydau mewn cytgord a phawb yn gyfartal.

Mae fy ngofid am y Padoucas yn cynyddu. Nid wyf eisiau gweld y ddau yma'n mentro i fyny Afon Missouri. Llwyth Cymraeg ydynt ac mae eu bodolaeth yn adlewyrchiad o arwr ein cenedl, sef Madog ab Owain. Byddai'n rhaid i unrhyw ymgyrch gael ei harwain gan Gymro sydd â'r gallu i siarad Cymraeg.

*   *   *

Rwy'n hysbysu William Owen bod rhaid iddo fe a fi ddechrau ymgyrch. Nid yw'n dweud gair yn gyntaf, wedyn daw'r esgusodion.

'Fe fuaswn wrth fy modd, Edward, rwyt yn gwybod hynny. Fe fyddwn yn cyflawni camp bwysicaf fy mywyd. Na, nid wyf yn ofni bywyd caled ... ond... mae gan Sarah y baban yn ei chroth. Fy ngwaith yn swyddfa'r cyfreithiwr yw'r unig fodd o ennill cyflog – heblaw'r cyflog a gaf gan Owain Myfyr, wrth gwrs.'

Mae ei ymddiheuriad yn hir ac yn ddiffuant. Ni all fod yn rhan o'r ymgyrch ond bydd yn fodlon gwneud cymaint ag y gall i'w chefnogi.

Rwy'n flin o glywed ei ateb ac yn gofyn iddo onid oes teulu 'da fi, hefyd? Tri phlentyn sydd wedi'u hamddifadu o bresenoldeb eu tad wrth i fi fyw yng ngharthion dinas Llundain er mwyn ceisio gwella pethau sy'n ymwneud â Chymru. Onid oes pwysau arnaf i ysgrifennu a pharatoi fy ngwaith gogyfer â'i argraffu? Onid oes pwysau arnaf i ddiddanu'r bobol ffasiynol a'r penwan i fwydo trachwant fy argraffydd? Onid ydwyf ddwywaith oed William? Er hyn i gyd, pan fo angen i Gymro weithredu ar fater o egwyddor fe wnaf fy ngorau i wneud fy rhan. Rwy'n bwriadu rhoi hysbyseb yn *The Gentleman's Magazine* i wahodd Cymry gwladgarol, anturiaethus i ymuno â fi. Fe wnaf heno ddechrau paratoi fy ymgyrch gan baratoi fy nghorff i ymgyfarwyddo â chysgu ar bridd noeth. Fe fydd gwyrddni St James's Park yn help i fi ymgodymu ag anialwch Kentucky.

Dim ond y lodnwm sydd wedi fy nghynnal drwy'r nos wrth i feddwon, cŵn gwyllt a chaledwch y ddaear aflonyddu arnaf. Rwy'n ddiolchgar i David Samwell am gadw cyflenwad digonol o'r hyn sy'n fy rhyddhau rhag pechodau'r cnawd. Pryd fydda i'n dysgu gadael i fy ymennydd wneud penderfyniadau, yn hytrach na gadael i fy myrbwylltra reoli pob gweithred?

9

Joseph Johnson, Rhes Paternoster

YN SIOP LYFRAU Joseph Johnson yn Rhes Paternoster rwy'n awyddus i gael sgwrs ag ef. Er mwyn torri ar ddiflastod yr ymgyrch ddiddiwedd o gasglu tanysgrifiadau, rhaid i fi ddangos fy ngwir bersonoliaeth i'r byd. Rwyf wedi ysgrifennu pamffled o'r enw *War is incompatible with the Spirit of Christianity*. Dyma un o nifer o draethodau a luniais yn ymosod ar y frenhiniaeth, yr esgobion a gogoniant rhyfel. Mae Joseph Johnson wedi cyhoeddi pamffledi o'r blaen yn dilorni rhyfel a chaethwasanaeth. Rwyf innau am gyfrannu at ei groesgad a datgan y gwir rhag ofon i fi droi'n rhinoseros anwes i Mrs Nicholl.

Bydd Joseph Johnson yn trefnu'i fusnes yn ofalus, yn cyfri'r copïau, twtio'r silffoedd a chynghori'i gynorthwywyr gydag awdurdod tawel. Heddiw mae mewn sgwrs â dyn yn gwisgo cot werdd, gwallt coch anniben a chanddo wên barhaol. Ymddengys y llyfrwerthwr yn nerfus heddiw, sydd yn wahanol iawn i'r arfer. Ar ôl aros am sawl munud i'r sgwrs orffen, symudaf yn agosach atynt i wneud fy mhresenoldeb yn fwy amlwg. Yn amlwg, mae'r ddau wedi sylwi arnaf, ac meddai'r dyn mewn gwyrdd,

'Don't let me take all your time, good sir, gabbing away as I do. This gentleman plainly wishes a word.'

Awgrymaf fy mod yn fodlon aros, ond dywed y dyn mewn gwyrdd nad oes dim brys arno, felly gallaf gymryd yr amser sydd ei angen arnaf. Byddai unrhyw fater sy'n ymwneud â llyfrau a meddyliau radicalaidd yn 'fwyd a diod' iddo fe. Mae'n fodlon aros tra byddaf yn trafod fy musnes. Atgoffaf Joseph Johnson yn gyntaf am y pamffledi a adewais iddo. A gafodd amser i'w darllen? Oedd e'n meddwl bod y cynnwys yn addas i'w gyhoeddi? Os nad oedd, yna roedd 'da fi bamffledi eraill yn dilyn yr un fath o syniad, yn ymosod ar y frenhiniaeth, y brenhinoedd a'r esgobion sy'n galw am ryfel.

Cefais sgyrsiau gyda Mr Johnson cyn hyn ac mae wedi bod o gymorth mawr yn fy nghynghori ynglŷn â'r gyfrol *Poems, Lyric and Pastoral* ond heddiw mae'n ymddangos fel petai'n falch o gael osgoi sgwrsio. Mae'n disgwyl llyfrau nad ydynt wedi cyrraedd ac mae'n angenrheidiol iddo hala neges ynglŷn â hyn yn hytrach na siomi ei gwsmeriaid. Mae'n awgrymu y byddai un o'i weithwyr yn ateb unrhyw gwestiwn pellach sydd gennyf, cyn diflannu fel rhyw aderyn bach yn chwilio am loches.

Mae'r dyn mewn gwyrdd yn edrych yn ddigon crac am eiliad, cyn i'r hen wên flaenorol ailymddangos. Gan ddymuno diwrnod da i fi, mae'n torsythu a'i hanelu hi i lawr Rhes Paternoster.

*   *   *

'Forgive my cautiousness, Mr Williams, but I suspect that man.'

Mae awr bellach ers hynny ac rydym wedi symud i amgylchedd tawelach swyddfa Mr Johnson – ystafell fechan ac ynddi lyfrau cyfrifon, ffeiliau a bwndeli o bapurau yn gorchuddio pob wal yn uchel. Dwi'n amau a fyddai'r dyn bach, byr yn galler eu cyrraedd heb gymorth.

Yn gyfrinachol dywed ei fod yn amheus iawn o'r dyn mewn gwyrdd a'i fod yn ymddiheuro am fod mor oeraidd tuag ataf yn y siop. Sylwodd fod y gŵr hwn yn ymweld â'r siop lyfrau'n rheolaidd a'i fod yn amlwg am sgwrsio â phobol radical. Mae'n ŵr sydd yn rhy foesgar ac yn ceisio denu pobol i siarad am eu busnes – tacteg dda i rywun sydd am gasglu gwybodaeth. Rhaid, medd Mr Johnson, i ni fod ar ein gwyliadwriaeth.

Oes ganddo brawf ei fod yn ysbïwr? Nac oes, ni all fod yn siŵr, er bod yr awdurdodau wedi bod yn llawer amlycach ers y Proclamasiwn Brenhinol, a gwell bod yn ofalus. Cyfeiria Mr Johnson at ddeddf y Brenin sy'n pwysleisio bod ysgrifennu bradwrus yn weithred o deyrnfradwriaeth. Caf fy synnu at ei ddiffyg asgwrn cefn. Dywedaf ei bod yn ddyletswydd arnon ni i beidio ag ildio i'r fath fygythiadau. Edrych yn syn arnaf fi wna'r llyfrwerthwr, fel petai'n gwrando ar eiriau plentyn dwl yn clebran.

'Mr Williams, you talk honestly but rashly. That is why I did not want you to speak where spies might report your words. Tell me, have you a family?'

Dywedaf wrtho am Peggy a'r plant. Wedi iddo ofyn am fwy o wybodaeth amdanynt, ni allaf ymatal rhag eu henwi, rhoi eu hoedran a chyfeirio at eu talent. Dywed fy mod i'n ddyn lwcus iawn ac y dylswn gofio taw at fy mhlant y dylai fy mhrif gyfrifoldeb fod. Fydden nhw ddim am weld eu tad mewn carchar. Caf fy holi ganddo a oes 'da fi unrhyw syniad am y fath o amgylchiadau sydd o fewn y carchardai?

Cyfeiriaf at fy nghyfnod yng ngharchar Caerdydd fel methdalwr. Dywed fod y profiad o fod mewn carchar fel methdalwr yn nefolaidd o'i gymharu â'r driniaeth a roddir i'r rhai a gaiff eu hystyried yn fradwyr. Rhoddir y gosb eithaf am deyrnfradwriaeth – marwolaeth greulon, araf a phoenus. Dywed hyn oll wrthyf mewn llais tawel, diemosiwn nad yw'n adlewyrchu'r erchylltra a ddarlunia.

'Let me assure you, I have no desire to be a political martyr, Mr Williams. What I wish to do is to help my writers influence their readers so that person-by-person we grow to an understanding that we are all equal before God.'

'Amen.'

'Amen indeed.'

Rhydd bwysau arnaf i wneud fel y gwna eraill, sef cael y dylanwad mwyaf am gyn lleied o gost ac o gosb i fi a'r teulu. Fel pregethwr, sy'n condemnio hunanfalchder, dadleua mor ddibwrpas yw gwrthwynebu'n hollol agored.

Dadleuaf fod Tom Payne yn gwrthod plygu. Cytuna â hyn ond tynna fy sylw at y ffaith fod Tom bellach yn byw yn Ffrainc ac y câi ei roi yn y ddalfa petai'n glanio yn nociau Tilbury. Tra bod ei lyfr yn ysbrydoliaeth i ni, ni all e fod yn ein plith. Rhaid i ni felly gael pobol sy'n fodlon gweithio yn y dirgel yn Llundain i hybu rhyddid.

Edrychaf ar yr henwr eiddil hwn a'i edmygu, wrth iddo gyfeirio at ei dristwch yn gweld y ddinas y mae ef yn ei charu yn newid yn ddinas lawn dicter lle mae pawb yn amau ei gilydd. Yn amlwg, mae Pitt yn ofni y bydd y chwyldro yn Ffrainc yn lledaenu yma ac mae ganddo achos i boeni. Mae ar y Llywodraeth ofn pŵer dadl ac er mwyn dad-wneud hynny defnyddiant gryts di-wardd sy'n casáu'r Ffrancod ac yn eilunaddoli'r Brenin i reoli'r cyhoedd drwy greu ofn ac ymosod ar y rhai a ddrwgdybiant.

'So you suggest that we should now fall silent?'

Awgryma y dylem wrthwynebu cael ein rheoli drwy ddefnyddio'n cyfrwystra. Ni chaiff beirniadaeth o'r Brenin ei oddef, felly rhaid i'n beirniadaeth fod yn llawer mwy amwys. Er bod *The Rights of Man* wedi cael ei wahardd eto i gyd mae copïau anghyfreithlon o'r gyfrol ar gael ym mhobman. Caiff y cylchgrawn *The Analytical Review* ei argraffu unwaith y mis, a hefyd pan fydd y peiriannau'n brysur caiff deugain copi o erthyglau eu hargraffu na fyddai'n mentro eu gwerthu yn y siop. Cânt eu dosbarthu'n gyfrinachol gan ffrindiau y gall ymddiried ynddynt ac mae'n cynnig dosbarthu fy mhamffledi i yn yr un modd ar yr amod fy mod yn fodlon haneru eu hyd. Rwy'n diolch iddo mor frwdfrydig nes ei fod yn teimlo braidd yn swil.

Gan edrych arnaf yn llawn cwestiynau mae Mr Johnson yn

holi sut mae *Poems, Lyric and Pastoral* yn dod ymlaen. Rwy'n achwyn am Mr Newbury ac am ei gostau cynyddol, ond dywed wrthyf taw fi sy'n rhannol gyfrifol oherwydd bod fy ngwaith yn tyfu a thyfu.

'I am most impressed with the accounts I have heard of your discovery of the ancient British bards. I would suggest that you look to include more details of this in your volume, particularly aspects where their values appear strikingly congruent with those of Tom Paine and the cause of liberty.'

Am y tro cyntaf rwy'n gweld ei lygaid bach glas yn serennu ac mae'n ychwanegu:

'I do not think I am alone in deploying craft and guile in the service of liberty.'

Y Busnes Cyhoeddi

MAE MR NEWBURY yn cymryd y testun sydd wedi'i gywiro oddi wrthyf, er nad yw'n edrych arno o gwbl cyn ei osod ar ben basgedaid uchel o bapurau. Ychwanegaf innau rai taflenni newydd o waith sydd wedi'u gorffen rai dyddiau'n ôl a'u rhoi iddo fel petaent yn bethau drudfawr, ond edrych arnynt fel petaent yn lwmpyn o gachu a wna ef.

'More? How much more do you expect to pack in that volume? You have already added more than thirty additional pages.'

Mae pob un o'i weisg yn gweithio, y tair ohonynt, a'r sŵn yn fyddarol. Rhaid gweiddi i esbonio taw dyma fy ngweithiau mwyaf diweddar, wedi'u hysgrifennu o dan ddylanwad y Chwyldro Ffrengig a dyfodiad y meddwl rhesymegol. Mae'r farddoniaeth wrth-frenhinol yn hanfodol i'm gweledigaeth.

'Poets have vision. I just have costs. More pages mean more paper. More ink, more typesetting, more proofing, more hours at the press.'

'Which I suppose you will pass on to me.'

'Well of course. And another thing…'

Gan chwifio y tudalennau newydd o'm gwaith yn yr awyr, mae'n pregethu am huodledd beirdd yn gyffredinol ac fy mod i'n arbennig o hirwyntog. Dywed, wrth ychwanegu'r cerddi hyn at y cerddi eraill, fod ganddo bellach fwy o gerddi nag y gall eu gwasgu i mewn i un gyfrol. Hola ai dyna'r cyfan. Fydd yna fwy? Rhaid cyfaddef fod traethawd i'w gynnwys fel agoriad i'r gyfrol.

'So there will have to be two volumes. That doubles the binding costs, of course.'

Rwyf wedi hen flino ar y ffordd mae'n ychwanegu mwy a mwy o gostau at y prosiect bob tro byddwn yn cyfarfod. Yn wir, rwy'n wallgo oherwydd ei ymddygiad a'i ddiffyg dealltwriaeth o'r broses ysgrifennu. Cyhuddaf ef o beidio â gwerthfawrogi cyfrol o farddoniaeth a rhoddi iddi bwysigrwydd uwch na chatalog gwerthu anifeiliaid.

Wrth sylwi ar y gwallgofrwydd yn fy llais, mae'n troi i wynebu fy her. Nid yw'n newid ei agwedd tuag ataf o gwbl gan weiddi uwchlaw sŵn y peiriannau.

'Not a jot more! Indeed, livestock catalogues are always twelve pages. No more, no less. Much less trouble.'

Wedi i fi fygwth mynd â'r gwaith argraffu i rywle arall, chwerthin wnaiff Mr Newbury.

'By all means! But you'll find no other printer is going to take on a half-printed book. And you'll end up with a mess of different typefaces and styles. No, I'm afraid you and I are stuck with each other until this blessed volume appears.'

Rhaid cyfaddef ei fod yn dweud y gwir a bod fy anallu i oresgyn y broblem yn fy ngwneud yn fwy crac. Ond os na alla i fynd â'r argraffu oddi wrtho, fe af â'r cyhoeddi. Fe siarada i â Joseph Johnson. Mae pob un o'r radicaliaid yn ei glodfori fel dyn gonest sy'n ofalus o'i awduron. Ni ddywedaf air wrth Mr Newbury nes ein bod wedi cytuno ac mae'n camgymryd fy nhawelwch gan feddwl ei fod wedi ennill y ddadl. Wrth ddymuno hwyl fawr, mynna dderbyn ugain swllt ychwanegol cyn gorchymyn i'w weithwyr newydd osod y dudalen newydd.

Ugain swllt! Swm a fyddai'n para am fis i deulu yn y Bont-faen, ond yma mae'n swm bitw a fydd yn diflannu mewn dim yng nghownt argraffydd.

*　　*　　*

Rwy'n edrych ar draws y bwrdd at John Evans, dyn ifanc prudd ei wedd, yn wreiddiol o'r Waunfawr, sydd wedi ateb yr hysbyseb am arloeswr dewr sy'n fodlon teithio i fyny'r Mississippi i chwilio am y Padoucas. Un sydd yn siarad yn dawel ydyw, yn caru Duw ac yn wladgarwr. Pwysleisiaf y bydd yn rhaid iddo ddysgu sgiliau byw yn yr anialwch. Gan ei fod wedi'i fagu yng nghanol y mynyddoedd yng Ngwynedd, yn edrych ar ôl defaid ei dad, mae'n fy sicrhau ei fod wedi paratoi. Mae'n edrych yn ddyn penderfynol, yn gwbl ymrwymedig ac mae ei unplygrwydd yn fy ngorfodi i wynebu fy nryswch fy hunan.

*   *   *

Llythyr cas gan Peggy, unwaith eto'n protestio nad yw'n galler byw ar yr arian rwy'n ei hala ati. A hwythau wedi gorfod byw am saith wythnos ar chwe swllt yn unig, mae bywyd wedi bod yn un ymdrech boenus a diddiwedd ers i fi adael. Erbyn hyn maent wedi bwyta'r crystyn olaf o fara, a chaf fy ngalw'n ŵr a thad creulon ac un digon dideimlad. Mae'n ei arwyddo 'Yours affectionately.' Rwy'n hala ati bob ceiniog y gallaf gael gafael arnynt.

*   *   *

Cefais neges gan y ddygn Mrs Nicholl yn dweud bod ganddi newyddion mor bwysig fel y bydd yn rhaid iddo gael ei gyfleu i fi'n bersonol. Felly caf fy ngalw i'w chyfarfod yn 14 Stryd Curzon, sef cartref Lady Caversham a'r teulu o Sunbury. Rwyf wedi fy nghynghori i fod yno am ddeg o'r gloch, dydd Mercher nesaf.

Mae'r angerdd yn ei llais wedi codi fy chwilfrydedd ac felly rwyf yno mewn pryd, er fy mod i'n poeni beth fyddaf yn ei wynebu. Ofnaf ei bod wedi cael gafael ar nifer o hen wragedd cyfoethog, a chanddynt enwau goludog, ond heb fymryn o hiwmor rhyngddynt. Fe fyddant yn cyfarth eu hunanbwysigrwydd gan obeithio y byddaf i'n taflu perlau o 'ngwaith o'u blaen. Dyna'r peth gwaethaf y galla i feddwl amdano, ond mae realiti'r sefyllfa'n llawer gwaeth.

Mewn gŵn sidan, mae Mrs Nicholl yn eistedd o fy mlaen, yn gwisgo twrban dwl ar ei phen – y ffasiwn newydd, mwy na thebyg, sy'n gwneud i bobol weddol ddeallus edrych fel ffyliaid. Er fy mod yn teimlo fel chwerthin ac yn meddwl y byddai Peggy wrth ei bodd yn gweld y fath dwpdra, rhaid eistedd yn barchus, wrth iddi siarad mewn llais isel, agos ataf fel y llais a ddefnyddiodd yn rheithordy Henley. Mae Lady Caversham yn sibrwd geiriau Mrs Nicholls wrth iddi siarad, fel petai'n perfformio fel drych mewn drama. Dywed Mrs Nicholl,

'Mr Williams. As a man of humble origins I pray you will not be overwhelmed by the magnitude of the honour you are to receive. I take it as a tribute to my late father, the Viscount Ashbrook, that my loyal application has secured favour in the highest circles of the realm.'

Mae'n aros fel petai wedi cynnig yr unig esboniad sydd ei angen. Mae'n aros i dderbyn fy niolch ond nid wyf yn deall. Gan deimlo ychydig yn flin, mae'n egluro,

'I have it from the Court of St James itself that His Most Gracious Highness, George, Prince of Wales, is disposed to become a subscriber to your volume of poetry. His Majesty, as you will be aware, is a fine judge of literature and has condescended to bless your *Fair Pilgrim* with his seal of approval. All you need to do is to submit a suitable dedication to His Highness for the approval of his courtiers and you will have the inestimable advantage of a royal endorsement.'

Cwyd ei llais yn raddol yn ystod y berorasiwn i gyd-fynd â'i brwdfrydedd. Mae erbyn hyn yn siarad mewn llais mor uchel fel na fyddai unrhyw soprano opera hyd yn oed yn galler rhagori arni, gyda Lady Caversham yn clapio'i dwylo a gweiddi 'Bravo'.

Cydnabyddiaeth frenhinol! Beth galla i ddweud? Mae'r gyfrol ei hunan yn cynnwys llawer o gerddi yn collfarnu brenhinoedd a brenhiniaeth a chânt eu collfarnu fel pobl sydd yn sathru ar hawliau'r bobol gyffredin. Fe ddylwn wrthod cydnabyddiaeth y tywysog bach tew a maldodus. Ar y llaw arall, fe fyddai gwrthod yn cael ei weld fel gweithred fradwrus a chawn fy amau a'm condemnio fel gelyn y frenhiniaeth. Os derbyniaf y clod, fe fydd fy llyfr yn gwerthu yng nghymdeithas freintiedig Llundain ac fe fydd yr elw'n sicrhau budd i fy nheulu am flynyddoedd. Rwy'n llygadu Mrs Nicholl a Lady Caversham sydd bellach wedi cyrraedd uchafbwynt eu llawenydd ac yn aros am fy niolchiadau brwd wrth iddynt sicrhau y fath rodd. Gwnaf fy ngorau ond cafodd y geiriau eu rhwygo'n boenus o'm genau.

Wrth lwc maent wedi camddehongli fy niffyg huodledd fel sioc. Mae'n anodd i rywun o wreiddiau gwerinaidd fel fi lwyr amgyffred y fath anrhydedd.

Mae'n ddiwrnod braf a finnau'n gorwedd ar fy nghefn yn Hyde Park gan edrych ar y cymylau'n ffurfio ac yn gweddnewid. Nid ydynt yn arnofio ond yn hytrach yn hedfan ar draws yr awyr ac mae ceriwbiaid bach yn cuddio, yna'n ymddangos ac yn sgrechian chwerthin wrth i un gael ei ddal. Yn camu ar draws yr awyr gan ddifetha'u hwyl, mae Tywysog Cymru, tew ei gorff sy'n torri gwynt yn swnllyd a chrafu rhwng ei goesau. Chwerthin wna'r ceriwbiaid ond rwyf yn troi trosodd er mwyn osgoi edrych ar y fath olygfa. Mae un ceriwb yn gogleisio fy wyneb â phluen. Rwy'n ei brwsio hi o'r neilltu ac mae un arall yn eistedd ar fy nghoesau.

'Pam na ddoi di i chwarae?'

Maent yn canu mewn lleisiau uchel.

'Alla i ddim.'

'Pam lai?'

'Oherwydd bod rhaid i fi guddio'r gwir.'

'Gwir!' medd y ceriwb cyntaf gan wichian, 'Beth ydi hwnnw?'

Mae dau arall yn ymuno â'r ceriwbiaid ac yn cario powlenni o fêl melys. Maent yn fy mwydo â llwyau euraidd. Mae'r mêl yn blasu o enwogrwydd a chyfoeth.

''Na fe, ti'n gweld? Mae e'n rhwydd, on'd yw e?'

'Nawr rwyt ti'n perthyn i ni.'

'Am eich bod wedi fy mwydo?'

'Oherwydd dy fod ti wedi bwyta uwd y brenin bach,' meddent gan ganu yn fuddugoliaethus.

Rwy'n ei boeri mas.

'Wna i ddim, rhaid i fi beidio,' rwy'n gweiddi.

Mae'r ceriwbiaid yn edrych arnaf mewn penbleth.

'Ond mae pawb eisiau uwd y brenin bach. Wyt ti'n siŵr?'

Teimlaf law ar fy ysgwydd ac wrth droi, gwelaf ddelwedd o berffeithrwydd benywaidd. Mae fy mam yn hedfan mewn cwmwl o sidan gwyn, ei hwyneb yn boenus o brydferth ond mor llym. Mae'n dal llyfr, Paradise Regained, ar agor o'm blaen.

'Great Acts require great means of enterprise,' y mae'n dyfynnu. Tu ôl iddi mae rhes ar ôl rhes o deulu'r Mathews yn crefu arnaf i wneud beth sydd yn rhaid i fi wneud.

'Weithiau rhaid ffugio er mwyn cyrraedd ein nod yn y byd.'

'Ond Mam,' rwy'n sibrwd yn gryg, 'Nid dyna yw hyn. Os cyhoeddaf i'r byd deyrngarwch sy'n groes i bopeth rwy'n ei gredu, byddaf yn rhoi fy ngwirionedd mewn perygl. Edrychwch beth rydych yn gofyn i fi wneud.'

Clywaf sŵn chwalu a malu gan bwerau enfawr: craciau a fflachiadau fel petai'r byd yn cael ei rwygo'n ddau. Sylwaf fod hafn anferth yn agor gan haneru Hyde Park, sef natur dreisgar yn mynnu ei hawl dros y gerddi sydd wedi'u trin yn ofalus. Hafn ddofn sydd yma nawr lle bu porfa las. Syllaf i mewn i'r dyfnder a gweld, tua mil o lathenni o dan fy nhraed, rhaeadr yn berwi ar y creigiau. Mae stêm yn codi ac yn y dyfnderoedd, nadroedd *yn gwingo a chreaduriaid anfad yn ymladd dros gyrff y rhai sydd newydd farw. Rwy'n gymysglyd fy meddwl ac yn ansicr wrth droedio. Camaf at ddarn o graig a chaf ddarlun cliriach o'r perygl. Modfeddi'n unig sydd rhyngof fi a'r hafn anferth, ac o gwympo i mewn iddo byddai marwolaeth yn anochel. Rhaid i fi gerdded ar hyd y silff hon heb ddisgyn.*

'Cymer fy llaw,' mae hi'n gorchymyn.

Mae ei bysedd yn oer a gwyn fel marmor ond mae'n gadarn wrth fy arwain fel plentyn ar hyd y silff gul.

'Paid ag edrych i lawr, Ned, dilyna fy llais. Cofia… 'All thy heart is set on high designs. High action. But whence to be achieved?''

Brook's Market, Holborn

R HAID SYMUD LLETY unwaith eto gyda'r bwriad o ddod o hyd i rywle rhatach. Talu'r argraffydd sy'n llyncu fy arian a bydd yr ychydig sydd yn weddill yn cael ei hala at Peggy, sydd, meddai hi, yn anghenus. Rwy'n dychwelyd i strydoedd cefen Holborn lle yr arhosais ugain mlynedd yn ôl. Sylwaf fod Stryd Beauchamp yn fryntach ac yn cynnwys mwy o lygod mawr nag erioed, ond nid oes golwg o Ann, y ddawnswraig, ac mae fy hen ystafell yn rhan o ryw warws erbyn hyn. Yn fy nhlodi a'm diflastod caf fy nenu i'r strydoedd tlawd a chael sgwrsio â'r hen Iolo. Ces fy nenu i lety lle galla i ysgrifennu, heb gael fy nharfu gan glebran Mrs Nicholl na'r clebrwyr eraill. Daw ysbryd Chatterton â fi i'r lle yma. Rwy'n cofio'r brodyr Walters yn trafod Chatterton a'r byd a greodd: byd tirion mynach o'r bymthegfed ganrif a ddisgrifir mor fanwl ac euraidd ganddo. Yma yn Stryd Beauchamp, rhyw ddrws neu ddau o'm llety, y cyflawnodd hunanladdiad gan adael i'w greadigaeth, Rowley, gerdded i mewn i eneidiau a chalonnau ei ddarllenwyr.

Siaradaf ag ambell un sy'n ei gofio, rhai sy'n dweud iddynt ei addoli, ond yn ofer. Maent yn ei ddisgrifio fel dyn tenau a bachgennaidd, ond mynegant eu rhyfeddod iddo gael ei gyhuddo o fod yn ffugiwr. Ni wnaethant ddeall ei boen.

'Did him no good though, did it? I ask you – forging poems! Where's the sense in that? Forging letters of introduction or money, I can see the profit in that, but poems? He'd have been better off writing honest letters for folk. There's few round here who can write for themselves and a scribe can always scrape a living. Anyway, what's it to you? You a relative or som'at?'

'O ryw fath,' rwy'n ateb.

Rydym yn eistedd gyda'n gilydd yn atig fach dywyll 12 Stryd Beauchamp. Mae ei amlinell yn drawiadol, ond prin bod ei wyneb yn weladwy, ei lais yn dawel yn acen feddal Bryste.

'Have you a sponsor?' mae'n holi. Bydd gan awduron noddwyr da a chafodd ef addewid gan noddwr. Addawodd Horace Walpole, er taw anaml y cadwai at ei addewid.

Rydym yn siarad am grintachrwydd y noddwyr, cymaint maent yn ei gymryd ond yn rhoi cyn lleied. Nid ydynt yn hapus tan i'r gwaith maent yn ei noddi gael ei halogi, drwy ei gysylltu â'u busnesau aflan, eu pwerau a'u ffortiwn hwy.

Wrth iddo droi i'm hwynebu, gwelaf adlewyrchiad o fy wyneb fy hunan ugain mlynedd yn ôl, fel petawn yn edrych mewn drych. Rydym yn trafod y trafferthion o gael unrhyw waith wedi'i gyhoeddi, a'r gwrthwynebiad yn Llundain i rywbeth a ddaw o'r wlad. Cwyna y gallasai Bryste fod yn dref ar y lleuad i bobol Llundain. Mae'n cofio fel y byddai ei acen yn dangos y deuai o deulu tlawd ac y byddai hynny'n ddigon iddo gael ei gollfarnu gan rai adolygwyr.

Hoffwn ofyn iddo sut a pham y gwnaeth farw. Oedd e wedi colli'i ffordd yn y byd a greodd ef ei hunan? A fu ef farw er mwyn i Rowley gael byw? Aeth ef yn erbyn gwersi'i galon ei hunan? A wnaeth fradychu ei hunan o flaen Duw?

'I could not live in the world I had created and I could not live in this one either. My soul lived with Rowley in old Bristol whilst my body starved in London.'

Cwyd ac rydym ill dau'n cerdded ochr yn ochr i lawr canol
Eglwys y Santes Fair, Bryste. Mae Chatterton yn tynnu fy sylw
at gromen osgeiddig y to. Aiff â fi i ystafell uwchben y cyntedd
lle bu'n astudio cofnodion yr eglwys. Dyma'r lle, mae'n esbonio, y
cyfarfu â'r mynach, Rowley, am y tro cyntaf, yr un a feddiannodd
ran helaeth o'i fywyd. Eistedd ar ei stôl yn ysgrifennu'n ofalus mae
Rowley, a chan ei fod yn canolbwyntio cymaint, nid ydyw yn ein
gweld.

Hola am yr Orsedd, fy nghreadigaeth i. Dywedaf wrtho am y
beirdd a fu'n allweddol yn fy nhraddodiad barddol, eu cryfder, a'r
ysbrydoliaeth a roddant i eraill. Rwy'n ymhyfrydu eu bod nawr yn
bwerus a'u bod bellach yn rhydd o'u crëwr.

'Do not let your creation live outside you,' mae Chatterton yn fy
rhybuddio, 'or you will die. Be the centre of your new world if you
wish to live. Mark me!'

Yn araf mae ei lais yn gwanhau a'i gorff yn edwino. Bellach ni
allaf weld neb ond hen fynach wedi crymu dros ei waith.

*   *   *

Digon gwantan yw fy iechyd unwaith eto a dweud y gwir, y
poenau yn fy mhen yn bla a chaf byliau o'r fogfa. Teimlaf fod
cymalau fy esgyrn yn wichlyd a'm hysgyfaint yn boenus. Rwyf
wedi chwilio am help a bydd y crachfeddygon yn tynnu gwaed
drwy ddefnyddio gelod. Byddaf yn byw am ddyddiau ar ddŵr yn
unig er mwyn glanhau fy nghorff, ond heb fawr ddim pwrpas. Af
i weld meddyg yn Soho ac yno byddant yn anfon sioc drydanol
drwy fy nghorff. Yr unig ryddhad a gaf yw drwy boteli ardderchog
o lodnwm melys, diolch i fy nghyfaill, David Samwell. Wedi'r
lodnwm caf gwsg bendithiol ond hefyd breuddwydion erchyll
yn ymwneud â fy nheulu a 'nghartre.

Mewn un breuddwyd roedd Peggy wedi marw ac mewn un
arall roedd Margaret ar ei hanadl olaf. Un noson roedd Nancy

wedi cwympo i mewn i'r tân, ac ar noson arall roedd Taliesin wedi colli llaw a throed. O ganlyniad anfonais lythyr at Peggy yn gofyn iddi gadarnhau bod fy mhlant annwyl yn fyw ac yn iach. Os cânt eu trafferthu gan y pas, sydd yn gyffredin iawn yn yr ardal hon, yna dylai chwilio am arlleg, ei falu'n fân, ychwanegu ychydig o rym ato a'i rwbio ar gefn y plentyn, o dan ei sowdwl a hefyd ar ei wddwg o dan yr ên. Rwy'n crefu arni i enwi'r plant, un wrth un yn ei llythyr er mwyn i fi aller cael cadarnhad o'u cyflwr a'u datblygiad. Daw'r ateb yn fuan.

Annwyl Ned,

Ry'n ni'n dala'n fyw ond ma safon ein byw yn ofnadw. Ma iechyd y plant yn weddol. Tally bron wedi gwella o'r dwymyn, troed Margaret yn boenus ac ma Nancy hefyd yn dioddef o boenau. Digon eiddil yw dy dad erbyn hyn, yn anghofio pethe fwyfwy ac yn amal bydd yn torri lawr i lefen. Ma'r hen beswch yn fy mhoeni i'n dragwyddol ac mae fy mrest yn dynn. Heblaw am hynny ry'n ni'n iawn. Anodd yw byw a rhaid i fi fynd mas gyda'r tlodion erill yn yr ardal i loffa yn y ceie llafur adeg y cynhaea, i gasglu'r hyn sy'n ca'l 'i sarnu. Ti sy'n gyfrifol am hyn. Shwd galli di weud dy fod ti'n caru dy blant pan ma'n well 'da ti fyw yn Llunden yn hytrach na bod 'ma'n edrych ar 'u hôl?

Fy ngofid mowr i yw dy fod ti'n ymwneud â phethe fydd yn dwyn gwarth ar dy enw da ac o ganlyniad y bydd dy blant yn diodde. Y dydd Sul diwetha cymerodd y Parch John Walters ei destun o adnod o'r Corinthiaid, pennod 15 adnod 33: 'Na thwyller chwi: y mae ymddiddanion drwg yn llygru moesau da'. Chest ti mo dy enwi 'da fe, ond fe sylwes bod lot o bobol yn y gynulleidfa yn troi 'u llyged i 'nghyfeiriad i. Rwy'n poeni am y bobol rwyt ti'n cymysgu 'da nhw. Wnei di ystyried, am funed, pa mor ddoeth yw cadw cwmni gyda phobol fydde'n ddigon bodlon gweld llifogydd o waed yn llifo dros y wlad? Rwy'n poeni dy fod ti'n ca'l dy arwen ar gyfeiliorn. Er 'mod i'n byw mewn tlodi ac yn amal mewn trybini, eto i gyd ma 'nghydwybod i'n glir.

Ma dy dad yn hala'i gyfarchion.

Peggy

* * *

Rwy'n boddi o dan fflyd o danysgrifwyr haerllug. Mae Mrs Nicholl wedi'i gwisgo fel un o'r puteiniaid yn Covent Garden yn ei gŵn sidan frwnt, yn gwisgo gormod o bowdwr a'i bronnau yn amlwg i'r holl fyd. Ar ei phen mae'n gwisgo cerflun o'i thad ar gefn ceffyl. Mae'n sgrechian rhegfeydd gan fynnu derbyn y copïau a archebodd. Rwy'n ceisio esbonio bod yr argraffwyr... ond does neb yn gwrando. Wrth ei hochr daw pla o'r boneddigion wedi'u gorwisgo ac yn eu cwmni mae haid o gŵn bach yn cripian dros, dan a thrwy goesau, breichiau a gwallt eu perchnogion. Tu ôl iddynt mae morynion yn trin eu gwalltiau a gweision llys ffroenuchel, wedi'u llwytho â pharaffernalia diddiwedd a diwerth. Gwisgant hetiau mawr, gan gario pelenni pêr i foddi drewdod y tlodion.

Yna, mae Tywysog Cymru a'i geriwbiaid yn disgyn ar gwmwl, a'r llygredig yn eu cymeradwyo. Wedi iddo gamu ar dir caled, ceisia ymddangos yn nobl, wrth iddo aros am fy ngeiriau o gyflwyniad. Mae tawelwch disgwyliadwy a minnau'n methu dweud gair, yna'n ailgeisio ond yn methu unwaith eto.

Rwy'n penlinio ar y tir mochynnaidd. Mae'n tynnu wynebau. Dw i'n ceisio siarad ond mae'r mochyndra'n llenwi fy ngheg,

'Not deficient in humble respect... it is with the greatest humility – solicit the great favour – permitted to dedicate... fervent supplication to heaven... hand of great benevolence... supplicate myself before you.'

Beth mwy alla i ei roi?

Rwy'n nychu nes bod fy nghorff yn gwrthryfela. Rwy'n hwdu geiriau mewn ffrydlif dros ei geriwbiaid nes eu bod yn sgrechian mewn ofon. Mae'n tynnu'r geiriau oddi ar eu cyrff pinc, drewllyd ac o'u hadenydd byrdew. Caiff pob gair ei godi yn ei dro a'i ddarllen gyda chryn ddiflastod. Rwyf wedi bradychu fy hunan o'u blaenau. 'Rhyddid,' mae'r cyntaf yn ei ddarllen ac yn llefen fel petai wedi cael ei chwipio. 'Cydraddoldeb,' mae'r ail yn ei ddarllen gan sgrechian fel petai wedi'i brocio gan bocer twym. 'Cyfiawnder', medd y trydydd gan ddisgyn i bangfeydd o boen.

I gael gwared ar fy ysbryd aflan o'r llys, daw offeiriad yno. Geilw arnaf i gyffesu fy mod yn bechadur, taw fi yw'r gwrth-Grist, fy mod yn ddibynnol ar ei drugaredd. Pe na bawn yn fodlon moli ewin bawd St Nebuchal a ddaeth o'r Wlad Sanctaidd ac sydd ar gael am arian neu aur i addolwyr, yna cawn fy melltithio... Mae'n mynnu derbyn ei ddegwm cyfiawn. 'Ti yw fy oen,' meddai, 'gad i fi dy rostio ar gigwain.'

Mae'r tywysog yn agor fy llyfr ond mae e'n dal y llyfr ben i waered. Gorchmynna fi i benlinio. 'Remember you are my obedient servant,' gweidda, gan bwyntio at y llawr. Nid wyf am benlinio.

Daw Mrs Nicholl a'i thebyg gan gamu ymlaen a mynnu fy mod yn perfformio os na wnaf ymgrymu. Mynnant fy mod yn adrodd, yn dweud y drefn, yn cerdded ar weiren, yn neidio drwy gylch, yn marchogaeth camel, ac yn dynwared rhinoseros.

'You are our darling rhinoceros,' maent yn canu gyda'i gilydd 'our toy, our amusing little poet.'

Ymddengys cadfridogion, gan fynnu, pe na bawn yn fodlon penlinio, y byddent yn fy hollti â chleddyf, fy saethu â dryll a magnel a'm galw'n arwr cenedlaethol.

'You are our loyal canon fodder,' bloeddiant.

Rhaid i fi ddatgan fy mod yn gwrthwynebu'r ffrydlif yma, neu byddaf yn troi i fod yr hyn maent am i fi fod. Gwnaf ymgais, ond y cyfan y gallaf ei glywed ydi llafarganu'r offeiriaid, chwerthin meibion y llys, a bloeddiadau o orchmynion. Os byddaf farw yn awr bydd pob dim yr ymdrechais drostynt yn diflannu gyda fi.

Bydd fy mhlant yn marw. O bydd drugarog Dduw. Nid fy mhlant. Plis.

Clywaf lais Chatterton yn fy nghlust:

'Be the centre of your new world if you wish to live.'

Caf drafferth i godi ond mae'r swn yn fyddarol a gwynt cryf yn chwythu wrth i fi gerdded i ben rhyw fryn gwelltog. Yno, mae craig yn fy aros. Rwy'n baglu, gan osgoi disgyn wrth ddringo'r graig a wynebu'r haul sy'n gwawrio. Ceisiaf gofio darnau o farddoniaeth a gyfansoddais a allai brofi 'mod i'n rhan o'r dyfodol newydd, heb frenhinoedd, offeiriaid na gwŷr llys. Mae fy llais yn swnio 'mhell ac yn ansylweddol. Galwaf ar y gwynt.

Mine is the day so long foretold
By Heaven's illumin'd Bards of Old,
To feel the rage of discord cease
To join the Angels in the songs of peace.

Mae'r gwynt wedi gostwng, a'r dyrfa'n dawel. Lledaf fy mreichiau gan weiddi,

'Myfi yw Iolo. Rwyf fi yr hyn ydwyf, fel y gall y byd i gyd weld.'

Rwy'n disgyn ond yn glanio ar wely o blu. Mae pobman yn dywyll. Wrth i'm llygaid agor gwelaf fod Ann, y ddawnswraig, wrth fy ochr yn ei gwisg a dywed wrthyf ei bod yn bryd perfformio'r ddrama gerdd.

Daeth yr amser i ganlyn fy ngwirionedd unwaith eto. Rwyf wedi cael fy arwain ar gyfeiliorn gan eraill. Maent wedi gweddnewid fy mhenillion ond ni wnaiff yr Orsedd gyfaddawdu.

Gorsedd,
21 Mehefin 1792

CYNLLUNIAIS YR ORSEDD ar gopa Bryn y Briallu. Mae cylch o feini bychain yn marcio'r cylch allanol neu'r Cylch Cynghrair ac yn y canol rwyf wedi gosod Maen yr Orsedd lle y byddaf yn llywyddu. Rwyf wedi trwytho'r rhai a gaiff eu hurddo, sef David Samwell, a fydd yn cymryd yr enw barddol Dafydd Ddu Feddyg, William Owen ac Edward Jones y telynor. Rwyf hefyd wedi sicrhau bod sawl aelod arall o'r Gwyneddigion yn rhoddi help llaw yn ystod y seremoni.

Fe fyddai'n well 'da fi arwisgo'r rhai fydd yn bresennol gan ddefnyddio mentyll ond mae costau yn fy rhwystro ac fe fydd yn rhaid defnyddio rhwymau am y breichiau o wahanol liwiau. Rwy'n esbonio bod tair adran i'r drefn: y Beirdd Rhagorfraint, sy'n gwisgo glas golau fel symbol o heddwch, y Beirdd Derwyddol sy'n gwisgo gwyn fel symbol o'r gwirionedd, a'r Beirdd Ofydd sy'n gwisgo gwyrdd fel symbol o ddysg. Does dim graddau. Mae pob aelod o'r Orsedd yn gydradd.

Mae'n ddiwrnod braf a chlir ac rydym yn dringo'r bryn ac fel hyn y dylai fod. Nid yw Seremonïau'r Orsedd yn gyfrin nac yn y dirgel, a chânt eu cynnal yn yr awyr agored yng ngŵydd y cyhoedd pan fo'r haul uwch y gorwel. Yn y seremoni mae rhyw ugain aelod o'r Gwyneddigion, ffrindiau a pherthnasau, gan gynnwys Sarah Owen, sy'n awyddus bob amser i gefnogi'i gŵr. Mae clwstwr bach o bobol chwilfrydig, ambell blentyn, ac rwy i wrth fy modd o weld gohebydd y *Morning Chronicle*.

Defod y cleddyf sy'n agor yr Orsedd wrth i fi osod cleddyf noeth ar Faen yr Orsedd. Rydym yn sefyll mewn cylch i amddiffyn y byd rhag y bygythiad y mae e'n symbol ohono. Ni all y seremoni barhau tra bod y cleddyf yn weladwy noeth, felly codaf y cleddyf a'i ddal yn llorwedd tra bo David Samwell a William Owen yn gweinio'r cledd. Rwy'n cyhoeddi fod beirdd Ynys Prydain yn cynrychioli heddwch. Mae'n anghyfreithlon i unrhyw un sy'n bresennol gario unrhyw arf yn ystod seremoni'r Orsedd. Rwy'n gofyn deirgwaith:

'A oes heddwch?'

A phawb yn ateb: 'Heddwch'.

Yna adroddaf fy nghyfansoddiad newydd, 'Ode on the Mythology of the Ancient British Bards'. Mae'r penillion a'r gweithrediadau heddiw i gyd yn Saesneg ac mae 'da fi gopïau wrth law i ohebydd y *Morning Chronicle*.

Disgrifia'r gerdd sut y cefais fy nhrawsnewid pan gefais fy urddo, flynyddoedd yn ôl, yn aelod o Urdd y Beirdd, a sut y trois fy nghefn ar anfadwaith y byd a glynu wrth yr egwyddorion o heddwch, cydraddoldeb a chariad at Dduw, sy'n atebion grymus i drafferthion bywyd.

Galwaf ar bawb sydd wedi ymgynnull i ddathlu'r cariad at ryddid, drwy farddoniaeth.

Come LIBERTY! With all thy sons attend!
We'll raise to thee the manly verse,
The deeds inspir'd by thee rehearse;

Canmolaf Wilberforce gan edrych ymlaen at weld caethiwed yn cael ei ddileu,

Great WILBERFORCE! For thee they bring
Yon chariot of th'ETERNAL KING!
Rwy'n canmol gweledigaeth newydd America.
New time appears! Thou glorious WEST!
How hails the world thy rising Sun!

Ond, gan ddilyn cyngor Joseph Johnson, rwy'n llawer mwy amwys wrth gyfeirio at ddinistrio'r brenhinoedd:

Now glancing o'er the rolls of HEAV'N,
I see, with transport see, the day,
When from this world, OPPRESSION driv'n
With gnashing fangs flies far away.

Gwyliaf Edward Jones, Bardd y Brenin, wrth adrodd y penillion hyn a sylwaf ei fod wedi crychu ei aeliau, fel petai'n ansicr o'u priodoldeb.

Yna, mae David Samwell a William Owen yn adrodd eu cyfansoddiadau yn eu tro, ac rwy'n eu hurddo gyda rhodd o ruban yn y lliw priodol. Pan ddaw tro Edward Jones i gamu ymlaen i adrodd, dyw e ddim yn symud. Rwy'n ei wahodd unwaith eto, ond mae e wedi'i wreiddio yn y fan lle saif. Beth yw ei broblem? Ydi ei nerfau wedi amharu arno? Ydi e wedi colli ei gerdd? Rydym yn aros mewn tawelwch am funud. Does dim yn digwydd, felly rwy'n colli fy amynedd ac yn troi at weddi'r Orsedd i gloi'r seremoni.

Rwy'n datgan bod y seremoni ar ben ac yn paratoi i arwain yr osgordd yn ôl i lawr i Hampstead. Fe fyddai'n well 'da fi fod tu fas i'r cylch cyn mynnu esboniad oddi wrth Delynor y Brenin. Er syndod i fi, mae Edward Jones yn dechrau canu 'God Save the King'. Rwy'n wallgo. Dyma'r diwn olaf a fyddai'n addas yn seremoni'r Orsedd. Ni allaf ganiatáu i Frenin y Gwaed gael ei glodfori drwy'r ganu'r gân yma. Onid ef sydd wedi mynnu lladd brodorion diniwed er mwyn ymestyn ei diriogaeth? Rhoddaf orchymyn i'r telynor cwynfanus roi'r gorau iddi, ond mae'n fy anwybyddu'n llwyr ac mae eraill yn y dyrfa'n ymuno yn y canu. Beth yw hyn? Gwrthryfel?

'Dyw hyn yn golygu dim,' medd David Samwell drwy hisian yn fy nghlust. 'Dyma'r ffordd bydd y rhan fwyaf o'r digwyddiadau hyn yn gorffen, boed gyngerdd neu berfformiad. Dw'i ddim yn credu fod neb yn sylweddoli'r arwyddocâd.'

O'r ochr arall, mae William Owen yn ceisio fy atal.

'Hyd yn oed os ydyw'n gwneud hyn er mwyn gwrthryfela yn ein herbyn, fe fyddai'n beryglus ymddangos fel petaem yn gwrthod canu 'God Save the King' mewn cyfnod fel hwn.'

Mae'r ddau'n dweud y gwir ac erbyn hyn mae'r alarnad ymerodrol ar ben ac mae'n amlwg nad oes gan neb y blas i ganu'r ail bennill.

Fydd dim maddeuant.

Rwy'n chwilio am ohebydd y *Chronicle* ac mae ganddo sawl cwestiwn i'w ofyn. Mae'n holi a fydd Gorsedd arall yn ystod y gyhydnos nesaf? Rwy'n falch o'i sicrhau y bydd a bod cystadleuaeth wedi'i hawgrymu i lunio cerdd yn y Saesneg yn adrodd stori Rita Gawr, Pennaeth yr Hen Frythoniaid, un enwog am lofruddio gormeswyr a brenhinoedd.

Evans, Coleridge, Southey a Louis XVI

W EDI I ROBERT Southey ddarllen darnau o'i arwrgerdd, 'Madoc', gwelaf fod ei iaith yn wych a'i arddull yn gweddu'n dda i'r ffurf. Roedd wedi gofyn i fi am help i archwilio hanes Madog ab Owain Gwynedd cyn iddo ddechrau ysgrifennu. Wedi marwolaeth ei dad, roedd brodyr hynaf Madog wedi ymladd am y fraint o'i olynu. Ceisiodd Madog ddianc cyn i'r trafferthion ddigwydd drwy hwylio i'r gorllewin a chyrraedd y byd newydd, gan ddechrau archwilio Afon Mississippi. Yna yn yr arwrgerdd disgrifir Madog a'i griw yn dod ar draws yr Asteciaid, a chael eu syfrdanu wrth weld eu bod yn aberthu pobol.

Protestiaf nad oes unrhyw sail hanesyddol i gyfarfod o'r fath. Ydyn ni'n gwybod bod yr Asteciaid wedi bodoli ar y cyfandir hwnnw? Onid perthyn i Dde America maen nhw?

Nid yw Robert yn fy ateb, yn hytrach mae'n esbonio bod ei gerdd yn ymwneud ag achub yr anwariaid dewr rhag eu hofergoeliaeth a'u bod wedi elwa wrth dderbyn crefydd: 'A gentle tribe of savages delivered from priesthood.'

'By violence! By going to war against Aztecs!'

'Yes, but to establish a society free of priests and superstition …in the longer term.'

Rwy'n chwyrnu ac yn bwrw'r bwrdd gan ddadlau y caiff

rhyfel ei gyfiawnhau bob amser gan y rhai sy'n dadlau y daw â heddwch – ymhen amser. Yn hytrach na heddwch daw â haint a lladd. O ganlyniad i ryfel bydd dicter yng nghalonnau'r rhai sydd wedi colli a bydd y concwerwyr yn llawn hyfdra. Am ganrifoedd bydd y drwg a wneir yn parhau. Ni all rhyfel gynnig gwellhad.

Sylla ar ei bapurau mewn penbleth. Rydym yn eistedd mewn tawelwch llwyr, gan sylweddoli bod fy nicter wedi codi cywilydd arno. Mae'n hen bryd i fi ddechrau rheoli fy nhafod. Nid wyf yn gofyn iddo am ei gynlluniau i ddod o hyd i'r Wladfa newydd yn America yng nghwmni Coleridge, gan fod y Bowdlers wedi awgrymu bod Coleridge am symud ei brosiect i Gymru, er nad gwlad heb offeiriaid a threiswyr mo honno! Rwy'n amau ei resymau ac o'r farn na fydd hyn byth yn digwydd. Mae'n rhaid i fi fod yn ofalus rhag cael fy nenu oddi wrth fy mhriod waith.

Mewn siop goffi arall rwy'n torri'r newyddion i John Evans nad wyf am fynd ar yr ymgyrch i'r Mississippi. Rwy'n ymddiheuro yn ddiffuant gan restru fy rhesymau; fy iechyd bregus, pwysigrwydd cyhoeddi fy llyfr, fy nyletswyddau barddol, ymchwilio ar ran y Gwyneddigion, fy ngwaith i'r Undodiaid a fy ngwaith politicaidd. Mae'r rhestr yn hir ac mae'n rhaid ei bod yn swnio'n druenus iddo fe gan nad yw hyd yn oed yn cyfeirio at fy nyletswydd i amddiffyn fy nheulu tlawd a thruenus.

Nodia'i ben gan gyfaddef ei fod yn disgwyl derbyn y fath gyhoeddiad. Dywed wrthyf fy mod yn rhy hen a 'mod i wedi ymgolli bellach 'yng ngwallgofrwydd Llundain' i fod yn barod i fynd ar y fath daith i le anhysbys. Nid yw'n siomedig nac yn anhapus ynglŷn â'm hateb. Dywed, os bydd rhaid, byddai'n fodlon gwneud y daith ar ei ben ei hunan. Gofynna am fy mendith a dim mwy na hynny, ynghyd â'r manylion am yr hyn sydd wedi cael ei wneud yn barod. Mae'n dawelach nag yr ydwyf i, ac yn hyderus yng nghywirdeb ei benderfyniad.

Rwy'n addo pob cefnogaeth y gallaf ei gynnig iddo;

trefniadau, newyddiaduriaeth, a chymorth ariannol a moesol ac yn ei holi paham ei fod mor benderfynol o fentro ar y fath daith beryglus.

'Mr Williams, rydych wedi gwneud cymaint o wyrthiau yn eich bywyd, drwy ymwneud â barddoniaeth, hanes a gwleidyddiaeth, barddas a llawer mwy. Nid wyf i wedi cyflawni nemor ddim, heblaw am gynorthwyo fy nhad a dysgu darllen ac ysgrifennu. Rwyf yn was gwylaidd i Dduw ac yn gobeithio, a finnau'n ifanc a chryf, cyflawni rhywbeth gwerthfawr fel y bydd pobl Waunfawr a Chymru yn falch ohonof. Ni wnaf wrthod y cyfle i wasanaethu fy Nuw nac i barchu fy ngwlad.

Caiff ei eiriau gryn effaith arnaf. Wrth gydio yn ei ddwylo rwy'n ymwybodol ei fod yn teimlo'n chwithig ond bydd yn rhaid iddo ddioddef. Rydym yn edrych i mewn i lygaid ein gilydd ar draws bwrdd y dafarn mewn tawelwch hyfryd. Dywedaf wrtho fy mod mor falch o'i gael yn ffrind ac y byddaf yn ymweld â'r Waunfawr ar y cyfle cyntaf i ddiolch i'w rieni am ei fagu, ac i ddiolch i'r gymuned am gyflwyno dyn mor arbennig i Gymru. Fe ddylwn fod wedi diolch iddo hefyd am fy rhyddhau innau rhag ymgyrch a fyddai'n amhosibl i fi ei chyflawni.

* * *

Mae'r Brenin wedi marw!

Eisteddaf yn dawel i fyfyrio uwch y newyddion. Mae'r Ffrancwyr wedi torri pen yr erchyll Louis. Fe oedd y sarff fwyaf llithrig, gwiber yn ymlusgo, llyffant mawr gludiog a ladratai fwyd o enau plant, gan chwarae gemau yn y llys ag esgyrn y newynog. Anghenfil mewn dillad crand yn perarogli ydoedd a châi ei adnabod gan y Ffrancwyr fel eu gelyn pennaf. Diafol ffiaidd, yn haeddu cael mynd i Uffern i ystyried ei droseddau. Fe ddylsai fod wedi'i gondemnio i dreulio gweddill ei oes yn sgrwbio lloriau yn nhyddynnod y tlodion, torri tyllau i roi ynddo garthion, cario glo a glanhau'r lladd-dai, ond ni ddylsai fod wedi cael ei ladd.

Rwy'n wylo, nid am yr erchyll Louis, ond dros bobol Ffrainc. Wrth iddynt gredu bod tywallt gwaed yn dod â gwellhad, yn creu heddwch a chyd-ddeall, maent yn condemnio eu hunain. Anfadwaith a ddeillia o hyn. Ond yn waeth na hyn i gyd yw eu bod wedi aberthu'r hawl i greu brawdoliaeth. Drwy wneud bywyd unrhyw un yn rhad, hyd yn oed bywyd y Louis brwnt, yna nid ydym ninnau chwaith ddim gwell nag anifeiliaid.

14

Y Busnes Argraffu'n Dod i Ben

M AE'R ARGRAFFYDD YN dal wrthi, ond yn hynod o araf. Bob tro rwy'n ymweld â Mr Newbury yn ei weithdy mae 'na ryw esgus pam bod fy ngwaith i wedi'i roi naill ochor tan ryw ddiwrnod arall. Bob dydd Mercher, mae'r wasg yn brysur yn argraffu *The Gentleman's Magazine*. Gwaith arall, fel biliau neu hysbysebion o werthiant, fydd yn cael y flaenoriaeth wedyn. Erbyn hyn credaf i fi fod yn fyrbwyll drwy gyfleu iddo fy mwriad o drosglwyddo dosbarthu'r llyfr i Joseph Johnson. Y cwbl wnaeth Mr Newbury wrth glywed hyn oedd codi'i ysgwyddau mewn difaterwch llwyr fel petai'n falch o gael gwared â'r fenter, er ei fod yn cymryd ei amser i gyflawni hyn.

Gwna'r oedi mewn cyhoeddi i'r tanysgrifwyr deimlo'n aflonydd wrth glywed straeon bod 'da fi gynlluniau i ddianc gyda'u harian i rywle digon pell fel y Mississippi. 'Na biti nad o's arian tanysgrifiadau ar ôl.

Wedi cwyno wrth Mr Newbury am yr oedi, mae'n cynnig y gallai rhai o'i weithwyr weithio'n hwyr i'r nos. Y peth arferol er mwyn cyflymu'r argraffu yw rhoi cwrw rhad, port a jin ar bwrs y cwsmer i'r gweithwyr. Er iddo gostio pedwar swllt i fi mae rhyw gynnydd wedi'i wneud.

Wrth i fi feddwl bod y diwedd o fewn cyrraedd, dywed

Mr Newbury fod ei stoc o bapur a brynodd i'r pwrpas, wedi'i ddefnyddio. Rwy'n protestio taw camddealltwriaeth yw hyn, ond mae'n mynnu ei fod wedi archebu'r maint cywir o bapur yn wreiddiol a'r tudalennau ychwanegol sy'n gyfrifol am y prinder sylweddol. Gall ddod o hyd i bapur o'r un lliw, pwysau a gwead cyn gynted ag y gwnaf dalu tri deg wyth swllt iddo.

Rhaid i fi ddweud wrtho nad ydi'r swm o arian 'da fi, dim tri deg wyth ceiniog heb sôn am sylltau. Heb air pellach, mae'n atal ei weithwyr rhag parhau â'r gwaith ac yn ailddechrau gwaith i gwsmer arall. Rwyf wedi cyrraedd pen fy nhennyn. Yn llawn gofid ysgrifennaf at rai o'm cefnogwyr am gymorth gan esbonio bod y tudalennau ychwanegol wedi arwain at brinder sylweddol o arian. Wrth ateb fy llythyr caf fy nghuddo o fethu â rhedeg fy musnes. Byr a sych yw ateb Mr Curre gan fy hysbysu pe byddai'n rhaid iddo wynebu'r golled byddai hynny'n drist ond nad oedd yn ystyried colli mwy o arian. Un llythyr yn unig sy'n cynnig unrhyw fath o obaith. Mae Miss Henrietta Bowdler yn ysgrifennu ar ran ei mam, gan fod yr hen Mrs Bowdler yn rhy sâl i ysgrifennu ei hunan, ond mae'n cynnwys wyth gini. Maent yn wirioneddol drist o glywed am fy helynt gan obeithio y gallaf ddod o hyd i ddigon o arian i'm harbed yn fuan. Maent hefyd yn gweddïo y bydd popeth wedi'i setlo cyn hir er mwyn i fi gael dychwelyd at fy nheulu gan fod eu lles hwy mor bwysig iddynt.

Felly, mae 'na bobol dda, ddibynadwy a charedig yn y dref aflan hon wedi'r cwbl.

*   *   *

Ionawr 1794 ac mae'r *Poems, Lyric and Pastoral* wedi'u hargraffu. Argraffu ond heb eu cyhoeddi am nad yw'r rhwymwyr llyfrau'n galler gwnïo mwy nag ugain ar y tro. Byddaf yn dosbarthu'r rhain wrth iddynt ddod yn barod, gan gasglu taliadau ychwanegol sy'n fy ngalluogi i dalu am rwymo ugain arall ac yn y blaen. Mae'n rhyddhad galler dosbarthu'r copïau i danysgrifwyr sydd wedi bod mor amyneddgar. Y Bowdlers yw'r cyntaf.

Yr ail dderbynwyr yw adolygwyr cylchgronau Llundain: *The Analytical Review, The Critical Review* a'r *London Magazine*. Bydd llwyddiant neu fethiant fy llyfr yn ddibynnol ar eu hadroddiadau. Os bydd yn bositif bydd angen i'm llyfr gael ei ailargraffu a byddai hynny'n fuddiol iawn. Er mawr ryddhad mae'r adolygiadau'n dda, gyda rhai'n ardderchog. Medd yr *Analytical Review*:

'From the simple stock of his own observation and feelings,
he writes pleasing pastorals, songs and descriptions of nature;
moralises agreeably; and sometimes pours forth animated
strains in the cause of freedom.'

Mae'r *Critical Review* bron mor werthfawrogol er ei fod braidd yn nawddoglyd. Mae'n clodfori'r bugeilgerddi fel 'equal to any in the English language' gan nodi ei fod yn waith rhyfeddol gan awdur nad yw o gefndir manteisiol. Does dim un o'r adolygwyr yn galler dadansoddi yr hyn sydd yn newydd yn y cerddi gan fy mod wedi cyflwyno cynlluniau odlau mewnol yn null cerddi yn y Gymraeg i gerddi yn yr iaith Saesneg, ond wedyn doeddwn i ddim yn disgwyl adolygiadau o safon uchel.

Mae unrhyw sylwadau negyddol yn ymdrin â'm troednodiadau lle rwy'n tynnu sylw at ddiffygion barddoniaeth gyfoes. Mae'r *Critical Review* yn fy nghollfarnu oherwydd bod 'strokes of petulant sarcasm which greatly blemish the general tenor of his productions'. Ffyliaid! Er hyn rwy'n falch.

Cyn derbyn ymateb fy nhanysgrifwyr rhaid aros yn hirach. William Owen yw'r cyntaf, ond ac yntau wedi darllen cymaint o ddrafftiau'r gyfrol, roedd y gyfrol derfynol yn gyfarwydd iddo. Mae David Samwell yn hael ei glod. Dywed na chysgodd e ddim y noswaith y derbyniodd ei gopi ac iddo fod ar ddi-hun tan doriad gwawr yn darllen ac ailddarllen y rhannau sy'n ymwneud â barddas.

Rown wedi ofni y byddai rhai darllenwyr, yn llai pleidiol i achos rhyddid ac yn cael syndod gan naws yr ail ran, yn enwedig yr *Ode on converting a sword into a pruning hook*. Er hyn, rwyf wedi fy mrifo gan lythyr haerllug oddi wrth Mrs Nicholl fy nghyn noddwr, sef merch y Viscount Ashbrook. Mae'n ysgrifennu ataf yn y trydydd person gan nad yw am unrhyw gysylltiad personol â fi byth eto.

'Had Mrs Nicholl known Mr Williams' principles, she would not have subscribed to any of his writings for she would not purchase poetry written by a republican.'

Caf fy ngheryddu fel rhyw 'Jacobin', term a ddaeth yn boblogaidd fel dull o wawdio fi a'm tebyg ymysg y rhai gwrthryddfrydol. Rwy'n ysgrifennu llythyr hir dadansoddol ati nad yw'n ei haeddu ac na fydd yn ei ddeall.

Mae llythyron eraill tebyg ac un cyfrannwr dienw yn awgrymu wrthyf y dylwn 'stay in my own sphere… retire into a remote corner of Wales where you never may be seen or heard of more'.

Er nad wyf yn anhapus oherwydd ffieidd-dra rhai o'r ymatebion, eto rwy'n falch o weld fy mod yn cario baner rhyddid ac yn falch na chefais fy nenu i drobwll cydymffurfiaeth, lle mae beirdd gwan yn troi'n llwyd ac yn ildio. Mae llid Mrs Nicholl yn adnewyddu fy nerth.

Mae Peggy wrth ei bodd gyda'r newyddion bod y gyfrol wedi'i chyhoeddi ac yn mynnu fy mod yn ei throi hi am gartref. Byddaf yn ei siomi, gan fod cymaint o waith 'da fi eto i'w wneud yn dosbarthu copïau a chasglu tanysgrifiadau. Rwyf hefyd yn obeithiol cael ail argraffiad neu werthu'r hawlfraint a chael swm sylweddol o arian amdani. Allwn i byth â gwneud hyn o Drefflemin.

Rwy'n derbyn ateb ymfflamychol ganddi gyda throad y post.

Y Gŵr,
Beth rwyt ti'n meddwl ydw i? Ffŵl? Rwyt ti wedi cyfansoddi dy gerddi ac ry'n ni wedi aros misoedd, nage blynyddoedd, yn disgwyl yn amyneddgar i'w gweld nhw'n cael 'u cyhoeddi. Mae angen 'u tad ar y plant. Alla i ddim gweld pam na all pobol erill drafod y busnes rwyt ti'n cyfeirio ato. Y gwir plaen yw dy fod ti am aros yn Llunden achos dy fod ti wrth dy fodd yn gloddesta ar y clod a'r anrhydedd a gest ti wedi i ti gyhoeddi'r gyfrol. Rwyt ti fel ceiliog ar ben y domen yn clochdar am dy gamp o ysgrifennu'r cerddi. Cofia am eiriau Mathew, pennod 23 adnod 12: 'A phwy bynnag a'i dyrchafo ei hun a ostyngir; a phwy bynnag a'i gostyngo ei hun a ddyrchefir.'
Ai dyna shwd rwyt ti'n anrhydeddu addunedau'r briodas?
Dy annwyl Peggy

*   *   *

Rwy'n ateb llythyr Peggy gan gynnwys dwy gini, pais gwerth deunaw swllt a deunydd cotwm i wneud ffrog. Crefaf arni i fod yn fwy cymedrol yn ei llythyron at ei gŵr. Rwy'n ceisio esbonio fy mod yn gweld sefydlu'r Orsedd fel modd o gyrraedd fy nod: yn gwybod i mi gyflawni cyfraniad pwysig i'r ddynoliaeth cyn gadael yr hen fyd 'ma. Rwy'n ei hatgoffa bod ganddi hithau ddyletswydd sanctaidd i gefnogi'i gŵr wrth iddo gwblhau'r gwaith allweddol hwn.

15

Yr Ail Orsedd

M AE CYHYDNOS Y GAEAF ar ei ffordd a gyda hi, ail seremoni'r Orsedd. Rwyf wedi bod yn trefnu a thrafod gyda Samuel ac Owen mewn tafarn yn y Strand cyn ei baglu hi'n ôl i'r atig oer yn Holborn. Mae'r atig hon hyd yn oed yn teimlo fel noddfa o'i chymharu â'r strydoedd tywyll. Erbyn hyn mae Prydain mewn rhyfel yn erbyn Ffrainc a naws Llundain wedi troi'n fygythiol. Bydd criw o ddihirod yn cymryd mantais ar y sefyllfa gan grwydro'r strydoedd yn chwilio am Jacobiniaid neu unrhyw un â chydymdeimlad â'r gweriniaethwyr. Maent yn hela, yn llawn cabledd, yn enw Duw gan ddewis drwy hap a damwain y rhai y penderfynant ymosod arnynt. Bydd y gosb wedi iddynt gael eu dal yn ddibynnol ar faint o ddiod feddwol a gawsai ei lyncu gan y dihirod. Llwydda rhai i ddianc tra caiff eraill grasfa gas, neu hyd yn oed eu llofruddio, heb i'r troseddwyr ofni derbyn unrhyw gosb am eu hanfadwaith.

Cefais innau driniaeth erchyll ganddynt yr ochr arall i Shoe Lane. Caent eu harwain gan gigydd â bwyell yn ei law fel petai am geisio dangos bod mwy o rym yn ei ddadl wrth ei chwifio. Caf fy ngwthio yn erbyn y wal a rhyw ddeg ohonynt yn canu,

'Blast your eyes, cry Church and King, damn your soul!'

Ddywedais i 'run gair, gan wylltio'r cigydd ac wrth iddo godi'i fwyell, gallaf weld iddi gael ei defnyddio'n ddiweddar yng nghochni'r gwaed. Gyda'r gyllell uwch fy mhen mae'n bloeddio:

'Down on your marrow bones, blast ye!'

Rwy'n penlinio ar unwaith. Does dim pwynt meddwl am egwyddorion.

'In the name of God, cry Church and King!'

Mae'n aros. Rwy'n fodlon gwneud hynny os gallaf osgoi dioddef y fwyell yn hollti fy mhen, ond rhaid ceisio tactegau eraill yn gyntaf. Adroddaf hwiangerddi Cymraeg yn gloi yn fy ofon, a heb actio o gwbwl.

Hei gel i'r dre, hei gel adre,

Ceffyl John bach cyn gynted â nhwnte,

Hei'r ceffyl bach i ffair y Bont-faen,

Cam, Cam, Cam.

Rwy'n ychwanegu, i fod yn ddiogel 'Church sans King, Church sans King'. Rwy'n gobeithio 'mod i'n swnio'n ddigon didwyll.

Mae'n llygadu'i ddilynwyr.

'Dutch?' mae'n mentro 'and an obvious idiot?'

*   *   *

Diolch byth maent yn fy ngollwng i'n rhydd a bant â nhw i chwilio am fradwyr o Saeson gan fy ngadael i'n fwndel anniben swps ar y palmant. Wedi iddynt ddiflannu mae dyn yn croesi'r ffordd ac yn fy helpu i godi.

'Da iawn, 'ngwas i.'

Mae'n ceisio codi fy nghalon, 'Twyllest ti nhw'n llwyr.'

Rydym yn cofleidio a chwerthin mewn cymysgfa o ryddhad a hysteria. Nid wyf yn sicr a ddylwn orfoleddu yn fy nihangfa neu adael fy hunan gael fy llonyddu i'r iselder dyfnaf gan ffwlbri dynion fel hyn.

*   *   *

Ynglŷn â chynlluniau'r Orsedd, mae Bardd y Brenin yn achosi tipyn o ofid. Ni lwyddwyd i urddo Edward Jones ar Fryn y Briallu am resymau na ŵyr neb ond fe ei hunan. Deil i ddefnyddio'r term 'Bardd' fel teitl er nad oes ganddo hawl gwneud hynny yn ôl rheolau'r Orsedd. Heno rydym wedi cytuno iddo gael ei urddo yn seremoni nesa'r Orsedd, neu ei orfodi i beidio â defnyddio'r teitl o gwbl. Caiff restr o dasgau i'w cyflawni: cyfansoddiad barddonol, gweddi neu draethawd addysgiadol.

Yng nghwmni William Owen, rwy'n codi'r cwestiwn o urddo menywod i'r Orsedd, gan esbonio i fi gael cais gan ddwy fenyw sydd eisiau cael eu hurddo. Un o'r rhain yw Sarah, gwraig William. Cawn drafodaeth fer ynglŷn â'r cynsail i hyn yng nghyfreithiau Hywel Dda. Does dim gwrthwynebiad yno ac o ganlyniad rwy'n cynnig y dylwn i'n bersonol ymateb i gais Sarah rhag i neb feddwl bod hyn yn esiampl o ffafriaeth am ei bod yn wraig i William Owen.

*   *   *

Mae Sarah yn dal ei mab bychan, Aneurin, ar ei glin wrth i ni sgwrsio. Nid yw eu cartref yn Pentonville yn fawr, ac mae'r baban bach yn llenwi'r lle. Ond mae'r cartref erbyn hyn yn llawer mwy bywiog. Yn ystod fy nghyfnod pan oeddwn yn aros yno fe deimlwn taw chwarae bod yn briod roeddent, fel pâr o actorion sy'n dal i ddysgu'u llinellau, ac yn ansicr ohonynt a'u symudiadau. Cafodd Aneurin bach wared ar yr agwedd ansicr yma, gan achosi i'r fam ymateb yn gwbl reddfol wrth iddo geisio cropian o gwmpas yr ystafell a chwalu popeth o werth yn y tŷ. Mae'n rhoi'r plentyn i'r forwyn fawr a sylwaf ei bod hithau wedi magu tipyn mwy o hiwmor gyda dyfodiad y bachgen. Diflanna'r ddau i gyfeiriad y gegin lle bydd Aneurin yn cael ei lwgrwobrwyo â siwgur. Rwy'n dweud wrth Sarah fod bod yn fam yn ei siwtio.

'Possibly! He is a darling child and yes, I do feel happier as a mother than I have ever expected. But it is very exhausting and I have never been strong. I would not survive without the help of a maid as efficient as Phoebe.'

Dywedaf wrthi bod ei chais i ymuno â'r Orsedd wedi cael ei gymeradwyo. Mae'n edrych arnaf mewn syndod, wrth ddiolch i fi, ac yn synnu iddi gael ei derbyn gan na all siarad Cymraeg nac ysgrifennu barddoniaeth Gymraeg. Dywedaf wrthi na fydd yn cael ei hurddo fel Bardd Derwyddol na Bardd Breintiedig ond fel Ofydd, un sy'n dysgu'r grefft. Caiff gyfle i wneud cais am y graddau eraill yn y dyfodol wedi iddi wella ei sgiliau. Awgrymaf fy mod yn bwriadu enwebu fy mab, Taliesin, yn yr Orsedd nesaf. Fe fydd yntau'n Ofydd hefyd ac rwy'n gobeithio ei weld ymhen blynyddoedd fel Bardd Breintiedig wrth iddo, fel gŵr ifanc, gyflawni'i brentisiaeth farddol.

Cwyd ei phen a holi, 'So may we also introduce Aneurin? William would be so delighted. Our child already has a very bardic name I am told. This is all so very, very important to my husband as you know.'

Ydi hi'n gwneud y cais dim ond er mwyn plesio'i gŵr, gofynnaf iddi? Mae'n fy sicrhau nad ydi hynny'n wir ac mae'n siomedig fy mod wedi'i hamau o wneud hynny. Wrth fy ngheryddu, mae'n ddadlau bod gan wragedd eu safbwyntiau ac nad yw'r ffaith ei bod yn ffyddlon i'w gŵr yn gyfystyr â derbyn yn ddigwestiwn bob dim a ddywed. Cadarnha'r ffaith ei bod yn derbyn egwyddorion yr Orsedd, eu bod yn annwyl iawn iddi, a bod angen y gwerthoedd hynny yn y cyfnod anodd hwnnw. Mae'n amlwg ei bod yn diffuant, ei huodledd yn hyfryd ac wrth iddi sgwrsio caiff ei hynawsedd ei amlygu. Rhaid i mi ymddiheuro wrthi am ei hamau. Er ei bod yn bryd i fi adael, mae Sarah am fy holi am yr Aneurin gwreiddiol yn y chweched ganrif, yr un yr enwyd ei mab ar ei ôl. Ceisiaf unwaith eto gloi'r sgwrs, ond gwna i fi aros. Erbyn hyn mae Sarah wedi newid yn llwyr o fod fel y byddai cynt, yn berson swil gan ymddwyn fel petai'n ofni gweld fy ymateb.

'Please don't be angry with me, Edward but I wish to speak privately over matters that concern me greatly.'

Mae'n troi ei macyn yn gwlwm yn ei llaw mewn nerfusrwydd a synhwyraf beth fydd yn dilyn. Dywed ei bod yn poeni'n bersonol am ei gŵr, am ei fod mor ddiniwed, yn fodlon ymddiried yn llwyr mewn pobol eraill a hynny yn y cyfnod anodd hwn. Dadleuaf nad yw'n ddrwg i gyd bod yn agored wrth ddelio â phobol. Wrth edrych ar ei hwyneb, mae'n amlwg ei bod yn anfodlon wrth glywed yr ateb, a dywed ei bod yn poeni am ein diogelwch ni i gyd. Yn ôl Sarah, mae awdurdodau'r llywodraeth yn bwerus ac yn gweld yr Orsedd fel bygythiad, er taw ar heddwch a chasáu trais mae'r pwyslais. Yn ei barn hi mae niferoedd o ddihirod pengaled yn dehongli dadlau rhesymegol fel brad a bod cwestiynu'r llywodraeth yn deyrnfradwriaeth.

Dadleuaf fy mod yn ymwybodol iawn o bobol felly gan i fi ddioddef ymosodiad o dan law'r dihirod hyn. Mor falch yw Sarah wrth glywed i fi eu twyllo a chael fy rhyddhau, ond mae'n fy rhybuddio nad yw pawb ohonyn nhw mor dwp nac mor hawdd i'w camarwain. Dylwn fod yn llawer mwy ymwybodol o weithgarwch bygythiol y llywodraeth a bodolaeth ei hysbiwyr sydd ym mhobman.

Ceisiaf ei sicrhau, ond nid yw'n fodlon gwrando. Eto i gyd ni allaf dderbyn ei dadl na'i rhesymeg. Yn anochel o ddilyn ei harweiniad bydd pob un â chydwybod yn ymdawelu a hynny yn wyneb gorthrwm. Fynnaf i ddim bod yn dawel. Pe bawn yn cael sgwrs fel hon gan rywun arall fe fyddwn wedi gadael erbyn hyn, ond mae 'da fi barch at ddeallusrwydd Sarah Owen. Mae wedi darllen yn eang ac o fewn ei chorff eiddil mae person deallus, pwerus a'i hewyllys yn ddi-ildio, sy'n fy atgoffa o fy mam.

Ni allaf ei hatal rhag rhestru mewn manylder ddeddfau gorthrymus cabinet William Pitt a'r bygythiad i ddileu Habeas

Corpus. Mae'n dangos oblygiadau hynny; gall y llywodraeth garcharu pobol heb eu cyhuddo, eu cadw mewn carchar am gyfnodau amhenodol, a hyd yn oed anfon rhai dros y dŵr am ddweud rhywbeth amhriodol.

'Why should you think that we are targets?'

'Edward, if you think that you are not, then I am truly worried. Anyone can be a target, just by saying something which your enemies interpret as treasonous. It's important not to give the government an excuse.'

'You clearly have something in mind?'

Mae'n oedi am funud gan gymryd llyfr o'r bwrdd wrth ei hochr. O'r llyfr mae'n tynnu tudalen gyda'm llawysgrifen i arno. Mae'n un o gyfres o lythyron dychanol wedi'u cyfeirio at y Brenin, ond wedi'u copïo mewn llawysgrifen i'w cylchredeg. Mae hefyd yn chwifio un o'm traethodau *Demophobia*. Taflen sengl ydyw yn ein rhybuddio am ryw haint o'r enw 'King's Evil', clefyd a gysylltir â chŵn wedi iddynt ddod i gysylltiad â'r 'German Whelp'. Cafodd y gwaith ei argraffu'n gyfrinachol gan Joseph Johnson a'i ddosbarthu yn unig ymysg ffrindiau ffyddlon. Er ei bod yn ceisio pwysleisio pa mor ddifrifol ydyw hyn, eto i gyd ni all atal ei hun rhag chwerthin wedi iddi ddarllen y clo, nad oes gwellhad i'r clefyd hwn a bod rhaid hala'r anifeiliaid peryglus i Botany Bay. Felly rwy'n ddigon ansicr: ai cymeradwyo'r gwaith mae Sarah neu fy nghystwyo am fod mor ynfyd â'i ysgrifennu?

'Please do not mistake me, Edward. These are highly satirical and I enjoyed every word. You are a very clever writer – but you must confess that to be caught with these would be disastrous. Can I persuade you to move whatever copies you have from your lodging, which Pitt's spies would be certain to search were you to be accused?'

Rhaid cyfaddef nad ydw i'n greadur sy'n hoff o glywed pobol yn dweud wrtha i beth i'w wneud. Wrth iddi synhwyro hyn, dywed ei bod yn mynegi ei barn am ei bod yn poeni'n wirioneddol ynglŷn â'r hyn a allasai ddigwydd i'r dynion mae'n eu caru gan eu bod mewn mwy o berygl nag y maent yn fodlon ei gyfaddef. Os ydi hi'n ymboeni cymaint am ein perygl, ni allaf ddeall felly pam ei bod hi mor awyddus i ymuno a bod yn aelod o'r Orsedd, a hyd yn oed wedi rhoi enw ei mab i fod mewn cymaint o berygl drwy ymaelodi?

'Because I reason that an organisation that numbers amongst its members frail young women and young children cannot appear threatening even to a government as fearful as Mr Pitt's. I hope to help keep William and his dearest friend safer than might otherwise be the case.'

'So it is a tactic only.'

'You have apologised already for suggesting that. But it is true that I don't want Aneurin to see his father bound for Botany Bay.'

＊　　＊　　＊

Yn erbyn fy ewyllys, rwyf wedi fy mherswadio y caiff cyhydnos y gaeaf ei dathlu, nid ar Fryn y Briallu, sydd wedi cael ei feirniadu fel lle rhy agored a rhy bell, ond ar Gae Hir y tu ôl i'r Amgueddfa Frenhinol. Er y caiff ei chynnal ganol dydd, mae'r golau'n wael ac mae'n glawio'n drwm. Nid yw'n diffodd fy nhân. Rwyf wedi bod yn ysu am gyfle i lefaru'r awdl sydd wedi cythruddo Mrs Nicholls gymaint, a'r rhai hynny sy'n cefnogi'r rhyfel gwastrafflyd a gwaedlyd yma.

Ode on converting a sword into a pruning hook

Aloud the trump of Reason calls;
The nations hear! The worlds attend!
Detesting now the craft of Kings,
Man from his hand the weapons flings;

Hides it in whelming deeps afar,
And learns no more the skills of war.

Nid wyf yn malio dim pwy sy'n clywed. Ni wnaf ymgrymu i'r dduwies ddiawledig yna. Mae gwaed cynnes iawn yn fy nghalon a phob dropyn ohono wedi'i gysegru i hybu 'gwirionedd'.

16

Oes Dymhestlog

M AE OWAIN MYFYR, pob parch iddo, wedi rhoi cyfeiriad i'r Gwyneddigion mewn cyfnod cythryblus. Clywaf ef yn datgan mewn cyfarfod llawn taw amcan y Gymdeithas yw 'Rhyddid mewn gwlad ac Eglwys'. Rwy'n credu ei fod yn ddiffuant ond rwy'n ofni ei fod wedi gorfod cyfaddawdu oherwydd ei ymlyniad wrth fywyd masnachol ac ariannol. Fe gymerai ddyn o gryfder arallfydol i gadw gŵr yn ei sefyllfa fe heb staen.

Yng nghyfarfodydd y Gwyneddigion ymddengys carfanau ymhlith yr aelodau, craciau sydd wedi bod yn weladwy ers blynyddoedd. Er bod Owain wedi noddi medalau'r Eisteddfod am farddoniaeth sy'n canmol rhyddid, mae llawer o'r enillwyr wedi bod yn ffyddlon i'r frenhiniaeth ac wedi condemnio democratiaeth. Mae llawer ohonynt yn hollol fodlon cofleidio Cymreictod am un noswaith y mis yn unig a threulio gweddill y mis yn crafu'n ufudd i unrhyw Iarll, Ardalydd, Barwn neu unrhyw fwnci a chanddo waed uchelwrol, teitl a thir. Yn amlwg, maent yn llawer mwy parod i gyfaddawdu nag Owain Myfyr ei hunan, yn wir yn hollol barod i wneud hynny.

Bu cynnal yr Orsedd yn sbardun i'r gwahaniaeth barn gael ei amlygu'n graciau enfawr na ellir eu pontio. Pan adroddais 'Ode on Converting a sword into a pruning hook', roedd yn eglur pwy oedd o'm plaid a phwy oedd eisiau neulltuo i'w corneli a sibrwd 'God save the King.' Mae David Samwell wedi fy rhybuddio i fod yn amheus o rai aelodau. Derbyniaf lythyr oddi wrtho gyda'r nodiadau ychwanegol wedi'u sgrifennu ar ymyl y dudalen.

Iorwerth, despise that foolish harper
He's a little better than a sharper.

Cyfeirio mae at Edward Jones, sy'n dal i alw'i hunan yn 'Fardd y Brenin' am iddo gynnig diddanwch yn y feithrinfa frenhinol a chyhoeddi hen gasgliad ail-law o ganeuon Cymraeg. Mae'n enghraifft wych o un sy'n cymeryd pob clod posib am ei waith gan fod yn ffyddlon i'r boneddigion a'r brenhinol fel rhyw gi bach glafoeriog.

'Na ddigon am y Gwyneddigion. Roeddent yn gomig, wedyn yn hollol ddwl, nawr yn atgas. Mae 'da fi leoedd eraill i ymweld â nhw er mwyn cael sgyrsiau deallus. Caf ymhlith yr Undodiaid drafodaethau crefyddol sydd at fy nant a bydd Cymdeithas Caradog yn ymdrin â phroblemau'r oes ar y Sadwrn yn y Bull yn Walbrook. Wedyn mae'r London Corresponding Society, cymdeithas o grefftwyr, perchnogion siopau a masnachwyr bach, er bod gormod o gryddion ynddi a'r rheiny'n dyrnu'u safbwynt yn benderfynol ac yn gelfydd. Byddai'n well 'da fi fwy o oriadurwyr sy'n trafod yn fanwl gywir. Rydym yn trafod y newidiadau sydd eu hangen yn y Senedd a bod angen gwell cynrychiolaeth o'r werin bobol yno. Codaf fy llais er clod i'r gweithwyr crefftus ac yn erbyn y masnachwyr, fel y ffermwyr sy'n berchen ar gaethweision ac yn prynu mwy a mwy o dir, y cynhyrchwr nwyddau barus, a'r ariangarwyr sydd yn feistri.

Fel rhybudd, rhag cymryd geiriau Sarah yn rhy ysgafn, caf fy syfrdanu wrth i'r Parchedig William Winterbotham, pregethwr cynorthwyol Eglwys y Bedyddwyr yn Plymouth gael ei gyhuddo a'i ddyfarnu'n euog. Ei drosedd oedd traddodi dwy bregeth resymol y bydd yn rhaid i fi ddod o hyd iddynt a'u darllen. Fe ddywedodd wrth ei gynulleidfa, 'Take no doctrine on trust; you have the Scriptures in your hands, use them as the touchstone of truth.' Am iddo roi cyngor deallus fel hyn fe gafodd ddiryw o £200 a'i garcharu am bedair blynedd yng ngharchar Newgate; un o'r carchardai mwyaf ffiaidd yn Lloegr. Does neb am fy nghadw i'n dawel. Yng ngharchar Newgate, rwy'n cyflwyno fy hunan fel ymwelydd a chyfaill i'r pregethwr, gan arwyddo llyfr yr ymwelwyr swyddogol fel 'Edward Williams: Bard of Liberty.'

Dyn cnawdol yw meistr y carchar, gyda cheg fach mewn wyneb siâp mochyn a chanddo hen lais main a chreulon. 'Bard Of Liberty?'

'Yes'

'Then, Mr Bard of Liberty, understand that the only liberty allowed you here will be to walk out the way you came in.'

Fe allai fod yn waeth.

'I wish no Bard of Liberty may ever meet with worse treatment than being told to walk out of a prison.'

Fe gefais i dipyn o hwyl yno.

Cadw siop lyfrau radicalaidd yn Holborn o'r enw The Hive of Liberty mae Thomas Spence. Rwyf wedi bod yn gwsmer rheolaidd yma, yn mwynhau'r pamffledi sy'n cael eu cynhyrchu, a'i edmygu wrth iddo wrthod cael ei ddychryn i ymddwyn yn gymedrol. Caf fy nghyfarch gyda chyfarchiad y Chwyldro Ffrengig 'Citizen' yn acen gref Newcastle. Esbonia sut y cafodd ei lusgo o'i siop ddim llai na phedair gwaith gan Redwyr Bow Street a'i arestio am enllib bradwrus. Cafodd ei ryddhau bob tro, ond ryw ddiwrnod, a hynny cyn bo hir, fe fyddant yn ei gyhuddo fe unwaith eto. Nid fi yw'r unig un sy'n ymateb yn ddewr i'r bygythiadau brawychus.

Amcan ei gyhoeddiadau yw annog y cyhoedd weithredu yn hytrach na thrin a thrafod fel yr ysgolheigion. Rwy'n hyddysg yn y grefft o ysgrifennu'n ddychanol yn erbyn y frenhiniaeth, felly ysgrifennaf iddo gyfres o bamffledi gwrthfrenhinol. Gan fod ei gyhoeddiadau'n ddienw rwy'n arwyddo fy hunan fel 'Wicked Welsh Bard at the sign of the Golden Leek, Liberty Square.' Faint o'r rhain sydd yn bodoli yn Llundain?

Nid wyf am ddelio â chachgi sy'n fodlon cyfaddawdu, felly byddaf yn cymryd rhan mewn ymgyrchoedd yn erbyn rhyfeloedd, ac yn erbyn caethwasiaeth. Byddwn ni'n ymweld â thai busnes a sawl warws, lle mae masnachwyr caethweision yn gwneud eu busnes, gan eu cwestiynu ar foesoldeb eu hymarferion... Mae derbyn sarhad a bygythiadau treisiol yn gyffredin. Yn amal cawn ein bygwth gan ein sicrhau y bydd yr awdurdodau yn dial arnom.

Yn dilyn y gweithgareddau hyn caiff fy enw ei gysylltu â chylchoedd radicalaidd fel y Levellers a'r Jacobiniaid. Bues yn westai rheolaidd hefyd yng nghiniawau Joseph Johnson. Yn fisol, bydd y llyfrwerthwr hwn yn cynnal nosweithiau ardderchog a diolch i ansawdd y gwesteion cawn drafodaethau o safon uchel. Syml a dirodres fydd y bwyd a gawn, ac rwy'n teimlo'n gyfforddus oherwydd hynny. Bydd yn apelio at flas Piwritanaidd Henrietta Bowdler sydd yno ymhlith yr awduron, offeiriaid anghydffurfiol, ymgyrchwyr yn erbyn caethwasiaeth, gwerthwyr llyfrau ac ysgolheigion. Er bod y bwyd yn blaen mae'r sgwrsio'n amal yn ddigon uchel-ael a chyfoethog i'n cadw'n hapus tan doriad y wawr.

Heno, rwy'n cynnig y byddai cyfansoddiad yr hen Orsedd yn fodel ardderchog iddynt gan ei fod yn cynnwys cydraddoldeb a llywodraeth ddemocrataidd na chaiff ei chyfyngu gan gyffion eilunaddolgar y frenhiniaeth na mawredd dychmygol y gwŷr bonheddig. Caf gymeradwyaeth wresog.

*   *   *

Derbyniaf lythyr llawn poen oddi wrth Peggy. Nid llythyr yn ymboeni fel arfer am arian, am y plant, nac am fy niogelwch i ydyw. Yn y llythyr mae'n mynegi siom am y sibrydion a glyw gan glebrwyr Penllyn.

Annwyl Ned,

Elizabeth Davies ofynnodd i fi oedd y storïau a glywsai amdanat ti'n wir ai peidio. Os oedden nhw'n wir, yna rodd hi'n cydymdeimlo'n fowr â fi gan na fyddai unrhyw ddaioni'n deillio ohonyn nhw. Wedi i fi ofyn beth oedd y storïau hyn trodd ei phen oddi wrtha i, gan na allai fy wynebu wrth eu hadrodd. Bu'n rhaid i fi gydio yn 'i llaw a mynnu derbyn ateb. Dywedodd iddi glywed gan y dynion fod fy ngŵr yn euog o ysgrifennu geiriau bradwrus a'i fod yn cymysgu â Ffrancwyr ymladdgar, gwaedlyd sydd wedi addunedu y byddan nhw'n bersonol yn lladd y Brenin George.

Ma nhw'n dweud hefyd dy fod ti ar hyn o bryd ym Mharis yng nghwmni Tom Paine yn cynorthwyo'r Jacobiniaid i drefnu gwrthryfel yma yn Lloeger ac y bydd y gilotîn ar strydoedd Llundain a'r gwaed y llifo yn y terfysg cyn bo hir. Dywedes wrthi taw celwydd noeth oedd hyn i gyd ac y dylsai'r rhai a odd yn gwasgaru'r fath gelwydde edifarhau am eu camwedde o flaen yr allor ar dri dydd Sul yn olynol. Protestiodd taw dim ond ailadrodd geirie'r dynion wnath hi a gofynnodd a wyddwn yn bendant lle rwyt ti ar hyn o bryd. Anfon air fel y galla i dawelu'r bobol maleisus hyn.

Yn llawn cariad,

Peggy

Caiff ateb yn syth a dywedaf wrthi am anghofio'r fath storïau. Dylsai wneud fel y gwnaf i, sef chwerthin oherwydd eu hynfydrwydd. Sut y gall dyn amddiffyn ei enw da wrth i gymaint wneud eu gorau i'w enllibio? I danlinellu fy safbwynt anfonaf ati gerdd wedi'i hargraffu, *Ode on Converting a sword into a pruning hook*. Dywedaf wrthi taw dyna'r geiriau mwya hallt a ysgrifennais yn beirniadu'r llywodraeth ac na wnes erioed geisio dylanwadu ar unrhyw un i ddefnyddio trais.

Mae dau offeiriad Undodaidd o'r Alban, sef Thomas Muir a Thomas Fyshe wedi'u dal a'u dyfarnu'n euog ac wedi'u hanfon i Awstralia am ysgrifennu pamffledi yn galw am bleidlais i bawb a phrotest yn erbyn talu trethi'r rhyfel. I ddangos fy nghymeradwyaeth i'w hachos, rwy'n hala copi o *Poems, Lyric and Pastoral*. Er mawr syndod, derbyniaf ateb o Awstralia yn diolch am yr anrheg ac am fy nghefnogaeth.

Gyda chymaint o bobol fel hyn yn cael eu harestio sut ydw i'n cadw'n rhydd fy hunan? Rwy i wedi cyhoeddi cymaint o ddarnau beirniadol yn ymosod ar y llywodraeth. Tybed a yw presenoldeb Tywysog Cymru fel un o noddwyr fy marddoniaeth yn peri i'r awdurdodau bwyllo?

Mae lleisiau eraill, heblaw Sarah, yn fy rhybuddio rhag y peryglon sydd o'n cwmpas. Y llais uchaf yw llais Peggy sy'n ysgrifennu'n wythnosol ac yn crefu arnaf i ddychwelyd gartref er mwyn y teulu.

Hefyd, bydd Henrietta, ei chwiorydd a'i mam yn fy annog i adael Llundain am yr un rheswm. Nid oes amheuaeth am y peryglon. Yn fy llythyron rwy'n protestio fy mod yn gweithio ar ail gyfrol o'r *Poems*. Nid yw hyn yn wir bellach gan fod Joseph Johnson wedi fy rhybuddio y bydd fy enw fel gweriniaethwr a Jacobin wedi lleihau fy ngallu i ddenu darllenwyr newydd. Mae fy mhamffledi'n ennill ffrindiau ond nid yn ennill arian. Mae'r cyhoeddwr dwys yn awgrymu y dylswn ysgrifennu rhagor ar hanes barddas fel dull o hybu gwerthoedd rhyddid a hwnnw wedi'i guddio yn yr hynafiaeth.

*　　*　　*

Rwy'n eistedd yng nghwmni David Samwell o flaen tân cynnes y Bull's Head.

'Pam nad ei di adref?' meddai meddyg y llongau. 'Ma dy wyneb di'n rhy gyfarwydd 'ma i dy gadw'n ddiogel.'

'Ma 'da fi waith i'w orffen.'

Mae'n plygu trosodd i brocio'r tân cyn ateb,

'Alli di ddim troi dy gefen ar y ddinas, alli di? Mae'n brofiad da bod yn Llundain mewn cyfnod fel hyn. Rwy'n teimlo bod mwy o gyffro nag erioed 'ma, yn teimlo 'mod i yng nghanol hanes.'

'Ma hynny'n wir i'r ddou ohonon ni.'

'Ond rwyt ti mewn mwy o drafferth na fi, ac rwy'n meddwl fod y perygl yn tanio dy wa'd di. Ma e hefyd yn dihuno dy synhwyre'n well na lodnwm ac ma'n anodd neud hebddo fe.'

Rydym yn pwyso'n ôl yn ein cadeiriau tra 'mod i'n pwyso'i eiriau. Rwy'n meddwl am Peggy a'r plant nad wyf wedi'u gweld ers peth amser.

'Wyt ti'n trial profi rhywbeth i ti dy hunan cyn gadal Llunden?' mae'n fy holi.

'Dw i ddim yn deall.'

'Efalle dy fod ti'n gobitho bod yn ferthyr. Wyt ti'n credu y dylet ti ga'l dy garcharu am dy gred?'

'Dim o gwbl.'

'Er hyn, rwy'n gweld dy fod ti wrth dy fodd yn hedfan yn agosach ac yn agosach at y fflame. Rwyt ti'n dala i grefu am funude o fuddugoliaeth heb losgi dy adenydd. Bydd yn ofalus, Ned – mae gwir beryglon 'ma. Am bob ffrind da sydd 'da ti, cofia fod 'da ti ddou elyn 'fyd ac ma'r fflame'n dwym.'

Y Crown and Anchor

R WYF YN Y Crown and Anchor lle mae bron i fil o bobol wedi talu saith swllt a chwe cheiniog am ginio moethus i ddathlu rhyddhau tri aelod o'r London Corresponding Society o'r carchar: Thomas Hardy, Horne Tooke a John Thelwall. Mae'r llywodraeth wedi'u cyhuddo o frad am iddynt ymgyrchu dros ddiwygio'r Senedd a phleidlais i bawb. Wrth eu hamddiffyn pwysleisiwyd bod hyd yn oed y Prif Weinidog, yn ystod rhai adegau o'i fywyd wedi ymgyrchu dros ddiwygio'r Senedd. Cafodd William Pitt ei orfodi i ymddangos yn yr achos hwn ac ymddangosai fel rhyw greadur trist, bwngleraidd yn protestio ei fod yn 'unable to recall' neu 'devoid of any recollection' wrth i gyfreithiwr gyfeirio at y cyfarfodydd cyhoeddus hynny. Cafodd y diffynyddion eu rhyddhau.

Rwyf wedi cael cennad i gyfansoddi a chanu cân o glod adeg y swper. Dyma'r 'Trial by Jury, The Grand Palladium of British Liberty':

> Come hither ye Spies and Informers Of State
> With Consciences offer'd for sale.
> Come hither and all your achievements relate
> Whilst Ridicule joins in the tale,
> Or will ye, disgrac'd to your PERJURER throng,
> Nor Memory wish to possess?
> Then haste gnash your fangs whilst we call for the song
> Of Triumph's exulting success!

Edrychaf ar y meinciau llawn sy'n rhuo mewn boddhad ac yn mynnu fy mod yn ei hailganu dro ar ôl tro. Llygadaf ysbïwr sy'n gwisgo cot werdd a'i weld yn morio canu'r gytgan.

Mae William Owen yn eistedd wrth fy ochr ac yn fy llongyfarch yn galonnog. Wrth fwyta mae'n dweud bod Sarah yn hala'i hymddiheuriad am fod Aneirin wedi bod yn dost. Ond daeth William at ei neges ar lafar ac nid ar bapur meddai, gyda gwên.

'Mae Sarah yn awyddus i ddweud ei bod yn ddigon craff i beidio ag ychwanegu at y dystiolaeth gyhuddedig.'

Mae'n cnoi ei gig eidion cyn ychwanegu,

'Er ei bod hi'n poeni llawer gormod eto mae'n bendant bod methiant y llywodraeth yn yr achos hwn yn eu gwneud yn fwy peryglus. Yn achos Thomas Hardy, Tooke a Thelwall roeddent yn credu y byddai'r gyfraith yn gweithredu yn ôl eu dymuniad hwy, felly ni wnaethant baratoi'n ddigon gofalus at yr achos. Mae hi'n rhesymu y byddant nawr yn llawer mwy gofalus wrth gasglu tystiolaeth cyn cyhuddo'r rhai hynny maent yn awyddus i'w distewi. Dywedodd wrthyf am gael gwared ar unrhyw beth y gellid ei ddehongli fel tystiolaeth i'm cyhuddo o gynllwynio'n fradwrus. Pwysleisia fod angen i ti wneud yr un peth. Wyt ti?'

Wrth ddathlu rhyddid rydym wedi'n gorfodi i sibrwd fel dynion euog.

'Rwy i wedi llanw bocs metal â phapure – y rhai ma'n rhaid i fi gael gwared arnyn nhw, ond dw i ddim yn gwbod lle galla i eu hala.'

''Na fe. Fe dd'wedes wrthi y bydde pethe 'da ti o dan reolaeth.'

William Pitt
a'r Cyfrin Gyngor

A R FY FFORDD gartref rwy'n cael fy arestio. Daeth pâr o
Redwyr Bow Street anferth o'r ddwy ochor ar ryw lwybyr
gan gydio yn fy mreichiau a gweiddi rhywbeth bygythiol ond
annealladwy.

Gofynnaf pam maen nhw wedi fy nghadw fel hyn ond nid
yw'r swyddogion yn fodlon dweud gair. Caf fy nhywys am ryw
filltir drwy Covent Garden i swyddfa'r Prif Gwnstabl. Yma, rwy'n
dioddef noswaith yn y gell gyda phump arall. Ar ôl deuddeng
awr oer a swnllyd, wrth i un carcharor gael hunllef, caiff y drws
ei agor ac rwyf unwaith eto yng nghwmni'r cyfeillion mewn
glas sy'n mynd â fi ar hyd glannau Tafwys i Whitehall. Rwy'n
teimlo bod fy mhrawf wedi cyrraedd wrth i fi gyrraedd Stryd
Downing.

Caf fy arwain gan ringyll drwy ddrws dwbl mawreddog i
ystafell o baneli pren tywyll ac eistedd wrth fwrdd hir yn wynebu
tri dyn perwigaidd yn eistedd. Tu ôl iddynt mae dau glerc ac yn
y gornel, milwr arfog.

'Good afternoon, Mr Williams. Would you care to take a
seat?

Mae'r llais gweddus yn dod o enau'r perwig canol.

'You are Edward Williams, occasionally referred to as the
Bard of Liberty?'

'I am.'

Rwy'n aros am y cyflwyniadau, ond wrth i'r perwig ddechrau siffrwd pentwr o bapurau, rwy'n mynnu'r hawl i ofyn cwestiwn.

'May I have the pleasure of knowing to whom am I speaking?'

Rwy'n hanner gwybod ond i fod yn glên...? Mae'r perwig cyntaf yn codi'i ben gan edrych braidd yn grac.

'Certainly, sir. I am William Pitt, the Prime Minister.'

Nid yw hynny yn fy ngwneud yn nerfus.

Mae'n rhoi arwydd i'r dde a'r chwith. 'This is Lord Grenville, the Foreign Secretary and this is Henry Dundas, the Secretary for War. Together we form a committee of the Privy Council, a body trusted to advise the sovereign, in this instance, on potential sedition and threats to his majesty and his dominions.'

'I thank you for your reply. I am Edward Williams, by rite and privilege, Bard of the Island of Britain. My bardic name is Iolo Morganwg.'

Mae'r Prif Weinidog yn ochneidio. Rwy'n sicr bod hwn yn un o lawer o gyfweliadau y bydd yn eu gwneud heddiw ac mae'r straen yn dechrau dangos.

'I see. Thank you, Mr Bard. William, carry on will you? I have not the strength.'

Mae'r ysgrifennydd Tramor yn codi copi o *Poems, Lyric and Pastoral* ac yn rhuthro drwy'r tudalennau.

'Philip! Where's the passage you showed me?'

Mae'r ysgrifennydd wrth ei ysgwydd yn llamu ymlaen gan ddangos y dudalen yn frysiog.

'Oh yes!' Mae'n anadlu ac yn darllen yn wael,

Detesting now the craft of Kings,
Man from his hand the weapon flings,
Hides it in whelming deeps afar,
And learns no more the skill of war.

Mae ei lais yn swnio'n fuddugoliaethus.

'There, sir, in four lines you profess detestation of our King George and a cowardly refusal to act in the face of the barbarism of the French. And Philip here found other similar pieces. I suggest you are plotting to undermine the will of the nation to resist the French invader. What say you?'

Tynnaf ei sylw fy mod yn ysgrifennu am y byd eang, gan gyfeirio at esblygiad dynoliaeth a'n bod ni i gyd yn dysgu yn sgil ein gweithredoedd ffôl gan ein bod ni i gyd yn bechadurus. Mae'r cyfeiriad at grefft frenhinol hefyd yn fater byd eang ac nid oes unrhyw staen ar sgiliau Ei Fawrhydi Siôr III. Pwysleisiaf fod cyflwyniad parchus i'r Tywysog ar dudalen gyntaf fy llyfr sydd wedi cael ei gymeradwyo gan swyddogion y Brenin. Fyddwn i wedi gofyn am gymeradwyaeth pe bawn am ei enllibio? Rwy'n siŵr nad yw Lord Grenville yn awgrymu bod barn y Brenin yn ddiffygiol drwy hyrwyddo llyfr a fyddai'n anelu at wneud niwed i'r frenhiniaeth? Ydi e?

Mae Lord Grenville yn edrych yn ddryslyd. 'Philip! Am I?

'No, sir, you are not.'

'Good. No more questions. Henry, your turn.'

Rwy'n poeni braidd wrth weld y pentwr o bapurau gan y Gweinidog Rhyfel ac yn sylweddoli eu bod wedi rheibio fy atig. Gan nad yw'r papurau peryglus yn y bocs metal wedi cael eu dinistrio rwy'n crynu wrth ddisgwyl ei weld yn cyfeirio at y ffuglythyron at y brenin neu at gopïau o'm traethawd sy'n cymharu'r brenin i ryw gi gwallgof. Beth os daw'r rhain mas o'r bocs? Er syndod a rhyddhad yr unig bapur sy'n gweld golau dydd yw'r pamffled dienw. Mae'n craffu ar y llawysgrifen.

'Are you by any chance the same Welsh bard as the…'

Mae'n cael problemau. Mae ei olwg yn wael.

'… as the Wicked Welsh Bard at the sign of the Golden Leek, Liberty Square. Well, are you?'

'No.'

'Prove it.'

Sut allaf i brofi'r negyddol?

'I am a professional writer. I keep a wife and three children on the proceeds of my labours. Whilst the income from being a Welsh bard is poor, it is an income. The writers of scurrilous pamphlets, such as those you hold in your hand, would be paid nothing for their efforts. I could never afford such luxury.'

'Henry!'

Mae'r ysgrifennydd yn camu 'mlaen, 'Yes, sir.'

'What else do we have?'

'We have the reports, sir? The first-hand accounts of conversations and indiscretions.'

'Produced by…?'

'We should not say, sir, at least in the presence of the suspect.'

'What do they tell us?'

'That in the opinion of our loyal informant…'

Rwy'n gwybod yn gywir pwy yw'r 'loyal informant'. Ni fyddaf yn gwastraffu unrhyw gyfle i gondemnio'r diawl trist, bradwrus, di-ddawn a di-asgwrn-cefen – y telynor sebonllyd. Mae'n gwisgo ei got Gymreig fel yswiriant i'w waseidd-dra, gan ysu am grafu ffafrau gan unrhyw grach o Sais. Fel rhyw genau sydd am blesio ei feistr, bydd yn fodlon bradychu ei ffrindiau am ddarn o gig. Efallai fod gan y ffŵl dipyn o ddawn yn ei fysedd ond yn ei ben does ganddo ddim gronyn o ddeallusrwydd.

'… that Edward Williams has tendencies which might be termed disloyal.'

Mae'r Prif Weinidog yn effro. Mae'n gwrthdystio.

'For God's sake, gentlemen! If we spend our time interviewing every subject who 'might have disloyal tendencies' we will still be sitting here when hell freezes over. We are looking for proof of treasonous collaboration. Thank you, Mr Willams… Bard of whatever you are. You are free to go.'

Ychwanega, 'And you may take your documents with you.'

Mae'r Prif Weinidog yn casglu'r bwndel o'r papurau a'u gwthio ar draws y bwrdd. Rwyf innau'n ymestyn ac yn mwynhau'r foment o fuddugoliaeth.

'As these papers have been seized without my consent, I request that they be returned to my lodgings by the men who removed them.'

Caf fwynhad wrth sylwi ar y sioc ar wyneb y Prif Weinidog. Mae'n amlwg yn ysu am fy nghico mas i'r stryd a gwasgu'r papurau i lawr fy ngwddwg.

Rwy'n edrych ar wyneb hen ddyn sâl a blinedig sydd, er mwyn heddwch, yn dweud, 'Philip, arrange it, will you please? Good day, Mr Williams.'

Dyma'r agosaf at y fflam y galla i hedfan.

Rwy'n crafu fy mhen yn meddwl sut gythrel y diflannodd y papurau o'r atig cyn i ddynion Pitt gyrraedd? Wrth holi fy nghymdogion dywedodd un bachgen bach iddo weld coets yn cynnwys dwy fenyw a phlentyn yn ymweld noswaith y cinio yn y Crown and Anchor. Rwy'n addo tair ceiniog os gall eu disgrifio. Roedd y feistres yn fach a'r forwyn yn dew. Nid oedd y plentyn yn hŷn na rhyw ddwyflwydd.

*   *   *

Derbyniaf lythyr arall gan Peggy, sy'n anodd iawn i'w anwybyddu:

Ned,

Rwy i wedi cyrraedd pen 'y nhennyn. Mae dy dad druan yn gaeth i'w wely a chymaint yw ei ymdrech i dynnu 'i anal fel yr ofnaf taw dyna fydd 'i anal ola un. Dyw e ddim hyd yn o'd yn 'y nabod i ond ma fe'n galw dy enw di o fore gwyn tan nos. Do's 'da'r plant ddim sgidie ac ma nhw'n llefen o achos 'u bod nhw'n starfo o isie bwyd. Ma wal y bwthyn yn cwmpo ac ma arna i ofon y cwmpiff y to ar yn penne ni yn y nos. Ma meddwl amdanat ti yn 'y ngwneud i'n benwan, achos dy fod ti'n gwrthod neud dy ddyletswydd fel gŵr i fi a thad i'r plant. Cofia 1 Timotheus 5:8 'Ac od oes neb heb ddarbod dros yr eiddo, ac yn enwedig ei deulu, efe a wadodd y ffydd, a gwaeth yw na'r diffydd.'

Yn gariadus,

Peggy

Mae'n rhaid cyfaddef ei bod yn galler gor-ddweud pethau weithiau. Rhaid ateb ei llythyr gan ddweud y dylai gael gafael ar drawst i'r to gan William Alexander, y saer, ac anfonaf foddion i wella anadlu fy nhad. Fe'i hysbysaf hefyd y byddaf gartre cyn gynted ag y galla i, wedi i fi gasglu fy nhanysgrifiadau diwetha.

Cyrhaedda neges oddi wrth Peggy bod fy nhad wedi marw. Felly, wnaeth hi ddim gorliwio'r darlun wedi'r cwbwl. Mae'r bocs o bapurau enllibus wedi'u hanfon i'm cartref. Af inne hefyd ar fy siwrne gartref.

Rhan Saith:
Morgannwg
1795 i 1798

1

Llyfrau a Chaethwasiaeth

RWY'N GORFFWYS YM Mryste. Nid lle y byddwn i'n ei ddewis oherwydd rwy'n casáu'r ffaith bod y ddinas yn llewyrchus gan eu bod wedi ymelwa ar waed caethweision yr Affrig. Rhaid stopio oherwydd fy mod wedi cerdded yr holl ffordd o Lundain a phrin bod hanner modfedd o groen ar ôl ar fy nhraed heb dorri.

Caf ryddhad mawr wrth socian fy nhraed mewn dŵr o ddyned coch, cegid a saets a gafodd ei gymysgu i fi gan Owen Rees. Mae'n chwerthin wrth fy nghlywed yn ochneidio mewn pleser wrth gael fy nhraed wedi'u lliniaru gan berlysiau llesol. Mae'n dda cael siarad Cymraeg unwaith eto. Owen Rees yw mab hynaf fy hen ffrind, Josiah, y gweinidog o Gellionnen yng Nghwm Tawe. Caf groeso anrhydeddus ganddo fe a'i wraig, sy'n Saesnes, ac nid yw'n deall gair o'n sgwrs.

Mae'r fenyw ifanc ddisglair yma'n taflu'i breichiau i'r awyr wrth ddatgan, 'Carry on, please. I know just how much pleasure Owen gets from being able to speak his language and I would not wish to disrupt in any way. I'll just pretend I understand. Will an occasional smile be enough?'

Ar ôl pryd o fwyd ardderchog a dau wydriad mawr o bort o Fryste, rydym yn trafod anghyfiawnder caethwasiaeth a chaf wahoddiad i ddarlith yn gwrthwynebu caethwasiaeth y diwrnod wedyn. Rwy'n derbyn. Cawn sgwrs am weinidogaeth anghydffurfiol ei dad a'i drafferthion gyda gweithredwyr celwyddog yr eglwys sefydledig a hefyd trafodwn Lundain. Llyfrwerthwr yw Owen ac mae'n gofyn fy marn am siopau llyfrau Llundain. Gallaf roi adolygiad manwl iddo o bob siop lyfrau o'r Strand i High Holborn ac i'r gogledd tu draw i Stryd Canon. Mae ganddo siop yn Wine Street ym Mryste, yn ogystal â siâr yn argraffdy Longmans ac rwy'n falch iawn o glywed am ei lwyddiant. Dywed fod cynnydd enfawr yn y nifer o lyfrau sydd ar werth a'i bod yn gyfnod ardderchog i fod yn llyfrwerthwr oherwydd bod cyflenwad diddiwedd o lyfrau ar gael a'r galw amdanynt yn rhyfeddol.

Yn fy mhwrs mae 'da fi dri deg pum punt, sef elw gwerthiant fy llyfr, a fory rwyf am gasglu pum punt arall ar ôl ymweld â'm tanysgrifwyr. Fydd y swm hwn yn ddigon tybed, rwy'n ei holi, i agor siop lyfrau yn y Bont-faen?

'Oes unrhyw gystadleuaeth yno, llyfrwerthwr sefydlog?'

'Do'dd dim pan own i yno dd'wetha.'

'Fyddet ti'n mwynhau bod yn llyfrwerthwr?'

Rwy'n esbonio taw syniadau yw fy mywyd a byddai bod yn llyfrwerthwr yn fraint gan fod fy nghorff yn gwanhau a breuddwyd yn unig fyddai ennill bywoliaeth drwy ysgrifennu. Rwy'n saer maen medrus ond mae'r corff bellach yn dioddef o'r fogfa, gowt, gwynegon, cwinsi, cerrig yn fy arennau ac iselder ysbryd o bryd i'w gilydd. Gallai'r gwaith o redeg siop hybu syniadau, a bod yn waredigaeth i fi. Mae Owen yn chwerthin wrth ddweud y byddwn yn llyfrwerthwr perffaith. Pe bawn yn penderfynu agor siop, byddai'n fodlon cynnig help drwy awgrymu ble i gael cyflenwadau a'r math o lyfrau y dylwn eu gwerthu.

*   *   *

Wrth fynd i ddarlith ar gaethwasiaeth rhaid galw yng nghei Bryste, lle mae cymaint o gaethweision wedi cael eu carcharu cyn eu cario i'r planhigfeydd. Caf fy nghyffroi gan y profiad. Mae'r dociau'n orlawn o longau o bob maint a siâp, a jyngl o raffau yn ymestyn i bob cyfeiriad. Ar y cei, mae cybolfa o longwyr a masnachwyr yn rhuthro. Nid oes angen llawer o ddychymyg i lunio darlun o greulondeb a dioddefaint yn y tai gwerthu erchyll ac yng ngwaelodion y llongau.

Lle gwâr yw'r Assembly Coffee Shop ac ynddi mae cyflenwad o'r te a'r coffi gorau. Y siaradwr yw Samuel Coleridge, a gwrddais ar sawl achlysur yn Llundain a gwna argraff fawr arnaf. Cyn heddiw ystyriais taw bardd ydoedd a'i feddwl yn crwydro heb lawer o bwrpas. Heddiw mae'n siarad yn angerddol wrth geryddu'r fasnach gan ein hannog i ddala ati ar ein crwsâd, o wybod cyn lleied o ddiddordeb sydd gan y llywodraeth. Awgryma, i ni sydd â chydymdeimlad, ddull o niweidio'r fasnach er na lwyddasom i ennill y bleidlais yn y senedd. Pwysleisia na ddylem archebu nwyddau sy'n cael eu cynhyrchu gan gaethweision; siwgur, sinsir, lliwur dulas, cotwm, coco, coffi, pupur coch na mahogani.

Dywed taw'r unig gynnyrch defnyddiol ar y rhestr yw'r cotwm a'r mahogani. Bwydo'r byd ffals a'i lenwi â chreiriau egsotig, moethus, a hollol ddibwys mae popeth arall. Eu hamcan yw ein hysgaru ni oddi wrth brydferthwch a golud y byd naturiol, sydd yn rhad i bawb. Rwy'n cael fy atgoffa o ffalsrwydd yr ystafelloedd mawr yn Mayfair ble bûm yn torsythu fel rhyw geiliog cefn gwlad wrth geisio creu argraff ar hen beunod.

Wedi chwalu'r hen ddadleuon yn erbyn diddymiad, ychwanega ddimensiwn arall. Mae'n poeni ynglŷn â'r effaith foesol a gaiff y fasnach ar griw y llongau, ar y masnachwyr yn ogystal ag ar y caethweision. Caiff effaith feddyliol ar bawb drwy lesteirio ein dychymyg. Caiff ein dychymyg gwerthfawr ei niweidio wrth i ni gael ein hysgaru oddi wrth fyd natur. Mae'n gorffen drwy adrodd darn o'i farddoniaeth:

… my countrymen! Have we gone forth
And borne to distant tribes slavery and pangs,
And deadlier far, our vices, whose deep taint
With slow perdition murders the whole man,
His body and his soul.

Rwy'n ei longyfarch ar ei anerchiad gan addo hala copi o *Poems, Lyric and Pastoral*. Mae'n edrych yn bles iawn.

2
Peggy

'TI, HEB UNRHYW amheuaeth, yw'r gŵr gwaetha a'r mwya diofal ma unrhyw wraig 'di bod yn ddigon anffodus i'w briodi. Dwyt ti'n cymryd fowr ddim gofal ohonot ti dy hunan, a dim tamed o ofal dros dy deulu. Cerdded yr holl ffordd o Lundain yn dy oedran di. Fe allet ti fod wedi lladd dy hunan neu ga'l dy ladd gan ryw drempyn. Rwyt wedi cadw draw am bum mlynedd ac wedyn yn cerdded drwy'r drws 'na fel taset ti heb adel o gwbwl. Dylet ti deimlo'n lwcus yn bod ni'n dala i fod 'ma. Sawl gwaith ry'n ni wedi bod yn agos at newynu, yn aros am y sofrenni roeddet ti wedi'u haddo i ni. Pan geson ni'r arian ro'dd e wastad yn hwyr ac wedyn do'dd 'da ni ddim hanner digon i glirio'r holl ddyledion. Gadawest ti ni i grefu mewn siope am fwy o gredyd er mwyn cadw'n fyw.'

Prin bod Peggy'n dala'i hanadl. Mae'n rhoi'r fath bregeth i fi, gan gerdded ar hyd y tŷ o'r tân i'r bwrdd, o un plentyn i'r llall, i'r ffenest ac yn ôl i'r lle tân cyn gweiddi,

'Ned Williams, ti ddim 'di bod yn deg 'da ni. Dim o gwbwl!'

Gyda hyn mae'n disgyn i gadair a dechrau llefen. Mae'r plant yn edrych arni'n dawel gan ddisgwyl am ymateb i'r ymosodiad. Rwy'n dechrau dweud rhywbeth ond mae Peggy'n gweiddi,

'Blantos. Gadwch i fi gyflwyno'ch tad i chi. O's, ma 'da chi dad wedi'r cwbwl. Fe yw'r un mae tad-cu a finne wedi bod yn 'i regi ac wedi cwyno amdano ers pum mlynedd.'

Yna, mae'n codi gan ailddechrau ar ei haraith.

'Nawr 'te, wyt ti wedi dod gatre 'da rhywbeth yn dy bwrs?

Rwyt 'di sgrifennu a sgrifennu dy fod ti am werthu hawlfraint dy farddoniaeth am gan gini. Nest di?'

Wnes i ddim, ond mae'n rhaid gwneud rhywbeth dramatig. Rwy'n agor fy mhwrs, gan arllwys tri deg pum sofren aur ar y bwrdd gwag. Mae'r plant yn ochneidio mewn sioc ond dyw Peggy ddim yn fodlon dangos unrhyw emosiwn. Mae'n dechrau cyfri'r arian yn dawel.

'Dim byd tebyg i gant, ody e Ned?'

Mae'n llygadu'r arian ac wedyn yn fy llygadu i mewn dryswch.

'Ma'r cymdogion i gyd yn gweud wrtha i am gau'r drws yn dy wyneb di. Y byddwn yn well bant hebddot ti.'

'Dyna wyt ti'n feddwl?'

Mae'n aros i feddwl.

'Weithie. Yn amal. Ydw. Nac ydw. Wrth gwrs ddim. Ond fe ddylwn i. Dw i ddim yn gw'bod.'

Mae'n edrych arna i.

'Ond Ned Williams, rwy'n gw'bod hyn. Dwyt ti ddim yn mynd â 'ngadel i 'to fel gwnest ti, neu fyddwn ni ddim 'ma pan ddoi di'n ôl gatre. Ti'n deall?'

Dadleuaf i fi neud yr hyn roedd yn rhaid i fi neud. Bod rhaid cyhoeddi fy marddoniaeth ac fe gymerodd lawer mwy o amser nag o'n i wedi meddwl.

'Ned, fe gafodd dy waith di 'i gyhoeddi ddwy flynedd yn ôl.'

'Ac wedyn roedd rhaid casglu'r tanysgrifiade a...'

'Ned, dim un gair arall. Dwyt ti ddim wedi bod yn deg 'da ni a dyna ddiwedd arni.'

Ond nid yw Peggy wedi dod â'i phregeth i ben 'to,

'A dy dad, druan wedi gobeithio gweld 'i fab hyna am y tro diwetha cyn tynnu 'i anal ola. O gofio popeth wna'th e i ti, yn enwedig pan o't ti yn y carchar. Fe gymerodd hynny flynyddoedd oddi ar 'i fywyd e.'

Mae Nhad wedi'i gladdu gyda Mam ym mynwent Trefflemin.

Mae ganddi hi garreg fedd blaen a syml, ond dim ond croes sy'n marcio'r lle y claddwyd Nhad. Nid yw'r groes o bren caled da ac o fewn blwyddyn bydd wedi pwdru. Fe nadda i garreg fedd newydd i'r ddou ohonynt.

Gwnaf yn gywir yr un peth ag y bydd meibion yn ei wneud wrth fedd eu tadau, yn ymddiheuro ac yn dweud i fi wneud fy ngore, ond na allwn gyflawni'r hyn roedd ei angen. Diolchaf iddo am ei gariad ac er 'mod i'n cofio, dw i ddim yn crybwyll sawl crasfa a ges i nac am ei dymer ddrwg. Tybed pa mor debyg ydyn ni … oedden ni? Rwy'n llawn cenfigen ei fod wrth ochr fy mam unwaith eto.

Mae'n pistyllio'r glaw erbyn hyn. Rwy'n falch ei bod hi'n bwrw wrth deimlo'r glaw yn diferu lawr fy wyneb gan greu dagrau na allaf gael eu gwared.

*   *   *

Beth wna i gyda'r bocs metel damniol yma? Alla i byth losgi'r cynnwys ond bydd yn rhaid ei gwato'n rhywle, lle mae'n amhosibl i ysbiwyr neu ynadon ddod o hyd iddo. Cofiaf fod Thomas Evans, offeiriad yr Undodiaid, newydd ei urddo ym mhentre Brechfa, yng nghefen gwlad Sir Gaerfyrddin a phenderfynaf anfon y bocs ato fe. Mae'n ffrind y galla i ymddiried ynddo ac yn wir radical. Rwy'n crefu arno gadw'r sêl ar y bocs rhag iddo gael ei lygru gan y syniadau rhyddfrydol.

Gwnaf fy nghynnig i Peggy. Dw i ddim yn credu y galla i fynd yn ôl i fod yn saer maen teithiol, a beth bynnag, nid yw Peggy am i fi deithio'n rhy bell oddi yma eto. Mae rhagor o arian i'w wneud drwy werthu'r llyfr, ond dim digon i fyw arno. Rwy'n cynnig y dylen ni ddefnyddio cyfran helaeth o'r arian i sefydlu siop lyfrau fechan yn y Bont-faen, ar y Stryd Fawr, os yn bosibl. Soniaf wrth Peggy am yr hyn a ddysgais ym Mryste am natur fuddiol y busnes llyfrau. Bydd pob tref cyn bo hir â siop lyfrau ynddi a bydd yn cael ei gweld mor angenrheidiol â chigydd neu bobydd. Does neb, cyn belled, wedi meddwl am agor un yn y Bont-faen felly mae hyn yn gyfle perffaith i ddechrau busnes bach a fyddai'n ein cynnal am flynyddoedd. Mae'n syniad ardderchog ond gyda Peggy bydd y gair olaf.

Mae'n plygu'i phen gan feddwl.

'Wyt ti'n meddwl bydd pobol yn barod i brynu 'da ni?'

'Pam lai?'

'Achos, Ned, mae pobol yn araf i fadde ac mae digon yn yr ardal a fydde'n hapus i roi enw gwael i ti.'

Rwy'n dechrau protestio.

'Ned, mae'n wir! Rwy i'n siŵr o 'ny, hyd yn o'd os nad wyt ti'n cydnabod y ffaith. Nid yn unig y bobol â hen grach i'w codi. Ers y rhyfel ma pobol 'di bod yn fwy gwyliadwrus wrth ddelio 'da pobol sy 'di gwrthwynebu'r Brenin ac o blaid y Ffrancwyr. Mae pentwr o fechgyn lleol wedi cael 'u perswadio i ymuno â'r Gwirfoddolwyr a byddan nhw'n martsio i fyny a lawr yn 'u gwisgoedd coch dan ganu 'God Save the King' a bygwth pawb maen nhw'n 'u hame o fod yn Jacobiniaid... O't ti'n gw'bod 'u bod nhw 'di llosgi ffigwr o Tom Paine wedi'i stwffio yng Nghaerdydd i ddangos gymint mae pawb yn 'i gasáu e a'i syniade? Ac ma digon o storïe dy fod ti wedi bod yn ffrind iddo fe, a dy fod ti'n Jacobin mowr yn Llunden.'

'Ddim yn wir o gwbwl. O leia do'n i ddim yn Jacobin.'

'Rwy'n falch o glywed 'ny, ond rwy'n nabod yr ardal yn ddigon da i w'bod nad yw'r gwir yn amddiffynfa pan fydd pobol wedi penderfynu'n barod. Ned, mae'n rhaid i ti addo osgoi carchar – ma hyn yn golygu bod yn rhaid i ti fihafio a bod yn dawel yn hytrach na dilyn dy reddf a sgrechen dy wleidyddiaeth nerth dy ben. Rwy'n rhoi 'mendith i ti agor y siop lyfre ond dim i'w throi hi'n ganolfan boliticaidd.'

'Rhywbeth arall?'

'Digon. Gei di ddechre drwy weithio ar do'r tŷ. Mae'r lle 'ma wedi ca'l 'i esgeuluso yn rhy hir – yr un fath â'r teulu sy'n byw y tu mewn iddo fe.'

3

14 Y Stryd Fawr,
Y Bont-faen

WRTH EDRYCH AR hyd a lled y Bont-faen am adeilad cymwys, caiff rhybudd Peggy ei amlygu. Mae baneri'r Undeb ar sawl adeilad a sloganau gwladgarol yn y ffenestri. Ond mae'n cymryd tipyn o amser cyn i fi weld y cotiau coch roedd hi'n siarad amdanynt. A dweud y gwir, maen nhw'n edrych yn smart iawn yn eu trowseri gwyn, cotiau coch, esgidiau duon, capiau milwrol a baner yn eu harwain. Wrth gario drylliau a gwaywffyn maent yn edrych fel byddin. Y tu ôl i Gapten Beavan maent yn martsio, ac ef, yn ôl a glywais, sydd wedi talu am y gwisgoedd.

Rwy'n adnabod sawl un o'r bechgyn: meibion ffermydd, dynion godro, melinwyr a siopwyr; bechgyn gwledig o deuluoedd gwledig na fyddai byth yn fodlon ymladd yn erbyn neb. Caf fy arswydo wrth sylweddoli bod gwisgoedd milwrol yn llwyddo i droi'r bechgyn hyn i fod yn rhyfelwyr. Gwna'r esgidiau a'r trowseri iddynt gerdded gyda balchder ac mae osgo'u cyrff yn dangos yr un ymffrost. Maent wrth eu boddau, a hefyd eu mamau a'u cariadon. Oes rhywun wedi esbonio iddynt y rheswm am wisgo siacedi coch? Fydd y gwaed ddim i'w weld ar eu siacedi wrth iddynt waedu i farwolaeth.

Rwyf wedi dod o hyd i sawl adeilad addas, yn arbennig y siop wag drws nesaf i Swyddfa'r Post. Efallai y cawn werthu papur ysgrifennu a phensiliau a fyddai'n gwerthu'n dda ochor yn ochor â'r llyfrau yn y siop, ond ces fy ngwrthod heb ddim rheswm arbennig. Mae'r asiant y cysylltais ag e wedi gwneud hi'n glir nad wyf yn dderbyniol. Chafodd dim rheswm ei roi.

Yn y diwedd rwy'n cytuno i rentu adeilad mewn cyflwr gwael yn 14, Y Stryd Fawr, yn agos at Neuadd y Dref. Nid yw'n ddeniadol ond fe wnaiff y tro. Ces rentu'r siop, yr ardd, y stabl a'r adeiladau allanol. Bydd rhaid addasu'r tu fewn ond nid yw hyn yn broblem i fi. Mae'r perchennog, Mr Issac Skynner, eisiau cadw'r adeiladau allanol cyfagos ar Lôn Bird i barhau â'i fusnes fel gwneuthurwr hetiau ac yn gofyn a fyddai'n bosibl i fi werthu'r rhain yng nghornel y siop. Rydym yn taro bargen. Methodist mawr gydag wyneb coch a llais dwfn yw e a rhyw awgrym o hunanbwysigrwydd yn perthyn iddo. Nid yw hyn yn arwydd rhy dda. Rydym yn cytuno ar rent o wyth bunt y flwyddyn sydd yn llawer is nag roeddwn wedi'i ofni, cadw lle i'w hetiau yn y siop, a chymryd cyfrifoldeb am gyflwr y waliau allanol. Wrth ysgwyd llaw, rydym yn gwahanu'n ddigon hapus.

Mae sefydlu siop newydd yn fusnes cyhoeddus iawn a sylwaf fod pobol yn edrych drwy'r ffenest i weld beth sy'n digwydd y tu mewn – llifo a morthwylio i adeiladu cownter a silffoedd ac yna'u paentio. Mae rhai'n ddigon hapus i ddarllen hysbyseb yn datgan y bydd 'y llyfrau gorau, papur o ansawdd a dewis da o de ar gael yma'. Bydd y rhan fwya yn cerdded heibio ond bydd eraill yn mynnu cael sgwrs drwy'r ffenest.

Wrth glywed llais mawr fy hen ffrind, William Dafydd, rwy wrth fy modd, er ei fod yn fy rhwystro rhag gweithio ar y cownter. Gwehydd yw o Aber-cwm-y-fuwch yn Nyffryn Ogwr a bardd safonol. Am fod ganddo dipyn o newyddion i fi, mynna ein bod yn symud i'r Horse and Groom, i sgwrsio a chael peint bach.

Nid wyf yn yfwr mawr bellach, ond rwy'n hollol feddw

wrth wrando ar ei hiwmor, ei sgwrs a choethder yr iaith Gymraeg sy'n llifo o'i dafod. Daeth yma ar bwrpas arbennig, wedi iddo ddarllen am yr Orsedd a sefydlais yn Llundain ac mae'n mynnu, yn ei ddull unigryw, fod digwyddiad tebyg yn cael ei drefnu ym Morgannwg. Caf fy atgoffa ganddo ei fod yn fardd o fri a'i fod wedi ennill gwobrau mewn Eisteddfodau drwy Gymru gyfan ond na chafodd y fraint o gael ei urddo i'r Orsedd.

Does dim angen iddo ofyn ddwywaith, ac rwy'n hynod falch fod pobol Aber-cwm-y-fuwch wedi clywed am ddigwyddiadau Bryn y Briallu. Pwysleisiaf, er tegwch i'r teulu, bod yn rhaid i fi roddi'r flaenoriaeth i'r siop, ond...

"Na pam rwy i 'ma, Iolo, i gynnig help, ond ma angen dy arweiniad arnon ni. Os bydd agor y siop yn gadel i ti fynychu materion yr Orsedd yn gynt, yna rwy'n fodlon treulio wythnos 'ma i dy helpu ar y gwaith addasu.'

Yn ystod yr wythnos wedyn mae 'da fi reswm bod yn ddiolchgar am fysedd ystwyth a sgiliau mecanyddol y gwehydd i drefnu, adeiladu, addasu, tacluso, a gwneud i'r lle edrych yn dda drwy gael ychydig o bolish. Nawr, y cwbwl sydd ar ôl yw llenwi'r silffoedd.

Diolch i Owen Rees o Fryste, rwy'n galler archebu amrywiaeth o lyfrau a fydd yn plesio'r ysgolheigion yn ogystal â'r rhai â thueddiadau radicalaidd. Mae 'da fi eiriaduron, gweithiau athronyddol, llyfrau gramadeg, Beiblau, llyfrau gweddi a llyfrynnau moesol. Rwy'n ysu am gadw *The Rights of Man*, ond ni chaf oherwydd fy addewid i Peggy. Rwy'n gwerthu llyfrau sy'n ymwneud ag athroniaeth; Voltaire, Priestly, Milton, Hume a'm ffefryn, sef llyfr Rousseau *Julie ou la Nouvelle Helois*. Mae 'da fi bentwr o gylchgronau nad ydynt wedi'u gweld yn y Bont-faen o'r blaen gan gynnwys *The Gentleman's Magazine* a'r *Critical Review*.

Hefyd, mae 'da fi gyflenwad da o offer ysgrifennu; papurau

o wahanol bwysau a maint, amlenni o bob maint, inc o bob lliw, creons o liwiau'r enfys a chwyr selio du'n unig.

Ar ôl ystyried geiriau'r Coleridge ifanc, rwyf wedi archebu oddi wrth Mr Read o Tucketts a Fletcher, Bryste, stoc o ddiodydd hyfryd a chyffaith da, sef siwgwr, te siocled, coco, sinamon, pergnau a sinsir. Nid yw'r rhain yn bethau sy'n cael eu gwerthu mewn siop lyfrau fel arfer ond maent yn bethau a fyddai'n apelio at y rhai o natur sensitif, hynny yw, y rhai sy'n gwrthwynebu caethwasiaeth. Tu fas i'm siop mae 'da fi hysbysiad yn dweud fod fy siwgwr yn 'uncontaminated with human gore.' Pwy bynnag fyddai'n prynu yma fe fydda i'n gofyn iddynt arwyddo deiseb yn galw ar San Steffan i weithredu i gael gwared ar yr arfer barbaraidd yma.

Dosbarthaf dudalen yn esbonio pryd bydd y siop yn agor:

At Cowbridge the name of Ned Williams appears,
A shop keeping bard, having choicest of wares,
To those that have money, be this understood,
Ring the bell at his door, he sells ev'ry thing good.

Wythnos gyntaf bryderus ond eto un hapus yw hi, y siop fechan yn llawn o bobol fusneslyd, er fy mod i'n gwerthu llawer llai nag roeddwn wedi'i obeithio. Daw yma fenywod sy'n byseddu popeth ond yn prynu dim. Mwy na thebyg bydd yn rhaid i fi ddioddef hyn nes caiff y busnes ei sefydlu. Beth na allaf ei ddioddef yw'r bobol sy'n dweud nad oes dim o'i le mewn cadw caethweision ac yn mynd i siopau eraill, ryw ugain llath bant, lle mae'r siwgwr yn rhatach. Mae'r bobol yma'n derbyn fersiwn fer o anerchiad gwych Coleridge ar gaethwasiaeth ym Mryste, ac yn gweld fy mhenillion i fel uchafbwynt:

Behold on Afric's beach alone,
Yon sire that weeps with bitter moan;

She, that his life once truly bless'd
Is torn for ever from his breast,
And scourged, where British Monarchs reign,
Calls for his aid, but calls in vain.

Papur, inc a chwyr selio yw'r eitemau mwyaf poblogaidd.

*   *   *

Bydd y siopwr drws nesaf, Mr Curtis yn cymeryd cymaint o ddiddordeb yn fy ngweithgareddau nes fy mod yn amau bod ganddo amcanion maleisus. Mae Mr Curtis wedi galw yma sawl gwaith gan ddangos diddordeb yn y llyfrau sy'n cefnogi rhyddid, ond nid yw'n prynu yr un llyfr. Os taw ysbïwr ydyw, fel rwy'n amau, mae'n un hynod o wael. Ar ôl pob galwad bydd yn diflannu i'w siop drws nesaf i rannu gwybodaeth a chyfnewid nodiadau.

Gan nad wyf eisiau eu siomi rwy'n rhoi cyfrol o *The Rights Of Man* yn y ffenest gan wybod bod llyfr Tom Paine wedi cael ei wahardd a'i bod yn frad i unrhyw un fod â'r gyfrol yn ei feddiant. Fel pysgodyn yn ceisio llyncu'r pryf, daw Mr Curtis i'r siop y diwrnod y rhois y gyfrol yn y ffenest a thalu pum swllt amdani. Unwaith mae'r arian yn fy mhoced a'r llyfr yn ei law mae'n dangos ei wir safbwynt. Gan chwifio'r llyfr o'i flaen mae'n gweiddi:

'This shall go to Billy Pitt himself.'

Mae'n llai na hapus wrth i fi esbonio ei fod wedi prynu copi o'r Beibl a'i bod yn bosibl iawn fod gan William Pitt gopi ei hun yn barod. Mewn eiliadau mae'n newid i fod yn ymosodol wallgo ac yn atgas. Mynna gael ei arian yn ôl ac mae'n fy ngalw'n dwyllwr.

'I am no cheat, sir. In the Bible you will find the best and the dearest rights of man.'

4

Bryn Owain

S AFAF AR GOPA Bryn Owain, ger allt o goed, ac mae'n rhaid bod y lle hwn yng nghanol Morgannwg. I'r de rwy'n gweld twr eglwys Sant Hilari; tu draw mae Môr Hafren a Gwlad yr Haf; i'r gogledd mae'r Blaenau yn llenwi'n gyflym â diwydiant a gaiff ei reoli gan feistri caled eu calonnau. Lle cyhoeddus ydyw hwn, ond hefyd mae'n lle digon anghysbell fel y gall yr enaid gysylltu â'r corff. Mae'r cylch o gerrig a'r garreg ganolog yn syml, dim llawer mwy na cherrig bach y gallaf eu cario yn fy mhoced, ond dyma'r Orsedd, y gyntaf yng Nghymru gyfoes.

O'm hamgylch mae saith bardd yn awyddus i gael eu hurddo i'r drefn. Maent yn griw arbennig. Rwyf yn adnabod William Dafydd ers blynyddoedd bellach, gwëydd o Fro Ogwr a bardd caboledig. Offeiriad newydd gyda'r Undodiaid yw Thomas Evans o Wernogau, Caerfyrddin a fu, yn wreiddiol, yn gwerthu brethyn mewn ffeiriau lleol. Mae'n fardd deallus iawn, dyn o gymeriad da, pregethwr tanllyd a hyrwyddwr breintiau dynol. Ar ôl cael trafodaeth ar ba farddoniaeth roeddent yn bwriadu ei darllen heddiw, mae Thomas Evans yn awgrymu ei gyfieithiad ef o *La Marseillaise* i'r Gymraeg sydd yn llawn o gynnwrf terfysgol, y math o ddeunydd a allai ein hanfon ni'n dau i garchar. Bu'n rhaid wrth ddyfalbarhad ar fy rhan cyn llwyddo i'w berswadio i'w newid i *Ode to Liberty,* darn digon cyffrous ond heb yr ymosodiad personol ar Siôr III.

Mae'r pump arall yn werth eu nodi. Yr un ifancaf yw'r bachgen o'r un enw â fi, Edward Williams. Daeth i'm siop ryw ddeufis yn ôl gan sefyll yn gadarn ar ganol y llawr, fel rhyw blentyn yn barod i adrodd yng nghyngerdd yr Ysgol Sul. Bachgen tal a golygus ydyw, gyda chnwd o wallt du, anniben ac wyneb cadarn. Yn hollol ffurfiol, gofynnodd i fi gadarnhau bod angen i fardd ifanc gael addysg gan feistr sefydlog cyn ennill ei le yn yr Orsedd. Wedi i fi gadarnhau hynny, mae'n holi a fyddwn i'n ei dderbyn fel disgybl. Fe ddangosodd fod ganddo'r modd i dalu.

'Gan fy mod i fy hunan wedi ca'l dysg gan ŵr doeth na ofynnai am ddim arall ond ymrwymiad i weithio'n galed a bod yn ffyddlon, yna sut y galla i ofyn i ti dalu am dy addysg? Fe fydd yn fraint ac yn ad-daliad i'r rhai a'm dysgodd i. Ond cofia hyn: os na fydda i'n credu bod y gallu a'r dyfalbarhad 'da ti, yna, heb ystyried dy deimlade, bydda i'n dweud hynny wrthot ti'n blwmp ac yn blaen fel na fyddi'n gwastraffu fy amser na dy amser dithe. Iawn?'

Mae'n cytuno'n barod. Ers hynny mae wedi bod yn gweithio'n ddygn ac wedi dangos cryn addewid. Er bod rhywbeth boddhaol iawn a symbolaidd mewn cael disgybl o'r un enw sydd am fanteisio ar fy ngwybodaeth, eto gall greu dryswch. Yn ein gwers gyntaf rwy'n rhoi enw barddol iddo, sef Ifor y Bardd Glas, am ei fod yn gwisgo cot las. Heddiw fe fydd yn cael ei dderbyn i'r Orsedd yn Urdd Ofydd neu un o'r dysgwyr.

Rwy'n pendroni a ddylwn barhau â'r arbrawf a wnaed yn Llundain drwy wahodd y papurau newydd, ond rwy'n penderfynu peidio. Grŵp bach yw'r rhain sy'n dod o'm hardal i ac ardal William Dafydd. Rhaid i ni fod yn fwy sicr o bethau cyn lledaenu'r cylch. Er na roddes i hysbyseb yn ffenest y siop, mae 'da ni gynulleidfa o ryw bedwar deg wedi'u gwasgaru mewn grwpiau ar hyd ochor y bryn. Ar y dechrau maent yno fel sylwebyddion tawel gan sefyll yn ddigon pell o'r seremoni, ond wrth i Thomas Evans ddechrau adrodd ei gerdd, maent yn rhannu'n ddwy garfan. Daw'r rhai sydd am glywed y gerdd yn nes atom, tra ceidw'r gweddill sydd yno i watwar yn ddigon pell bant er mwyn galler gweiddi geiriau aflednais nawr ac yn y man. Mae rhai eraill heb symud modfedd yn sefyll mewn parau neu yn drioedd. Ysbiwyr? Rwyf wedi rhybuddio'r Orsedd i ddisgwyl y bydd un neu ddau o'r bobol maleisus hyn yn bresennol.

Wedi i Thomas Evans orffen ei awdl caiff ei urddo i'r Orsedd o dan yr enw barddol, Tomos Glyn Cothi. Mae William Dafydd wedi dewis yr enw Gwilym Glyn Ogwr, a William Moses o Ferthyr yn cael ei enwi'n Gwilym Tew Glan Taf ac Iorwerth Gwynfardd Morgannwg yw enw Edward Evan o Aberdâr.

Llwydda'r seremoni i greu argraff arnaf gan fod mwy o gysylltiad rhwng y beirdd yma nag oedd rhwng y rhai yng Ngorsedd Llundain. Rydym i gyd yn grefftwyr barddol hunanaddysgedig, sy'n teimlo bod yr iaith Gymraeg yn llifo fel gwaed trwy'n gwythiennau. Rown i wedi paratoi anerchiad iddynt yn esbonio'r rheswm dros gael Gorsedd, ond mae'n amlwg nad oes angen sgwrs debyg ar y rhain. Sylweddolant ei fod yn sefydliad pwerus iawn, un â'i nod o ddiogelu'r iaith a'r ffurfiau barddonol traddodiadol, a hwythau'n hollol ymwybodol bod ein hen draddodiadau'n haeddu parch ac anrhydedd. Rhydd urddas i genedl a gaiff ei gwawdio mor aml gan y Saeson. Drwy eu hymrwymiad i gydraddoldeb, heddwch a brawdgarwch maent yn ymwybodol bod gwerthoedd yr Orsedd mewn gwrthgyferbyniad llwyr â diawledigrwydd ymerodrol Siôr III.

5

Amddiffyn y Tyddyn

G ANOL Y PRYNHAWN mewn cryn gyffro, rhuthra Margaret,
fy merch hynaf, i mewn i'r siop. Mae wedi rhedeg y pedair
milltir o Drefflemin i'r Bont-faen heb oedi ac mae'n disgyn
mewn cadair heb yr anadl i siarad. Rwy'n aros iddi gael ei gwynt
ati ac yn ofni'r gwaethaf.

'Dynion... ynadon yn y tŷ, Tada. Rhaid i ti ddod nawr. Ro'dd
Mam yn neud 'i gore glas ond do'dd neb yn grando arni. Fe
ddywedodd wrtha i am redeg fel mellten 'ma i weud wrthot ti.'

'Ynadon? Beth ma'r rhain isie? Os ydyn nhw isie 'ngweld i,
pam na ddown nhw i'r siop?'

Does dim atebion gan Margaret ond mae'n cydio yn fy
nwylo ac yn fy nhynnu i gyfeiriad y drws. Wedi cloi'r siop
rydyn ni'n rhedeg i lawr i'r Bear. Fel arfer, ni fyddwn yn cael
cart a cheffyl ond rhaid hastu a beth am gyflwr calon Margaret
pe bydde hi'n gorfod rhedeg yr holl ffordd gartre. Am hanner
gini ma'r Bear yn fodlon rhoi benthyg ceffyl, cart a gyrrwr ac
wrth i ni drotian ar gymaint o hast mae'r cloddiau'n diflannu
wrth ein hochrau.

Wedi cyrraedd, mae'r bwthyn yn llawn o gymdogion – y
cwbwl yn clebran trwy'i gilydd a Peggy'n eistedd yn eu canol
yn fuddugoliaethus. Mae Millicent, ei hen ffrind, yma gyda'i
merched a chaiff te diddiwedd ei weini. Y drafferth ydi bod pawb
yn ceisio adrodd y stori ar yr un pryd. Bu'n rhaid gweiddi am
dawelwch a gofyn i un person call adrodd y stori. Mae Peggy'n
dechrau, ond yn go gloi mae Millicent yn torri ar ei thraws,

'Rwyt ti 'di gweud digon heddi, Peggy, ma'n well i ti iste'n dawel. Ned, fel hyn o'dd hi. Tua un o'r gloch…'

'I'r eiliad ' mae Jane yn cadarnhau.

''Ma Walter Lloyd, yr ynad, yn martsio i'r drws gyda rhyw ddyn arall a gweud bod hwnnw'n ynad hefyd…'

'Herbert Evans,' meddai llais arall.

'… a dou gwnstabl arbennig. 'Rydym yma i chwilota'r bwthyn,' yw ei ddatganiad. Iawn, Peggy?'

'Dwyt ti ddim yn gwbod. Do'dd yr un ohonoch chi 'ma ar y pryd,' meddai Peggy yn amlwg yn awyddus i barhau â'i stori …dim ond fi a'r plant yn neud y gwaith tŷ. Fe ddethon nhw mas â llawer o eirie pwysig fel 'in the name of His Majesty… by the authority vested in me,' a geirie fel 'na a gweud wrtha i eu bod am archwilio'r tŷ.'

''Na pam ro'dd rhaid i fi fynd i nôl Modryb Milly,' meddai Margaret.

'Fe ddwedes wrthyn nhw bod dim ots 'da fi pe bai'r cennad wedi dod oddi wrth y Brenin 'i hunan, do'dd dim hawl 'da nhw chwilo drwy bethe preifet 'y ngŵr i. Felly bydde'n well iddyn nhw 'i throi hi'n ôl o ble dethon nhw.'

Caiff gymeradwyaeth galonnog gan y gweddill yn yr ystafell.

'Pan ddes i weld beth o'dd yn digwydd,' medd Milly, 'ro'dd Peggy'n sefyll wrth y drws yn dala ysgubell fel petai'n ddryll ac yn bygwth rhoi clatsien i bob un ohonyn nhw.'

Mae chwerthin yn llenwi'r ystafell wrth i Peggy barhau â'r stori, 'Fe dd'wedes wrthyn nhw y bydde'n rhaid iddyn nhw fy arestio i'n gynta, cyn celen nhw ddod miwn, a'u rhybuddio na fyddwn yn fodlon mynd 'da nhw'n dawel.'

Erbyn hyn mae Peggy'n mwynhau cael cynulleidfa yn ymateb ac yn ei chymeradwyo. Milly sy'n cymryd trosodd,

'Fe sefon nhw am bum muned cyn penderfynu beth i neud, ond siaradodd Peggy yn blaen, wnath hi ddim tynnu'i hanal, hyd yn o'd wrth ddala i bregethu, ac yn dala i ddefnyddio'r ysgubell yn fygythiol o'u bla'n.'

'Ond pan ddethoch chi i gyd 'ma, dyna pryd y ceson nhw ofon. Dw i ddim yn gw'bod sut i ddiolch i chi i gyd.'

'Os nad o'n nhw'n galler ymdopi ag un fenyw, wedyn pa obeth o'dd 'da nhw o drin pentwr o fenywod?' medd Mary, yn sŵn chwerthin y lleill.

Rwy'n dweud wrthyn nhw 'mod i mor falch o Peggy ac mor falch o fenywod Trefflemin hefyd ac y byddwn yn ysgrifennu awdl i ganu eu clodydd.

''Na'r peth lleia y galli di neud!' meddai Milly.

Mae'r cymdogion bellach wedi gadael ond mae Peggy yn dal i orfoleddu yn ei buddugoliaeth.

'Ond, rhaid dweud, pe baen nhw wedi ca'l gafel ar unrhyw beth o ddiddordeb ynghanol yr holl bapure 'na fe fyddwn 'di ca'l sioc. Rwy'n amau a wyt ti'n gwbod be yw 'u hanner nhw.'

Rydym yn chwerthin a chofleidio. Yna mae ei llais hi'n dawelach wrth holi, 'Fe nes i'r peth iawn, yn do fe, Ned?'

'Do'n wir, 'nghariad i. Do'n wir. Ond os daw'r dynion 'na yn ôl ddylet ti ddim rhoi dy hunan mewn unrhyw berygl. Do's dim deunydd yma y gallen nhw 'i ddefnyddio i 'nghyhuddo i o frad.'

'Wyt ti'n siŵr?'

'Mor siŵr ag y galla i fod. Allen nhw ddim carcharu dyn am gredu bod rheoli drwy frenhiniaeth yn system wael. Bydde'n rhaid iddyn nhw ga'l gafael ar ryw dystiolaeth 'mod i'n fygythiad uniongyrchol i'r Brenin. Ma unrhyw beth rwy 'di'i ysgrifennu a allai ga'l 'i gamddehongli, wedi ca'l 'i guddio mewn bocs metel.'

'Ble, yn y siop?'

'Dim gobaith. Ma nhw'n ddigon cyfarwydd â phob llyfr sy yn y siop fel ma hi. Na, ma nhw 'di cael 'u hanfon yn ddigon pell bant. Fe addewes y byddwn yn cadw fy hunan mas o garchar a 'na beth rwy'n benderfynol o neud.'

Caiff y saib ei dorri gan waedd lwglyd Taliesin. Rwy'n dweud wrth Peggy pa mor falch rydw i fod merched y pentref wedi'i helpu.

'Ma ffyddlondeb yn ein mysg ni sy'n treiddio'n ddwfwn iawn, er bod rhai ohonyn nhw'n meddwl dy fod ti'n un dwl.'

''Na beth ma nhw'n feddwl ydw i?'

'O lot yn wath na 'ny withie, a finne 'fyd! Ond dyw pob dim ddim yn wael, cofia. Mae Milly'n hoff o dy alw di'n Fardd Rhyddid – rhywbeth a glywodd hi yn y dre. Pan wy'n clywed hi'n gweud 'ny rwy'n falch iawn o fy Ned i, er gwaetha popeth.'

6

Amddiffyn y Siop

RWY I WEDI ychwanegu ymbarelau, taclau pysgota a phersawr i'm stoc yn ogystal â silff newydd o salmau, emynau, a phapur llawysgrif cerddoriaeth. Hefyd rwy i wedi creu llyfrgell o gylchgronau i'w benthyca am chwe cheiniog ac yn hysbysebu taw dim ond cyfrolau o ansawdd da fydd ar y silffoedd, llawer gwell na'r sothach arferol a geir mewn llyfrgelloedd. Derbyniais sawl cais oddi wrth offeiriad tlawd am gadw gweithiau crefyddol drud, fel y chwe chyfrol swmpus o waith eglwysig Esgob Llandaf. Mae hyn yn gost annisgwyl.

Nid yw fy addewid i Peggy yn eiriau gwag. Does 'da fi ddim problem mewn datgan fy marn, ond rwy'n gwybod yn gywir pa mor bell y galla i fentro cyn bod fy ngeiriau'n swnio'n fradwrus – fydda i byth yn croesi'r llinell honno. Mae fy siop yn dal i ddenu cwsmeriaid a wastad yn llawn, felly caf gyfle i gyfarfod â phobol ddiddorol iawn yma a gaiff eu denu gan fy enw da. Bydd rhai'n teithio'n bell er mwyn trafod diwygiad, gwleidyddiaeth, crefydd ac i gael disgled o de. Pamffledi bach yn unig fyddan nhw'n eu prynu.

Yn anffodus, mae enw da'r siop wedi ennill cynddaredd y Brenhinwyr, yn enwedig dinasyddion cyfoethog y Bont-faen. Ar y dechrau byddai rhai o'r rhain yn dod i'r siop i'm herio wyneb yn wyneb a byddwn wastad yn hapus i ddadlau â nhw ond wedi i fi chwalu eu dadleuon yn ddeallus, prin y bydda i'n eu gweld nhw bellach. Sarhad a gaf gan rai, ac fel ymateb i'r rheiny byddaf yn sgrifennu darn er cof cynamserol amdanynt sy'n eu syfrdanu'n llwyr. Ddeuddydd yn ôl fe ysgrifennais yr ateb hwn i ryw gwsmer trwblus,

> Here lies deceas'd guzzling beast
> Who burst his paunch by drinking,
> A wenching blade – a Rake by Trade,
> His name was Davy Jenkin.
> He, down his guts whole pipes and butts
> So speedily would pour
> That Cowbridge ale grew never stale
> Had never time to sour.

Mae'r rhai sydd am fy niweidio'n amlwg wedi troi at ddulliau mwy cyfrinachol i danseilio fy musnes drwy fygwth y rhai sydd o dan eu dylanwad rhag hala arian yn y siop. Bydd y tirfeddianwyr yn dweud wrth eu tenantiaid am brynu inc a phapur yn rhywle arall ac mae cystadleuaeth annisgwyl wedi codi wedi i'r apothecari ddechrau gwerthu papurau, nibiau ac inc. Rwy'n credu bod gwerthu'r nwyddau hyn wrth werthu tabledi wedi deillio drwy ymyrraeth perchennog yr adeilad.

Mae Issac Skynner, perchennog y siop, wedi gweddnewid o fod yn bartner busnes goddefol i fod yn elyn gormesol. Yn ein cytundeb gwreiddiol defnyddiodd sawl adeilad y tu ôl i'r siop fel y gallai barhau â'r busnes hetiau. Am beth amser fe wnaeth hynny ond ar fyr rybudd gorffennodd ei fusnes a symud ei ddodrefn, gan gynnwys y stof, o'r adeilad a ddefnyddiai. Wythnos yn ddiweddarach gyrrodd ddau ddyn i dynnu'r clo, tynnu'r gwydr o'r ffenestri a dymchwel yn llwyr yr adeiladau allanol a oedd ynghlwm wrth y siop, gan fy ngorfodi i wario swm sylweddol o arian i sicrhau bod yr adeilad yn ddiogel rhag y lladron a'r tywydd. Mae hefyd wedi hala llythyron yn fy mygwth ag achos llys am nad wyf wedi edrych ar ôl y lle yn ôl y cytundeb. Nid yw'n elwa'n ariannol drwy'r fath weithred, ond yn amlwg dylanwadwyd arno gan bobol faleisus i weithredu.

Er 'mod i'n gwrthod cael fy mrawychu mae un peth yn glir – nid wyf yn ennill yr incwm roeddwn yn ei ddisgwyl. Rwy'n edrych am ffyrdd eraill o ychwanegu at fy incwm. Ceisiaf am gomisiwn i ysgrifennu adroddiad ar amaeth de Cymru i'r Bwrdd Amaeth. Gwn fwy am ddaearyddiaeth ac arferion ffermio Morgannwg nag unrhyw berson byw a byddai'n gyfle bendigedig i ddatgelu pa mor wael yw hwsmonaeth cymaint o'r ffermwyr. I ysgrifennu'r cais, gan gynnwys adroddiad prawf, cymerais gryn dipyn o amser i greu dogfen, rwy'n siŵr sydd o ansawdd llawer uwch nag unrhyw beth a welwyd ganddynt cynt. Caiff fy nghais ei wrthod ar unwaith drwy gael ei rwystro gan elynion grymus. Rwy'n ymwybodol bod Richard Crawshay, y meistr haearn bygythiol o Ferthyr, wedi fy ngalw i'n Jacobin a gwerthwr llyfrau peryglus a bradwrus. Mae'n ddyn dialgar a dylanwadol.

Derbyniaf lythyr gan William Owen sy'n dweud bod llawer o'n radicaliaid wedi 'llithro i'r cysgodion' rhag ofon erledigaeth. Mae'n fy ngheryddu oherwydd fe ddylswn fod wedi dweud 'anwireddau bach' i helpu fy achos wrth geisio am swydd yn y Bwrdd Amaeth er lles fy nheulu. Mae eraill wedi fy rhybuddio rhag bod mor ddiamddiffyn fel y gall y rhai sydd eisiau fy mrifo fanteisio ar hynny, yn enwedig y diafol Crawshay a gaiff ei alw'n 'Moloch y Brenin' yn Blaenau.

7

Tomos Glyn Cothi

Caiff Tomos Glyn Cothi ei arestio ar gyhuddiad o frad. Rwy'n derbyn llythyr oddi wrtho yn erfyn am fy nghymorth pan fydd yn ymddangos o flaen Llys y Sesiynau Mawr yng Nghaerfyrddin. Sut yn y byd y galla i wrthod? Rwy'n cloi'r siop, rhoi nodyn o ymddiheuriad a'i throi hi am y gorllewin.

Mae Tomos wedi bod yn ffrind agos ers i fi ymuno ag achos yr Undodiaid ac yn rhannu'r un fath o hiwmor a chariad at farddoniaeth enllibus ddychanol â fi. Iddo fe y rhois y bocs metal yn llawn o ysgrifennu enllibus a oedd i'w gadw rhag i'r llygaid swyddogol eu gweld. Ar fy ymweliad diwethaf â'i dŷ ym Mrechfa fe'm diddanodd gyda chyfieithiad Cymraeg o'r *Marseillaise*. Mewn ysbryd o gystadleuaeth farddol fe'i hatebais gyda fersiwn Saesneg o'r gân ac fe'i canasom yn galonnog yn y gegin. Roedd y ddwy fersiwn yma'n cynnwys awgrymiadau didwyll a chelfydd o sut i ddifrodi'r Brenin, yn ddigon eithafol mae'n wir i'n hanfon i Tasmania. Fe ddylsai fod mor ymwybodol â fi o'r peryglon o ailadrodd y fath berfformiad o fewn clyw ei elynion. Yn amlwg y tro yma mae wedi ymddiried mewn person na ddylsai.

Mewn carchar oer a llaith, heb siafio ac yn ddigalon mae Tomos. Fel arfer bydd yn greadur digon anniben ac mae'i ffrâm fach dew yn edrych ar y fainc oer fel sach o ddillad golchi brwnt. Teimlaf rywfaint o arswyd wrth i ddrws y gell gael ei gau a'i gloi y tu ôl i fi. Dyma un lle nad wy'n awyddus i gysgu'r un noswaith ynddo unwaith eto. Mae Tomos yn fy sicrhau iddo fod yn ofalus iawn rhag gwneud dim o'i le.

'Rwy'n hollol ddiniwed, Iolo. Rhaid i ti 'nghredu fi. Nes i eriod ganu'r penillion ma nhw'n 'y nghyhuddo o neud – o leia nid pryd 'ny. Dim ond pan o'n i gyda ti y canes i nhw.'

Mae'n edrych arnaf fel petai'n chwilio am faddeuant, cyn ychwanegu mewn llais pregethwrol: 'Diniweidrwydd yw fy nharian.'

'Pwy sy'n dy gyhuddo di?'

Mae'n ysgwyd ei ben yn drist a thynnu ystumiau cyn ateb, 'Wel 'na'r peth mwya anghristnogol ynglŷn â'r busnes 'ma, un o'r plwyfolion, George Thomas y crydd. Ma e 'di ca'l 'i feirniadu gan rai o'r henaduriaid cyn hyn a dw i 'di gorfod ca'l gair ag e ynglŷn â'i absenoldeb rheolaidd o'r pwyllgor ac nad yw e 'di cynnig unrhyw help i gynnal y capel, fel y dyle'r ffyddloniaid i gyd neud. Mae e'n amlwg yn llawn cenfigen ac rwyt ti'n gwbod cystel â neb shwt ma grwgnach fel hyn yn tyfu mewn cymuned capel.'

'Efalle taw fe yw'r ysbïwr, dyn sy'n ca'l 'i dalu i wrando ar beth mae e nawr yn haeru iddo'i glywed. Pwy arall odd yn y cyfarfod hwnnw?'

'O digon, tua phymtheg i gyd, yn y cwrw bach[3] i helpu'r hen John Roberts sy heb ddime i'w enw. Nosweth dda o'dd hi 'fyd a'r cwrw'n llifo. Adroddes stori'r bwgan a ro'dd adroddiade eraill. Ceson ni ŵydd i'w rafflo a ffidler i helpu gyda'r canu.'

'O't ti'n feddw?'

'Wrth gwrs. Ond ddim 'di meddwi gormod fel nad own i'n gwbod beth o'n i'n 'i neud – neu ganu.'

'Pa fath o gân ma nhw'n dy gyhuddo di o'i chanu?'

'Carmagnol, y gân Ffrengig yr ysgrifennest ti eirie newydd iddi.'

Mae 'ngwallt i'n codi ac mae ias oer yn rhedeg i lawr fy nghefen.

''Y nghân i!'

'Ie, mae arna i ofon… ond dy'n nhw ddim yn gwbod taw ti

sgrifennodd y geirie. Erbyn hyn, ma llawer o bobol wedi clywed y geirie, ond do's neb yn gw'bod geirie pwy y'n nhw, heblaw fi wrth gwrs. Y pedwerydd pennill yw'r broblem, 'na'r un ma nhw'n 'y nghyhuddo i o'i ganu. Ti'n gw'bod…'

Mae'n sibrwd y geiriau rhag i neb ei glywed,

…And when upon a British shore
The thundering guns of France shall roar,
Vile George shall trembling stand,
Or flee his native land
With terror and apal
Dance Carmagnol, dance Carmagnol.

'Felly ma'r dyn 'ma, George Thomas, yn gweud dy fod ti 'di canu'r pennill, ond o's tystion i ddatgan na wnest ti? '

'O's yn hollol.'

'Alli di roi 'u henwe nhw i fi?'

Does gan Tomos ddim problem mewn enwi pawb oedd yn bresennol, rhoi'r cyfeiriadau a manylion sut i gyrraedd eu cartrefi. Cyn gadael rwy'n gofyn,

'Tomos, y bocs metel a roddes i ti i'w gadw'n ddiogel – ble ma fe?'

Mae'n dweud ei fod yn ddiogel – wedi'i gwato yn ei ysgubor.

'Ydi'r cwnstabliaid wedi archwilio'r tŷ?'

'Dim 'to.'

Rwy'n teimlo fy hunan yn chwysu. Fe ddois yma i achub Tomos o garchar. Rhaid i fi achub fy hunan yn gynta drwy ruthro oddi yma i gasglu'r bocs metel.

Melinydd yw Abraham Jones gyda chalon fawr ac mae'n feirniadol iawn fod Tomos wedi cael ei arestio – dyn mae'n ei ddisgrifio fel 'dyn duwiol a gwas i'w bobol'. Roedd yn bresennol yn ystod sesiwn y cwrw bach ym mwthyn yr hen John Roberts. Mae'n honni iddo yfed mwy nag unrhyw ddyn arall yno, fe ganodd yn uwch na neb arall ac eto roedd yn ddigon sobor i gerdded gatre mewn llinell syth. Mae'n gynddeiriog bod un dyn wedi 'creu'r fath drwbl' i weinidog drwy ddweud celwydd fel hyn. Ychydig iawn o Saesneg mae e'n galler ei siarad felly rwy'n cymryd ei ddatganiad a'i drosi i'r Saesneg – mae'n ei arwyddo.

Caiff y broses ei hailadrodd gyda phedwar gwas ffarm, gof, garddwr a bugail gwartheg. Mae eu storïau i gyd yn debyg a does neb yn cofio clywed Tomos yn canu pennill pedwar ac maent yn gytûn bod George Thomas wedi dweud celwydd. Mae rhai'n credu bod rhywrai yn dylanwadu arno. Gan fod Brechfa'n bentref cwbl Gymraeg, pe byddai Tomos eisiau canu cân fradwrus, paham yn y byd y byddai'n canu yn Saesneg?

Wedi clywed i fi gasglu'r datganiadau a'u bod wedi cael eu harwyddo, mae Tomos yn llawer hapusach, yn arbennig wedi i fi adael digon o lyfrau iddo i lenwi'i ddyddiau cyn y treial. Nid yw cylch Brycheiniog o Lys y Sesiynau Mawr yn agor yng Nghaerfyrddin am rai misoedd, felly rwy'n ymweld â'i wraig a chynnig help yn ôl yr angen. Cafodd y bocs metel ei hala yn ôl i'r Bont-faen gyda chludwr. Gwaith digon anodd yw ei gwato.

∗   ∗   ∗

Mae Peggy'n wallgo, yn bendant y bydda i'n cael fy ngharcharu yn ogystal â Tomos, gan ddweud y drefen am fod mor dwp â chysylltu fy hunan gyda'r achos. Os bydd Tomos yn cael ei gondemnio fe fydda i'n siŵr o dderbyn yr un gosb.

'Nest ti addo y byddet ti'n cadw mas o'r carchar.'

'Do, ac fe wna i'n siŵr.'

'Felly ti'n gweud. Beth wyt ti'n feddwl ydi hwn?'

Caiff y bocs metel ei roi o 'mlaen i, a Peggy'n sefyll gyda'i braich mas yn pwyntio ato fel petai ynddo dystiolaeth o ryw drosedd fawr. Ydi hi'n gwybod beth sydd ynddo? Rwy i wedi dweud wrthi am ei fodolaeth ynghynt. Ydi e wedi cael ei agor?

Caf gipolwg arno ac rwy'n ansicr, ond rwy'n penderfynu bod yn onest. Rhaid cyfaddef beth sydd ynddo, a phwysleisio'r perygl gan esbonio'r rheswm pam roedd yn rhaid ei symud o Frechfa rhag ofon iddyn nhw ddod o hyd iddo fe. Mae Peggy'n bloeddio yn ei natur.

'Felly rwyt wedi 'i hala fe 'ma, fel y bydd yn dy gondemnio di'n hytrach na dy ffrind, ac yn effeithio ar dy blant a dy wraig!'

Mae'n cerdded nôl a blaen yn y gegin tra fy mod i'n sefyll yn fud fel bachgen ysgol euog. 'Nest ti feddwl amdanon ni, Ned? Wyt ti'n meddwl amdana i o gwbwl? Dw i wedi ca'l hen ddigon ar ga'l 'y ngham-drin fel hyn. Nes i dy rybuddio di i beidio â mynd yn rhy bell o 'ma, ond na, nest di ddim cymryd unrhyw sylw. Wel, mae'n well i ti wrando neu dyma fydd diwedd ein priodas ni am byth.'

Y tro hyn rwy'n ofni ei bod hi'n golygu beth ma hi'n ei ddweud. Hi fydd yn cymryd gofal o'r bocs ac rwy'n pledio arni i beidio â llosgi'r cynnwys. Dywed y gwnaiff hi guddio'r papurau a dim ond y dyfodol fydd ag unrhyw siawns i'w ddarganfod. Nid wyf yn deall ac nid yw hithau'n cynnig esboniad. Mae rhagor o amodau. Addewid na fydda i'n amddiffyn Tomos yn y llys a rhaid cytuno'n dawel. Yn ffodus gwnaeth Tomos ei hunan hanner awgrymu na fyddai'n beth call i fi ei gynrychioli, oherwydd yng ngŵydd y barnwr a'r rheithgor fe fyddai hyn yn brawf o'i fwriad i fod yn chwyldroadwr.

Mae ei thrydedd amod yn fwy anodd ei stumogi.

'Bydd yn rhaid i ti neud rhywbeth a fydd yn dangos i bawb nad wyt ti mor wyllt a pheryglus ag mae pawb yn 'i feddwl.'

Mae ganddi gynllun.

'Ma pawb yn falch o'r Gwirfoddolwyr. Nid peth politicaidd yw e mewn gwirionedd. Ma nhw i gyd yn fois lleol ac yn edrych yn dda yn 'u cotie coch. Rwy am i ti sgrifennu cân iddyn nhw – rhywbeth beiddgar, llawn hwyl.'

Rwy'n dechrau pwysleisio mor anodd yw cadw'n fardd heddychlon ac ar yr un pryd clodfori byddin. Efallai taw bechgyn lleol ydyn nhw ond ma nhw'n cario drylliau iawn. Nid yw Peggy'n ildio, felly rhaid i fi brotestio.

Dwy i ddim yn barod gneud dim sy'n mynd yn erbyn 'y nghred. Wna i ddim esgus bod yn rhywbeth arall, ac yn bendant wna i ddim esgus bod yn frenhinwr.'

*　　*　　*

Am wythnos gyfan, bues yn ystyried sut y gallwn ateb gofynion Peggy, heb golli fy egwyddorion. Wrth eistedd tu fas i'r bwthyn rwy'n darllen y gân a gyfansoddais iddi a hynny mor fywiog â phosibl yn arbennig y cytgan mawreddog. Ar ôl gorffen mae'n fy llygadu'n ddryslyd. Dwi'n poeni. Ydi'r gân yn gwneud yr hyn ofynnodd hi i fi ei wneud? Rwy'n esbonio bod y gân yn clodfori'r Gwirfoddolwyr drwy wrthwynebu'u gelynion a fyddai'n 'hudo Prydeinwyr'. Nid wy'n eu canmol fel gweision treisgar y Brenin rheibus, ond fel disgynyddion balch yr hen Silwriaid, Caradog Fawr, Ifor Bach a Morgan ap Hywel sydd wedi amddiffyn y Cymry yn erbyn eu gormeswyr, boed y Rhufeiniaid, y Normaniaid, y Sacsoniaid neu'r Llychlynwyr. Felly rwy'n canmol 'Meibion Morgannwg' o hil hen Brydain – hynny yw'r Cymry – nid amddiffyn Prydeindod ymerodrol sy'n ceisio cywasgu'r gwledydd Celtaidd fel rhan o Brydeindod Seisnig. Mae Peggy'n pendroni, yn cymryd anadl ddofn a chwerthin.

'Ned. Dw i ddim yn deall yr holl fusnes 'ma am Brydeindod ond ma'r gân yn fendigedig. Perffaith!'

'Er nad yw'n cynnwys gair o glod i'r Brenin nac yn damnio'r Ffrancwyr?'

'Nes i ddim sylwi. Fydd neb arall yn sylwi chwaith. Diolch, Ned. Rwy'n gwbod gymaint gostiodd hwnna i ti'

Rwy'n ennill cusan.

Mae 'Song for the Glamorgan Volunteers' yn llwyddiannus iawn. Mae Peggy'n dosbarthu copïau i bawb yn y Bont-faen ac fel y dywedodd does neb yn edrych yn rhy fanwl ar y geiriau gan eu bod yn swno'n ddigon cyffrous. Does fawr neb yn sylwi chwaith y byddai'r Gwirfoddolwyr mewn buddugoliaeth yn 'arbed y gorchfygedig'. Mae'r Gwirfoddolwyr yn canu nerth eu pennau, ac mae'r busnes yn y siop hyd yn oed yn gwella.

Rwy'n gofyn yn ofalus ynglŷn â'r bocs metal sy'n llawn o bapurau enllibus. Mae Peggy'n fy sicrhau ei fod yn ddiogel gyda'i 'ffrind'. Rwy'n cymryd ei bod yn cyfeirio at Milly, er ei bod yn gwadu'r honiad, a'i bod hithau wedi hala'r bocs, wedi'i selio gan gludwr, i ffarm rhyw hen gefnder pell, rhywle ym mhellafoedd Lloegr. Ni chaf wybod ymhle. Mae wedi'i gadw mewn atig gyda'r gorchymyn nad yw i gael ei agor am gan mlynedd. Caiff y dyfodol ei weld ond ni welaf i'r bocs byth eto.

*   *   *

O'r diwedd mae dyddiad treial Tomos wedi'i gyhoeddi. Er mawr bleser i fi, y barnwr yw George Handinge, Prif Ustus Cylch Brycheiniog. Gwn ei fod wedi archebu chwe chyfrol o'm *Poems, Lyric and Pastoral* a bod ganddo enw fel dyn llythrennog sydd wedi ysgrifennu sawl erthygl i *The Gentleman's Magazine* ac wedi gwneud astudiaeth o Chatterton a barddoniaeth Rowley. Rwy'n rhagweld y bydd ei sensitifrwydd a'i geinder yn ei wneud yn berson a fydd yn cydymdeimlo â Christion fel Tomos.

Nid yw'r diffynnydd sy'n eistedd yn y doc yn ddyn tal ac mae'r ddau swyddog bob ochr iddo'n gwneud iddo edrych yn llawer llai. Nid wyf i am gymryd rhan o gwbl yn yr achos, ond rwy'n eistedd yn y llys wrth ymyl John Estlin, offeiriad Undodaidd o Fryste a gasglodd yr holl dystiolaeth ac ef a gyfarwyddodd y bargyfreithwyr o Lundain sy'n gweithredu ar ran y diffynnydd. Maent yn eistedd yn y tu blaen yn eu regalia yn rhyw droi tudalennau o bapur yn ansicr. Nid yw Neuadd y Dref Caerfyrddin yn fawr, ond mae ynddi baneli derw coeth a tho uchel. Mae mainc uchel wedi cael ei hadeiladu'n arbennig er mwyn rhoi cryn awdurdod i'r barnwr, fel petai'n eistedd uwchben pawb arall gan ein gorfodi i edrych i fyny ato fel erfynwyr ofnus. Pan ddaw'r Barnwr George Handinge i mewn, mae pawb yn codi. Rwy'n cuddio fy ysfa ddwl i'w gyfarch. Fe wnes ystyried ysgrifennu ato cyn yr achos i sefydlu cysylltiad ag ef, gan ein bod ni'n dau yn mwynhau barddoniaeth a'i hysbysu iddo gefnogi fy ngwaith. Wnes i ddim, rhag ofon y byddai hynny'n cael ei ddehongli fel ymyrraeth yn yr achos. Eto, rwy'n dal i obeithio bod ganddo gopi o'm gwaith yn ei fag, ac efallai iddo edrych o gwmpas yn chwilio am Iolo Morganwg.

Wrth iddo annerch y llys, rwy'n siomedig iawn gan iddo chwalu'r dybiaeth y byddai ganddo gydymdeimlad. O'i sedd aruchel, mae'n edrych i lawr arnon ni, fel y byddai rhyw eryr yn edrych ar nyth adar y to digywilydd. Mae'n egluro'n ddigon plaen yn ei frawddegau agoriadol fod gan y llys ddyletswydd ffyddlon i amddiffyn y wlad rhag anhrefn a gwrthryfel, ac mae'n edrych i gyfeiriad y rheithgor a dweud y dylent chwarae eu rhan drwy gael gwared ar gymeriadau anufudd. Yn rhagfarnllyd hollol mae'n gofyn i brif dyst yr erlyniad, George Thomas, ddatgan ei gelwydd i'r byd. Mae'n ei annog, fel parot bach anwes, i ailadrodd ei dystiolaeth heb fod unrhyw reswm arbennig dros wneud heblaw am ddylanwadu ar y rheithgor, wrth gwrs. Mae Tomos yn gwneud y camgymeriad mawr drwy weiddi 'celwyddgi' o'r doc cyn cael ei geryddu'n llym o'r sedd oruchaf fel dyn annheilwng o gael ei glywed.

Pan ddaw cyfle'r amddiffyniad, mae pethau'n dechrau chwalu. Wrth i'r bargyfreithiwr godi i gyflwyno geiriau fy nhystion i, mae'r erlynydd yn gwrthod eu tystiolaeth ar y sail nad oedd criw'r cwrw bach i gyd yn bresennol pan gafodd y geiriau eu clywed. Sylwaf fod y cyfreithwyr sy'n amddiffyn wedi'u brawychu ac mewn panig. Sudda fy nghalon mewn anobaith. Roedd y tystion hyn i gyd yn hapus i amddiffyn Tomos ond mas o'r ugain, mae'n ymddangos taw dim ond tri ohonynt sydd â'r hawl i fod yn fwy na thystion i'w gymeriad. Am hanner awr boenus mae cyfreithwyr yr erlyniad yn llwyddo i ddileu tystiolaeth un ar ôl y llall yn greulon o effeithiol.

Roedd y melinydd yn bendant yn y cwrw bach drwy gydol y noswaith ac roedd y ffaith bod ganddo 'ben tost' yn brawf o hynny. Caiff ei alw i gyflwyno ei adroddiad ef o'r cyfarfod ac felly y gwnaeth – ond yn y Gymraeg. Fel Duw yn ceryddu'i angylion a gwympodd, datganodd y barnwr bod yn rhaid cyflwyno tystiolaeth yn iaith y Brenin – Saesneg. Wedi i'r melinydd edrych i fyny yn syn ato gwna ei orau, ond ychydig o Saesneg sydd ganddo. Rydym yn gwylio'i hyder yn diflannu a'i eiriau'n crebachu. Mewn anobaith mae'n edrych o amgylch yr ystafell, gan chwilio am ei Saesneg gorau a gweiddi,

'Tomos. A good man he is!'

Gwêl yr erlyniad hyn yn hynod o ddoniol, a chan na lwyddodd i ddweud llawer mwy, mae'n ei ryddhau.

Mae gweddill y tystion yn gwneud yn well am fod ganddynt dipyn mwy o Saesneg a gwnaethant ddatganiadau sy'n tystio na wnaeth Tomos ganu unrhyw gân yn y Saesneg, ac yn bendant nid y gân y caiff ei gyhuddo o'i chanu. Ofnaf nad yw eu tystiolaeth yn gwneud argraff ar y fainc.

Yn ei asesiad olaf, mae'r barnwr yn taflu amheuon ynglŷn â chywirdeb tystiolaeth dau dyst yr amddiffyniad a bod yr amddiffyniad yn amlwg wedi ceisio twyllo'r llys drwy gynnig tystion eraill. Mae'n atgoffa'r rheithwyr o'u dyletswydd i amddiffyn Prydeindod, pendefigaeth a chyfoeth – ac i warchod yn arbennig yr anrheg mwyaf gwerthfawr a gawson ni oddi wrth Dduw ei hun, sef ei gynrychiolydd ar y ddaear, Siôr III, y dyn mwyaf diniwed, a'r gorau yn y wlad. Mae'n cynnig bod Tomos yn euog ar dri chyfrif, fel gwrthwynebydd i'r Frenhiniaeth, fel Undodwr ac fel un sy'n elyn i Eglwys Loegr. Rhag ofon bod un o'r rheithgor yn ansicr sut i bleidleisio, mae'r barnwr yn eu hatgoffa bod Tomos yn ddyn drwg ac yn gymeriad peryglus iawn. Wedi iddo drin y llys hwn yn ddirmygus, mae'r barnwr yn awr yn rhwygo pob calon gan hyrddio cosb drom a hir i lawr o'i sêt freintiedig, drwy ddyfarnu Tomos i ddwy flynedd o garchar a sigo ei gorff ofnus.

Mae'r barnwr fel petai'n gorfoleddu yn ei greulondeb, gan ddweud y dylai Tomos, yn flynyddol, gael ei roi yn y stociau, fel y gall y cyhoedd teyrngar ac ufudd i'r Goron daflu carthion ar ei ben a'i wawdio am ei gred.

Ymadael yn ddyn balch mae'r barnwr, George Handinge, yn hyderus iddo godi ofon dychrynllyd yng nghalonnau'r werin bobol.

Dw i'n dal i eistedd yn y llys ymhell ar ôl i'r fintai ddiflannu ac yn llawn ofon. Rhaid i fi gyfaddef fy mod yn poeni am Tomos, am ei wraig a'u naw plentyn, am fy nheulu i, am fy hunan ac am y gweddill ohonon ni. Ry'n ni'n fodlon wynebu gormes, ond heb y gallu i wrthsefyll grym gwlad ddidostur a dialgar a hynny heb ddefnyddio arfau a dim ond ein daliadau i'n hamddiffyn.

I ble mae'r daliadau hyn yn ein tywys? Ai fel Tomos, drwy gael lle yn y stociau? Yno, gall unrhyw ddihiryn sy'n galler yfed swllt y Brenin ei wawdio. Beth yw'r dewis?

Ai dweud celwydd wrth dy enaid? I gael dy ddamnio?

Mae cymaint o bobol eraill wedi cael eu carcharu neu eu halltudio. Mae llawer a fu'n amlwg yn defnyddio geiriau dewr i gondemnio, bellach wedi mynd i guddio gan o leiaf esgus cydymffurfio. Fel fi, mae llawer wedi ceisio bod yn glyfrach na'r wladwriaeth, ond heb lwyddo.

Rwy'n dal yn dynn yn fy sedd ac yn edrych ar y dderwen fel petai'n siarad geiriau'r proffwyd. Does dim ffordd arall. Fe ddefnyddiwn y rhyddid sydd gyda ni i adeiladu sylfaen at yfory. Mae angen i Undodwyr Cymru ymuno a chefnogi'i gilydd a rhaid i'r Orsedd barhau i gwrdd, beth bynnag y gosb. Dyna sut y gallaf i gadw at y gwir. Ni allwn gael ein condemnio am adrodd barddoniaeth yn y mesurau caeth.

Gorsedd Glynogwr 1798

M AE'R SEREMONI'N UN faith, pedwar bardd newydd i'w hurddo a sawl cerdd hir i'w hadrodd. Tybed a fydd y gadwyn o ynadon, cwnstabliaid a Gwirfoddolwyr Morgannwg yn ymadael y funud y byddwn yn dechrau? Nid yw'r ynadon yn rhoi'r gorchymyn. Maent yn amlwg yn gobeithio gweld neu glywed rhywbeth y gallant ei ddefnyddio yn ein herbyn. Llithro heibio mae'r cymylau ac mae grym yr haul yn ymddangos. Am ddwy awr, ar ddiwrnod poeth fel hyn, mae'r swyddogion yn chwysu yn eu gwisgoedd gwlân smart. Fel arfer, bydd yr Orsedd yn denu pobol gyfeillgar, y rhai busneslyd, ac ambell un gelyniaethus, ond mae'r cyfarfod hwn yn wahanol. O'r dechrau, teimlaf fod pob gair yn cael ei bwyso a'i farnu'n fanwl gan ryw hanner cant o reithwyr mewn gwisgoedd swyddogol.

Mae'r seremoni o dynnu'r cledd yn creu pryder, yn rhoi cyfle iddynt gamddeall ein bwriad a'i ddehongli fel gweithred dreisgar. Er nad oes unrhyw gamgymeriad wedi'i wneud, eto mae sawl ynad mewn trafodaeth. Rydym yn darllen salm ac yn canu emyn adnabyddus gan feddwl y byddai'r criw gwyliadwrus yn cydganu. Ond yn amlwg does dim ewyllys da gan nad yw'r un ohonynt yn ymuno.

Rwy'n dechrau'r broses o wahodd ymgeiswyr ymlaen i gael eu hurddo. Heddiw mae Ifor Fardd Glas yn cael ei urddo i'r Urdd Las fel bardd llawn ac yn darllen ei awdl 'Cartref'. Mae'n waith ardderchog gyda stori deimladwy am gariad dyn ifanc at ei gartref, ei aelwyd, y coedwigoedd a'r caeau lle y bu'n chwarae yn blentyn. Mae'n darllen yn dda, nid yn unig i fi a'm cyd-feirniaid, ond mae'n ymestyn ei lais ifanc i'r cylchoedd o bobol sydd ar y cyrion. Gwelaf sawl ysgwydd yn ymlacio, a rhai o'r Gwirfoddolwyr yn siarad ymhlith ei gilydd, geiriau na alla i eu clywed, ond nid ydynt yn dangos unrhyw fath o ddicter. Tra bod Walter Lloyd, y prif ustus, yma'n ymhyfrydu'n snobyddlyd na all siarad Cymraeg, mae llawer eraill o'i frodyr, a'r rhan fwyaf o'r dynion oddi tano'n siarad yr iaith. Mae Ifor Fardd Glas yn defnyddio'i gerdd yn gelfydd i eiriol ar ei gynulleidfa ac mae yntau'n adnabod llawer ohonynt fel ei gyfoedion. Cawn ddatganiad gan Ifor, yn clodfori popeth sy'n dda, yn bwysig ac yn Gymraeg. Mae'n cynnig ei gerdd yn hollol ddiamod i bawb sy'n caru Cymru, ac yn gwerthfawrogi yr hyn sy'n gwneud Cymru'n wahanol.

Rwy'n cofio'n iawn am yr adegau hynny pan edrychais i o'r llwyfan i geisio dyfalu beth oedd ymateb cynulleidfa. Heddiw, mae'r cylch o wylwyr wedi newid eu hagwedd a throi'n gynulleidfa eiddgar. Yr Ifor ifanc sydd wedi newid eu hagweddau, a ni sydd yn awr yn rheoli'u hemosiynau. Nid pob un ohonynt, wrth gwrs, does dim gobaith dylanwadu ar Walter Lloyd a'i debyg, ond ni all e weld yr hyn rwy i'n ei weld, sef dynion yn cynhesu at apêl Ifor, i barchu eu cof am eu plentyndod ac at eu mamiaith. Maent yn llacio eu siacedi, a dengys eu hwynebau caled eu bod wedi mwynhau'r gerdd. Gofyn am gyfieithiad er mwyn galler dilyn y seremoni wna Walter Lloyd.

Y nesa i ddarllen ei gywydd yw Evan Thomas, Ton-coch, Aberdâr. Galw ar y Diafol ei hunan i adael y byd hwn a diflannu gyda'i sebonwyr i'r dyfnderoedd isaf a wna. Nid *Paradise Lost* yw hwn, ond mae'n defnyddio Cymraeg bendigedig ac mae rhannau o'i waith yn llawn hiwmor, wrth gyfeirio at rechfeydd chwilboeth yr angel sydd wedi cwympo. Mae llawer o'r gynulleidfa'n chwerthin ond rhaid esbonio tipyn i'r di-Gymraeg. Sylweddola Walter Lloyd fod diffyg disgyblaeth yn y rhengoedd a cheisia adennill y ddisgyblaeth filwrol, ond mae'r awyrgylch wedi newid. Mae'r hwyl yn parhau.

Ffrind i ni bellach yw ochr y bryn, fel gwres cynyddol y dydd. Bob tro ceisiaf ddod o hyd i leoliadau anghysbell i gynnal yr Orsedd, oherwydd mewn lle agored mae'r aer yn burach a'r enaid yn fwy rhydd. Gwell gan frenhinoedd, barnwyr ac ynadon blastai a llysoedd wedi'u hadeiladu fel theatrau i bwysleisio'u pwysigrwydd. Allan fan yma, byddai'r gwisgoedd coeth, mentyll â blew'r carlwm, a'r hetiau mawr yn hollol ddibwrpas. Ym mhresenoldeb natur rydym i gyd mor noeth â phlant ac mor gyfartal ag ydi'r naill aderyn y to â'r llall.

William Moses yw'r nesaf i adrodd. Mae'n cynnig cyfres o englynion sy'n dysgu gwerthoedd moesol. Wedyn, rydym yn cael awdl ar fuddugoliaethau mawr Prydain. Mae'r olaf yn llawn eironi ond, yn ffodus, dyw hi ddim yn cyfieithu'n dda iawn. Nawr, fy nhro i ydi sefyll ar Faen yr Orsedd a darllen fy awdl. Ni allwn fod wedi dewis darn gwell i gythruddo Walter Lloyd, sef *Breintiau Dyn* neu *The Rights of Man*. Nid am y tro cynta rwy'n pryfocio Walter Lloyd gyda gwaith sydd efallai'n eiddo i'r ysgymun Tom Paine – yn arwynebol yn ddarn llawn brad, ond mewn gwirionedd, mae'n ddarn digon diniwed yn fy marn i:

O! Pam, frenhinoedd byd,
Ymelwch cwyn cyd
Mewn poethder gwŷn?
Clywch orfoleddus gainc!
Mae'r gwledydd oll fal Ffrainc
Yn rhoddi'r orsedd fainc
I freintiau dyn.

Gorfoledd! Cwyn dy lais!
Cwymp holl deyrnasoedd trais!
Maent ar eu crŷn.
Cawn deyrnas hardd ei gwedd,
Dan farn Tywysog Hedd,
Yn honno cwyn o'r bedd
Holl freintiau dyn.

Mae Walter a'i ynadon yn sgwrsio unwaith eto gan gyfieithu a dadansoddi'r gerdd. Rwy'n hanner disgwyl iddynt ofyn i fi ei hail adrodd, rhag ofon eu bod wedi colli rhywbeth pwysig. Beth maen nhw'n ofyn? Ydw i'n rhagweld dyfodiad Teyrnas Nefoedd neu yn annog dinistr Siôr III? Ydyn nhw'n meddwl eu bod wedi clywed rhywbeth y gallant ei ddefnyddio yn ein herbyn yn y llys?

Erbyn hyn, mae llawer o'r gwylwyr yn eistedd ar y glaswellt ac wedi agor eu siacedi. Rwy'n edrych ar John Roberts, mab Millicent. Beth mae hyn oll yn ei feddwl iddo fe? Mae'n fachgen mawr cryf, ond nid yw'n alluog iawn. Er nad yw'n un i ofyn cwestiynau fel arfer, mae'n ddigon hapus i ddilyn y gweddill. Mynd gyda'r llif wnaeth e wrth ymuno â'r Gwirfoddolwyr ac i gael cwrw rhad a gwneud ffrindie'n rhwydd. Efallai, nawr, bydd ganddo ddewis.

Efallai nawr bydd gan y Cymry hefyd ddewis, trywydd amgen na fydd yn dilyn gwerthoedd gormesol Jac yr Undeb, trywydd a all arwain at wlad heddychlon, gan sicrhau rhyddid, brawdoliaeth a gair y Bod Mawr uwchlaw pob dim arall.

Rwy'n hapus gyda'm creadigaeth. Fy ngwir yn erbyn y byd. Fe gawn weld beth wnaiff y byd ohono.

Nodyn Hanesyddol

B U IOLO MORGANWG fyw am wyth mlynedd ar hugain arall ar ôl Gorsedd Glynogwr, sydd yn rhoi diweddglo i'r stori yma. Fe roddodd weddill ei oes i amrywiaeth o weithgareddau ac achosion. I osgoi cael ei boeni gan yr awdurdodau fe deithiodd i Ddinorwig, gogledd Cymru i lwyfannu'i Orsedd nesaf yn 1799. Yr erlid di-baid sy'n esbonio ei gystudd hir, cyn iddo ailgynnau'r traddodiad yng ngorseddau clodfawr 'Y Maen Chwŷf' ym Mhontypridd. Yn 1819, mewn seremoni yng Ngwesty'r Llwyn Iorwg yng Nghaerfyrddin, fe lwyddodd i gyfuno'r Eisteddfod Genedlaethol â'r Orsedd yn un corff, fel y mae heddiw.

Ym mlynyddoedd cynnar y bedwaredd ganrif ar bymtheg, fe roddodd Iolo'i holl egni dros ymgyrchu a threfnu ar ran yr Undodwyr. Daeth hwn yn achos arall iddo ac yn gyfrwng i ledaenu'i weithgareddau gwleidyddol o dan fantell a fyddai'n llai agored i ymosodiad swyddogol. Ymateb Iolo i garchariad Tomos Glyn Cothi wnaeth ei annog i sefydlu Cymdeithas yr Undodiaid yn ne Cymru. Fe weithiodd yn galed dros yr achos drwy ysgrifennu pamffledi, llythyron a chyfrolau cyfan o emynau, ac ar un cyfnod, cafodd ei alw'n 'Fardd y Gymdeithas Theo-Undodol'.

Fe barhaodd fel ymgyrchydd, nid yn unig i'r achosion a oedd yn bwysig iddo, fel gwahardd caethwasiaeth, ond hefyd dros yr unigolion a gawsai gam. Fe ymladdodd yn daer ar ran yr amddifad na châi unrhyw gymorth gan y plwyfi, gweithwyr a gawsai eu cam-drin gan eu cyflogwyr, a'r gorthrymedig ble bynnag y deuai ar eu traws. Fe drefnodd ddeisebau llwyddiannus i achub bywydau'r dynion a gawsai eu dedfrydu i farwolaeth am droseddau di-nod. Fe ymyrrai hefyd yng ngwaith yr ynadon lleol ar ran y tlawd a'r gorthrymedig.

Nid oedd yn syndod i'w siop yn y Bont-faen fethu, fel y gwnaeth ei holl fusnesau blaenorol. Bu'n rhaid iddo barhau â'i waith fel saer maen teithiol er mai gwaethygu wnaeth ei wendid corfforol. Fe gafodd yntau a Peggy eu hachub rhag tlodi diolch i haelioni llawer o gymwynaswyr lleol, a phan oedd yn hŷn ymunon nhw gyda'i gilydd i sicrhau pensiwn iddo. Yn ei henaint fe ddaeth yn adnabyddus fel 'Hybarch Fardd Morgannwg'. Fe ddaeth ei dyddyn bach yn dynfa i ffrwd o ymwelwyr: beirdd, hynafiaethwyr ac ymchwilwyr o bob math, yn eiddgar i elwa ar ei wybodaeth ddi-ben-draw.

Fe barhaodd i ymchwilio i bob math o bynciau: crefydd, amaeth, hanes, llysieueg, pensaernïaeth ac wrth gwrs, barddas. Fe lanwodd ei dyddyn yn Nhrefflemin ag archifau enfawr o lyfrau a llawysgrifau di-drefn a daeth Taliesin, ei fab, yn archifydd ffyddlon i'w dad. Bywydau tawel fu bywydau ei ferched, Margaret ac Ann. Ar un adeg fe agoron nhw siop hetiau ar y cyd yng Nghefncribwr, ond nid oedd damaid yn fwy llwyddiannus na busnesau eu tad.

Bu farw Iolo fis Rhagfyr 1826 yn saith deg naw mlwydd oed. Mae wedi'i gladdu o dan lawr yr eglwys yn Nhrefflemin. Does dim marc ar ei fedd, ond mae cofadail gain iddo ar fur yr eglwys. Bu farw Peggy o fewn wythnosau i'w gŵr. Nid yw'r bwthyn yn Nhrefflemin yno bellach, ond fe gafodd ei bapurau eu diogelu'n ofalus gan ei fab, ac erbyn heddiw maent wedi'u cadw mewn archif sydd yn hynod o fawr a chymhleth yn y Llyfrgell Genedlaethol yn Aberystwyth.

Datblygodd traddodiad yr Orsedd yn gyson yn ystod y bedwaredd ganrif ar bymtheg. Erbyn dyfodiad Eisteddfod Llangollen yn 1858, fe luniwyd epig o basiant cenedlaethol. Fe dyfodd yr Orsedd i fod yn symbol poblogaidd o hunaniaeth Gymreig, y diwylliant Cymreig ac o'r iaith Gymraeg mewn cyfnod pan oedd Cymraeg a Chymreictod dan fygythiad parhaol. Cafodd yr elfennau gwleidyddol yng ngwaith Iolo eu diystyru er mwyn pwysleisio parchusrwydd yr Orsedd. Uchafbwynt ei boblogrwydd oedd gwyliau gogoneddus yr 1890au.

Yn yr ugeinfed ganrif, datgelwyd ffugiadau Iolo drwy waith ysgolheigaidd manwl G J Williams. Teimlai cyfran o ysgolheigion Cymru gywilydd iddynt gael eu twyllo gan eu bod, yn ddiarwybod, wedi hyrwyddo'r ffugiadau. Roedd ymateb Syr John Morris-Jones yn chwyrn, a dywedodd yn 1926 fod 'lle i ofni y bydd ein llên a'n hanes am oes neu ddwy eto cyn byddant lân o ôl ei ddwylo halog ef'. Fe gollodd yr Orsedd ei hygrededd, ynghyd â chyfrolau o waith Dafydd ap Gwilym, a oedd i grebachu yn ei faint wedyn yn naturiol.

Hyn sy'n esbonio'n rhannol y rheswm pam y daeth Iolo Morganwg yn enw cyfarwydd i bob Cymro, er mai ychydig a wyddent ac a ddysgwyd ganddynt amdano. I lawer, fe yw dafad ddu y teulu a phwnc y mae'n well ei osgoi ydyw, yn hytrach na'i drafod.

Ymddangosodd cenhedlaeth newydd o haneswyr sydd wedi gweithio'n fanwl i drefnu, dosbarthu a chatalogio'r archif swmpus a adawodd Iolo i ni, ac maent wedi ailasesu ei gyfraniad. Cwblhawyd y prosiect *Iolo Morganwg and the Romantic Tradition in Wales 1740-1918* yn y flwyddyn 2008. Fe gafodd ei lythyron oll eu cyhoeddi mewn tair cyfrol sylweddol. Mewn cyfres o chwe chyfrol fe geisiodd y prosiect roi 'esboniad sut y gwnaeth y cawr meddyliol yma greu gwaith hanesyddol mor greadigol â chymhleth wrth gyflwyno'i weledigaeth ef o hanes a'i arwyddocâd i Gymru.' Golygydd cyffredinol y gyfres ac awdur *The Bard of Liberty* oedd yr Athro Geraint H Jenkins.

Cymynrodd fwyaf Iolo'n bendant yw Gorsedd y Beirdd, a hi bellach sy'n cyhoeddi pob Eisteddfod Genedlaethol ac yn rheoli'r prif seremonïau. I lawer, nid yw'r Orsedd yn llawer mwy na seremoni liwgar sy'n rhoi cyfle i weinidogion a phersonoliaethau y cyfryngau wisgo eu regalia a bod yn rhan o'r seremoni am y dydd. I eraill, mae'n dal i ddiogelu gwerthoedd hanfodol hunaniaeth Cymru: cydraddoldeb, pasiffistiaeth, ysgolheictod, democratiaeth, goddefgarwch crefyddol, perthynas â natur, a gorfoledd yn hyfrydwch yr iaith Gymraeg.

Llyfryddiaeth

GYDA'M DIOLCH I Ganolfan Uwchefrydiau Cymreig a Cheltaidd Prifysgol Cymru sydd o fewn saith mlynedd wedi gwneud y dasg aruthrol o drefnu a golygu llyfrau Iolo Morganwg, gan ddod â threfn i'r archif enfawr hon yn y Llyfrgell Genedlaethol a chynhyrchu cyfres o ailasesiadau ysgolheigaidd o'i harwyddocâd hanesyddol. Cyfarwyddwyr y gwaith yw Geraint H Jenkins a Mary-Ann Constantine o dan y teitl *Iolo Morganwg and the Romantic Tradition in Wales*. Rwyf wedi manteisio'n hael ar eu gwaith drwy'r cyfrolau isod. Mae'r cyfan wedi'u cyhoeddi gan Wasg Prifysgol Cymru.

- *A Rattleskull Genius: The many faces of Iolo Morganwg* golygwyd gan Geraint H. Jenkins.
- *A Very Horrid Affair: Sedition and Unitarianism in the Age of Revolutions* gan Geraint H. Jenkins.
- *Bard of Liberty: The Political Radicalisation of Iolo Morganwg* gan Geraint H. Jenkins.
- *Bardic Circles: National, Regional and Personal Identity in the Bardic Vision of Iolo Morganwg* gan Cathryn A. Charnell-White.
- *The Correspondence of Iolo Morganwg* golygwyd gan Geraint H. Jenkins, Ffion Mair Jones a David Ceri Jones.
- *The Literary and Historical Legacy of Iolo Morganwg 1826-1926* gan Marion Löffler.
- *The Truth against the World: Iolo Morganwg and Romantic Forgery* gan Mary-Ann Constantine.

Ffynonellau eraill

- *Ackerman's Illustrated London* gan Augustus Pugin a Thomas Rowlandson.
- *Crwydro Bro Morgannwg* gan Aneirin Talfan Davies.
- *Cerddi Rhydd Iolo Morganwg* golygwyd gan P.J. Donovan.
- *Diwylliant Gwerin Morgannwg* gan Allan James.
- *Echoes of Old Cowbridge* golygwyd gan Brian James (2011).
- *Eighteenth Century Literary Forgeries with special reference to the work of Iolo Morganwg* gan Gwyneth Lewis. Traethawd heb ei gyhoeddi, Llyfrgell Bodleian, Prifysgol Rhydychen.
- *Hanes Gorsedd y Beirdd* gan Geraint a Zonia Bowen.
- *Iolo Morganwg* gan Ceri W. Lewis.
- *Iolo Morganwg* gan Islwyn ap Nicholas.
- *Life of Samuel Johnson* gan Boswell.
- *London in the Eighteenth Century* gan Jerry White.
- *Old Inns and Alehouses of Cowbridge* gan Jeff Alden (2003).
- *The Diary of William Thomas* golygwyd gan R.T.W. Denning.

Diolchiadau

- I Shân Mererid am ei hymrwymiad diflino a'i gorfoledd yn yr iaith Gymraeg.
- I Alun Jones am ei amynedd, dyfalbarhad, profiad a sgiliau aruthrol.
- I Eifion Jenkins am ei gymorth fel golygydd y fersiwn wreiddiol a'i ffydd yn y prosiect hwn.
- I Lefi Gruffudd a staff y Lolfa am eu cymorth parhaus.
- I'r rhai hynny sy wedi darllen drafftiau: Mary-Ann Constantine, Emyr Edwards, Jon Gower, Brian James, Ann Jones, Stephen Sheedy, Guy Slater, John Stephens a Carys Whelan.

Troednodiadau

Tud. 66:1 Ceir argraffiadau a chartŵns gwrth-Gymreig o'r ddeunawfed ganrif sydd yn arddangos Taffi ddisynnwyr yn cario cennin, caws a chwrw, dan arwain asyn. Roedd caws ar dost i fod yn un o'r pethau y byddai'r Taffi yn ei fwynhau yn arbennig.

Tud. 249:2 Grŵp trafod llenyddol i ferched yn Llundain a gafodd ei sefydlu gan Elizabeth Montague yn yr 1750au. Roedd yn hybu pwysigrwydd addysg i ferched.

Tud. 371:3 Traddodiad yn y ddeunawfed ganrif a'r bedwaredd ganrif ar bymtheg sy'n dangos mesur o 'gwrw bach' a fyddai'n cael ei fragu er mwyn ei werthu a'i yfed yn nhŷ teulu anghenus. Fe fyddai'r teulu'n derbyn yr elw.

yr Lolfa

A Welsh Dawn

Gareth Thomas

'... highly entertaining,
well-written and a story
which really grips the reader.'
Dafydd Wigley

£9.95

Saith Cam Iolo

Tu ôl i dwyll
Iolo Morganwg

ALED EVANS

'Dawn anhygoel.' **JERRY HUNTER**

y Lolfa

£7.99

"Dyma epig o gynhyrchiad, nofel uchelgeisiol ar y naw sy'n plethu realiti a rhith drwyddi draw." **JON GOWER**

DADENI

IFAN MORGAN JONES

y Lolfa

£9.99

HEN BETHAU ANGHOFIEDIG

MIHANGEL MORGAN

£6.99

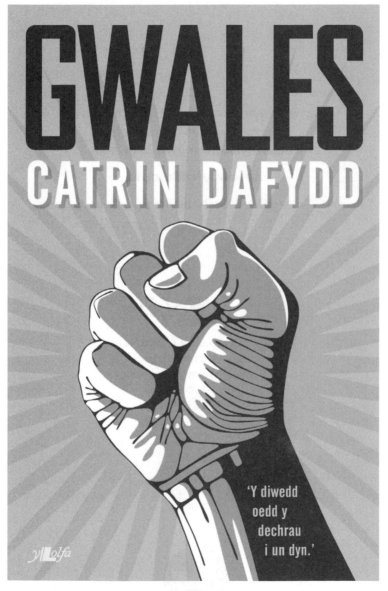

Am restr gyflawn o lyfrau'r Lolfa, mynnwch
gopi am ddim o'n catalog
neu hwyliwch i mewn i'n gwefan

www.ylolfa.com

lle gallwch archebu llyfrau ar-lein.

TALYBONT CEREDIGION CYMRU SY24 5HE
ebost ylolfa@ylolfa.com
gwefan www.ylolfa.com
ffôn 01970 832 304
ffacs 832 782

Holwch am bris argraffu!
01970 832 304